Les Manuscrits d'Edward Derby

3

Les illustrations sont des oeuvres originales de
Willy Favre (intérieur) et Romuald Reutimann (couverture)

© 2001 *LES ÉDITIONS DE L'ŒIL DU SPHINX*
ISBN : 2-914405-05-7
EAN : 9782914405058
Dépôt Légal : septembre 2001

Philippe Marlin présente :

Rêves

d'Absinthe

Dix-sept textes de Littérature Décadente

Rêves de Décadence

Un peu d'histoire...

«*Je suis l'empire à la fin de la décadence*»
Verlaine, 1885

Le terme «décadent» (revendiqué par la jeunesse) fut très en vogue à la fin du XIXe siècle. Ce terme fut mis à la mode par Verlaine en 1885, par la définition qu'il en donne dans ses **Poètes Maudits**: «*J'aime le mot de décadence, tout miroitant de pourpre et d'ors. J'en révoque, bien entendu, toute imputation injurieuse et toute idée de déchéance. Ce mot suppose au contraire des pensées raffinées, d'extrême civilisation, une haute culture littéraire, une âme capable d'intenses voluptés (...).Il y a aussi dans ce mot une part de langueur faite d'impuissance résignée, et peut-être le regret de n'avoir pu vivre aux époques robustes et grossières de foi ardente, à l'ombre des cathédrales .*» Mal-être, mélancolie, dandysme, raffinement, provocation, soif métaphysique: tous termes qualifiant la «décadence» qui pourraient également s'appliquer à plusieurs artistes de ce temps (en y adjoignant Baudelaire , une fois de plus précurseur).

Depuis quelques années déjà, les cafés littéraires de la Rive Gauche voyaient se réunir les *Hydropathes*, les *Hirsutes*, les *Zutistes* et autres *Jemenfoutistes*. Si le cabaret *Le Chat Noir* accueille dès 1886 des critiques, poètes, musiciens (Debussy, Satie), acteurs (Sarah Bernhardt) lors de ses «vendredis», la revue *L'Ermitage* a pour sa part ses « mercredis « et, depuis 1884, se tiennent rue de Rome les célèbres «mardis « de Mallarmé, fréquentés par la meilleure société littéraire et artistique du temps, constituent un foyer cosmopolite extrêmement novateur.

Parallèlement, plusieurs courants de pensée naissent : la parution de la **Philosophie de l'Inconscient**, de l'Allemand Hartmann, les recherches scientifiques sur l'hypnotisme, la télépathie, contribuent à renouveler et enrichir la vision du monde de tous ces artistes. La philosophie de Schopenhauer s'impose peu à peu, influençant surtout la jeunesse, lasse du matérialisme ambiant, la réorientant vers des perspectives plus métaphysiques, perspectives accentuées par la lecture des mystiques du XVIIIème,comme Swedenborg ou Louis-Claude de Saint-Martin [1].

Cette nouvelle sensibilité n'est plus satisfaite ni par la doctrine parnassienne du perfectionnisme de la forme («l'art pour l'art « [2]), ni par les théories naturalistes, naguère si en vogue. Dans son supplément du 18 septembre 1886, *Le Figaro* publie alors un **Manifeste Littéraire** dans lequel Jean Moréas définit les orientations d'un nouveau mouvement : **le Symbolisme**. [3] Autour de lui se forme une école. A des jeunes gens tels que Kahn, Adam, Wyzewa, Dujardin, Fénéon, Laforgue, se joignent Verlaine et Mallarmé. Une revue, *Le Symboliste* , diffuse leurs conceptions esthétiques. Au même moment, le groupe de Condorcet (Quillard, Ghil, Mikhaël, Vanor, Merrill) s'enthousiasme pour le Symbolisme. Avec Saint-Pol-Roux et trois poètes belges (Van Lerberghe, Le Roy et Maeterlinck), ils fondent *La Pléiade* . En quelques mois naissent trois autres revues, dont *La Vogue* qui publie cette année-là **Une Saison en Enfer** et **Illuminations** de Rimbaud; *Le Symboliste* écrit aussitôt un article sur le jeune prodige que l'on rattache de façon spontanée au Symbolisme. En 1890, on voit fleurir de nouvelles revues, toutes acquises au Symbolisme : c'est *L'Hermitage, le Mercure de France* (qui publiera les œuvres du grand Saint-Pol-Roux) ; *Le Lutèce* [4] et *Le Décadent* (1886-1889), *Le Symboliste* (créé par Gustave Kahn en 1886), *La Plume* (1889), *Le Mercure de France* (1890), *La Revue Blanche* (1891).

En 91, l'école symboliste voit son chef de file, Jean Moréas, proposer un autre Manifeste : celui de l'Ecole Romane, auquel se ralliera Henri de Régnier.

LES INSPIRATEURS :

Baudelaire (1821-1867), le Roi des Poètes
«*La douleur est la noblesse unique*»

Ses **Fleurs du Mal** (1857) ont beaucoup inspiré les décadents. Ce «Roi des poètes», comme le disait Rimbaud, a récolté avec son recueil une gloire douteuse fondée sur une véritable manie du vice et de la bizarrerie, sur les égarements et les aspects nocturnes du cœur humain, les excroissances d'une culture trop raffinée. Baudelaire veut «*extraire la Beauté de ce mal*», ce qui en aurait fait l'interprète rêvé de Poe. Il ne chercha pas, à l'exemple de son modèle, à oublier le monde par l'alcool, mais se réfugia - ce qui ne valait guère mieux !- dans les fumées de haschisch et d'opium, griserie qu'il décrivit dans les **Paradis Artificiels** (1860). On retrouve dans toute son œuvre cette grandeur «satanique» masquée par une extraordinaire technique et une maîtrise du vers qui sait dissimuler sans l'éteindre le feu infernal de son propre cœur.

«*Dans ce livre atroce, j'ai mis toute ma pensée, tout mon cœur, toute ma religion (travestie), toute ma haine*»
(A Ancelle, 1866)

Les Fleurs du mal sont incontestablement l'œuvre maîtresse de Baudelaire. Le titre pose d'emblée les bases d'une esthétique nouvelle où la beauté, le sublime (la «fleur») peuvent, grâce à la poésie, naître des réalités triviales de la nature et de la chair (le «mal»). Baudelaire révolutionne donc l'univers esthétique en s'opposant à la tradition selon laquelle l'œuvre d'art était d'autant plus admirable que le sujet en était noble, mais surtout en réalisant la synthèse entre deux choix esthétiques jusque-là inconciliables : le lyrisme romantique et le souci formel. L'on pourrait bien sûr s'attarder sur la première partie des **Fleurs**, «Spleen [5] et Idéal», consacrée à la tragédie de l'homme en proie à «*deux positions simultanées, l'une vers Dieu et l'autre vers Satan*», qui donne sa dynamique conflictuelle au recueil et permet au poète d'exprimer les tourments de sa propre âme, écartelée entre le sublime et le sordide, entre Dieu et Satan. Mais on préférera se pencher sur le sonnet *Correspondances*, qui a fortement influencé nos décadents. Ce sonnet montre que les images baudelairiennes ne sont pas seulement des symboles conventionnels, mais révèlent un rapport absolu entre les choses et leur signification : c'est la loi de l'analogie universelle. Dans un univers confus, indéchiffrable au commun des mortels, seul le poète, grâce à son imagination -cette «*reine des facultés*» qui est capacité à créer des images-peut faire surgir le sens en faisant correspondre ce qui est disparate et morcelé : «*L'homme passe à travers des forêts de symboles/ Qui l'observent avec des regards familiers.*». Les mots revêtent un caractère proprement magique, et l'écriture devient une «*sorcellerie évocatoire*». Annonciateur de Rimbaud, Baudelaire se voit comme un «*alchimiste du Verbe*», capable de transmuer la «*boue*» en «*or*».

POE, LE CHERCHEUR DE BEAUTÉ *(1808-1849 :)*

Que reste-t-il de Poe aujourd'hui? Le souvenir d'un écrivain mort d'une intoxication de stupéfiants et d'alcool et le titre d'ancêtre du roman policier, grâce au fameux **Double Assassinat de la Rue Morgue.**

Mais Poe, c'est surtout une nature paradoxale, un esprit singulier, étrange association de logique rigoureuse et de vague rêverie. C'est une œuvre d'un romantique particulier, l'œuvre d'un homme solitaire qui se révoltait contre l'ordre social établi par les états sudistes d'Amérique et ses conceptions artistiques. C'est un auteur s'apparentant à Coleridge, Byron, Shelley, Theodor Hoffman, dont l'œuvre est dominée par le culte de la Beauté : en effet, Poe exige avec véhémence la «création of beauty» et déclare que «l'inextinguible soif de beauté» éprouvée par l'homme fait partie intégrante de son immortalité. Cette aspiration à la beauté marquera fortement les décadents ou, comme le dit Jean Moréas dans **Le XIXe Siècle :** «*Les prétendus décadents cherchent avant tout dans leur art le pur Concept et l'éternel Symbole, et ils ont la hardiesse de croire avec Edgar Poe que le Beau est le seul domaine légitime de la poésie*». Mais la certitude de ne pas pouvoir atteindre cet idéal teinte son œuvre d'une valeur esthétique particulière à l'incertain, au mystère, à la tristesse, la mélancolie voire, dans les cas extrêmes, la terreur ou l'horreur. Que ce soit dans ses poèmes, tous imprégnés d'une ardente nostalgie de la beauté, de mélancolie résignée, dans ses essais et articles où il pose les bases d'un nouvel art, ou même dans ses nouvelles -forme dans laquelle il excelle-, on retrouve la singulière association de son esprit de logicien et de son imagination débordante qui tisse étroitement le réel à l'irréel. Les **Tales of the Grotesque and Arabesque** (les fameuses **Histoires Extraordinaires,** publiées en 1840) sont emplies de peur, d'épouvante, de torture, du sentiment d'un mal qui conduit irrémédiablement au crime; elles sont hantés par l'ombre du double, les phénomènes occultes, la métempsycose, la télépathie et l'hypnotisme. Mais au premier plan, dominant tous ces thèmes épouvantes se dresse le thème commun à tous les mortels : la mort, et le frisson d'angoisse qu'elle procure, la mort qui imprime aux motifs les plus répugnants la marque d'une extraordinaire volonté formelle...

LES CRÉATEURS MAUDITS :

Si l'on fait le bilan des œuvres écrites entre 1886 et 1891, on est frappé par l'abondance des recueils de poèmes. Certains furent parfois davantage des techniciens que de véritables poètes, mais ils jouèrent un rôle capital en incarnant la conscience du Symbolisme. Leur apport n'est pas négligeable puisqu'ils contribuèrent à libérer le langage de ses carcans traditionnels et à signaler l'ancrage de la poésie dans la démarche métaphysique.

Pour les poètes symbolistes, il s'agit de s'opposer au Naturalisme qui tente de peindre, fidèlement et jusque dans la déchéance, le réel. Pour eux, il faut percer les apparences matérielles des objets et découvrir les véritables idées qui se cachent derrière eux pour ainsi découvrir la véritable nature du monde. L'idéal symboliste, c'est le mystère et la suggestion. La poésie n'est pas descriptive mais suggestive, fluide, musicale, incantatoire, le rêve est exprimé dans l'œuvre. Pour atteindre ces buts, les poètes vont utiliser des symboles, des images, afin de faire ressortir le sens camouflé par une vérité abstraite, mais représentant la vérité. Bref, ils décrivent le monde réel mais en usant de représentations métaphoriques. On s'interroge sur la nature spirituelle de l'homme, sur les sciences occultes et même sur le spiritisme.

Ces poètes se distinguent du Parnasse (caractérisé par le choix du sujet et des aspects formels) en suscitant une atmosphère lyrique dominée par l'élément musical grâce à des effets sonores du vers, créant une poésie musicale dont le dessein est de provoquer des bizarreries et des obscurités presque pathologiques. Les Décadents désarticulent les vers et la syntaxe, mêlent à des recherches subtiles les tours familiers, les jeux de mots, la naïveté des refrains populaires. Cette poésie se développe dans un climat partiellement immoral : les Décadents cherchent dans le laisser-aller un suprême raffinement. A l'expression de cette chaleur nouvelle s'oppose la froideur parnassienne : il y a combat entre la vie intensément vécue et l'art figé du Parnasse. Il s'agit de faire ressentir au lecteur un frisson poétique, «*cette sorte de sentiment tout voisin du mysticisme qui se retrouve au fond des grandes extases religieuses et amoureuses*». [6] Une nouvelle tendance littéraire est née qui prend donc ses distances avec la tradition parnassienne tout en répétant sa théorie sur le non-engagement social, l'artiste ne devant pas, selon elle, se laisser distraire de son art par des préoccupations jugées plus « terre-à-terre «. C'est en effet toute une métaphysique qui sous-tend le Symbolisme: le monde des apparences reflète une Réalité sous-jacente, un monde qui nous échappe, non-perceptible à nos sens - on songe aux Idées de Platon. Ce Réel, en correspondance avec notre monde, pourrait donc être déchiffré. Déjà le sonnet *Correspondances*, de Baudelaire, suggérait la démarche...

Il serait impossible d'évoquer tous les décadents - vous désirez certainement vous jeter sur les textes ! - aussi allons nous nous contenter de parler des plus «maudits», dont nombre furent reconnus par Verlaine. [7] : Verlaine, Mallarmé, Rimbaud, Cros, Lautréamont, Huysmans.

> « *Le symbolisme eut ses trois « monstres merveilleux*
> *«qui s'entre-chevauchaient dans leur enchantée course à la*
> *Vie Neuve.*
> *Paul Verlaine, Arthur Rimbaud, ainsi se nommaient deux*
> *d'entre eux;*
> *le troisième fut davantage un dieu très pur qui vint*
> *s'épanouir au jour prédestiné sans être reconnu ni compris de*
> *personne : Stéphane Mallarmé.* «
> Saint-Pol-Roux « **Le Miracle de 1886** « in *Nouvelles*
> *Littéraires*

VERLAINE (1844, 1896), LE «SATURNIEN» MAUDIT :

Né «*sous une influence maligne*», ayant «*bonne part de malheur et bonne part de bile*», Verlaine cultive le style du Parnasse dans ses premiers recueils poétiques (**Poèmes Saturniens**, 1866, **Les Fêtes Galantes** [8], 1869, **La Bonne Chanson**, 1870,) mais adopte un style nouveau à partir de **Sagesse** (1881) pour devenir le chef de file des «décadents» ou «poètes maudits», appellation qui convient à merveille à cet homme qui céda aux charmes de la dive bouteille dès l'âge de 25 ans, après avoir connu une jeunesse trop choyée. La suite de sa vie ne fut guère plus reluisante: mariage brisé par sa faute, maladie due à l'alcoolisme, vie d'errance en compagnie de Rimbaud et plusieurs années de prison. Il retrouvera finalement Dieu et la foi. Sa poésie reflète ses états d'âme, qu'il retrace aussi dans des œuvres autobiographiques (***Mes hôpitaux***, 1891, ***Mes prisons*** 1893, ***Confessions*** 1895). Verlaine est considéré comme un initiateur de l'esthétique nouvelle: il fait paraître (la même année que *A Rebours* de Huysmans) *Les Poètes Maudits,* où il évoque Tristan Corbière [9], Arthur Rimbaud, Stéphane Mallarmé et tous ces poètes en lesquels la nouvelle génération va trouver ses maîtres.

Ses sources d'inspiration sont sa vie de bohème et de débauche, ses traversée de repentir et d'élans mystiques. Les règles sont abolies au profit de la seule musique du vers ; Verlaine exprime sa sensibilité à travers des formes fluides et mélodieuses, qui captivent par leur pouvoir de suggestion. Il tord le cou à la rhétorique, refusant la poésie conçue pour un discours orné. Il nous faut alors signaler que, pour les symbolistes, le travail sur la forme du poème doit être aussi important que les idées avancées. Les poètes symbolistes sont ainsi de véritables «esthéticiens» littéraires compte tenu de l'attention accordée au travail formel. On remarque bien cet aspect dans le poème *Elévation* de Baudelaire. Le *Manifeste* met l'accent sur la recherche d'une forme plus musicale, apte à suggérer l'Etre. Il fait sien *L'Art Poétique* de Verlaine [10]:

> « *De la musique encore et toujours!*
> *Que ton vers soit la chose envolée*
> *Qu'on sent qui fuit d'une âme en-allée*
> *Vers d'autres cieux à d'autres amours* «

La poésie fluide et suggestive de Verlaine, dont le vers souple et musical s'efforce de traduire les mouvements les plus subtils de l'âme, devient un modèle pour les jeunes poètes. L'année 1886 verra notamment l'avènement du vers libre, conquis de haute lutte par G.Kahn et Laforgue après la traduction par ce dernier des versets de l'Américain Walt Whitman.

MALLARMÉ, LE «DIEU TRÈS PUR» :

> «*Car le Vice, rongeant ma native noblesse*
> *m'a comme toi marqué de sa stérilité*»
> Stéphane Mallarmé, ***Poésies***

> «*Le troisième fut davantage un dieu très pur qui vint*

s'épanouir au jour prédestiné sans être reconnu ni compris de personne.», nous dit Saint-Pol-Roux. A côté de ce Villon du XIXe siècle qu'est Verlaine, Stéphane Mallarmé (1842-1898), âme de poète vraie et profonde, nous livre avec parcimonie ses épilogues dramatiques (1879: *L'Après-midi d'un Faune*, qui inspira Debussy) et ses poésies complètes (1887) ainsi que celles publiées après sa mort sont pleines d'une obscurité non éclairée à ce jour. En effet, Mallarmé privilégie l'harmonie et la musique, dans un art extrêmement suggestif, qui se veut hermétique, inaccessible au profane. Il ne veut retenir des mots que leur valeur symbolique [11] et allusive, afin d'aboutir à la poésie pure qui, par sa musique et son pouvoir évocateur, permet d'aller au-delà, de rencontrer l'Idée, l'absolu. Il a pour religion celle de l'Idéal. Ses «idées» -si j'ose dire!- rejoignent celles de Platon: selon lui, l'essence des choses s'oppose aux apparences contingentes. Rejoignant les conceptions de Baudelaire et de Poe, Mallarmé affirme que l'Idéal, le «*Vierge Azur*», est «*ciel antérieur où fleurit la Beauté*». Selon lui, la poésie exige «un don de soi total», un «désintéressement absolu»: seule une véritable ascèse peut conduire à voir l'inaccessible. Les Symbolistes admirent son «*sens du mystère et de l'ineffable* «, car il cherche à suggérer l'Etre en tentant de l'abstraire de la multiplicité des formes: « *Je dis : une fleur ! et, hors de l'oubli où ma voix relègue aucun contour, en tant que quelque chose d'autre que les calices sus, musicalement se lève, idée même et suave, l'absente de tous bouquets .*» (**Traité du Verbe**)

Mais Mallarmé, dans ses recherches, est menacé de déboucher sur le néant, sur un univers chaotique d'où est absent l'ordre suprême. Il s'expose à trouver une harmonie intraduisible, c'est pourquoi, dans sa poésie, on retrouve fréquemment le thème de l'absence, du vide, de l'inanité. On songe au fameux «*Aboli bibelot d'inanité sonore*» [12]...

RIMBAUD, L'ÉPHÈBE TRANSFORMANT LA POURRITURE EN LUMIÈRE :

Pas de Verlaine sans son «*Satan Adolescent*», le jeune Jean Arthur (1854-1891), génie aussi puissant et fugitif que l'éclair -un génie correspondant, selon certains, à une «crise d'adolescence» !!- , «*voleur de feu*», «*poète voyant*»... Rimbaud se fit aventurier, sillonnant tant les routes de l'Europe que celles des pays lointains. Il vécut des années d'amitié «douteuse» avec Verlaine, qui fit éditer ses **Illuminations** en 1886, attirant sur le jeune homme la bienveillance que le public lui refusa en 1873. Son extrême précocité, son originalité incontestable en fait l'un des décadents les plus admirables et les plus passionnants à étudier.

> *«Grandes mains, grands pieds, figure absolument enfantine*
> *et qui pourrait convenir à un enfant de treize ans, yeux bleus profonds,*
> *caractère plus sauvage que timide, tel et le même, dont l'imagination*
> *pleine de puissance et de corruption inouïes a fasciné ou terrifié tous nos amis».*
> *Et il conclut «C'est un génie qui se lève»*
> *Lettre de Léon Valade à Emile Blémont, 5 octobre 1871*
> cité par Henri Troyat, **Verlaine**, p105.

Dès 1871, Rimbaud, rompt avec les *«vieilleries poétiques»*, déclarant à l'un de ses professeurs que *«Hugo a bien VU dans les derniers recueils»* et que *«Baudelaire est le premier voyant, roi des poètes, un vrai Dieu.»* Mais il a vécu *«dans un milieu trop artiste; et la forme si vantée en lui est mesquine: les invitations d'inconnu réclament des formes nouvelles.»*

Ces formes nouvelles, Rimbaud les a créés, définies, et il a lui-même pratiqué son *«alchimie du verbe»*, c'est-à-dire *«un verbe poétique accessible à tous les sens»*, une langue *«résumant tout, parfums, sons, couleurs»*. Le jeune génie a voulu inventer une nouvelle langue qui permette, par le recours à l'hallucination, de saisir la réalité profonde, d'exprimer l'inexprimable. Le poète doit *«inspecter l'invisible et entendre l'inouï».* [13] : *«il faut être voyant -Le Poète se fait voyant par un long, immense et raisonné dérèglement de tous les sens. Toutes les formes d'amour, de souffrance, de folie; il cherche lui-même, il épuise en lui tous les poisons pour n'en garder que les quintessences»* Se faire voyant, c'est devenir *«voleur de feu»*, c'est se lancer dans des recherches mystiques, poursuivre l'absolu, *«acquérir des pouvoirs surnaturels»*, *«atteindre l'âme universelle»*. Mais le poète voyant *«devient entre tous le plus grand malade, le grand criminel, le grand maudit -et le suprême Satan!- Car il arrive à l'inconnu!».* Hanté par le mystère des rapports des moi/monde, Rimbaud veut étreindre l'univers (en confèrent ses **Illuminations** [14]) car *«JE est un autre»*: dans son être apparent, il existe un moi profond capable de sonder l'inconnu.

Rimbaud s'habitue donc à l'hallucination ; «*Par la recherche obstinée de l'ivresse* [15]*, Rimbaud prétend contribuer à «ce lent et raisonné dérèglement de tous les sens» nécessaire, selon lui, à l'essor de la poésie. Alors que Verlaine boit pour s'anéantir dans un hébétement agréable et passager, lui considère la débauche comme un exercice spirituel, un système rigoureux de détraquement une ascèse pour individus supérieurs»* [16]. Ainsi, si dans le *Bateau Ivre*, les vision n'étaient que littéraires, elles deviennent réelles dans **Une Saison en Enfer**. «*Je devins un Opéra Fabuleux*». On assiste à une transmutation des éléments mêmes du monde et de la pensée. Cédons une fois de plus la parole à Henri Troyat qui explique dans sa passionnante biographie sur Verlaine les buts de Rimbaud : « *son rôle n'est pas de plaire mais de déranger. «il faut défigurer tout ce qui est beau, railler tout ce qui honnête, s'affirmer comme un négateur, un destructeur, un prophète de l'ignominie. Plus on descend dans la fange, plus le chant qui s'élève de cette turpitude est enivrant.»* [17]

CHARLES CROS OU «LE PROGRÈS ET L'ABSINTHE DANS LA PEAU» :

Moins célèbre mais pourtant aussi remarquable, Charles Cros est l'auteur de nombreux recueils de poèmes tels **Le Coffret de Santal** ou **Le Collier de Griffes**. Ce grand ami de Verlaine fonda également un cercle baptisé «zutiste» réunissant tous les esprits qui osent dire «zut!» aux conventions., et fréquenta les «Vilains Bonhommes», ensorcelés par l'absinthe -il est un des fidèles du cabaret du *Chat noir,* et on dit souvent de lui qu'il a le progrès et l'absinthe dans la peau. Sa rupture avec Verlaine -ce qui le fit exclure du rang des poètes Maudits- date du moment où révulsé par le comportement de Rimbaud, il prit le parti de la femme du Saturnien. Inventeur d'un procédé de photographie des couleurs, ainsi que d'un prototype de phonographe, il fut un poète aussi bien lyrique qu'humoristique.

Ses œuvres majeures peuvent faire songer à celles des romantiques allemands : sous ses rêveries sur la femme et l'amour et un parcours fantastique au pays des légendes, Cros fait transparaître angoisse et souffrance, cachant son désarroi sous la fraîcheur des chanson populaires. Poète de transition entre Parnasse et Décadents, Cros a le goût de l'insolite et une extraordinaire vision de l'avenir, qui le fera reconnaître comme précurseur des Surréalistes.

LAUTRÉAMONT (1846-1870), LE MAL D'AURORE :

«Je vous surpasse tous par ma cruauté innée»

Reconnu par Verlaine comme un poète maudit, Lautréamont est essentiellement connu pour ses fameux **Chants de Maldoror**. Malheureusement, il ne devint célèbre qu'une fois privé d'aurore mais jouit d'une extraordinaire gloire posthume. Il fut notamment très apprécié des Surréalistes ou, comme le dit Francis Ponge: *«Ouvrez Lautréamont, et voilà toute la littérature retournée comme un parapluie. Fermez Lautréamont, et tout aussitôt se met en place»*.

Entre délire visionnaire et sadomasochisme exalté, Maldoror, l'ennemi des hommes, la haine de l'humanité, de la création et de son créateur, s'exprime dans une prose solennelle et cadencée où les images les plus insolites se mêlent à un humour insolent. D'abord héros romantique à l'âme et au physique maladif, il se fait rapidement l'ennemi de Dieu et de l'homme, devenant un démon symbolique faisant *«servir [son] génie à peindre les délices de la cruauté»*.

Ces six chants, comme autant de machines infernales, visent essentiellement à railler la *«vieille dame si digne qu'est la Littérature»* [18]. En effet, selon Lautréamont, *«la poésie personnelle a fait son temps... La poésie doit être faite par tous. Non par un»* (**Poésies**). Il s'agit alors de démythifier les machineries romanesques, de redonner sa liberté au texte lui-même - au contraire des autres romanciers qui, en tant que «dieu créateur» le brimaient, le dominaient, l'encerclaient-, d'évoquer l'inconnu, le lointain, de remettre en cause le réel et ceux ayant foi en ce réel : les lecteurs. Les **Chants** se font donc entreprise de destruction dont le lecteur est la première victime ; Lautréamont s'improvise dénonciateur de la dialectique.

HUYSMANS OU LA BIBLE DES DÉCADENTS :

«La nature a fait son temps... Il s'agit de la remplacer par l'artifice»
Huysmans, *A Rebours*

En 1884 fut publié la bible des Décadents, le scandale romanesque qu'est *A Rebours*. Dès sa parution, Huysmans se met les bonnes mœurs à dos et se brouille avec son ami Zola. Il reconnaîtra, dans une préface écrite vingt ans après le livre, que ce roman était effectivement une dénonciation du naturalisme : «*Nous devions nous demander si le naturalisme n'aboutissait pas à une impasse et si nous n'allions pas bientôt nous heurter contre le mur du fond.*» On sent dans le livre une envie de créer une nouvelle esthétique qui serait à rapprocher de celle de Villiers de L'Isle-Adam.

Mais revenons-en à la substantifique moelle, comme dirait Rabelais. Qu'est-ce qu'*A Rebours* ? C'est le portrait de Des Esseintes, le type même du décadent que caractérisent le dégoût de l'ordre bourgeois et classique, le refuge dans l'esthétisme, le culte du rare, de l'excentrique, le pessimisme, la morbidité. Dégoûté de la vulgaire réalité, Des Esseintes cherche désespérément, en recourant sans cesse à l'artifice, des sensations rares et des plaisirs toujours nouveaux : les pages égrènent donc objets bizarres, exotiques, symphonie de liqueurs [19], de parfums, et exercices spirituels «à rebours» de la nature et de l'humanité. Sa quête le mènera jusqu'à l'hallucination et jusqu'à la folie, aux portes de la mort et du néant.

On soulignera aussi que Huysmans, après une période de satanisme mystique, écrivit en 1890 *Là-bas*. Son héros, Durtal, un adepte de la magie noire et spécialiste de Gilles de Rais, est le digne successeur de Des Esseintes. Le livre, jugé obscène et blasphématoire, suscita naturellement de nombreuses protestations vertueuses. Paradoxalement, c'est avec l'aide inattendue de Satan, et par la magie noire et les pratiques ésotériques que Huysmans trouva le chemin vers Dieu. Car, comme le diagnostiqua Barbey d'Aurevilly après la publication d'*A Rebours*, «*Après un tel livre, il ne reste plus à l'auteur qu'à choisir entre la bouche d'un pistolet ou les pieds de la croix.*» À terme, Huysmans lui donna raison en se convertissant au catholicisme -on le verra dans son œuvre *La Cathédrale* (1898), sorte de méditation sur l'architecture gothique à Chartres.

DES MUSICIENS ET DES PEINTRES :

En 1886, la *Revue Wagnérienne* fondée par Dujardin réunit des œuvres symbolistes ; exposant tant les conceptions musicales de Wagner que des interrogations sur son art de Mallarmé, cette revue contribua largement à lier poésie et musique. Ce souci d'une osmose entre vers et notes transparaît dans les titres mêmes des œuvres : *Ariettes* de Verlaine,

Nocturne de Merrill (in recueil **Les Gammes**). Dès 1887, cinq mélodies de **La Bonne Chanson** de Verlaine seront mises en musique par Fauré. Quant à Debussy, un des fidèles des «Mardis « de Mallarmé, il s'inspira de **L'Après-Midi d'un Faune** pour son célèbre prélude.

La musique subit alors une évolution proche de celle de la poésie : elle se fait fluide pour exprimer la subtilité des sensations et l'épaisseur du mystère de la vie. L'assouplissement - voire la dislocation - de l'alexandrin a son correspondant dans l'ambiguïté tonale de l'œuvre de Claude Debussy. Par ailleurs, les thèmes de la transparence, chers au Symbolisme, se retrouvent dans **Jeux d'eau** ou **Miroirs** de Ravel.

Si poésie symboliste et musique s'accordent merveilleusement, la peinture n'est pas en reste. Très tôt une amitié lie Manet à Mallarmé, deux habitués des dîners de Victor Hugo. En 1876, *L'Après-midi d'un Faune* paraît dans une somptueuse plaquette illustrée par Manet (dont Des Esseintes, dans *A Rebours* fait d'ailleurs l'éloge [20]). A plusieurs reprises, Mallarmé défendra les choix esthétiques de son ami. On peut également souligner que le poème *Le Fleuve* (1874) de Charles Cros fut illustré d'eaux-fortes du même Manet.

Les peintres impressionnistes, qui conduisaient leurs recherches plus ou moins à l'écart des mouvements littéraires, créent eux- aussi un art de la suggestion par la dislocation des lignes et l'impression de «liquidité» qui se dégage de certaines de leurs œuvres -on pense aux *Nymphéas* du grand Monet. Parmi les écoles dérivées de l'Impressionnisme, le symbolisme se détache : l'artiste cherche à utiliser le symbole pour transmettre son message ; c'est le synthétisme, que formule en 1885 un jeune poète féru de peinture, Albert Aurier . Puvis de Chavannes et ses formes stylisées, Odilon Redon et sa tentative -à travers chacune de ses toiles de restituer l'épaisseur d'un Mystère inhérent à la condition humaine et à la vie en général, Gustave Moreau, enfin, dont les tableaux allégoriques et profondément novateurs surprennent, tous fraternisent avec les conceptions esthétiques des poètes symbolistes. «*On ne fait rien en art par sa seule volonté. Tout se fait en se soumettant à l'intrusion de l'inconscient* «: Odilon Redon, ami de Huysmans et de Mallarmé, rejoint ici les idées de Maurice Maeterlinck.

LES INSPIRÉS SE FONT INSPIRATEURS :

Signalons pour terminer que les poètes du début du XXème (Valéry, Claudel, Jules Romains, Verhaeren [21]) reconnaîtront leur dette envers le Symbolisme. Les Surréalistes eux-mêmes se réclameront de Rimbaud, Odilon Redon ou Saint-Pol-Roux, à la gloire desquels ils contribueront. Par exemple, les **Illuminations**, admirées plus tard par les surréalistes, constituent l'un des premiers textes où le signifiant prend le pas sur le signifié, c'est-à-dire où les caractéristiques matérielles des mots (volume, accent, sonorités) l'emportent sur leur sens dans l'élaboration et la création poétique. Cédons une fois de plus la parole à Hubert Juin : *«Il reste, dans la faculté d'écrire, pour tous -dans la faculté de lire, pour tous-, une faille. Ce sont ceux-ci qui en sont coupables. [...] Poètes maudits ? soit ! nous sommes leur miroir !»*.

Julie Proust Tanguy,
Décembre 2000

NOTES :

1 L'idée fondamentale est que notre monde est *en correspondance* avec le monde spirituel
2 *«L'art pour l'art signifie un travail dégagé de toute préoccupation autre que celle du beau en lui-même»* Théophile Gautier.
3 Le manifeste précise sa conception de la poésie : *«Ennemie de l'enseignement, la déclamation, la fausse sensibilité, la description objective «*, la poésie symbolique cherche : *«à vêtir l'Idée d'une forme sensible.»* Au cours de la préface, nous nommerons indifféremment «décadents» ou «symbolistes» les auteurs que nous allons aborder. En effet, s'ils furent d'abord nommé décadents par leurs adversaires, les poètes réagissant contre la solennité et la froideur de l'école parnassienne préféreront, vers 1885-1886, s'appeler symbolistes.
4 Une parodie révélatrice du «décadentisme» parut dans *Lutèce* sous le titre **Les Déliquescences d'Adoré Floupette** (Gabriel Vicaire et Henri Beauclair, 1885). Le succès de cette parodie va soulever des polémiques et éveiller de sérieuses querelles entre Parnassiens et «Décadents». Répliquant à une attaque, Jean Moréas écrit dans **Le XIXe Siècle** : « *Les prétendus décadents cherchent avant tout dans leur art le pur Concept et l'éternel Symbole, et ils ont la hardiesse de croire avec Edgar Poe que le Beau est le seul domaine légitime de la poésie* «.

5 « *Ce que je sens, c'est un immense découragement, une sensation d'isolement insupportable, une peur perpétuelle d'un malheur vague, une défiance complète en ses forces, une absence totale de désirs, une impossibilité de trouver un amusement quelconque... Je me demande sans cesse: à quoi bon ceci ? à quoi bon cela ? C'est le véritable esprit de spleen».* (A sa mère, 1857). Dans un sens moins poétique et baudelairien, *Spleen* est un mot anglais qui désigne la rate : en effet, on croyait autrefois, selon la théorie des humeurs d'Hippocrate, que le sentiment de mélancolie était d'origine physiologique et, plus précisément, qu'il venait de la bile noire sécrétée par la rate.
6 Paul Bourget, **Essais de Psychologie Contemporaine**, parus dans *La Nouvelle Revue* de 1881 à 83.
7 Nous signalons au passage, pour les férus de littérature, l'existence de l'excellente anthologie publiée par les éditions Robert Laffont, collection Bouquins: **Rimbaud, Cros,**

Corbière, Lautréamont : œuvres poétiques complètes.
8 On peut toutefois considérer que les **Fêtes galantes** sont l'œuvre d'un dilettante presque décadent, épris d'art pur, de sensation exquises et de raffinements précieux; en fait, ces paysages intérieurs transpose les propres aspirations de Verlaine, d'une façon délicieuse et ambiguë. Faut-il fuir ou se retrouver ?
9 Pour la commodité de la préface et pour ne pas trop retarder votre première absinthe, les préfaciers ont choisi -à grands regrets !- de laisser de côté Corbière, le breton du **Casino des Trépassés**, M.Maeterlinck, Moréas, H. de Régnier, L.Thaillade, Barbey d'Aurevilly et autres «diaboliques».
10 in **Jadis et Naguère**, 1884
11 Il est à noter que, sitôt le **Manifeste Littéraire** paru, on tenta de définir le symbole. Maeterlinck proposera en 1891 dans sa **Réponse à l'Enquête de Jules Huret** une définition qui insiste sur le rôle de l'inconscient dans la créativité : « *Le poète doit, me semble-t-il, être passif dans le symbole, et le symbole le plus pur est peut-être celui qui a lieu à son insu et même à l'encontre de ses intentions...* » .
12 In «*ses purs ongles très hauts...*»
13 **Correspondances**: lettre à Paul Demeny -son professeur-, 15 Mai 1871.
14 Les illuminations viennent du mot anglais enluminures :c'est la poésie visuelle d'un voyant influencé par l'occultisme et par les grands aventuriers de l'imagination.
15 On se souvient de *La comédie de la soif* (in **Vers nouveaux**): «*Que faut-il à l'homme? Boire [...] Gagnons, pèlerins sages/ l'absinthe aux verts piliers...*»
16 Henri Troyat, **Verlaine** p105-106
17 p103 op.cit.
18 Hubert Juin.
19 Si l'on autorise un clin d'œil des préfaciers, l'orgue à bouche de Des Esseintes inspira bien plus tard le pianocktail de Vian, dans son formidable roman **L'Ecume des Jours.** Jugez-en par vous-mêmes. Voilà Huysmans: «*Des Esseintes buvait une goutte, ici, là, se jouait des symphonies intérieures, arrivait à se procurer, dans le gosier, des sensations analogues à celles que la musique verse à l'oreille. du reste, chaque liqueur correspondait, selon lui, comme goût, au son d'un instrument...*», et voici Vian: «*A chaque note, dit Colin, je fais correspondre un alcool, une liqueur ou un aromate. La pédale forte correspond à l'œuf battu, et à la pédale faible à la glace. Pour l'eau de Seltz il faut un trille dans le registre aigu. Les quantités sont en raison de la durée ...*»
20 et Mallarmé lui rend la pareille dans sa *Prose pour Des Esseintes*.
21 Emile Verhaeren (1855-1916) est un poète belge d'expression française, dont l'œuvre, à la fois sensuelle et mystique, contribua à renouveler la notion de symbolisme. On peut notamment penser à ces fameux vers des **Campagnes Hallucinées** «*On s'écrase sans plus se voir, en quête/ du plaisir d'or et de phosphore; / des femmes s'avancent, pâles idoles / avec, en leurs cheveux, les sexuels symboles*»

<u>Sources :</u>

- *Littérature française*, tome III, R.Pouilliart (Edit. Arthaud)
- *Littérature du XIX ème siècle*, Henri Mitterrand (Edit. Nathan)
- *Encyclopédie de l'Art : XIXème siècle et Art Moderne* (Edit. Lidis)
- *Didier. Histoire de la litt. Frse XIXe.* (Nathan)
- *Le mouvement décadent en France*. Marquèse-Poey. (PUF)
- *Dictionnaire Bordas de la Littérature française*, Henri Lemaître
- *Lagarde et Michard, XIXe siècle*
- *Verlaine* et *Baudelaire*, Henri Troyat (livre de poche)
- les numéros de la revue *Europe* consacrés à **Arthur Rimbaud** (746-747, Juin-Juillet 1991), **Baudelaire** (760-761 , Août- Septembre 1992), **Stéphane Mallarmé** (825-826 Janvier -Février 1998)

<u>*Quelques sites :*</u>

http://www.argyro.net/bdhl.html
(banque de données d'histoire littéraire)
http://www.urich.edu/~jpaulsen/bibliot3.html#19elittfr
littérature et civilisation française -des liens intéressants
http://gallica.bnf.fr/classique/au_XVIIII.htm

(liste d'auteurs et ouvrages du XIX e siècle)
http://gallica.bnf.fr/classique/ch_XVIIII.htm
chronologie du XIX e siècle
http://www.chass.utoronto.ca/french/sable/zola/
liste de ressources sur la XIX e siècle -centre d'études sur Zola
http://www.pum.umontreal.ca/theses/pilote/tacium/these.html
(Le Dandysme et la crise de l'identité masculine à la fin du XIXe siècle : Huysmans
, Pater, Dossi
     Par David Tacium)

     Ainsi que les œuvres complètes et correspondances de Rimbaud, Verlaine et autres
auteurs cités dans cet article, disponibles chez NRF, bouquins, et même Librio ! Merci à la
liste «XIXe» pour ses réponses à nos questions et bonne lecture !

❋

près une telle entrée en matière, c'est avec beaucoup de modestie et d'humilité que j'ai le plaisir de vous présenter cet ensemble de textes. Ils n'ont pas d'autre ambition que de tenter de marier les effluves de la Fée Verte aux dernières plaintes d'un Millénaire moribond. Si le genre « fantastique » prédomine largement dans cette anthologie, il est loin d'être exclusif et sait s'estomper au fil des pages pour laisser place à des récits ésotériques, érotiques, voire intimistes. Dois-je également avouer que ce travail est le fruit d'une passion, celle qui cherche à unir la vie à la mort, à intégrer l'horreur à la beauté, à mélanger enfin les plus douces fragrances aux parfums poivrés de la déchéance ? Les auteurs réunis dans ce volume, Grands Anciens aujourd'hui disparus ou de jeunes plumes prometteuses, nous offrent une ébouriffante palette des mille et une couleurs de la décadence. Une décadence qui n'a pas d'âge, peut-être parce qu'elle est la dimension obscure de l'âme humaine.

Philippe Marlin
Mars 2001

L'Absente

Emmanuel Thibault

Emmanuel Thibault prend plaisir à écrire des fictions, autant pour s'enivrer de rêve et de langage que pour interpeler le lecteur en proposant un regard personnel qu'il espère différent et constructif. La nouvelle se prête particulièrement à ce genre d'exercice, mais pourquoi pas le roman et la poésie ? En attendant, Emmanuel produit pour la presse internationale des reportages sur la spiritualité, les arts martiaux et travaille à plusieurs essais en ces domaines . Il assume généralement lui-même la part photographique de ses travaux ; un exposition circule du reste actuellement en France et en Suisse. Emmanuel enseigne également le Setaï, approche de la respiration et du mouvement d'origine orientale. Grand voyageur, il s'est imprégné de diverses cultures au cours de longs séjours en Afrique et en Orient.

Elle m'a quitté.
C'est fini. Je suis seul.

Déjà, je suis incapable de me remémorer sa silhouette exquise, sa voix mélodieuse, ni son merveilleux sourire. Déjà s'estompe l'impression de l'avoir jamais vraiment rencontrée.

J'ai vécu à ses côtés. Elle a illuminé ma vie, fait de moi le plus heureux des artistes et le plus comblé des hommes. Elle m'a appris à aimer.

Aujourd'hui, je sais qu'elle m'a véritablement accompagné durant toutes ces années que par le manque insupportable de sa présence.

Elle est l'Absente.

Son absence ne sera pas ma seule compagne désormais : l'autre est là ! La magicienne diabolique, responsable de ma déchéance ; la seule instigatrice de mon tourment.

Elle avait juré ma perte, arrêté depuis longtemps ma condamnation, la Fée Verte. Elle n'a pris que davantage de plaisir à profiter imperceptiblement de ma faiblesse, de ma naïve béatitude, lorsque je n'avais d'yeux que pour ma déesse.

Perdue à jamais, Tripura Sundari la Magnifique, la trois fois pure ! Perdue pour toujours la reine des cieux féminins ! Je dois oublier que je reposais contre son sein et qu'elle inspirait chacun de mes poèmes. Je dois oublier qu'elle a enchanté mes amours et m'a donné des ailes.

Il faut tout oublier maintenant ! C'est la sorcière qui règne.

Moi, je me suis laissé séduire comme un niais. J'ai laissé la perverse tendre ses pièges et ruiner la plus fortunée des unions.

J'ai perdu.

J'ai tout perdu. Tripura Sundari, somptueuse, a fait place sans cesser de sourire.

Mais maintenant, je ne la vois plus. Je suis incapable de distinguer le moindre des scintillements merveilleux qui accompagne la grande Déesse dans ses visitations. Plus le moindre tintement de ses gracieuses clochettes, pas même le plus ténu des parfums célestes.

Tout mon univers est rempli de la puanteur anisée de sa maléfique rivale. Entre les pâles volutes vertes, je ne sais plus distinguer que des pans de brume opaque.

La Fée Verte règne sur ma vie, sur mes jours et sur mes

nuits.

Un soir d'ivresse, elle a glissé dans ma main molle une clef d'argent et m'a susurré: «Sers-t'en !»

Je ne l'ai pas repoussée. J'ai embrassé le métal froid, imprimant la trace des étranges ciselures du panneton sur mes lèvres béantes, puis j'ai ouvert l'huis abhorré.

Des nuées glauques ont depuis envahi mon cerveau, je rêve. Je rêve tant que je le peux. Eperdument.

Mes matins ont l'odeur de l'absinthe.

Plus tard, je m'assoupis sur un oreiller bourré d'herbes soyeuses et argentées.

J'écris toujours mes poèmes, assis dans un fauteuil auprès de ma fenêtre ou à la terrasse d'un café, une fontaine magique tout près de moi.

Mais plus personne ne me lit. La cuillère ajourée me rappelle irrésistiblement la clef tragique.

Moi-même, je n'ose regarder ces pages corrompues qui feraient horreur à Poe ou Lautréamont. Cependant, je suis incapable de me résoudre à les jeter. Je les froisse nerveusement et les enfouis dans mes poches ou dans ma vieille serviette de cuir usé.

Je m'efforce d'écrire mon amour sabordé, de chanter ma déesse disparue. Je crie son nom «Tripura Sundari !» sur le papier souillé de gouttes odorantes et sucrées.

Mais la Belle ne me répond pas. Pour une méchante clef d'argent et des rêves vénéneux, j'ai jeté le sceau doré de ma Bien-Aimée. Je me suis exclu de la substance du silence divin. J'ai tranché l'ombilic sacré et me suis coupé à jamais de ma Source.

Depuis, je ne connais pas de repos. Ma tête bouillonne de paroles sans suite, résonne comme une crypte profanée d'échos grossiers. Plus de musique subtile, ni d'harmonies divines, rien qu'un brouhaha épuisant que je tente de noyer en avalant une nouvelle gorgée douce-amère.

La Fée malicieuse me connaît bien: elle sait m'apparaître alors que je vais la maudire, me faire languir quand j'appelle son étreinte.

Lentement, le paysage autour de moi s'embrume et le quotidien fade devient rêve, rêve glacé et pervers, rêve exquis, délicieux adultère.

Oubliée Tripura Sundari la Suprême, ma Bien-Aimée délaissée ; Absinthe m'a ravi !

***

Les deux policiers eurent un haut-le-cœur en pénétrant dans la cave dont la porte avait été maçonnée depuis l'intérieur. L'homme qui gisait là s'était emmuré vivant, se condamnant lui-même.

Quelle atroce forme de suicide ! L'agent braqua sa torche et inspecta rapidement le contenu de la pièce, maintenant un mouchoir sur son visage. L'odeur était épouvantable, mais ce n'était pas la puanteur habituelle des cadavres en putréfaction. Celle-ci était douce-amère, légèrement anisée. Selon les voisins, il y avait cependant près de deux mois qu'on n'avait pas vu le poète.

Des dizaines de bouteilles vides traînaient partout. Il fallait les écarter du pied pour se frayer un passage.

Enfilant des gants de caoutchouc, sa collègue s'approcha du corps qui gisait sur une paillasse, à côté d'une table basse couverte d'un monceau de feuilles noircies d'une écriture gauche.

Elle n'avait jamais vu un cas de ce genre: dans un visage hideusement déformé par l'excès d'alcool, les yeux morts luisaient d'une phosphorescence verdâtre.

Le poète amaigri n'avait que la peau sur les os. Un trou béant dans sa poitrine laissait deviner le cœur, desséché au point d'en paraître pétrifié, tandis que le foie énorme, luminescent lui aussi, battait encore d'une pulsation impie qui mimait le mouvement de la vie !

Son compagnon rompit soudain le silence en brandissant une poignée de feuilles de papier:

En tout cas, le fait d'être aveugle ne l'a pas empêché d'écrire ! Ecoute ça ; on pourrait l'intituler «hymne à la déesse» : *Suprême Tripura Sundari, Reine des cieux, maîtresse de mon cœur, je t'ai trahie et m'en voilà puni !*

Et là : *La Fée tyrannique se joue de moi ; je sens sa caresse immonde et délicieuse courir en moi, quelque part sous ma peau, le long de mes nerfs étonnés. Elle apparaît, puis s'enfuit, frisson sublime dont le suspend fait naître une insupportable torture. Il me faut la rappeler, l'évoquer d'urgence, me soumettre à sa toute-puissance.*

Depuis longtemps déjà, presque plus d'eau dans le mélange. Ce tourbillon d'agate pâle empeste, mais je m'exécute.

La Fée Verte a triomphé de toute résistance...

Tu crois aux fées, maintenant ? insinua la jeune femme en retirant ses gants d'un air détaché.

Disons que l'idée que je m'en faisais était moins chlorophyllienne, répondit l'autre. Quelque sylphide étrangère, peut-être ? Quel est ton diagnostic ?

Un cas étonnant ! Ce foie est digne de figurer dans un musée, fit-elle, dégoûtée, en pointant son index vers le cadavre.

Cirrhose ?

Pire, sans aucun doute. Je ne crois pas qu'il existe de nom pour désigner ça. Cependant, avant qu'il n'en arrive là, une simple recette de bonne femme aurait peut-être pu lui sauver la vie.

Tiens ! Laquelle ?

Des décoctions d'absinthe. Dissous dans l'eau et non dans l'alcool, ses principes actifs sont très efficaces contre les affections hépatiques.

Surprenant, en effet, fit remarquer le policier, perplexe. Oh ! Voici un indice intéressant : je crois que ces lignes sont les dernières que le poète a écrites :

J'ai rêvé de l'Absente !
Elle a rallumé la lumière dans ma nuit verte.
Ce matin, elle m'a gracié !

© *Emmanuel Thibault*
Paris, septembre 2000

Mémoires d'une potence

Eça de Queirós

Traduit du portugais par Jean Pailler © à l'occasion du centenaire de la mort de l'auteur.

LE CENTENAIRE DE QUI?

José Maria d'Eça de Queirós est mort à Neuilly en août 1900, il n'avait pas tout à fait cinquante-cinq ans, et il était consul de Portugal à Paris depuis douze ans. Conteur, romancier, journaliste, chroniqueur, il avait introduit à Lisbonne, trente ans plus tôt, la conception d'un art utilisant l'observation scientifique pour rechercher "le beau, le bon, le juste". Quelques uns de ses livres avaient fait scandale. A vingt ans il avait été révolutionnaire - socialiste même. A quarante ans il avait ses entrées à la Cour. Après sa mort, son corps fut rapatrié à Lisbonne où on lui fit des funérailles nationales. Et depuis cent ans, on n'en finit pas de le re-tuer, de l'étouffer sous une affectueuse gloire, qui fait de lui la proie des traducteurs et des universitaires, la tarte à la crème de la culture portugaise, l'Omniprésent, avec Camões, Pessoa, et maintenant ce type qui a eu le Nobel en 98.

Loin du monstre sacré auquel les Fondations consacrent des Colloques, voici un texte qui nous invite à redécouvrir Eça de Queirós à vingt ans, étudiant chahuteur de l'université de Coïmbre, comédien amateur, poète "sata-

niste", admirateur de Proudhon et de Gérard de Nerval. Ce conte, "MEMOIRES D'UNE POTENCE", a été publié dans "La Gazette de Portugal" le 22 décembre 1867, et réuni, en 1903, au volume des "Proses Barbares".

On y trouve déjà tout ce qui caractérise Eça de Queirós: le réalisme du détail, la vision déiste, la compassion sociale, cette langue familière, qu'on n'est jamais sûr d'avoir bien traduite, et qu'on imagine rythmée par le geste haletant d'une main maigre et jaune sortant d'une manchette glacée, et par-dessus tout la pointe d'humour et d'ironie qui, toujours, garantit la sincérité contre l'excès d'émotion.

Ironie qui aura accompagné l'artiste jusqu'au bout, car, lorsque son cortège funèbre entra au cimetière, il s'avéra que la dernière porte était trop étroite pour le cercueil.

J.Pailler[22]
mai 2000

ar un moyen surnaturel que je ne puis révéler, il m'a été donné de prendre connaissance de quelques papiers, sur lesquels une pauvre potence pourrie et noircie avait conté quelque chose de son histoire. Les tragiques Mémoires que cette potence avait tenté d'écrire, eussent constitué un document sur la Vie d'une rare profondeur. Bois d'arbre, nul ne savait aussi bien le mystère de la nature; bois de justice, nul ne connaissait mieux l'homme. Aucun homme n'est aussi vrai, et aussi spontané, que celui qui se tord au bout d'une corde, sinon celui qui le charge sur ses épaules. Hélas! La pauvre potence avait pourri et péri.

Parmi les notes qu'elle a laissées, les moins complètes sont celles-ci que je copie, résumé de ses douleurs, vague apparence de cris instinctifs. Si seulement elle avait pu écrire sa vie complexe, pleine de sang et de mélancolie! Il est temps de

---

22- Ecrivain, auteur de «Portugal-Le printemps des Capitaines» (L'Harmattan) et de «Charles Ier, roi de Portugal» (Atlantica), a également présenté et traduit trois sélections de chroniques d'Eça de Queiroz: «La question d'Orient 1878-79» (L'Harmattan), «Portraits de Princes» (Atlantica) et «Ecrits sur la France (L'Harmattan) connaître, enfin, l'opinion des montagnes, des arbres et des eaux, l'opinion que la nature immense a de l'homme, cet intrus microscopique. Ce sentiment peut-être me conduira un jour à publier certains papiers que je conserve précieusement: les **Mémoires d'un Atome** et les **Notes de voyage d'une souche de cyprès**.

Voici ce qu'on peut lire dans le fragment que je copie, et qui n'est rien que le prologue de ces Mémoires:

«J'appartiens à une lignée immémoriale de chênes, une race austère et forte, qui déjà dans l'Antiquité laissait choir sur Platon des pensées du bout de ses branches. Une famille hospitalière et historique, qui avait armé des vaisseaux pour la ténébreuse déroute des Indes, taillé des millions de lances pour les hallucinés des Croisades, et soutenu de poutres les toits modestes et parfumés qui avaient abrité Savonarole, Spinoza et Luther.

Mon père, oublieux des hautes et sonores traditions de l'héraldique végétale, avait mené une vie inerte, matérielle et profane. Il ne respectait pas les nobles morales antiques, ni la tradition idéale religieuse, ni les devoirs de l'Histoire. C'était un arbre matérialiste, qui avait été perverti par les encyclopédistes de la végétation. Sans foi, sans âme et sans Dieu, il avait la religion du soleil, de la sève et de l'eau. Il était le grand libertin de la forêt pensante. L'été, quand il éprouvait la violente fermentation des sèves, il chantait au soleil pour accompagner l'ondulation de ses branches, il accueillait de grands concerts d'oiseaux bohèmes, il reversait la pluie sur le peuple humble et courbé des herbes et des plantes et, la nuit, lascivement enlacé par les plantes grimpantes, il faisait résonner sa vigueur dans le silence sidéral. Lorsque venait l'hiver, avec la passivité animale d'un vagabond, il tendait ses bras maigres et suppliants dans l'impassible ironie de l'azur.

Voilà pourquoi, nous qui étions ses enfants, nous n'avons guère eu de bonheur dans notre vie végétale. Un de mes frères fut enlevé pour servir de tréteau à des paillasses: arbre contemplatif et romantique, il dut, chaque nuit, se laisser piétiner par la vulgarité, par la dérision, par la farce et par la faim! Un autre rejeton, plein de vie, et de soleil, déjà blanc des poussières de l'été, austère solitaire de la vie, lutteur du vent et des neiges, fort et travailleur, nous fut arraché pour faire les planches d'un cercueil. Et moi, le plus malheureux des arbres, on a fait de moi un gibet!

Tout petit déjà j'étais triste et compatissant. J'avais une grande intimité avec la forêt. Je ne voulais que le bien, le rire, la dilatation salutaire des fibres et des âmes. La rosée dont me baignait la nuit, je la renvoyais à de pauvres violettes qui vivaient en dessous de chez nous, douces jeunes filles en deuil, condensé mélancolique et vivant de la grande âme silencieuse de la végétation. J'ouvrais mes branches à tous les oiseaux quand menaçait la tempête, et c'était en moi que la pluie courait se réfugier, échevelée, poursuivie, fouaillée, mordue par le vent! Je lui ouvrais mes rameaux et mes feuilles et je la cachais là, dans la tiédeur de la forêt. Le vent passait, dans sa confusion imbécile. Alors la pauvre pluie, entendant s'éloigner son siffle-ment lascif, se laissait glisser silencieusement le long de mon tronc, goutte à goutte, pour que le vent ne la voie pas, et se traî-nait parmi les herbes, pour rejoindre l'immensité maternelle des Mers. Un temps, j'eus pour ami un rossignol, qui venait conver-ser avec moi pendant les longues heures constellées du silence. Le pauvre rossignol avait un chagrin d'amour. Il avait vécu dans un pays lointain, où les amours se lient dans de plus molles paresses: là-bas il était tombé amoureux; avec moi, il s'épan-chait lyriquement en soupirs et en pleurs. Et sa peine mystique était telle que le triste oiseau, à ce qu'on m'a dit, poussé par la douleur et le désespoir, s'est laissé choir dans l'eau! Pauvre ros-signol! Nul ne fut jamais si aimant, si chaste et si veuf!

J'aurais voulu protéger tous les vivants. Et lorsque les jeunes paysannes venaient pleurer auprès de moi, je tendais toujours mes rameaux, comme des doigts, pour montrer à leur pauvre âme affligée de larmes tous les chemins des cieux!

Jamais plus! *Nevermore...* ô ma verte et lointaine jeunes-se!...

Enfin, je dus entrer dans les réalités de la vie. Un jour, un de ces hommes métalliques qui font le trafic de la végétation vint m'arracher à ma souche. Je ne savais pas ce qu'on me vou-lait. On me jeta sur un chariot et, la nuit tombée, les bœufs se mirent en chemin, tandis qu'un homme à côté d'eux chantait dans le silence de la nuit. Je me sentais blessé, inconscient et

déchu. Je voyais les étoiles, avec leur regard lancinant et froid.
Je sentais qu'on me séparait de la grande forêt. J'entendais,
comme l'appel de voix amies, la rumeur gémissante, imprécise
et traînante des arbres.

Au-dessus de moi volaient des oiseaux immenses. Je me
sentais défaillir, dans une torpeur végétale, comme si je me dis-
sipais dans la passivité des choses. Je m'endormis. Au matin,
quand je m'éveillai, nous entrions dans une ville. Les fenêtres
me regardaient avec leurs yeux injectés de sang et brûlant d'un
soleil furieux. Je ne connaissais des villes que les histoires
qu'en racontaient les hirondelles, pendant les veillées sonores
de la ramée. Mais comme j'étais couché sur le dos, et amarré
par des cordes, je ne voyais que les fumées, et l'opacité de l'air.
J'entendais une rumeur grossière et discordante, faite de sanglots, de rires, de bâillements, et par-dessus ce murmure, le frôlement sourd de la boue, et le tintement sombre des métaux. Je
sentais enfin l'odeur mortelle de l'homme! On me jeta dans
une cour infecte, où il n'y avait ni azur ni air. Je commençai
alors à comprendre que l'âme de l'homme doit être bien couverte d'immondice, pour qu'il se cache ainsi à la vue du soleil.

Des hommes vinrent, qui me donnèrent des coups de pied
méprisants. J'étais dans un tel état de torpeur et de matérialité
que je ne ressentais même pas la nostalgie de la patrie végétale.
Le jour suivant, un homme vint à moi et me donna des coups de
hache. Je ne sentis plus rien. Quand je revins à moi, j'étais une
fois de plus amarré sur le chariot, et dans la nuit un homme
aiguillonnait les bœufs, en chantant. Je sentis lentement renaître
ma conscience et ma vitalité. Il me paraissait que j'étais en train
de me transformer en une autre vie organique. Je ne sentais pas
la magnétique fermentation de la sève, l'énergie vitale des fila-
ments et la surface vivante de l'écorce. Autour du chariot
allaient d'autres hommes, à pied. Sous la blancheur silencieuse
et compatissante de la lune, je ressentais l'infinie nostalgie des
champs, de l'odeur des foins, des oiseaux, des prés, de toute la
grande âme vivifiante de Dieu qui se meut dans les branchages.
Je sentais que je partais pour une vie réelle, de service et de travail. Mais laquelle?

J'avais entendu parler d'arbres devenus bois de chauffage, donnant chaleur et vie, et, qui, ayant pris au contact de
l'homme la nostalgie de Dieu, luttaient de tous leurs bras de

flammes pour se déprendre de la terre. Ceux-là se dissipent dans l'auguste transfiguration de la fumée. Ils deviennent nuages, ils sont destinés à vivre au creux de l'azur dans l'intimité des étoiles, à connaître la hautaine et blanche sérénité des immortels et entendre le bruit des pas de Dieu.

J'avais entendu parler de ceux dont on faisait des poutres pour les maisons des hommes: ceux-là, heureux et privilégiés, sentent dans la pénombre amoureuse la douce force des baisers et des rires, on appuie sur eux les corps douloureux des Christs, ils sont le piédestal de la passion humaine, ils ont la joie immense et orgueilleuse de ceux qui protègent; et les rires des enfants, les gémissements des amoureux, - confidences, soupirs, élégies de la voix, tout ce qui leur fait souvenir des murmures des eaux, du frémissement des feuilles, des chansons du vent - toute cette grâce s'écoule sur eux, qui ont déjà connu la lumière matérielle, comme une âme immense et pleine de bonté.

J'avais aussi entendu parler du beau destin de ces arbres qui ont la chance d'être dressés sur les navires, de sentir les odeurs de la mer et d'entendre les légendes de la tempête, de voyager, de voir, de lutter, de vivre, emportés par les eaux, à travers l'infini, vers des surprises radieuses, comme des âmes arrachées au corps qui font pour la première fois le voyage du ciel!

Qu'allait-on faire de moi? Nous étions arrivés. Je vis alors clairement ce que serait ma destinée: J'allais être un gibet.

Je restai inerte, dissous dans l'affliction. On me dressa. On me laissa seul, ténébreux, dans un champ. J'étais enfin entré dans la réalité poignante de la vie. Mon destin était de tuer. Les hommes, dont les mains sont toujours pleines de chaînes, de cordes et de clous, étaient venus chercher un complice parmi les chênes austères! Je devais être l'éternel compagnon des agonies. Liés à moi, des cadavres se balanceraient, comme autrefois les verts rameaux couverts de rosée!

Et ces morts seraient les fruits que je porterais! Ma rosée serait de sang. Autrefois compagnon des oiseaux, doux ténors vagabonds, je n'entendrais plus que des sanglots d'agonie, des gémissements de suffocation! Les âmes, en partant, se déchireraient sur mes clous. Moi, l'arbre du silence et du mystère religieux, moi, plein d'une auguste allégresse brillant de rosée et résonnant des psaumes de la vie, moi, que Dieu avait connu si prêt à consoler, je devrais me montrer aux nuages, aux vents, à mes anciens camarades purs et justes, moi, l'arbre vivant des montagnes, dans l'intimité de la pourriture, dans la promiscuité du bourreau, tenant allègrement un cadavre par le cou, pour que les corbeaux le déchiquettent.

Et cela devait être! Je restai roide et impassible comme dans nos forêts les loups, quand ils se sentent mourir. Eperdu de chagrin, je voyais au loin la ville couverte de brume.

Vint le soleil. Autour de moi, le peuple commença à se rassembler. Ensuite, à travers mon évanouissement, j'entendis le bruit de musiques tristes, la rumeur pesante des bataillons, et les chants dolents des prêtres. Livide, entre deux cierges, un homme s'avançait. Alors, confusément, comme dans les apparences inconscientes du songe, je sentis un frémissement, une grande vibration électrique, et j'entendis la mélodie monstrueuse et traînante du chant catholique des morts!

Je repris conscience.

J'étais seul. Le peuple se dispersait et descendait vers les faubourgs. Personne! La voix des prêtres redescendait lentement, comme le dernier jusant de la marée. C'était la fin de l'après midi. Alors je le vis. Je vis librement. Je le vis! Il était pendu à moi, raide, décharné, la tête penchée et disloquée. Pendu. J'en frissonnai. Je sentis le froid et la lente montée de la pourriture. J'allais rester là, toute la nuit, seul, dans ce désert sinistre, avec ce cadavre sur les bras! Personne!

Le soleil s'en allait, le pur soleil. Où était l'âme de ce cadavre? N'était-elle déjà plus là? S'en était-elle allée en lumière, en vapeurs, en vibrations? J'entendais les pas de la triste nuit qui venait, le vent qui poussait le cadavre, la corde qui grinçait.

Je tremblais, d'une fièvre végétale, déchirante et silencieuse. Je ne pouvais pas rester là tout seul. Le vent allait m'emmener, m'arracher par morceaux, me précipiter dans l'antique patrie des feuilles. Mais non! Le vent n'était qu'une douce brise: à peine plus que la respiration de l'ombre. Etait-il venu alors le temps où la grande nature, la nature religieuse, devait être abandonnée aux fauves humains? N'y avait-il donc plus d'âme dans les chênes? Etait-il juste qu'on vînt, avec des haches et des cordes, chercher les branches créées par la sève, par l'eau et par le soleil, travail exsudé de la nature, forme resplendissante de l'intention de Dieu, et les conduire à ces impies, pour en faire des planches pour le gibet où pourrissent les âmes, pour les cercueils où pourrissent les corps? Et ces rameaux si purs, qui avaient été témoins des religions, ne servaient-ils plus à rien qu'à exécuter les basses oeuvres de l'homme? Ne servaient-ils plus qu'à soutenir des cordes pour faire danser les saltimbanques ou se tordre les condamnés? Cela ne pouvait être.

Quelle infâme fatalité pesait sur la nature? Les âmes des morts, qui connaissent le secret et comprennent la végétation, trouveraient grotesques que les arbres, après avoir été placés par Dieu dans la forêt avec leurs bras étendus pour bénir la terre et l'eau, fussent traînés dans les villes, et obligés par l'homme à tendre le bras de la potence pour bénir les bourreaux! Et qu'après avoir porté les branches de verdure, qui sont les fils mystérieux plongés dans l'azur par où Dieu prend la terre, ils allassent porter les cordes du gibet, liens infâmes par lesquels l'Homme se rattache à la pourriture. Non! Si les racines des cyprès pouvaient conter cela dans la maison des morts, les sépulcres en éclateraient de rire!

Ainsi parlais-je dans ma solitude. La nuit venait, lente et fatale. Le cadavre se balançait au vent. Je commençais à sentir des palpitations d'ailes. Des ombres volaient au-dessus de moi. Les corbeaux arrivaient. Ils se posèrent. Je sentais le frôlement de leurs plumes immondes. Ils aiguisaient leur bec sur mon corps, ils se suspendaient, bruyants, en accrochant sur moi leurs griffes.

L'un d'eux se posa sur le cadavre et commença à lui dévorer la figure. Je sanglotai intérieurement. Je demandai à Dieu qu'il me fît subitement pourrir. J'étais un arbre des forêts à qui parlaient les vents! Je servais à présent aux corbeaux pour aiguiser leur bec, et aux hommes pour accrocher leurs cadavres, comme de vieux vêtements, des guenilles de chair. Oh! Mon Dieu! sanglotais-je encore. Je ne veux pas être une relique de torture: j'entretenais la vie, je ne veux pas l'annihiler; j'étais l'ami du semeur, je ne veux pas être le complice du fossoyeur.

Je ne veux pas, je ne peux pas, je ne sais pas être un bois de justice. Je partage l'auguste ignorance de la végétation: l'ignorance du soleil, de la rosée et des astres. Les bons, les angéliques,
les méchants, sont les mêmes corps inviolables, pour la grande
nature sublime et compatissante. Oh mon Dieu, libère-moi de
ce mal humain si acéré et si intense, qu'il se perce lui-même,
traversant de part en part toute la nature, et encore te va blesser,
Toi, dans le ciel! Oh! Dieu, le ciel bleu, tous les matins, me donnait les rosées, la chaleur féconde, la beauté immatérielle et
fluide de la blancheur, la lumière qui transfigure, toute la bonté,
toute la grâce, toute la santé: permettras-tu qu'en retour, je lui
montre, demain, à son premier regard, ce cadavre déchiqueté?

Mais Dieu dormait, dans ses paradis de lumière, et je
vécus trois ans dans cette angoisse.

Je pendis un homme - un penseur, un homme politique,
l'enfant du bien et de la vérité, une belle âme riche des beautés
de l'idéal, un combattant de la lumière. Il avait été vaincu: il fut
pendu.

Je pendis un homme qui avait aimé une femme et qui
s'était enfui avec elle. Son crime était l'amour, que Platon
appelle un mystère, et que Jésus nomme une loi. Le code punit
la fatalité magnétique de l'attraction des âmes, et corrigea Dieu
par la potence.

Je pendis un larron. Celui-là était un ouvrier. Il avait
femme, enfants, frères et mère, mais dans l'hiver il n'avait eu
ni travail, ni feu, ni pain. Pris d'un désespoir nerveux, il avait
volé. On le pendit au soleil couchant. Les corbeaux ne vinrent
pas. On mit son corps en terre encore propre et pur et sain.
C'était un pauvre corps qui avait succombé parce que je l'avais
trop serré, comme son âme avait succombé parce que Dieu
l'avait faite trop grande et trop pleine.

J'en pendis vingt. Les corbeaux apprirent à me connaître.
La nature voyait mon intime douleur, et elle ne me méprisa pas.
Le soleil m'illuminait de sa gloire, les nuages promenaient près
de moi leurs molles nudités, le vent me parlait et me racontait
la vie de la forêt, que j'avais quittée; la végétation me saluait
d'une légère inclinaison des feuillages. Dieu m'envoyait sa
rosée, fraîche et naturelle promesse de pardon. Je vieillis.

Vinrent les rides noires. La grande végétation, qui me sentait me refroidir, m'envoya des couvertures de lierre. Les corbeaux cessèrent de venir, ainsi que les bourreaux. Je sentis qu'entrait en moi l'antique et naturelle sérénité des dieux. Les plantes qui m'avaient fui, me laissant seul sur le sol rude, commencèrent à revenir, à naître, autour de moi, comme des amies vertes et pleines d'espérance. La nature paraissait me consoler. Je sentais venir la pourriture. Un jour de brouillard et de vent, je me laissai tomber tristement sur le sol, dans l'herbe et l'humidité, et silencieux je commençai de mourir.

Les mousses et les herbes vinrent me recouvrir, et je sentis enfin que je me dissolvais dans la matière énorme, avec une douceur ineffable.

Mon corps se refroidit: j'ai conscience de ma lente transformation de pourriture en terre. Je m'en vais, j'y vais... Oh terre, adieu! Je me répands déjà par mes racines. Mes atomes s'enfuient dans toute la vaste nature, dans la lumière, dans la verdure. J'entends à peine la rumeur des hommes. Oh antique Cybèle! Je vais m'écouler dans la circulation matérielle de ton corps! Je vois encore indistinctement l'apparence humaine, comme une confusion d'idées, de désirs, de désillusions, entre lesquels passent en dansant, des cadavres diaphanes! Je te vois à peine, o Mal des hommes! Au milieu de la vaste félicité diffuse de l'azur, tu n'es plus rien qu'un fil de sang! Des efflorescences, comme des vies affamées, commencent à se nourrir de moi!

Là-bas, dans l'Ouest, ne voyez-vous point en vérité des vautours inventoriant le corps humain? O Matière! Engloutis-moi! Adieu! Adieu à jamais, terre infâme et cependant auguste! Je vois déjà les étoiles couler comme des larmes sur la face du ciel. Qui pleure ainsi? Je me sens me dissoudre dans la vie formidable de la terre! Adieu, monde obscur, pétri d'or et de boue, astre dans l'infini des astres! Adieu!

Je te fais l'héritier de ma corde pourrie.»

Eça de Queirós

Songe d'Isis

Dean Venetza

*Dean Venetza est le pseudonyme de Denis Reynaud :
peintre, scénariste de BD, parolier, cinéaste – deux courts-
métrages et quelques clips à son actif-, buveur d'absinthe,
fanéditeur et parfois auteur. Ses deux influences majeures se
situent dans le milieu Gothique / Metal et la culture extrême
orientale. A Balzac ou Duras, Chopin ou Bernstein,
Chabrol ou Hitchcock, il préfère Vatsyayana, Your
Shapeless Beauty, Takeshi Kitano et Tsui Hark.*

La barque funéraire emporte le défunt.
Adrian est mort.

La clarté d'un lampion perce timidement les ténèbres. On
ne distingue rien, nulle part, au-delà de l'esquif. Le nocher est
installé à la proue et la lueur fait de lui une ombre gigantesque,
aux oreilles pointant vers un zénith sans ciel. Anubis manie sa
rame unique avec une muette précision. Le son, les odeurs ont
disparu, et Adrian se complait dans sa mort cotonneuse.

Il a suffi d'un connard ivre pour rompre le fil de sa vie.
Un choc, une hémorragie interne ; et cet au-delà auquel il
n'avait jamais pris le temps de penser était devenu sa seule réalité. Mais tout lui semble déjà loin. Il ne ressent ni colère ni
dégoût. Il profite de l'instant, dénudé de toute sensation. Au-
delà de la barque, le lampion n'éclaire que le vide. Le ciel est
d'un noir absolu, comme l'horizon. Quelques reflets écarlates
sourient par instants sur le fleuve d'ébène. L'ombre d'Anubis
est d'une impassible inertie.

Etrange. Tout au long de son existence, il n'a cessé de

penser à un tel instant, de se remettre en question, de toujours vouloir faire plus, faire mieux. Et là, tout semble flou. *Qu'ai-je donc fait de ma vie ? Qui suis-je ?* Il sent un nœud se former dans sa gorge.

Qui suis-je ?

Qui suis-je ?

Enfance, étude, travail… Une histoire des plus banales. Quel intérêt ?

Qui suis-je ?

Assez de questions, s'impose-t-il. La mort ne devrait-elle pas être une conclusion ? Or il ne conclut rien. Des bribes de vies lui reviennent à l'esprit, des détails qui s'accumulent. Regrets ? *Peut-être ai-je été trop solitaire*, cherche-t-il. *Si seulement je n'avais pas annulé ce rendez-vous, l'an dernier… C'est un pas que j'aurais dû franchir. J'étais trop stressé, je redoutais que cela tourne mal, qu'on se moque et qu'on me jette aussitôt après. Et puis pourquoi avoir inventé cette histoire ? C'est dur d'arriver quelque part, de faire sa place dans un milieu où tout le monde se connaît depuis l'enfance. C'est dur de toujours être le nouveau, de voir s'exprimer des amitiés là où on ne te porte qu'une traditionnelle déférence. Alors tu te mets à douter. Que racontent-ils sur toi ? Que pensent-ils ? Te respectent-ils, seras-tu un jour un des leurs ? Où ne te saluent-ils qu'en espérant que tu remballeras ta sale gueule au plus vite ?*

Si seulement on pouvait savoir quand quelqu'un est sincère…

Tout ceci est derrière lui. Il en prend lentement conscience, et cette fois, le nœud dans sa gorge semble se dissoudre. Plus de doutes, plus de craintes. Il aspire et s'enivre de son bien-être. Ses doigts jouent avec sa vieille montre à gousset. Si ce voyage pouvait ne jamais s'arrêter… Il sent ses doutes, ses remords, s'évader lentement. C'est fini tout ça. La montre est arrêtée. Le temps n'existe plus, ici. Gravée dans le revers de l'objet, une tête de chat. C'est Isis. C'est idiot, mais il a toujours imaginé Isis avec une tête de chat. Elle sera parmi les Quarante-Deux. Il y a le jugement des Quarante-Deux au bout du fleuve. Du moins le suppose-t-il, puisque son nocher a une tête de chacal.

Il y a bien eu cette fille, Anna. Dire qu'ils étaient ensembles aurait été un bien grand mot. Il ne l'avait jamais touchée, elle ne voulait pas. Elle n'était pas prête. Avec du temps peut-être… Un matin il a ouvert les yeux avec une question bizarre en tête. Avait-il jamais fait la différence entre ce qu'il ressentait vraiment et ce qu'il se forçait à éprouver ? La respectait-il ? L'aimait-il ? Ou désirait-il seulement la posséder ? Il l'a attrapée, il l'a forcée. Ce regard, cette trouille, puis cette haine... Il n'a pas pu. Un énorme poids s'est abattu sur son crâne, une mâchoire irritante a commencé de mordre ses tripes. La conscience ? Il ne pensait pas que ces choses-là existaient vraiment, et pourtant le simple souvenir du regard d'Anna le rendait malade.

Puis il a appris sa mort, sans jamais avoir pu lui reparler. Un accident idiot. Comme lui aujourd'hui.

Ça y est, je tombe dans le mélo...

Anubis guide la barque, stoïque, telle une figure de granit. Seule son ombre saccadée, devant le fanal, convainc de sa présence. A la proue, comme un chien d'aveugle. Des formes se dessinent, lointaines. Des murs. Des temples. On dirait des temples aux murs blancs. De frêles lueurs les habitent, peut-être d'autres lampions, mais une brume diffuse semble cerner leur clarté. Des temples comme des îles sur cette mer de néant. Et des terres, des monceaux de terre mal définis, ponts grossiers entre les différents temples.

— Adrian ?... soupire un vent fantomatique. Adrian ?...

Un temple est sur la trajectoire de la barque.

— Adrian ?...

La voix semble provenir de là. Adrian n'est vêtu que de la robe des morts, blanche et droite. Sans poches. Il pose la montre dans un coin de l'embarcation et, intrigué, se lève. La barque ne tangue pas. Elle vient frôler la première marche de l'édifice. L'humain fait un pas. Anubis n'a pas bronché, et n'effectue toujours pas le moindre mouvement. D'énormes piliers ivoirins s'imposent de part et d'autre, sculptés de bustes et de corps aux allures diverses, féminins pour la plupart. Des draperies blanches masquent les dépendances et forment un immense corridor donnant sur une salle plus colorée, peut-être une petite cour intérieure. Adrian distingue des tentures or et écarlate. Il fait quelques pas, ému comme un enfant découvrant sa nouvelle chambre. Une silhouette se dresse au coin d'un voilage, écarte le tissu pour venir à sa rencontre.

Une femme à tête de chat.

— Isis ?!

— Oui, Isis, dit-elle. N'est-ce pas ce visage que tu désirais ?

Devant le mutisme surpris de l'humain, elle recouvre un visage de femme. De grands yeux noirs, maquillés, accueillent Adrian. Des pommettes saillantes et les joues rosées, des lèvres aux contours noircis… Ses traits ont encore un côté félin. Attirant. Et l'échancrure de sa toge n'amoindrit rien, laissant entrevoir deux seins harmonieux qui ne semblent souhaiter que les caresses d'un homme. Si la notion d'âge pouvait avoir un sens ici, il lui donnerait tout juste seize ans.

— Tu as entendu mon appel, dit Isis d'une voix solennelle. Seuls ceux qui désirent quelque chose l'entendent. Que désires-tu ?

L'image d'Anna s'impose dans l'esprit d'Adrian. *Je dois la trouver et lui demander son pardon.* Il s'apprête à parler, mais l'idée lui paraît aussitôt puérile. *Je n'ai jamais cru au pardon, et puis Anna n'était pas une poupée de porcelaine, elle a bien pu délibérer sur mon sort sans moi.*

— Tu désires quelque chose, s'impatiente Isis. Parle.

Son ton s'est fait moins enchanteur. Elle bombe le torse. *Déesse, ça ?* Une gamine se voulant femme. *Une petite pute, oui.*

— Anna, choisit-il, comprenant clairement que ce n'est pas la réponse attendue.

Les traits d'Isis se fondent en ceux d'Anna, ceux d'Anna telle qu'Adrian l'avait connue.

— Non, grogne l'humain. Je ne parle pas de son image. Elle est morte il y a quelques mois. Je veux la retrouver et lui parler !

— Qu'aurais-tu à lui dire ?

Isis s'approche d'Adrian, sensuelle. Elle fait une tête de moins que lui.

— Je peux prendre ses formes, sa voix, continue-t-elle. N'est-ce pas ce que tu recherches ? Tu es mort, tu es dans mon palais, ce n'est pas suffisant ?

— Tu m'as demandé ce que je désirais, non ?

Isis croise les bras et laisse glisser le haut de sa toge, dévoilant la globalité de ses seins envieux.

Mais pour qui elle se prend ?

Elle est déjà contre lui, posant une main sur sa joue, glissant l'autre sur sa gorge. Sur la pointe des pieds, respirant fort pour faire danser ses seins sur la poitrine du défunt, soupirant à la recherche de ses lèvres. Adrian sent l'érection venir. Il réprime l'idée de la gifler et recule d'un pas.

— Je veux trouver Anna !

— Soit, tranche Isis en croisant les bras sur sa poitrine, les lèvres pincées.

Vexée, la garce. La colère luit dans ses yeux. Cela lui donne un air plus mature.

— Soit ! répète-t-elle, venimeuse.

Elle lance un regard furtif vers sa gauche.

— Sors du palais par ce couloir, et tu devrais la trouver. Va ! Va-t'en, impuissant !

Vainqueur, Adrian écarte un voile immaculé et croise le regard d'Isis, en forçant son air déterminé, puis s'éloigne. *Sale pute…*

Seule, Isis se trémousse, dépitée. Sa toge glisse de ses hanches et s'effondre à ses pieds. Pour une fois qu'un homme a assez de courage pour répondre à son appel, il faut qu'il la dédaigne ! Bah, il reviendra. Du moins l'espère-t-elle. Elle franchit un rideau et entre dans une salle carrée, aux murs et aux colonnes d'un marbre verdâtre. Une jeune femme, nue, est suspendue à une haute croix de bois, christique. Son sang perle adagio de ses poignets entaillés, et chaque goutte écarlate résonne en s'écrasant dans une jarre nacrée. Ses yeux sont clos, ses chairs sont maigres et épuisées, sa peau semble lézardée par de fines traces olivâtres. Marbrée.

Isis s'agenouille près de l'une des jarres, et puise des mains un peu d'eau ensanglantée. Elle en boit quelques gorgées et se relève, essuyant ses doigts sur ses cuisses. Puis elle se retourne, pour ne pas risquer d'affronter le regard de sa victime. Elle ne saurait pas s'imposer ; elle n'a jamais su le faire. Elle a besoin de sang ou de chair pour survivre, c'est tout, elle n'y peut rien. Celle-ci sera bientôt vidée. Le suivant sera Adrian. Sauf s'il veut rester… Elle lève les yeux. Des dizaines de corps sont incrustés dans l'architecture du temple, dénués des règles esthétiques classiques, si précis et si expressifs qu'ils lui confèrent une sourde sensualité. Chaque sculpture fut vivante en son temps, et le marbre a fait son office lorsque le sang a manqué.

Aucun homme n'a jamais accepté d'être son compagnon. La solitude lui pèse.

Elle baisse les yeux sur son propre corps. Lui au moins sait s'affirmer. A défaut de les vaincre par les sentiments, elle les attire grâce à ses fesses. C'est déjà beaucoup, pourquoi se plaint-elle ? Le « Non ! » d'Adrian résonne encore dans sa tête. Une larme point au coin de son œil.

— Sale con ! hurle-t-elle. Sale con !

Elle frappe l'une des jarres du pied, la brise en mille éclats ; aucun obstacle n'arrête la course du liquide. Elle se sent monstrueuse.

— Sale...

Elle s'assoit sur le marbre froid, boudeuse. Elle pense « Reviens » mais n'ose le prononcer.

Silence. Même ses pas ne font aucun bruit sur la terre cendreuse, soulevant un nuage de poussière toujours plus opaque. Fumée terne sur un décor monotone. Adrian marche au hasard. Le temple est loin derrière. Pas de repère, pas de direction, que peut-il faire d'autre ? Il essaie juste d'aller droit, en espérant que les paroles d'Isis ne sont pas dénuées de vérité.

Quelle garce !...

Il a toujours détesté ce style de filles. Elles se prennent pour des poupées infaillibles, inestimables, et vous traitent comme leurs objets. Raclez alors le vernis, et c'est comme ce fleuve : Le néant. Quant à Anna, que va-t-il bien pouvoir lui dire ? Il a réfléchi, et son pardon lui importe peu. Tout ce qu'il veut, c'est se sentir honnête envers lui-même. Pas besoin de la retrouver pour cela.

Quelque chose s'enfonce sous son pied. Il se baisse et, à travers le nuage de poussière, découvre un cadavre. Fané et moisi, de la teinte exacte du sol et de la brume qu'il engendre. Il déglutit, se relève. Pas vraiment surpris. Cela s'accorde à merveille avec le reste du décor. Prélude aux Enfers. Un regard aux environs, vaguement inquiet tout de même. Il ne distingue rien d'autre que la brume inodore. Une crainte. Un regard sur son propre corps : non, tout va bien. Hormis sa robe maculée par la cendre, il est celui qu'il a toujours été, sans sa blessure mortelle, sans aucune trace de décomposition. Les corps ne se putréfient que lorsque leurs âmes les ont évacués, conclut-il. Lui n'est pas un cadavre. Tout ceci ne ressemble guère au jugement qu'il prévoyait sur sa barque.

Ce n'est peut-être dû qu'à son imagination. Chacun voit l'au-delà à sa manière. Pourtant rien ici n'a pas la consistance d'un rêve. Son pied s'enfonce sous un nouveau membre déliquescent. Puis un autre. Nausée. Il se baisse pour mieux voir ; le sol semble tapissé de cadavres, certains entiers, certains amputés ou étêtés. Et autour, partout, cette cendre infecte qui s'envole au moindre soupir et se mue en brume macabre. Là, un linceul transparent, sur ce qui fut le corps d'une femme. Plus loin, un brin de tissu déchiré, grisé par la cendre. Il se retourne, et distingue à peine le chemin, dégagé de charognes, qui l'a mené jusque là. Une ombre bouge. Adrian reste immobile, la brume entame doucement de se décanter. C'est un cadavre. Un cadavre penché sur une autre dépouille, mordant et avalant la pulpe grise. Adrian déglutit plus douloureusement. Au fur des retombées de la brume, il distingue plus loin le paysage. Des cadavres. Encore des cadavres, terreux. Par endroits des corps animés dévorant leurs semblables, s'entredévorant ou copulant même parfois, comme cette paire loin sur sa gauche. Un coït de lambeaux putréfiés. Isis, Anna, sont loin dans son esprit. *Je suis sur les rives des Enfers. Je suis mort parmi les morts. Je suis…*

Une dépouille se lève tout près de lui, un regard énucléé le fixe, atone.

Merde… Merde…

Il n'ose pas bouger. Il n'ose pas remuer la cendre. Une autre dépouille s'anime. Du regard, Adrian cherche le chemin du temple d'Isis. Il s'affole. Un troisième cadavre se relève. La première dépouille avance, toujours sans bruit, sans écho. Il cherche le chemin. Il est encerclé. Elle le touche. Il hurle, et un vent tiède s'évade de son ventre, s'illumine et irradie les parages, balayant les cadavres. Comme une boule de feu laiteuse.

Silence.

Hormis son cri, aucun son n'avait brisé le mutisme des lieux. Mais ses oreilles bourdonnent. Il reprend son souffle, il regarde les parages. Les dépouilles sont devenues poussière, la cendre a volé, mais elle se pose paisiblement. Les charognes près de lui sont toutes inertes. Il se sent mieux. En face, près du chemin du temple, une autre dévore toujours son semblable. Cette boule de lumière… Il a l'impression qu'elle venait de lui.

Il fait un pas, enfonce doucement une nouvelle chair blafarde. En faisant attention, il peut marcher sans soulever trop de cendre. Et il ne tient plus à traîner par ici. Tous les horizons sont les mêmes. A perte de vue, c'est le même choix entre ces terres faisandées et le fleuve d'ébène. Anna n'est pas là. Ces corps sont dépourvus de leurs âmes ; les âmes ont été jugées et se trouvent ailleurs.

Un temple est visible. Blanc, identique à celui d'Isis. Il se dirige vers lui. Aucun nouveau cadavre ne semble désireux de se frotter à Adrian ; sa peur a laissé place à une frêle inquiétude, et sa curiosité prend le dessus. Tout ceci, ce monde, doit bien avoir un sens. Un pas, lentement, puis un autre. La cendre valse jusqu'à sa ceinture, et dès qu'il distingue ses genoux il fait un nouveau pas. Parfois cela s'enfonce mollement sous son pied, parfois c'est plus craquant, mais toujours aussi abject. Un pas. *Isis, sale pute, où m'as-tu envoyé ?* Un pas. *Tu vas me le payer…* Un pas. Cela glisse, il retrouve de justesse son équilibre. Un long soupir, et un nouveau pas. *Déesse ? Déesse de quoi ? Des cadavres ? D'un temple vide ?* Un pas…

Puis la cendre purulente fait place à un marbre bleuté. Adrian entre. Pas de tentures dans ce temple-ci. Des colonnes, des alignements de colonnes, toutes identiques. Des murs géométriques, des porches donnant toujours sur deux directions opposées. Le défunt emprunte un itinéraire au hasard. Encore des murs et des colonnes. Et partout ces bas-reliefs aux effigies humaines, baroques, asymétriques, chaotiques. Adrian s'arrête au cœur d'une large salle. L'endroit semble désert. De ces sculptures émanent une intensité étrange. Certaines sont plus effacées que d'autres, plus anciennes certainement. Mais c'est l'ensemble de ces corps, de ces expressions, qui forme une fresque sensuelle, voluptueuse et cannibale, comme un langage pictural primaire et déjà symbolique. Que peut-il signifier ? Là une femme lèche le sein de sa semblable, là deux corps s'emboîtent et un troisième caresse leurs croupes confondues, là une mâchoire se referme sur une gorge, là les mains se tendent vers une jeune fille au regard égaré, dont les jambes se fondent avec celles d'un homme, la tête en bas et les bras écartés. Là un linceul couvrant un buste majestueux, et maints visages s'en approchant pour se gorger de sa peau. La pierre semble vivante, des plaintes lascives s'évadent presque de la fresque. Une jambe se dresse et se repose sur un ventre légèrement rebondi. Un menton s'élève et un regard apparaît.

Adrian se frotte les yeux.

Des bras enlacent une croupe, des mains pétrissent deux seins alors qu'un visage se tend vers un sexe érigé.

Il ne rêve pas. La pierre s'anime comme les cadavres, alors qu'un filet de brume s'épand dans la pièce. Une colonne respire, une autre frétille et se déforme. Adrian recule, se retourne et rebrousse chemin. Des geignements résonnent sous les voûtes gothiques, des membres se tendent vers lui, furtifs, des langues humectent des chairs, des regards le convoitent. Tout devient flou sous la poussière envahissante. Il presse le pas. Il court. Les plaintes s'amplifient, les mouvements s'avivent, des doigts et des paumes le frôlent, des chants l'appellent…

Un fragment de voûte s'écroule devant lui, et deux corps se constituent, sodomites. Il les esquive, force encore son pas, passe le porche et tombe nez à nez avec une paire de dépouilles avariées qui semblaient n'attendre que sa sortie. Une boule de lumière les anéantit. Adrian effectue encore quelques pas, puis s'arrête, se retourne, essoufflé. C'est bien lui qui vient de rendre les cadavres à la poussière, il en est sûr cette fois, mais c'est sur le temple que se braquent ses pensées. Tout l'édifice frémit comme au rythme d'un lent coït, irrégulier, malsain. La brume tournoie faiblement, sur le même tempo. Une colonne perce le toit et s'élève, se mue en branches mortes, puis en lambeaux, lesquels retombent et disparaissent dans le palais. Des silhouettes humaines se font et se défont, surgissent et s'entredévorent.

Et lentement le temple s'effondre sur lui-même. L'orgie s'asphyxie, les murs croulent péniblement. Le nuage de cendres se fait plus dense, compact, et tombe comme le rideau théâtral sur la scène.

Adrian reste un long moment immobile. Puis il réalise qu'il n'y a plus rien à contempler. La brume se pose peu à peu, et aucun mur, aucune colonne, ne réapparaît.

Isis, tu me le paieras… Il repense aux fresques, et aux coups de dents mêlés aux coups de reins. *Tu m'aurais dévorée après m'avoir fait l'amour ?* Il reprend sa route. Chemineau des Enfers. L'image lui plaît. Il ne connaît ni ne comprend rien à ce qui l'entoure, mais il commence à s'y habituer. Pas d'au-delà à la manière des Egyptiens, pas de jugement ni de pesée du cœur. Il avait beau se dire qu'il n'y croyait pas, au fond, il s'était attaché à cette idée. Cela fait un vide. Mais il est résolu à ne pas s'apitoyer sur lui-même. Il chemine, parce qu'une garce l'a envoyé là où il n'y a rien. La même chose aurait pu lui arriver parmi les vivants. Seule la présence des cadavres et des temples est nouvelle, mais ils ne lui font plus peur.

Un pas. La cendre se soulève. *Isis, tu dois bien te marrer, à l'abri dans ton temple.* Un pas. *Quelle garce…*

Le temps n'a plus aucune valeur, mais il lui semble avoir marché plusieurs heures lorsqu'il atteint la berge. Le contour d'un temple apparaît un peu plus loin, épargné par la brume. Le fleuve est impassible, seules quelques vaguelettes délicates permettent de distinguer son écoulement régulier. Il tend les yeux vers l'horizon, comme s'il s'attendait à distinguer la voile d'un navire rentrant au port. Ciel noir, perspective noire. Seuls les soubresauts minuscules du fleuve reflètent un écarlate lugubre. Un corps dérive. Un corps comme le sien, défunt mais pas gangrené. Pas de barque ni de nocher pour lui, constate Adrian. Pas même de robe. Nu et ballotté par l'humeur morose des courants. Il s'éloigne, porté par les flots. Il sera bientôt invisible, trop loin dans l'obscurité.

La vue est apaisante. Les eaux exhalent un sentiment de sérénité, de confiance.

Aucun cadavre ne jonche les derniers mètres du sol. Adrian s'assoit. Il a un peu faim, constate-t-il. De quoi se nourrit un mort ? De sexe et de chair, sûrement. La question s'évapore comme elle est venue. Il profite de l'instant, recouvrant la quiétude qui l'habitait lorsqu'il était sur la barque. Sur ce fleuve.

Il respire, il aspire un air sans odeur, sans température. Il ferme les yeux, imaginant un clapotis aqueux, imaginant un ciel limpide. *Je ne suis pas aux Enfers*, devine-t-il. *Les Enfers sont plus en aval, et le fleuve y emporte ses morts. J'ai désiré détruire les cadavres, et cette boule de lumière est apparue. J'avais rêvé d'un au-delà égyptien, et je me suis retrouvé sur cette barque. Anubis n'était que mon Anubis. Ces terres ne sont que des résidus de rêve.*

Je suis un naufragé.

Il cesse de respirer, et ne ressent aucune gêne. N'est-il pas déjà mort ?

Son bien-être s'amplifie, maintenant que les mystères s'élucident. Il n'y a là rien de si terrible. Une dernière escale avant le monde des morts, quels que soient son nom et son allure. Isis aussi n'est qu'une naufragée. Il n'a pas peur. Il se sent lucide, il se sent maître des événements et de lui-même. Même si le fleuve s'achevait sur un néant sans paradis ni réincarnation, qu'importe. Ce serait là le Nirvâna, la cessation des souffrances et des doutes.

Il rouvre les yeux. Triomphant.

Un naufragé qui n'a besoin d'aucune embarcation pour reprendre la mer. Une mer d'infini. Ce nulle part velouté dont chaque poète a rêvé un jour, cet instant d'éternité radieuse, c'est le fleuve. Une ombre s'incruste dans son soulagement. Les cadavres. Les temples. Ceux-là ne proviennent pas de ses désirs. Isis ne s'est sûrement jamais appelée Isis avant son arrivée. Que fait-elle ici ? Ou plutôt, pourquoi reste-t-elle ? Que…

Il sent une présence. Vers le temple. Curieuse sensation. Pas de son, et il n'a rien vu, mais il sait qu'il y a quelqu'un. Ces terres possèdent donc d'autres naufragés. Il se relève, décidé à rencontrer celui-ci ; renouant avec son pas lent et saccadé, retrouvant les flottements agaçants de la cendre. Au bout de quelques pas, il distingue un homme dans un habit blanc, assis sur le parvis de son temple, le regard tourné sur lui. Une seconde personne sort de l'ombre d'un pilier, une jeune fille, elle aussi de blanc vêtue.

Mille questions assaillent l'esprit d'Adrian, mille réponses que doivent connaître ces locataires du fleuve.

— Salut, défunt ! lance l'homme. Que fais-tu ici ?

Il semble très jeune. Un corps délicat enrobant deux immenses yeux bleus.

— C'est ton temple ? interroge Adrian en lançant un regard sur l'édifice paralysé. J'en ai vu un prendre vie.

L'homme lâche un sourire, éclairant de petites dents reluisantes.

— « Prendre vie » ? Tu es nouveau ici, n'est-ce pas ?

Il invite Adrian à s'asseoir à côté de lui, comme lui, pieds dans la poussière. Adrian s'exécute, lançant au passage un rapide regard sur la fille restée en retrait. Banale tant dans ses formes que dans son regard. Elle le fixe farouchement ; il esquisse un sourire poli.

— Quand les palais bougent, dit l'homme, c'est comme pour la viande ambulante. On ne peut pas dire que ça « prend vie » : C'est la Mort qui les anime. Si tu n'as pas encore compris, la brume, la poussière, là, c'est la Mort. Ce sont les résidus des Enfers…

Il tend le bras vers l'aval du fleuve.

— … là-bas. Ici on est en sursis. Mais tu dois déjà le savoir. Si tu es là c'est que l'un d'entre nous a accepté que tu fasses partie de notre famille. Qui donc ?

— Isis.

Un regard interrogateur.

— Qui ça ? intervient la jeune femme.

Adrian rougit. Lui seul l'a jamais prise pour une déesse.

— Une fille, bafouille-t-il, son temple est plus en aval.

— Isis ? reprend l'homme. C'est comme ça qu'elle se fait appeler, maintenant ? C'est une sacrée emmerdeuse.

— J'en sais quelque chose, soupire Adrian.

— Elle n'est jamais contente, cette pauvre fille. Jamais satisfaite de son sort.

— Oui, murmure la fille. Pourtant elle ne devrait pas se plaindre d'être ici.

— Moi c'est Cuni, reprend le jeune homme. Sois le bienvenu. Je vois dans tes yeux que les questions abondent.

N'hésite pas.

Adrian ne se fait pas prier :

— Cette cendre, c'est la mort ? Pourquoi de la cendre ? Pourquoi des cadavres gris ?

— Je ne sais pas, souffle Cuni, haussant les épaules comme pour s'excuser. Peut-être que l'Enfer est un immense brasier. Les cadavres qu'on laisse dans la cendre deviennent cendre, les cadavres qu'on jette dans le fleuve deviennent fleuve, ceux qu'on laisse dans les temples deviennent temple...

— Les sculptures ! comprend Adrian.

L'autre juge inutile de répondre.

Une dépouille progresse en rampant, loin devant eux. La fille enjambe l'épaule d'Adrian et court en sa direction. Elle essaie de l'attirer, elle esquive ses mouvements léthargiques, en bougeant et en éparpillant le moins de cendre possible.

— Elle s'amuse.

Adrian perçoit la joie candide de la fille. Innocente et se complaisant dans cette innocence. Un brin de pitié l'envahit.

— Et le bout du fleuve, reprend-il, c'est comment ?

— Le bout du fleuve, s'assombrit Cuni, c'est le non-être. La mort totale, tu n'as pas compris cela ?

Le scepticisme d'Adrian doit transparaître sur son visage. L'autre s'emporte, s'accompagnant d'amples gestes faisant danser la cendre :

— Regarde tous ces cadavres, crois-tu que s'il y avait une quelconque survie tout cela resterait là ? Nous nous sommes installées ici, nous avons élevé ces temples, et nous nous nourrissons de l'essence des morts en transit. Le sang, les larmes, le sperme... Ceux que nous ne réussissons pas à attirer vont jusqu'au bout du fleuve et meurent eux aussi définitivement. Quelle différence ? Si elle avait voulu, Isis aurait aspiré tes forces, ton sang, et tu ne serais qu'un inanimé comme tous ceux-là.

J'avais vu juste. Isis bégayait entre mon sperme à long terme et mon sang immédiatement.

— Mais ceux qui nous entourent ne sont que des monceaux de chair, pèse Adrian. Et si au bout du fleuve les âmes se désincarnaient ? Cela expliquerait tous les cadavres et la cendre. Ici ou là-bas, ce ne sont que des rebus.

— Ces monceaux de chair sont des défunts comme toi et moi dont nous avons bu l'essence, ou que les dépouilles ont surpris !

— Peut-être que tuer un mort, c'est le désincarner. Peut-être qu'il y a deux morts successives.

— Ne t'inventes pas d'excuse, conseille Cuni sur un ton magistral. Il n'y a rien. Fais-toi à cette idée.

— Tu n'en sais rien, persiste Adrian.

— Ouvre les yeux ! Regarde ! Nous dépérissons si nous n'absorbons pas l'essence de morts récents. Et même avec ça, qui peut dire combien de temps nous survivrons ? Il y a aussi la brume… Ces terres ne sont pas des terres, mais des îles flottantes. Elles se dirigent elles aussi vers le bout du fleuve, tu comprends ? La poussière de cendre est de plus en plus dense, elle ronge nos palais, elle détruit tout, et nous devons sans cesse reculer et reconstruire, mais elle va plus vite que nous. Ce n'est pas un paradis, mais c'est ce que nous avons forgé. Ça ou le néant. Nous refusons la mort !

Pas de jugement, se dit Adrian en repensant à son au-delà égyptien. Lorsque Cuni dit un mot, il en comprend deux. Il perçoit directement ses pensées, comme Isis avait dû percevoir les siennes pour prendre cette tête de chat ou connaître son nom. *Ce mec est en train de me décrire une vie aussi insignifiante que celle de n'importe quel vivant, et c'est tout ce qu'il veut espérer de l'au-delà ?!* Le dégoût l'envahit. *Des défunts incapables d'assumer leur propre mort.*

La fille pousse un cri. Trois dépouilles sont dressées, et là voilà affolée. Elle recule, trébuche, fait exploser la poussière, crie encore.

— Tu as peur, conclut Adrian.

— Libre à toi de ne pas me croire ! s'énerve Cuni.

La colère ne s'accorde pas avec ses traits, il ressemble à une caricature de bête féroce.

— Libre à toi de sauter pieds joints dans le néant ! Isis t'a proposé d'être des nôtres, tu refuses, soit ! Mais n'impose pas tes opinions débiles aux autres !

Adrian sent l'irritation envahir jusqu'aux bouts de ses doigts. Derrière les mots de Cuni, c'est un choix simple : *Ou tu es des nôtres ou tu nous nourris*. Il doit taire ses raisonnements, lire sans être lu. Ceux qu'il prenait pour supérieurs lui semblent à présent bien ridicules. Isis est immature, Cuni aussi. *Je suis sur le territoire de défunts qui refusent la mort, et ils voudraient que je sois l'un d'eux !*. Qu'ils fassent ce qu'ils veulent des autres morts, qu'ils persistent à vivre comme des vivants, il s'en fout. Mais lui a déjà décidé d'aller voir jusqu'au bout, ne serait-ce que pour pouvoir s'éteindre en se disant qu'il sait à quoi ressemblent les Enfers. Une éternité à douter et à craindre la brume, non merci. Comment hésiter entre cette horreur et la sérénité du fleuve ? Ses yeux retombent sur la fille, enfin échappée des griffes de ses cadavres.

Des enfants…

Cuni ignore maintenant son visiteur. Il a attrapé de la cendre entre ses mains, et la laisse filtrer par un unique filet. Sablier hors du temps.

Le parvis se met à respirer. Adrian et Cuni se lèvent d'un unique mouvement et reculent de plusieurs pas. La fille vient se blottir contre l'épaule de son compagnon. Une brume fine erre dans le corridor. L'édifice tremble, s'anime graduellement.

— Celui-là aussi, murmure Adrian.

— Je te l'ai dit, grogne Cuni. La brume nous rattrape toujours. Mais là, elle est encore faible.

Le temple pousse un lent soupir, puis se paralyse. Fin d'alerte.

— Notre famille est très réduite, tu sais, relance Cuni sur un ton plus doux.

Il cherche la conciliation.

— La brume nous éparpille. Elle détruit nos temples, et les étendues qui nous séparent les uns des autres grandissent peu à peu. Alors on ne se voit plus trop.

Adrian reste muet. Il tourne simplement la tête vers son hôte, et croise un regard éloquent : *Reste*. Cette sensation de pitié le reprend. Il pense à Isis, sirène solitaire. Il pense à cette fille, réduite à jouer éternellement avec des objets au bord de la putréfaction. Il se rend compte que de la colère, latente, frémit encore sous son crâne. Il est temps de s'en défaire, de se purger de ses illusions, de ses doutes, de ses limites. Il veut ressembler au fleuve écarlate. Il veut être le fleuve. Il imagine sa boule de lumière et y plonge toute sa colère. Colère envers cette garce qui a emprunté son nom à la mythologie, colère envers ce chauffard, envers Anna, envers lui-même et ses regrets, envers ces cadavres… S'y greffe la pitié, pitié pour ces naufragés peureux. *Si la mort ici et à l'aval est la même, il est temps de vous y conduire.* Il a l'impression de prendre un enfant par la main pour lui faire traverser une route.

Cuni redresse les yeux. Il a perçu les pensées d'Adrian. Un semblant de terreur luit dans son regard. La lumière jaillit, explose, ricoche et soulève la cendre, puis se repose, sans jamais rompre le silence. Reste un corps mutilé, une mâchoire aux dents brisées, un Cuni suppliant. *Mais meurs, bon sang !* s'affole Adrian. *Tu tiens donc autant tes terreurs ?!*

Une nouvelle boule de lumière jaillit, puis une autre, plus grosse encore, accompagnée d'un long cri de douleur d'Adrian.

La cendre danse. Cuni a disparu, cette fois. *Tu as droit au repos...* Il se retourne vers la fille, immobile, inexpressive.

— Rejoins le fleuve, dit-il. Un peu de courage.

Puis il se tourne vers ce Styx impassible. Il va attendre que la brume se tasse, puis il reprendra son chemin vers le temple d'Isis.

Verticale, nue contre les cuisses de sa proie inerte, Isis parcourt de la langue le filet de sang qui a perlé jusqu'au ventre de la défunte. Sa peau est lisse et gelée comme le marbre. Plus une goutte ne suinte de ses veines entrouvertes, seule stagne cette lézarde desséchée. Une lente courbe sur ses abdominaux tendres, un petit lac sur son nombril, une reprise hésitante, puis le ru se désagrège en tourbière entre ses poils pubiens. Isis suit le goût du sang, hypnotique, sans envie, sans sensation. Le liquide se fend sur l'entrejambe. La langue d'Isis rejoint les lèvres intimes de sa défunte, alors que ses mains dansent sur son propre corps. Sans chaleur. Elle ouvre les yeux, caresse comme en un dernier salut les hanches gelées de l'inanimée.

Elle aurait dû en faire sa compagne.

Le silence est étouffant.

Elle s'écarte, pour admirer la défunte dans son intégralité, puis se ravance, grimpe sur l'une des jarres et, dans un équilibre douteux, défait les liens du poignet de la jeune fille. Même opération de l'autre côté, et le corps glisse jusqu'au sol, avachi. Isis s'agenouille, un brin de tristesse égoïste dans le regard. Elle passe le bout des doigts sur la peau décédée d'un sein, délicate, puis de ses hanches. Les rainures vertes ont pris de l'ampleur, et l'inanimé, lentement, se fait marbre lui-même. Isis la soulève par les épaules, et vient la poser dans un angle du mur. Là, la pierre tremble et s'agite, se marie avec le cadavre et l'absorbe délicatement, restituant bientôt un nu qu'on aurait cru gravé dans la paroi depuis la nuit des temps. Pas d'expression sur cette sculpture. Les courbes sont souples, les yeux sont clos, paisibles.

— Te voilà toute seule ! lance Adrian.

Isis sursaute et se retourne.

— Adrian ?! Tu es revenu...

— Les murs l'ont très vite absorbée, signe qu'il faudra bientôt abandonner ton temple.

Il approche, dissimulant du mieux qu'il peut ses sentiments. Elle reste immobile, nue et affichant une confiance qu'elle ne possède pas. Elle tend ses bras et les passe entre ses côtes, le regard suppliant presque. Il ne résiste pas.

— Tu m'as menti, grogne-t-il. Il n'y a pas d'Anna ici.

— Anna est morte comme tout le monde. Sois des nôtres, s'il te plaît. Reste ici, avec moi.

Elle pose sa joue contre son torse, à la manière d'une enfant voulant se faire pardonner.

— Ici ? reprend Adrian sans la repousser. Ici, alors que tout se désagrège, qu'une gangrène ronge vos temples et ces terres ?

Il a répété plusieurs fois la scène, il a imaginé toutes les réparties possibles. Il sait ce qu'il veut, il sait qu'elle n'a aucun pouvoir sur lui. Les cuisses d'Isis se serrent contre les siennes. Malgré lui, pour ne pas contrarier ce mouvement, il vient enlacer d'un bras le petit dos délicat, les yeux plongés par-dessus ses épaules sur le rebondi de ces fesses.

— Vous n'êtes que des gamins terrorisés par l'aval, se force-t-il à murmurer.

Isis se dégage violemment et recule, ramassant sa toge abandonnée et la serrant contre elle :

— Des gamins ?! Tu n'as pas peur, toi, de la mort véritable ? Non ? Alors c'est toi l'inconscient. Je ne veux pas en finir là, je veux continuer à vivre !

— Pas moi, conclut simplement Adrian.

Il fait mine de se retourner.

— Attends ! s'écrie Isis.

On sent du désarroi dans sa voix. Un début de panique.

Adrian lui lance un rapide regard, méprisant.

— Attends ! insiste-t-elle. Tu veux te suicider alors que tu es déjà mort ? Attends, je te l'ordonne ! Je suis Isis, déesse de…

— Déesse de qui ? riposte Adrian. De quoi ? Une petite prétentieuse sans idole, oui !

Elle a lâché sa toge, comme pour afficher une quelconque marque de maturité. Il se retient pour ne pas aller la gifler. Cela lui remettrait peut-être les idées en place. *Gamine capricieuse…* Ce n'est pas ce qu'il avait prévu, réalise-t-il. Il devait partir sans rien ajouter. Mais il ne peut s'empêcher de continuer :

— Tu parles de divinité mais tu réussis tout juste à survivre en vampirisant tous ceux qui t'approchent, tu passes ton temps à reconstruire ce temple qui ne peut que s'éroder encore et encore. Tu détestes la solitude, et tu prétends te plaire dans cet état ?! Tu as peur, voilà tout ! Tu as peur de faire ce pas que font tous les défunts !

Elle braque sur lui un regard explosif. Lèvres pincées, pommettes écarlates. Sa respiration saccadée fait danser ses seins plus élégamment que jamais.

Assez. Adrian se retourne et traverse le corridor jusqu'au fleuve. L'esquif l'attend, exactement dans la position où il l'avait quitté. Il embarque. Alors que l'eau s'étend lentement entre lui et les marches de marbre, il lance un dernier regard vers le temple. Isis ne l'a pas suivi. Une légère déception sangle son cœur. Le temple s'éloigne. Il a faim. Mais il ne s'accrochera pas ainsi à ce bout d'Enfer. S'il n'y a vraiment rien au bout du fleuve, alors qu'il en soit ainsi. Il n'aura aucune éternité pour regretter son acte. Isis et ses voisins se sont imposé un sursis. Enfants sauvages, quel que soit leur âge véritable, qui ont dû se sentir comme des dieux. L'amusement à dû durer un temps, puis ne sont restés que les terreurs et l'ennui. Il faudra pourtant qu'ils fassent le pas, tôt ou tard.

Il retrouve sa montre à gousset. *Elle aussi n'est que le fruit de ma volonté.* La tête de chat est toute pâle.

Il se retourne. Un nouveau nœud s'est figé dans sa gorge. La brume s'est levée, née de nulle part. Elle fond lentement sur le temple d'Isis. Il se sent lâche. L'histoire d'Anna se répète.

— Nocher ! ordonne-t-il. Demi-tour ! Demi-tour !

La tête basse, la toge serrée dans ses bras, Isis pleure. Seule.

Ses nerfs bouillonnent, elle s'en veut, elle lui en veut. Le garçon... Evanoui, comme tout ce qu'elle désire. Elle frappe une colonne du poing et pousse un petit cri. Cela n'apaise pas son aigreur, et la douleur s'ajoute à tout le reste. Devant elle, le regard à jamais clos de sa dernière proie. Tout autour, ce marbre verdâtre, et la brume qui l'assaille lentement. Elle n'a même pas envie de fuir, de reconstruire...

Adrian arrive, dans son dos. Ses pas n'ont produit aucun écho. Il s'immobilise, l'admire un instant, s'avoue qu'elle est plutôt jolie. Elle n'a pas senti ses pensées.

— Isis ?

Elle se retourne. Un rayon de joie sur son visage, qu'elle change aussitôt en mine boudeuse :

— Qu'est-ce que tu veux ? Tu ne vois pas que la brume arrive ?

— Si.

Un épais brouillard de cendre a atteint l'entrée du palais.

Les corps imbriqués des bas-reliefs s'animent. Les colonnes flamboyantes d'or et de marbre, le corridor archaïque de ce sanctuaire futile, les bustes aux seins lourds et toutes les entités de granite sculpté, ouvrent leurs bras. De langoureux soupirs résonnent. Les murs s'effondrent en un amas de gemme haletante, et Isis reste immobile, déesse parmi la pierre animée. Le pilier symétrique d'une ogive se mue en cuisses humides dont les veines se parfilent en rainures. Le sol s'affuble de mains avides, et ces mains assaillent de caresses les jambes d'Adrian et d'Isis. La déesse s'agenouille, alors que le corps d'une colonne corinthienne glisse et rampe vers elle. Elle s'assoit, se laisse aller en arrière, retenue par les chairs de son palais, pose un regard lascif sur Adrian. Le sol et le souvenir d'une proie d'un autre temps lui offrent des ailes de soie. Elle ouvre les bras à son hôte, timide, suppliante. *Reste avec moi.*

Adrian approche. Sa robe est déchirée par des mains graciles. Il la rejoint, soude ses lèvres aux siennes, soude son corps au sien.

Est un corps, et un autre, et un autre encore. Une perle de sang suinte des lèvres d'Adrian et se brise sur la joue d'Isis. Tout se mêle et leurs sens se joignent à ceux des mille statues animées, orgie sensuelle et radieuse au cœur de la matrice originelle. Mille effleurements les assaillent. Isis s'étend sur ce tapis voluptueux, ce sol de corps chauds et suants. Un buste musclé, sans tête, l'enserre et s'aventure dans son anus. Deux nymphes lui soulèvent les jambes, deux autres s'agglutinent aux cuisses d'Adrian et jouent de leurs langues sur son sexe. Isis rouvre les bras et attire Adrian de nouveau.

Elle le nourrit. Il la nourrit.

Et bientôt la brume se décante. Les piliers et les arcs brisés rejoignent leur symétrie, les bustes se figent. Les jambes d'Isis et d'Adrian se torsadent en une colonne dorique. Et dans un ultime élan, dans une dernière image, leur extase se fige en marbre vert et leurs soupirs se pétrifient entre leurs reins.

© *Dean Venetza – 1999*
Texte achevé sous les lumières de la Tragedia Dell'Arte
Bande son : Y.S.B. / Akhenaton / G. Verdi

Pour Toi qui est peut-être Shan,
Avec un immense merci à celle qui t'accompagnait.

L'âme en Peine

Julie Proust Tanguy

*Julie Proust Tanguy a écrit ce petit texte à l'âge de 16 ans, tout comme les poésies que nous avons éditées dans le recueil « **Fantasmique et Faërie** » dans la même collection. La fougue de sa plume et la force de sot talent l'amènent également à collaborer à de nombreuses revues comme Dragon & Microchips, Murmures d'Irem Marmite et Micro-Ondes ou encore Ténèbres. Précisons encore qu'elle anime, sur internet, un café littéraire et philosophique, **Le Calipho**.*

Cette nouvelle est dédiée à Philippe Heurtel, mon correcteur fétiche et idole incontestée !

Je suis morte un 23 Février. Noyée, plongée dans la verte Seine. Gorgée de vase et d'eau croupie, remplie de déchets et de regrets. On m'a enterrée une semaine après, dans une robe blanche qui faisait ressortir le tendre bleuté de mon jeune cadavre. Enfermée dans un cercueil de bois sombre. Livrée à la torture des vers et aux chatouilles des racines. Ma nouvelle demeure empestait la pourriture. Je m'en suis évadée au petit jour.

J'ai erré çà et là, flottant dans mon habit de lin pâle, explorant les environs peuplés d'arbres repus de chair décomposée et d'âmes attendant patiemment leur rédemption. Les saules pleureurs croupissaient dans la terre amère et versaient leurs larmes sur les tombes de pierre usée. Quelques personnes étaient là, parcourant vainement les allées désertes, désespérés, seuls. Ils venaient fleurir le repos des défunts et leurs pleurs nourrissaient les chrysanthèmes offerts. J'ai versé à mon tour quelques gouttes de pluie salée qui ont brûlé la terre tel un acide. Je n'ai pas tout de suite compris que Celle qui m'avait donné le jour et pris la vie me répudiait. J'appartiens désormais à cet entre-deux mondes terrifiant d'où l'on ne sort jamais. J'attends pour l'éternité ce calme que je pensais trouver dans la mort, et suis condamnée à revivre les instants de douleur que j'ai infligés à mes proches.

Lasse de tout cet univers qui m'entourait, j'avais sauté le pas. Sauté du pont. Je revois encore le monde tourbillonner autour de moi, s'évanouir en mille couleurs amères et sales. Puis le noir, le froid. Le vide. Ma chair martyrisée par les poissons de passage. La vase traînant dans les longs cheveux dont ma mère était si fière, et qu'elle tressait patiemment quand j'étais petite. Et puis un cri horrifié, celui de l'homme qui m'a découverte, moi, l'adolescente verdâtre, la bouche ouverte emplie de sable. Des hommes en costume qui m'emmènent dans un hurlement bleuté, des visages inquiets, bouleversés, ma mère peinée de me voir décoiffée, mon père, la bouche tordue en un rictus amer pour dissimuler sa peine. Moi, flottant je-ne-sais-où, regrettant subitement la vie. Trop tard. Des gens de ma famille qui pleurent pour se donner une contenance. D'autres qui réprimandent mes parents à propos de mes mœurs dissolues : consommation abusive de films gothiques, fascination pour les vampires et tout ce qui a trait à la mort... Ceux-ci, je les ai vus, ont soupiré à la fin de mon enterrement : bon débarras, devaient-ils penser. Mes parents ont versé quelques larmes de douleur et sont repartis avec mon frère, tout auréolé de perfection, à peine attristé par la perte de celle qui partageait sa chambre et cachait à la vue paternelle ses amours et ses joints. Moi, j'ai regardé tout cela du haut de mon cercueil, accompagnée de trois autres fantômes à la pâleur effrayante, qui m'ont saluée gravement avant d'écouter l'office.

Depuis je déambule dans ce morne cimetière qui n'abrite nul vampire. Juste quelques désespérés qui, comme moi, pensaient quitter l'ennui en quittant la vie. Nous nous lamentons de concert et jouons à effrayer les gosses de passage, à les pousser hors de ce lieu de mort dans lequel ils n'ont pas leur place, à leur faire regagner au plus vite les foyers chaleureux que nous avons trop vite délaissés; nous les poussons vers leur vie et repoussons leur fascination pour la mort. Et nous attendons le sommeil en gémissant dans les allées désertes où fanent les chrysanthèmes.

© *Julie Proust Tanguy, L'île Tudy, Juillet 2000*
(Extrait de «Petits Portraits»)

La Conception

Henrik Johnsson

Traduit de l'anglais par Denis Labbé

Henrik est un jeune suédois qui vit à Stockholm et étudie l'anglais à l'université locale. Il y a quelques années, il a découvert Robert Chambers, découverte qui lui a donné envie d'écrire : d'abord des nouvelles fortement inspirées du «Roi en Jaune», puis un roman à épisodes se déroulant dans un univers de sa création: le monde de Mathelania. Il est également fortement influencé par l'œuvre de Clark Ashton Smith et a contribué à une anthologie américaine consacrée à cet auteur, Zothique. Il est par ailleurs passionné de littérature décadente et amoureux de la poésie française, et notamment celle de Gérard de Nerval.

" *Immortels mortels, mortels immortels, vivent les morts des autres, meurent les vies des autres.* "
Héraclite

Je l'entends m'appeler au milieu de la nuit ; cela ne me gêne pas qu'elle soit morte. Sa voix m'invite à m'asseoir près de sa tombe et à lui tenir compagnie durant les heures mornes et glaciales de la nuit. Les autres habitants du village où je vis disent que je suis fou, mais peu le font savoir ; j'ai vu les noires profondeurs abyssales au fond desquelles glisse l'âme humaine avec paresse lorsqu'elle quitte l'enveloppe charnelle, et je sais qu'elle me reviendra, même si des semaines se sont écoulées, des mois même, depuis qu'elle a poussé son dernier soupir et que je l'ai enterrée dans le jardin derrière la maison, là où nous avons passé ensemble tant d'heures heureuses. Je ne me soucie pas des chuchotements des villageois, ils n'ont aucune importance pour moi. Mon destin n'est pas le leur ; je ne suis pas l'un des leurs.

La pierre qui porte son nom est aussi froide que serait, je le crains, son contact. J'ai gravé moi-même l'inscription, je ne voulais pas que quelqu'un d'autre souillât son lieu de repos de ses mains sales. La pierre révèle deux rangées de nombres, des années, l'une, l'année où est né mon amour, et l'autre (je n'ose la regarder) est l'année de sa mort ; l'année où elle passa de ce monde au suivant, me laissant seul dans cet endroit triste et hideux. La nuit est aussi dépourvue de chaleur que la pierre, et je m'enveloppe dans mon manteau, le serrant plus étroitement autour de mes épaules. Des vents cinglants gémissent avec agitation, leurs cris aussi plaintifs et mélancoliques que des murmures de cadavres en décomposition. Je tiens dans ma main une rose plus rouge que le sang le plus sacré, et je la pose sur sa tombe, la tombe que j'ai creusée de mes propres mains ; comme pour sa pierre tombale, je ne voulais pas qu'elle fût touchée par un autre. Notre amour était pur et béni ; comme elle l'était le jour de notre rencontre. Je peux encore me souvenir des douces fossettes sur sa joue lorsqu'elle sourit au moment où nous fûmes présentés, et je peux encore me souvenir de ses dents d'une blancheur étincelante, tout comme elle. Je savais qu'elle était intacte, j'étais le premier homme à goûter au doux fruit parfumé de son amour. Je me rappelle combien, le jour de notre mariage, elle ressemblait à une déesse venue de quelque royaume plus heureux, toute vêtue de blanc et fraîche comme un pétale chargé de la rosée accumulée durant une douce nuit d'été.

Je tremble lorsque je touche la poussière de sa tombe. Je sais ce qui repose en dessous, son corps, et je suis rempli de dégoût quand je me représente ce à quoi son corps ressemble à présent ; sa chair s'est décomposée, a pourri et fondu sur ses os comme la cire au-dessus d'une flamme ; ses yeux se sont flétris dans son crâne et se sont lentement dissous en une flaque de liquide nocif, ses entrailles se sont putréfiées et ont disparu ainsi que son cerveau qui fut si vif et si fin lorsqu'elle était encore en vie, ses restes ont été dévorés par des vers gros et gras, grouillant de manière aveugle sur son cadavre puant, rongeant sa peau, ses viscères, sa chair, dévorant ce qui reste d'elle et engraissant abominablement sur ce macabre régime. La vision d'un millier de vers bouffis fouissant dans sa chair en putréfaction m'emplit de dégoût ; je dois me lever et respirer profondément afin de ne pas m'évanouir. Par la puissance de ma volonté je repousse cette image écœurante et lentement je retrouve mon calme.

Et durant toute la marée nocturne je reste assis à ses côtés, et je touche la poussière de la tombe cherchant peut-être à m'unir à ma femme pour la dernière fois. En déplaçant ma main sur la terre brune, je sens son esprit se tendre vers moi ; c'est comme si son amour n'était pas mort, mais était revenu d'outre-tombe pour me réconforter. Son étreinte est plus froide que la Mort elle-même, mais mon âme est néanmoins embrasée. Ses yeux bleu clair me regardent avec désir, et je les vois se refléter dans les cieux, me regardant, m'observant. Ses lèvres, plus douces et plus saintes que celles d'anges nouveau-nés, se pressent doucement contre les miennes, et nous nous embrassons avec une passion plus ardente et plus vivante que tout ce que nous avons ressenti de son vivant. Sa langue, ni froide, ni putréfiée, mais chaude et passionnée, se glisse dans ma bouche et je goûte à ses plaisirs interdits ; sa salive, plus douce que le miel le plus pur, s'écoule en moi en doux filets et je l'avale, savourant son goût céleste.

Je pose ma main sur sa nuque, l'enfouissant sous la cascade parfumée de sa chevelure, comme j'avais l'habitude de le faire lorsqu'elle était encore en vie ; je presse plus fortement sa bouche contre la mienne et je sens son souffle haleter contre mon visage. Excité, je pose ma main sur sa poitrine et palpe doucement ses seins qui se soulèvent, et je les caresse, plus fermement, plus vigoureusement. Elle est nue, comme moi, nos vêtements ont disparu, et nous caressons chacun la peau frémissante de l'autre dans la frénétique chaleur de la passion, notre désir éclosant et grandissant immédiatement. Je suis comme une lame de plomb en fusion lorsque je plonge en elle, et son corps ardent accueille le mien. La terre tremble en affres colossales pendant que je pilonne sa chair, un désir démoniaque coulant dans mes veines et pénétrant dans son cadavre flétri. Je hurle et les sphères et les galaxies hurlent avec moi tandis que je me perds dans un tourbillon de passion effrénée, couleur d'arc-en-ciel et d'or au milieu de la poussière d'amants disparus, pendant que la nuit devient jour, que moi je deviens elle et qu'elle se dissout pour devenir moi. Perdu dans un épouvantable maelström de désir fou et tordu, je continue à pilonner brutalement sa chair pourrissante et putrescente, et ses entrailles dispersées sont éparpillées sur l'herbe lorsque la force de mon corps se balance contre les oscillations de sa chair puante et tord son cadavre souillé de boue en une vision sans fin, fantomatique et déformée d'une obscénité infinie et d'envie perverse. La puanteur de ses magnifiques traits fondant comme du beurre sous un soleil d'été assaille mes sens et je ris lorsque j'entends ses os frêles craquer sous mon poids. Après une éternité de passion sacrilège, ma sueur et mon sang mêlés aux flaques délétères abandonnées par son cadavre putride, ma rage et mon amour unis à ses doux gémissements de plaisir en une musique céleste de souffrance et de joie, je libère ma froide semence dans le réceptacle de son utérus décomposé et rempli de vers. Alors, épuisé, je fais mes adieux à ma maîtresse et m'endors sur la douce et triste terre sous laquelle elle est ensevelie et repose à jamais.

Le lendemain, je m'éveille au moment où l'âpre lumière solaire emplit le monde de sa gloire dorée. J'étais tombé de sommeil à côté de la tombe de mon épouse, et le souvenir du cauchemar que j'ai fait pendant la nuit se cramponne encore à moi, me hante. Sa tombe est inviolée, la terre vierge de toute trace de pas, même des miens. Je verse une unique larme tandis que je revois les joies que nous avons partagées, et alors je m'éloigne de son ultime lieu de repos et j'entre dans ma demeure, cherchant consolation et confort, espérant en vain trouver quelque chose qui écarterait les démons du désespoir et de la solitude qui déchirent mon esprit. A l'aide d'étranges drogues et de magies plus étranges encore, j'ai cherché à soulager la mélancolie qui accable mon âme, mais en vain. Je dois essayer une nouvelle fois ; à défaut d'autre chose, un paradis artificiel me fournira plus de plaisir que cet épouvantable désert ne m'en donnera jamais maintenant qu'elle m'a quitté. Les exhalaisons narcotiques issues des drogues se consumant lentement pénètrent en moi et enveloppent mon cerveau, me montrant des mondes cachés où des créatures, bien plus fières et bien plus puissantes que les humbles vers que je suis honteux d'appeler mes semblables, rôdent majestueuses et omnipotentes ; je m'élance à travers les cieux ensevelis sous des strates de montagnes opaques circulant sur l'air aussi épais que des diamants fondus ; je vois des myriades d'étoiles flotter à travers des cieux plus noirs que les âmes des anciens dieux, tourbillonnant perpétuellement de long en large comme un vortex de lumières et de formes folles, retombant sur elles-mêmes et émergeant alors une nouvelle fois sous des contours et des dimensions que je n'ose essayer d'appréhender. Je vole à travers quelques couches de galaxies de plus et émerge dans un monde d'infinie noirceur, et là, attendant peut-être de trouver quelques tristes rêveurs tels que moi, je vois quelque chose de bien plus horrible, et cependant d'infiniment splendide et puissant ; je vois le visage de ma bien-aimée contre les étoiles, comme s'il avait été détaché de son corps, démesurément dilaté et attaché aux cieux comme une tapisserie d'une splendeur incommensurable. Je tends ma main pour toucher celle qui un jour fut mon âme sœur, mais elle a un mouvement de recul et disparaît dans le néant où réside son âme. La terreur de son départ me renvoie dans ma prison de chair et je suis à nouveau corporel, et à nouveau harcelé par ces démons qui me tourmentent sans fin, même lorsque j'essaie de dormir et d'oublier l'horreur qui tient mon âme dans sa poigne glacée.

Mais je ne dois pas succomber à l'écrasante angoisse qui cherche à me submerger sous une fange d'auto-duperie et de haine de moi-même. Je dois poursuivre ma vie ; elle est morte et moi non, pourtant je souhaiterais ardemment être mort aussi, car alors je pourrais reposer avec elle dans sa sombre demeure et lui murmurer des secrets, et nous pourrions éternellement mourir, ensemble à travers les âges, et le ver ne toucherait pas nos os, mais nous reposerions là, nous aimant et riant en silence jusqu'à ce que le monde parvienne à sa fin et que le soleil perde sa chaleur. Je dois à nouveau aller vers elle, car je sens qu'elle me fait signe afin que je lui tienne compagnie pendant qu'elle gît là, pourrissant et disparaissant sous terre.

Je suis à nouveau près de la tombe comme je le fus la nuit dernière. Je passe ma main sur sa pierre tombale, et suis l'inscription de son nom du doigt. C'est comme si elle me demandait de le faire et de lui apporter un peu de chaleur, car, dit-elle, il fait froid là où elle se trouve, là où aucun ange ne repose. Je prie les dieux inconnus afin de ne plus être la proie de cauchemars hideux comme la nuit précédente, lorsque je suis tombé de sommeil à côté de la tombe de ma bien-aimée ; mais en ce cas, n'est-ce pas la vie le rêve le plus horrible et le plus sauvage ? J'ai une autre fleur à la main, je la pose à côté de la rose rouge que je lui ai donnée la nuit dernière. La nouvelle fleur est noire, et je ne connais pas son nom, mais elle est belle, et exhale un doux parfum qui me rappelle un peu le bois de santal brûlant dans une coupelle de marbre sombre. Les vrilles de mon aimée s'étendent à la manière du lichen comme elles le firent hier, mais je les évite à présent, car je sais qu'elles n'existent pas ; ce ne sont que des fantômes issus de mon imagination fiévreuse venus me hanter dans ma solitude désolée. Je la touche une fois ; et elle soupire, et alors je pars, car le bonheur dont je voudrais jouir avec elle m'est refusé ; je suis seul, coupé de l'humanité.

J'envisage souvent de la rejoindre dans son calme sépulcre, me débarrassant de mes hideux vêtements de chair qui me restreignent et me gênent dans mes promenades parmi les étoiles, main dans la main avec celle que j'appelle à haute voix. Le couteau est tranchant et froid ; aussi froid que la boite de bois où il m'exilerait. La mort me fait signe de la rejoindre dans son royaume gris, mais je lui ordonne de partir et d'attendre car une étrange impulsion m'invite à vouloir continuer cette parodie de vérité que l'on nomme vie, espérant au-delà de tout espoir qu'un jour mon amour perdu et moi serons à nouveau réunis. Notre passion dépasse le désir mortel ; peut-elle aboutir par-delà la tombe ? La pensée me frappe et je suffoque d'excitation en comprenant soudain que notre amour est vraiment plus fort que les chaînes imposées par la Mort à tout mortel. J'applique ma bouche contre la terre de sa tombe et je lui murmure ce que j'ai appris. Elle répond et dit que je dois lui montrer que mon amour est toujours pur et véritable. Je dois lui prouver mon affection et ma dévotion éternelles. Elle me dit que c'est l'unique chose qui l'attriste, alors qu'elle gît là, pourrissant indéfiniment et que c'est son incapacité à me donner un enfant de son vivant. Son cadavre pleure des larmes amères pendant qu'elle me parle de son unique désir, celui de me donner un enfant, afin que je puisse me souvenir d'elle ainsi, et qu'en regardant notre enfant, je puisse voir son visage reflété impossiblement sur les traits angéliques du fruit de notre éternel amour. Viens vers moi, dit-elle, et montre-moi que tu m'aimes encore, et je te donnerai un enfant ; aime-moi comme tu l'as fait la nuit dernière et la solitude sera chassée lorsque notre enfant viendra te réconforter dans ta misère.

Je t'entends, mon grand amour, je réponds, et je me couche une fois encore afin de m'unir avec toi, et je pleure de douces larmes de joie tandis que nos chairs se combinent en une masse contorsionnée et tordue d'une splendide obscénité et d'une séduisante hallucination, et je hurle au moment où mon corps entre en elle ; je l'entends gémir de plaisir pendant que je commence à pilonner son cadavre desséché, et j'entends le murmure de ses mots d'amour et d'extase qui enflamment mon âme et me poussent à m'allonger sur elle plus durement, écrasant ses os fragiles et déchirant sa peau flétrie et parcheminée et je ris alors, et je l'entends rire avec moi au moment où je féconde sa chair pourrissante. Mes rêves sont envahis de spectacles interdits aux simples mortels, et je l'accompagne par-dessus des mondes couronnés de porphyre puant et de prismes scintillants, je foule les étoiles, avec elle comme maîtresse, esclave et amante. Nous avons détruit les chaînes de la Mort grâce au marteau de notre amour, et nous sommes enfin réunis. Je pose ma main sur son ventre, et je sens la vie y croître. Et une nouvelle fois, je m'éveille tandis que le soleil se montre et je verse quelques larmes tandis que je me souviens du rêve que j'ai fait la nuit dernière, un rêve plus hideux que le précédent, plus effrayant que n'importe quel autre cauchemar que j'ai eu le déplaisir d'expérimenter. J'essaye de vivre un petit peu durant la journée, mais c'est impossible. Des lambeaux de terreur provoqués par la rêverie nocturne de la nuit précédente s'accrochent à mon âme et font trembler mes mains ; je suis incapable de me préparer à manger, et je souffre de la faim durant toute la journée, attendant avec anxiété la nuit, car je sais que quelque chose va arriver, je n'ose dire quoi, mais je suis certain que quelqu'un, ou quelque chose, va venir me rendre visite lorsque le soleil sera couché, et cette entité sans nom m'accordera le bonheur suprême auquel j'aspire.

Je vois le soleil se coucher, et la lumière lentement décroître dans les cieux. Je me prépare à ce qui va venir, mais comme je ne sais ni qui, ni quoi, va me rendre visite cette nuit, je peux juste m'asseoir dans l'oisiveté et compter les moments qui s'écoulent lentement. Une ombre passe au-dessus de moi, effaçant les derniers vestiges éparpillés de lumière solaire, et je suis précipité au sein de ténèbres plus noires et plus absolues que l'obscurité qui étreint mon âme. Je ne vois rien, mais j'entends simplement le bruit de gigantesques ailes passant au-dessus de ma tête, comme si le plus terrible des cauchemars volait au-dessus de moi, et soudain je suis encore plus effrayé, car je sais que cette ombre est couverte par une ombre plus grande encore, et que toute l'obscurité qui m'environne n'est qu'une partie de la corruption assemblée sous les infernales ailes d'ombre. L'ombre monstrueuse s'éloigne, et je peux voir une nouvelle fois la lumière de la nouvelle lune qui se lève et éclaire faiblement ma chambre. J'entends quelque chose dans les escaliers de ma maison ; le bruit de pieds marchant irrégulièrement sur les planches de bois de la véranda ; mais ils sont curieusement déformés, et cela tient plus du bruit fait par du métal frappant le bois. Le son se rapproche, et j'entends la porte d'entrée s'ouvrir, le grincement de ses gonds masquant presque, mais pas tout à fait les pas du visiteur inconnu. Les pas pénètrent dans mon couloir, et je tremble à présent d'une terreur suprême. Je ne sais qui, ou quoi, vient me rendre visite si tard dans la soirée et ne m'appelle pas ; j'essaie de me convaincre que c'est seulement un voleur venu me dérober mes biens, mais en vain.

J'attends en silence pendant que l'intrus traverse le couloir, ses pieds cliquetant sur le sol. Il s'approche de la porte de la chambre dans laquelle je suis assis, transpirant et tremblant de peur, et je hurle presque de terreur lorsque je vois la poignée de la porte être tournée ; elle descend, et finalement la porte s'ouvre, pas complètement, mais assez pour laisser entrer une odeur si terrible que je me couvre la bouche de dégoût. C'est la puanteur d'un abattoir empli d'abattages récents ; c'est l'âcre arôme des lépreux dont les membres tombent un à un, du pus douceâtre suintant de leurs plaies ; c'est l'odeur charnelle d'une tombe ouverte et révélant le cadavre pourrissant silencieusement à l'intérieur. La porte est ouverte d'une poussée, et je vois quelque chose entrer dans ma chambre, quelque chose qui luit et brille comme de l'ivoire poli dans la lumière argentée de la lune. Et à présent l'intrus entre dans ma chambre et se révèle dans toute son obscène splendeur ; c'est un squelette qui s'approche de moi, mais pas le squelette d'un homme adulte ; c'est le squelette d'un enfant.

Je vois des lambeaux de chair pendre de ses membres et je discerne les restes d'organes depuis longtemps fondus dans l'oubli s'accrochant désespérément à sa colonne vertébrale et à ses côtes ; je vois ses yeux me regarder comme de froids et durs diamants, leur lueur infernale brillant plus férocement que les rayons de la lune démoniaque et gibbeuse. La chose, empuantie par l'odeur nauséabonde du fraîchement enterré, marche vers moi, ses pieds squelettiques cliquant contre le sol de bois, ses yeux fixés sur ma forme tremblante. Quelques mèches de cheveux ornent son cuir chevelu blanc, leur couleur a depuis longtemps disparu. L'abomination cadavérique s'approche de moi, s'arrête à quelque pas, sans bouger, et me regarde. Je vois se refléter dans ces yeux vitreux les feux d'enfers inconnus brûlant avec éclat ; ils sont remplis d'une douleur et d'une angoisse auxquelles je ne peux même pas songer. La chose ouvre la bouche, ses mâchoires craquant tandis que ses tendons déliquescents s'étirent, et il pointe son doigt osseux dans ma direction, et murmure un mot, un mot qui précipite mon esprit se faire dévorer par les démons des enfers inférieurs ; un mot qui répercute cette hideuse psalmodie de mon amour mort depuis longtemps, ses cris de tourment issus de la bouche de son cadavre pourri ; et ce que l'enfant squelettique dit est tout simplement : "Père."

© Henrik Johnsson

Le Jeu du Destin

Philippe Gras

Philippe Gras pratique la magie, qu'il prétend exer-
cer sous toutes ses formes. Apparemment, c'est dans les
lettres qu'il s'y entend le mieux, car nonobstant une remar-
quable constance, il n'a pas encore trouvé le tiercé dans
l'ordre ni les numéros gagnants du loto ! En revanche, ses
textes, en prose ou en vers, ont figuré au palmarès de plu-
sieurs concours littéraires, et sont parfois publiés dans la
revue mensuelle de poésie qu'il anime sur le web à l'adresse
http://www.lelutrin.com. Il a récemment achevé l'écriture
d'un roman qu'il cherche à éditer.

Il y a eu dans toutes les familles un personnage dont la mémoire est savamment occultée par ceux dont le devoir est pourtant de la cultiver, mais le cours anormal de son existence les inquiète encore au point de désirer taire le souvenir d'une branche infectée de leur arbre généalogique. Au fil des temps, la tombe du réprouvé, si toutefois ses pairs lui ont concédé l'honneur bourgeois d'une sépulture chrétienne, n'est plus fleurie que rarement, pour être enfin tout à fait abandonnée.

C'est que ses pas l'ont écarté du chemin rectiligne que les parents souhaitent pour leur progéniture, le portant pour des raisons que l'on prétend inconnues, voire secrètes, en marge de la société des *bonnes gens*, à se comporter à l'inverse d'un citoyen responsable ou d'un bon père de famille, et perpétrer des actions que parfois la morale réprouve. Pourtant sa descendance ne lui reproche souvent que des peccadilles, ou bien un tempérament bohème, ou bien encore le tort d'avoir été entraîné par des circonstances bouleversantes. Elle le chérit quand même, attendrie par la chaleur discrète de l'âtre où crépite un joli feu de bois bien sec, dans une chambre un peu à l'écart où trône un de ses portraits qui prend la poussière, mais comme on caresse un rêve doux et vaguement illicite.

Un tel se fit marin, et s'élança sur la mer immense, avant de disparaître dans les profondeurs infectes et torrides de l'île de Bornéo, parmi les indigènes nus et anthropophages... Un autre laissa femme et enfants pour s'enterrer dans un lieu inexploré de la brousse africaine, tuant et trafiquant, pour être finalement lapidé par les nègres qu'il avait auparavant asservi... Un troisième fréquenta les poètes maudits à Montparnasse et à Montmartre ; il devisait avec Tristan Corbière, buvait l'absinthe infernale avec Charles Cros, attendait que le jour se levât avec des *apaches* avant de « tomber » dans une affaire de mœurs où il devait jouer le rôle du naïf héroïque, défenseur de l'orpheline opprimée, laquelle n'était autre qu'une courtisane chevronnée !

L'affaire qui m'occupa au sein de ma propre famille concernait l'Oncle Gustave, qui fut mon grand-oncle, et que je n'ai jamais connu ; sa mort prématurée remontait à l'époque de la Grande Guerre, et je menai à son sujet une véritable enquête à la manière des détectives de romans policiers : son destin fut celui d'une étoile filante au trajet fulgurant, dont l'éclat s'éteignit subitement dans le mystère de la nuit opaque avant que l'on ait pu vraiment observer la trace incandescente de ce météore en fusion.

Mes investigations se déroulèrent pendant les grandes vacances d'été, alors que mon front récemment ceint des lauriers du *bachot* se ridait en appréhendant la vie nouvelle qui s'imposerait à moi. Les adultes ne cessaient de me tarabuster avec leurs objectifs d'études et de carrière, croyant nourrir l'orgueil issu de ma fraîche et relative réussite, mais leurs propos graves et fiers avaient pour conséquence de plonger mon esprit, lequel n'aspirait qu'à profiter au mieux de ces derniers moments d'insouciance, dans un tohu-bohu de questions et de problèmes que j'étais trop jeune pour comprendre, dans un labyrinthe de perspectives et de conjectures dont la complexité me paraissait plus inabordable que n'importe quel thème latin !

Comme chaque année à la même époque, toute la famille s'était donné rendez-vous pour profiter des congés annuels dans la maison familiale que notre lignée possédait aux environs d'Yport, à quelques lieues seulement des célèbres falaises d'Etretat ; elle était patrimoine commun depuis plus d'un siècle à présent, et nous venait d'un ancêtre que tous vénéraient comme un *dieu lare*, mais dont la vie laborieuse de négociant en bois d'ébène se distinguait surtout par la brutalité et l'appât du gain. Il ne me semble pas utile de m'étendre sur ses douteux trafics, car tout le monde aura compris que l'origine de sa fortune provenait bien des forêts de l'Afrique, que la nature de son commerce avait bien la beauté sombre de l'ébène, mais aussi la tendre consistance de la chair humaine, destinée à l'esclavage dans les plantations d'outre-mer.

Les tracasseries bénignes mais réitérées dont j'étais l'objet et que je viens d'évoquer m'avaient rapidement fait préférer la solitude aux plaisirs bruyants de mes camarades de jeux habituels, donc je passai les premiers jours à fureter dans les pièces vides de notre grande maison pendant que le soleil attirait tous ses habitants sur les plages ou dans les prairies, à la recherche de quelque souvenir de famille obsolète ou incongru, ne paraissant en société qu'aux heures des repas. Quelquefois je restais plusieurs heures en compagnie de ma grand-mère, l'aïeule de notre famille dont l'âge avancé ne lui permettait plus que de se sentir vivre, paralysée qu'elle était pour le restant de ses jours. Je crois que ma présence à ses côtés lui apportait un plaisir désormais rare, puisqu'elle n'était plus en mesure de rechercher le commerce d'autrui, incapable de se déplacer. Elle me récompensa de ma sollicitude en m'instruisant de son seul savoir, c'est à dire l'histoire de notre famille, qu'elle me conta par le menu.

Je découvris alors un monde disparu mais attachant pour lequel je n'avais eu qu'un intérêt poli et ennuyé, et buvais les récits de ces vies à présent évanouies, mais qui peu ou prou eurent une influence sur ma propre existence. J'eus subitement conscience de l'importance que mes ancêtres proches ou éloignés pouvaient avoir dans ma propre chair, et dont j'étais redevable ; le sens du lignage m'apparut dans toute sa dimension, ainsi que la responsabilité qui m'était confiée dans la transmission de sa connaissance.

Il n'était cependant pas question pour mon aïeule d'évoquer la figure de l'oncle Gustave, dont j'ignorais d'ailleurs jusqu'au nom bien qu'il fut l'un de ses frères et que -je l'appris bientôt- son affection pour lui était particulièrement aiguë. Cette ombre fut inopinément mise à jour lorsque je lui ramenai la découverte que je fis en fouillant une malle abîmée au fond du grenier, et dont la vue plongea la vieille dame dans une consternation qui dura un long moment.

Je ne songeais pourtant pas à mal en lui présentant cette trouvaille apparemment anodine pour laquelle je crus seulement y trouver matière à nouvelle histoire. Il s'agissait d'un jeu de tarot aux lames de grandes dimensions ; son propriétaire avait dû l'utiliser souvent car les couleurs des cartes étaient ternes et leur brillance avait disparu. De nombreuses inscriptions y avaient été consignées mais l'encre avait également subi l'épreuve du temps, ce qui rendait les maximes difficiles à déchiffrer. Enfin, les illustrations m'étaient inconnues : images d'un autre temps qui m'évoquaient celles que l'on fabriquait dans les manufactures d'Epinal, naïves et criardes.

- « Ce jeu appartenait à ton grand-oncle Gustave, mon frère bien aimé, me révéla-t-elle d'un ton où je décelai déception et contrariété. Le coffre où tu l'as trouvé renferme toutes ses affaires, enfin plutôt celles que nous avons pu récupérer dans son domicile à Paris, après son décès. Le jeu nous avait été rapporté bien auparavant par un colporteur d'allure diabolique, et notre père l'offrit à Gustave le jour anniversaire de ses quinze ans. Il vaudrait mieux le ranger tout de suite là où tu l'as trouvé, mon enfant, car il pourrait bien posséder un pouvoir maléfique et je crois sincèrement que la mort de ton pauvre oncle n'y était pas étrangère ».

Puis elle se tut et refusa de répondre plus avant à ma curiosité, demanda à se retirer dans sa chambre pour se reposer, prétextant que le soleil l'avait fatiguée. Pour ma part, je ne suivis pas son conseil, tout en évitant de l'importuner les jours suivants à ce propos. Puisque la contrariété dont elle fit montre au sujet de ma découverte et le mystère qui se levait autour de ce personnage inconnu lui causait du chagrin, je résolus de réfléchir à une stratégie plus propice au succès d'une investigation dont je pressentis la complexité.

Le soir, blotti dans mon grand lit de campagne dont les draps immaculés fleuraient la prairie et les fleurs séchées, je fis plus ample connaissance avec le jeu de mon ancêtre qui paraissait être son livre d'heures. Les images me fascinaient par leurs dessins naïfs mais énigmatiques ; au dessous, une légende à la typographie maladroite nommait les personnages ou les situations représentées : « *Le Bateleur* », « *La Papesse* » ou, plus loin «*Le Chariot* », « *La Roue de la Fortune* »... et encore « *La Ruine* », « *L'Etoile* ». A chaque carte avait été assigné une place dans le jeu, par l'impression d'un chiffre romain à son sommet, de I à XXI, dans le dessein sans doute d'indiquer un chemin à parcourir, à la manière du *Jeu de l'Oie*. Deux arcanes échappaient cependant à cette classification. « *Le Mat* », représentant un voyageur portant son baluchon sur l'épaule et coiffé du bonnet des fous s'éclipsait de la scène en voulant s'excuser sans doute de se soustraire à la numérotation. En XIII, un macabre squelette déboulait, furieux, en décollant tous les membres des passants trouvés sur son chemin de sa faux impitoyable ; la situation paraissait aussi parlante qu'effroyable au cartier dont la superstition préféra omettre de la nommer, dans l'espoir de conjurer un sort évidemment funeste...

Mon oncle avait griffonné quelques mots ou maximes sur nombreuses des lames de ce jeu qui lui servait d'objet d'étude. Malgré mes difficultés pour déchiffrer son écriture minuscule et la dégradation avancée de l'encre qu'il avait utilisé au début de ce siècle, ses réflexions m'apparurent comme autant d'énigmes philosophiques, que d'habitude on n'adresse qu'au Tout-Puissant. Interroger ce jeu de hasard populaire n'était-il pas le signe d'une sujétion à l'Empire du Mal ? Mon oncle avait-il conclu lui aussi un pacte avec le Diable, contrat qui fut à l'origine de son mystérieux destin ?

Je considérai avec circonspection les vingt-deux figures dont les personnages campés dans leur attitude hiératique, figés dans une gestuelle plaisamment maladroite, me souriaient avec mélancolie comme autant de princes ou de princesses ensorcelés, stupéfiés pour l'éternité. J'avais également l'impression que ces images stupides me clignaient malicieusement de l'œil, en prétendant me répondre : « Cherche, mon ami, et tu trouveras ». C'est au cours de cette muette conversation qu'un sommeil lourd mais agité de nombreuses hallucinations s'empara de ma conscience pour ne me libérer qu'assez tard dans la matinée.

On me vit errer toute la journée du lendemain, la mine sombre et complètement désœuvré... Mes cousins, ma famille s'en inquiétèrent : on remarqua que j'avais beaucoup changé, on prit mon air soucieux pour de la morgue, ma gravité comme déplacée. Le fait est que l'expérience que j'avais faite cette nuit avec le *Royaume de l'Ombre* m'avait abattu, et laissé un sentiment désagréable dont mon corps entier subissait l'emprise. J'avais l'impression que les cartes m'avaient envoûté, comme l'Oncle Gustave jadis, mais ne parvenais pas à me révolter contre ce charme maléfique. Par ailleurs, mon esprit formé à l'école rationaliste refusait d'admettre l'empreinte des forces secrètes qui m'assaillaient désormais, j'en sombrais inéluctablement dans les marais pestilentiels du mépris de moi-même.

Le dégoût que j'inspirais aux autres ainsi qu'à moi-même eut raison de mon apathie. Je décidai de passer la journée suivante à Fécamp, espérant que l'air marin fouetterait ma délectation morose, et de la même manière que le vent fait apparaître la blanche écume des flots insondables, il réveillerait ma joie de vivre évanouie. Je disparus aux yeux de tous les miens sous les combles, afin d'entreprendre une fouille minutieuse de la malle de mon grand-oncle, dans l'espoir qu'elle me révèlerait de nouvelles indications sur son destin tragique.

En effet, si j'étais entré par inadvertance dans son univers occulte, j'ignorais toujours tout de ce qui avaient pu être ses motivations, ses pensées, son image même. Car ma famille, pour qui la respectabilité avait valeur de *credo* avait dû s'acharner à effacer toute trace de ce parent dont la vie avait pris l'aspect d'une énigme tellement excitante, que je me fis un devoir d'éclaircir.

Bien que ma brève expérience ésotérique de la veille m'eut tout à fait déplu, les préoccupations de l'Oncle Gustave rendaient son personnage encore plus digne d'intérêt à ma conscience nourries par les romans pittoresques de Gaston Leroux ou du mystère de *l'Aiguille creuse* qui dressait sa longue silhouette calcaire vers le ciel à une bonne heure de marche seulement de la maison familiale.

J'étais en train d'imaginer mon ancêtre maudit vêtu de la chasuble immaculée des templiers, faisant renaître les anciens rites en compagnie d'Arsène Lupin, au pied de ces fameuses falaises dont les reflets laiteux accrochent la lumière pendant les nuits de pleine lune dans une ambiance d'outre-tombe.

Mais le contenu du coffre déçut mon imagination enfiévrée. J'y découvris simplement les affaires personnelles d'un garçon, puis d'un jeune homme ordinaire quoique brillant. Un bicorne de polytechnicien en paraissait le meilleur témoignage. Sa redingote, souillée dans le bas des manches ainsi qu'au col, une paire de brodequins éculés indiquaient une taille plutôt grande pour l'époque, et la corpulence d'un homme sportif, avantagé par la nature et la vie au grand air. Je m'attendais à découvrir également un sabre d'officier, car mon oncle avait dû participer à la Grande Guerre ; il ne s'en trouvait point, pas plus que d'épaulettes ou même de livret militaire. J'exhumais ensuite quelques volumes reliés traitant d'occultisme, frappés d'un étrange blason à l'or fin où figuraient trois crapauds, ornement singulier mais logiquement acceptable dans cet environnement de sorcellerie ! Un dossier manuscrit, relié de cuir et blasonné également, relatant *Ce que révéla Messire Jacques de Molay, Grand Maître de l'Ordre du Temple, lorsqu'il fut soumis à la Question* attira mon attention, ainsi qu'une Bible atrocement mutilée par le mécréant, dont l'état misérable me révolta contre le crime blasphématoire de son auteur qui me dégoûta irrémédiablement.

Mon oncle m'apparut sous un jour beaucoup plus contrasté, et je pressentais maintenant que sa mise au ban de la famille n'avait pas seulement été causée par l'expression d'un esprit original, mais aussi par des actes plus graves que la morale commune réprouvait. Je ne pouvais me fonder encore sur aucun fait, mais je devais prévoir qu'un individu apparemment sain de corps et d'esprit s'adonnant avec le plus grand sérieux du monde autant aux mathématiques qu'aux simulacres de la magie noire avait dû se livrer à certains agissements criminels.

- « Le chaudron des sorcières n'est pas un athanor », me dis-je en moi-même...

Le lendemain, je pris la route pour Fécamp, comme je l'avais prévu, mais sans entrain. Le voyage en car fut propice aux réflexions mitigées que je portais à présent à l'endroit de mon grand-oncle. Le mystère de son existence devait être éclairci malgré ses frasques, dont la noirceur me déplaisait. C'est pourquoi je ne cessai de compulser, plier, triturer le morceau de papier où j'avais relevé l'adresse du collège où le jeune Gustave avait subi ses *humanités*, s'il on pouvait s'exprimer ainsi à l'attention d'une âme dévolue au Malin ! Je m'interrogeai sans cesse sur l'opportunité de déterrer les souvenirs enfouis dans l'obscurité de l'oubli, en ce qui concerne un individu dont je doutais désormais de la valeur morale.

Ce fantôme qui m'avait fasciné lorsque son enveloppe vide appelait ma curiosité et mon jeune tempérament, devenait repoussant et dépourvu du plus simple intérêt pour l'adolescent que j'étais, attiré par les beaux gestes, les exemples nobles, les attitudes héroïques. Je désirais presque renoncer à mon enquête, rabattre à tout jamais le couvercle enduit d'une suie grasse et malodorante sur l'infernal chaudron où ce que j'avais entre-aperçu me déplaisait singulièrement.

Enfin, je me rappelai l'exemple du vase de Pandore, et des conséquences funestes qu'une curiosité effrénée pouvait provoquer. D'autant que, sans sombrer dans la superstition, il ne me paraissait pas sans danger de défaire un nœud ensorcelé, réveiller des démons endormis, raviver les forces maléfiques qu'il avait dû emporter avec lui pour l'éternité. *Absit omen*.... A quoi bon remuer un passé nauséabond composé de vase et de boue, dans la perspective de s'y enfoncer malgré soi. L'opinion que j'avais de moi-même et de mon devenir penchait vers l'élévation plutôt que vers la vilenie.

Or j'étais lié par cette promesse faite à mon aïeul défunt, pour sauver sa mémoire, l'arracher à l'anéantissement de l'excommunication dont ma famille bien-pensante l'avait frappé. Je ne pouvais plus me démettre sans me renier... Alors « cochon qui s'en dédit » repris-je en imitant les vieilles gens d'ici, en hâtant le pas dans la ville, à la recherche du collège et de ma délivrance prochaine !

Des bâtiments maussades au crépi antédiluvien et sale encadraient la cour dans laquelle je pénétrai, triste témoignage de l'école de la République où l'on prétendait combattre l'obscurantisme religieux en enfermant la jeunesse dans un univers confiné et sans âme. L'établissement fermé pour les congés ressemblait à une caserne désaffectée et suppurait l'ennui; il renvoyait le douloureux écho des brimades subies, les heures de *colles* et les rodomontades des pions, les journées vides passées à scruter le vol d'un passereau pendant qu'un professeur ventripotent rabâchait son cours. Ah, comme la science camoufle bien ses attraits ! Je sentais mieux à l'impression que donnait ce collège morose l'inspiration des élèves à s'évader vers des théories romantiques et des idées anticonformistes, parfois rebelles.

- « Hep ! Jeune homme, retentit une voix peu amène derrière mon dos. Que cherchez vous ici ? L'établissement est interdit au public ». Le vigile vers qui je me retournai était un vieillard à l'allure la plus singulière que je pus imaginer : avec sa blouse grise et sa barbiche, ce *marabout* semblait surgir de l'antiquité égyptienne... un *passe-muraille* qu'un sortilège eût consigné pour l'éternité lors de l'édification de ce *temple* de l'Instruction publique ne m'aurait pas plus causé de surprise.

Je me portai à sa rencontre d'un pas décidé, feignant d'ignorer l'index péremptoire qu'il pointait vers la sortie, et tentai de lui expliquer calmement l'objet de ma visite : « Je suis à la recherche d'informations sur l'un de mes parents qui fréquenta le collège dans les années mil-neuf-cents ; bien que je sache qu'il fut bon élève, son nom ne figure pas sur le tableau d'honneur. Il s'appelait Gustave Masson ».

Le concierge fronça les sourcils un long moment en m'observant par dessous, avant de siffler entre ses dents :

« Sapristi ! Ce vieux Gustave »... Puis il se tut en se mordant les lèvres dans une vilaine grimace, mais le cerbère en avait trop dit déjà. Je pris instantanément acte de cet heureux concours de circonstance et décidai en moi-même de n'en finir avec lui que lorsqu'il m'aurait tout révélé de la vie de mon oncle. A en juger sa longue mine, il devait en savoir beaucoup !

Je pris l'homme par le bras pour l'interroger vivement ; je crois même l'avoir un peu secoué pour qu'il rompisse le silence qui pesait autour de mon énigmatique ancêtre. Je me trouvai dans un état d'excitation extrême, tel que je l'aurais peut être molesté malgré moi, pourvu qu'il se livrât à mon exigence.

Le Vieux se décida enfin et me répondit d'une voix affaiblie mais posée : « Ecoutez, mon garçon, j'ai très bien connu ce satané Gustave Masson... et si vous désirez savoir, j'ai moi besoin d'en parler ». Il se dégagea de mon étreinte et reprit : « Nous pouvons nous entendre, d'accord... Lâchez-moi d'abord et dites-moi qui vous êtes... A mon tour, je vous raconterai tout ».

Pendant que je lui exposais mes motifs et les liens qui m'unissaient à mon grand-oncle, il me conduisit à sa loge où il me fit asseoir. Lui même s'installa en face de moi, après qu'il se fut rempli un verre de pommeau pour se donner du courage, avant d'entamer son récit qui promettait d'être long. Il posa les mains sur la table qui nous séparait et prit la parole.

J'écoutais religieusement l'histoire dont il me fit la relation, immobile et parlant sans passion aucune, dans cette pièce exige et mal éclairée, aux murs sales et simplement couverts à la chaux. Les mots lui parvenaient sans difficulté, dans un discours uniforme qui paraissait lui échapper de la bouche sans lui avoir appartenu. On eût pensé à un vieux disque de vinyle, enregistré par un conteur de théâtre classique à la voix lasse et monocorde.

Le concierge m'apprit ainsi qu'il avait fréquenté l'établissement dans ses jeunes années, mais qu'il s'y était réfugié pour le restant de ses jours. Gustave et lui avaient le même âge, ils se sont rencontrés dans la même classe. Alors que le premier s'avérait brillant et fantasque, le second demeurait médiocre à l'ombre du prodige qu'il vénéra tout de suite et qui l'avait prit sous sa protection, pourvu qu'il participât à chacune de ses frasques, car Gustave en était friand. Le corps magistral prétendait qu'il *avait le diable au corps*. Il inventait chaque jour une farce, un jeu nouveau, auxquels il était impossible de résister, tant le personnage était fascinant et sa compagnie passionnante.

En entrant dans l'âge adolescent, les péripéties dans lesquelles s'engageait mon oncle devenaient plus graves et sujettes à conséquences. Le lendemain de son quinzième anniversaire, il avait amené un jeu de tarot qui lui donna l'opportunité de transformer l'étude en tripot clandestin.

Mais son génie facétieux prenait également un tour déplaisant et ses motivations devenaient malignes, peut-être malhonnêtes ; l'apprentissage de la philosophie renforça son inclination pour les jeux d'esprit, la rhétorique, mais encore l'hermétisme. Lorsqu'il appliqua à son parcours scolaire les multiples expériences d'ordre spirite pour lesquelles il semblait développer un talent remarquable, mon interlocuteur avoua le suivre toujours, mais avec circonspection et du bout des lèvres. Le sentiment qu'une infernale sujétion à son fantastique camarade prenait un tour dangereux pour sa santé mentale prit forme après que la dissertation de Français du Concours général lui eût été complètement soufflée par transmission de pensée.

Et tandis que profondément déprimé par ce qu'il croyait une dégénérescence avancée de ses facultés mentales, la conviction d'avoir subi un envoûtement par Gustave, qui lui aurait selon lui, oblitéré son libre-arbitre et volé jusqu'à l'intimité de ses propres pensées, ses songes les plus secrets, il rompit tous les liens avec son compère diabolique pour s'enfuir à mille lieues de là dans une maison de repos dont on vantait alors l'excellence des soins pratiqués dans le domaine de la schizophrénie.

Gustave en revanche poursuivait des études supérieures les plus difficiles avec une scandaleuse réussite jusqu'à ce qu'il intégra l'Ecole polytechnique à Paris.

Ici s'arrêta le récit du malheureux qui put encore avouer ceci : il revint quelques années plus tard en qualité de surveillant d'étude dans ce collège qu'il avait déserté, sans diplômes et son destin avorté. Il avait auparavant pris soin de vérifier que Gustave Masson avait réellement quitté la région, mais il s'attendait à tout moment de voir surgir sa mine diabolique dans certains recoins de l'établissement que sa malice avait transformé en pétaudière pendant le temps qu'ils l'avaient fréquenté. La nouvelle de sa disparition ne l'avait pas plus rasséréné, car pour affirmé en avoir de ses yeux vu, le concierge croyait aux fantômes. Il me chuchota avec une certaine gêne qu'à l'approche de sa propre mort, il avait apprécié se soulager de ce secret pesant, et qu'il était persuadé que la chance qui m'avait permis de nous rencontrer était une bénédiction.

Malheureusement pour mon enquête, il se déclara tout à fait ignorant sur les années qui avaient succédé à leur séparation mais qui s'avéraient cruciales dans le parcours infernal de mon oncle. Il émit tristement qu'il ne tenterait jamais d'en savoir plus, parce qu'avoir seulement frôlé l'aile sombre de l'ange des enfers avait suffi à son médiocre caractère et le simple fait d'évoquer l'univers des puissances obscures le glaçait d'effroi. Malgré cela et pour m'être agréable, surtout dans l'espoir que je supporterais ensuite la charge maléfique de l'esprit de Gustave, lequel semblait toujours le torturer, il me proposa de procéder à une expérience qui me permettrait d'aboutir dans ma quête.

Il arracha une petite médaille qui pendait discrètement à son cou, une étoile inscrite dans un cercle d'argent gravée de minuscules signes cabalistiques, la déposa entre mes mains qu'il joignit fermement entre les siennes. Il me recommanda ensuite de me concentrer sur mon sujet et surtout de baisser ou fermer les yeux. Il étala sur la table un jeu de tarot, tout en récitant des incantations dans une langue que je ne connaissais pas. C'était sans doute du grec ou de l'araméen, mais je ne pourrais l'affirmer, d'autant plus que ma tête me semblait lourde et qu'il me semblait de plus en plus difficile de rassembler mes pensées qui s'échappaient de mon cerveau engourdi sous le charme.

L'opération achevée, le vieil homme claqua ses paumes l'une contre l'autre et se leva dans l'instant même. Il demeura debout le temps que je reprisse mes esprits ; enfin il m'indiqua la porte en me conseillant ceci lorsque j'en eu franchi le seuil : « Rentre chez toi, mon garçon, et vas te reposer ; ta nuit sera longue et difficile à supporter » !

Suivant ses paroles, je pris en effet le chemin du retour, sans me retourner, hébété, les jambes flageolantes et les sens encore étourdis. Comme j'avais raté le car, je commençai courageusement la route à pied, mais peu de temps après en sortant de la ville, je fus dépassé par un camion dont le chauffeur eut la gentillesse de me prendre à son bord. Son humeur joviale et ses plaisanteries naïves eurent le don de me requinquer. Lorsque je le quittai, à quelques enjambées de la maison familiale, je me sentais de nouveau en pleine forme.

Mon expérience de la journée m'avait beaucoup perturbé, c'est pourquoi je fuis la société de ma famille, avalai simplement un sandwich à l'office avant de monter dans ma chambre. Je jetai mes vêtements aux quatre coins de celle-ci en hâte et me fourrai aussitôt dans les draps ; je retirai le jeu de l'Oncle Gustave de sa cachette pour l'examiner une dernière fois... Après, j'en aurai fini avec cette histoire sordide, songeai-je en moi même, et j'oublierais mon grand-oncle dont le souvenir, à la réflexion, méritait finalement d'être banni de la mémoire des gens honnêtes !

Les cartes, en tout point semblables à celles qu'avaient découvertes l'huissier du collège cet après-midi, se répandirent sur le plancher à mon insu, car je ne tardais pas à m'assoupir. Un rêve dément s'empara de moi, dont l'évocation fut si distincte et les images tellement précises encore dans mon esprit, que je ne puis affirmer exactement s'il s'agissait d'un songe ou si ce qui va suivre est l'expression de la réalité.

Les personnages représentés sur les lames sortirent doucement du cadre des petits cartons du tarot, grandirent jusqu'à prendre la taille humaine, puis vinrent en assemblée autour de mon chevet, en m'examinant de leurs regards compassés pour les uns, malicieux pour les autres. Malgré mon manque de familiarité vis à vis des arcanes, j'eus la très nette impression de les reconnaître l'un après l'autre, d'avoir eu un commerce très ancien avec eux pour être à même de les nommer tous en particulier.

Subitement, *le Bateleur* exécuta une pirouette comique, et tout en jonglant avec ses gobelets et ses couteaux, s'adressa à mon endroit avec un air enjoué dont il ne pouvait se départir : « Tu désirais connaître l'histoire de Gustave, le sorcier malchanceux, nous allons te la conter pas plus tard que maintenant... Tu découvriras comment sa passion égoïste l'a détruit, par quel tour ses avatars ont provoqué sa ruine » ! Il me fit encore le portrait de cet adolescent doué pour tout, plongeant dans l'univers infernal des cartes à jouer, les jeux de hasard, enfin l'interrogation hasardeuse de celles-ci. Le diable avait reconnu en lui le sujet par lequel il voulait perpétrer ses manipulations, il avait choisi Gustave qui lui emboîta le pas avec enthousiasme.

C'est un cruel destin, coupa *la Papesse*, pour celui dont les qualités multiples étaient susceptibles de lui permettre de répondre au Bien, mais l'oncle Gustave préféra le chemin occulte de l'Initiation. Pour découvrir le Grand Secret, il n'hésita pas un instant et se jeta tout de suite dans les bras du « Rusé Doyen », recteur d'une faculté aux murailles de vent, dont les amphithéâtres gémissaient du cri des damnés. La patrie le réclama prématurément sous l'uniforme prestigieux du polytechnicien, il dut quitter la montagne Sainte-Geneviève en taxi pour les champs boueux de la Marne, où tout un peuple courageux défendait avec la dernière énergie le sol qui l'avait nourri. *L'Impératrice* qui prit ensuite la parole regrettait sa conduite où l'on reconnut la couardise et la déchéance du jeune officier d'artillerie. Le lieutenant Masson reculait quand les fantassins allaient de l'avant, le Cabaliste préférait ignorer les lois de la balistique en faisant taire la batterie sous son commandement dans le but d'éviter d'être repéré par l'ennemi, Gustave l'enjôleur profitait des permissions que ses camarades lui avaient cédé au jeu pour échapper le plus longtemps possible aux combats. Le champ de bataille ne tarda pas à devenir un désastre pour ce futur cadre de la nation, laquelle avait pu fonder en lui les meilleurs espoirs.

On aurait dit que *l'Empereur* imitait la voix bourrue d'un colonel blanchi sous le harnais pour relater cette anecdote effarante : A nouveau, les bouches à feu s'étaient tues dans le secteur, les agents de liaison qui y étaient dépêchés ne revenaient pas. Le commandant dut abandonner son QG pour se rendre compte lui-même de la situation ; son ordonnance et lui se transportèrent à grand peine sur les lieux, au péril de leurs vies car l'offensive était à son comble alors que la batterie du lieutenant Masson s'obstinait au silence. Une indicible stupeur les saisit lorsqu'ils purent observer le spectacle hallucinant de ses hommes ivres du vin chapardé à l'intendance, et du sang de leurs camarades blessés. Ils râlaient et chantaient, vautrés dans la boue, assis sur les affûts dans des attitudes grotesques, ou titubaient alentour, livrés à eux mêmes. Quant à l'Oncle Gustave dont la défection ne faisait plus de doute, il fut retrouvé en avant des lignes françaises, recroquevillé dans un trou d'obus et claquant des dents, surpris tremblant de peur et de froid dans l'intention évidente de se rendre à l'adversaire.

On le fit prisonnier, reprit *le Pape*, on le ramena à l'Arrière en attendant que se formât la Cour martiale. Son attitude en forteresse, complètement débridée, excella dans l'étalage de tous les travers humains. Gustave joua la solde de ses geôliers contre sa vie, évita les corvées mais ripaillait dans sa cellule en compagnie des femmes qu'il sut, grâce à son entregent faire venir du bordel d'un bourg voisin. Il était parvenu à compromettre tout le monde, depuis le commis de cuisine jusqu'au commandant de garnison, distribuait des largesses acquises de manière louche, issues de nombreux trafics qu'il ne cherchait plus à cacher, perturbait enfin la discipline si nécessaire à la cohésion des armées...

L'Amoureux qui ne cessait de se lamenter au récit de ces turpitudes successives prit ensuite la parole et peignit entre deux sanglots le tableau du tribunal militaire qui s'était enfin réuni. mais une autre pantalonnade eut lieu, où le président qui avait préalablement été payé se donnait bien du mal à faire respecter le sérieux que réclamaient les débats. Ceux-ci se trouvaient continuellement perturbés par les déclarations fantaisistes de plusieurs faux témoins, le réquisitoire hésitant du Ministère public dont l'éthylisme avancé ne permettait plus l'exercice de la défense des intérêts supérieurs de la nation. On présenta aussi à la barre des prostituées, un trafiquant émargeant aux marchés de l'Etat, deux ou trois comparses à l'honorabilité de circonstance, etc... Finalement, le président fut tellement vexé de la tournure carrément farce de la procédure qu'il condamna derechef le lieutenant indigne au peloton d'exécution malgré l'avis favorable qu'il était convenu de rendre à l'issue. Alors César sur son *Chariot* raconta comment Gustave Masson fit remplacer les balles des soldats par des cartouches à blanc, et quel stratagème il organisa pour que les fossoyeurs ne missent pas en terre son *cadavre* toujours en vie.

La Justice s'épancha sur le caractère scandaleux de l'existence que mena Gustave « en cavale » à Paris, et *l'Hermite* conta son dénuement spirituel, l'absence de toute morale qui retranchaient encore mieux le jeune débauché de l'amitié et de la sincérité humaines. Sa conduite épouvantait même Lucifer, lequel ne revenait pas de tant de dépravation, mais mon oncle répondait à la misère dans laquelle il s'enfonçait irrémédiablement par de nouvelles ignominies.

Le Sphinx de *la Roue de la Fortune* évoqua ensuite la fuite en avant de ce forcené qui parvint à abattre tous les obstacles en travers de sa route infernale, comme si même le sort, le hasard, la chance n'avaient plus de prise sur lui. *La Force* renchérit à ses propos, en émettant l'idée que Gustave était devenu un expert en sorcellerie, et que selon toute vraisemblance il avait finalement découvert le Grand Secret qui le rendrait invincible. Il avait dompté le sort, il était désormais capable de tout.

Mais *le Pendu* affirma que l'on monte seul sur l'échafaud, alors que *XIII* dessina un sourire victorieux sur sa face macabre, faisant cliqueter tous les os de son squelette pour exprimer son désir de meurtre dans une joie sinistre. Le destin avait favorisé mon oncle, mais le moment de payer ne saurait tarder, émit la voix tranquille de *la Tempérance* ; on devait toujours garder les « grands équilibres » et si l'eau se changeait en vin, il fallait à son tour que le vin se muât en eau.

Le Diable fit alors retentir un rire sardonique... L'étau se resserrait irrémédiablement autour de Gustave. Ce dernier avait capté la sympathie d'un couple de gens âgés à qui il soutirait les économies, en leur promettant monts et merveilles d'un élixir de longue vie à base de coca et d'autres plantes toniques mais stupéfiantes. Leurs enfants qui avaient eu vent de la machination portèrent plainte pour escroquerie, subornation, exercice illégal de la médecine. La malchance voulut qu'il fut intercepté par la brigade « des garnis » lors d'une rafle, puis repéré au Quai des Orfèvres par un ancien compagnon d'armes qui devait lui porter quelque ressentiment pour une dette de jeu, et que l'on avait versé dans la police après qu'il se fut un peu rétabli d'une affreuse blessure aux gaz.

Ce fut au tour de *la Maison-Dieu* de s'exprimer car l'heure était venue de la ruine. Mon oncle éprouva longuement un interrogatoire serré pendant lequel on réussit à mettre à jour toutes ses forfaitures, et d'autres procédures alors en panne trouvèrent en lui un suspect parfaitement plausible. Il se souvint aussi qu'il avait déjà été condamné à mort et que l'on finirait par le rendre aux autorités militaires pour achever l'œuvre expiatoire du peloton dont il s'était exonéré par le stratagème que l'on connaît.

Alors que la nuit tombait sur la ville, Gustave parvint une fois encore à tromper la vigilance de ses gardiens ; il s'approcha doucement d'une fenêtre grillagée au travers de laquelle il aperçut la première *Etoile*... Il y vit le signe d'une chance nouvelle, et d'un élan fantastique, brisa le carreau et emporta la grille sous son poids. L'inculpé fit une chute de quatre étages dont il ne se releva pas. La maréchaussée ramassa son cadavre à la lueur de *la Lune* dont la lumineuse plénitude éclairait son visage écrabouillé, privé à jamais de la chaleur généreuse du *Soleil*.

Un membre bien placé de ma famille fit classer le dossier sans *Jugement*, l'action de la justice s'étant éteinte avec le décès du malandrin. On voulut oublier rapidement le misérable et son horrible petit *Monde*, qu'il emporta dans l'au-delà dans l'éclat évanescent d'un feu follet. Tandis que *le Mat* mettait fin à ce songe en exécutant une pirouette qui fit tinter les clochettes de son bonnet, je m'éveillai en sursaut en remarquant stupéfait, un petit oiseau taper avec son bec pointu au carreau de ma fenêtre, sollicitant mon retour dans l'univers des vivants, après ce cauchemar infernal.

© Philippe Gras

L'Épreuve
d'Ida Pendragon

Aleister Crowley

Traduit de l'anglais par Philippe Pissier ©

Crowley est moins connu comme nouvelliste que comme essayiste, et ce n'est d'ailleurs pas plus mal : ce n'est pas dans la narration romanesque qu'il donne le meilleur de lui-même. Néanmoins, certains de ses textes sont émaillés d'indices « magickes » pouvant permettre de mieux appréhender sa conception de l'Initiation. Pour preuve, cette étrange nouvelle, L'Epreuve d'Ida Pendragon, qui se veut illustrer le Franchissement de l'Abîme (je rappelle qu'il s'agit, dans la conception thélémite, du plus important seuil initiatique avec la Connaissance et Conversation du Saint Ange Gardien) par une femme.

Ecoutons Crowley parler de son œuvre :

«A Paris, j'écrivis «L'Epreuve d'Ida Pendragon». Le héros, Edgar Rolles, rencontre une fille à la Taverne du Panthéon (le lieu où j'ai rédigé ce récit) et l'emmène à un combat de boxe entre un Blanc et un Noir, ce dernier personnage s'inspirant de Joe Jeannette que j'avais vu il y a

peu et dont j'admirais la beauté physique. Il l'emmène à son studio et la reconnaît pour un membre de l'Ordre. Il lui propose de la mettre à l'épreuve du franchissement de l'Abîme. Elle échoue et ils se séparent. Ida rencontre le Noir, qui l'aime. Rolles et Ninon (Nina Olivier que j'ai déjà mentionnée) déjeunent avec eux. Ida prend plaisir à torturer le Noir et l'implore de «respecter sa pudeur» - dont elle est dépourvue. Le Noir comprend soudain qu'elle est sans cœur et plante ses crocs dans sa gorge. Rolles le tue d'un coup de pied. Puis il consulte l'un des Chefs Secrets qui lui conseille d'emporter Ida avec lui. Il dit à Rolles qu'au bout du compte elle a franchi l'Abîme. La formule est que parfait amour est parfaite compréhension. Il l'épouse et un an plus tard elle meurt en couches, disant qu'elle s'est offerte trois fois, une fois à la brute, une fois à l'homme, et maintenant à Dieu. Son échec précédent avait été de n'avoir pu s'abandonner. Elle voulait tout avoir sans rien donner.

«Ce récit marque une étape dans ma propre compréhension de la formule de l'initiation. Je commençais à percevoir qu'on pouvait devenir Maître du Temple sans nécessairement connaître quoi que ce soit aux techniques de la Magick ou du Mysticisme. Ce n'est que pour une raison de commodité qu'on se trouve à même d'écrire une formule comme $x+y=0$. L'équation peut être résolue sans mots. Beaucoup de gens franchissent les épreuves et acquièrent les grades de l'A...A... sans même être au fait de l'existence d'un tel Ordre. L'Univers n'est en vérité occupé à rien d'autre, car la relation de l'Ordre à ce dernier est celle de l'homme de science à son sujet d'étude. Il écrit $CaCl_2 + H_2SO_4 = CaSO_4 = 2HCl$ pour son propre agrément et celui des autres, mais le processus se poursuivait néanmoins de lui-même.» (The Confessions of Aleister Crowley, chap. 68).

Il y a beaucoup à méditer dans ces dernières paroles. Tant il est vrai qu'en ces temps d'arrivisme accru, on a plus de chances de trouver de véritables thélémites ailleurs (dans la Nature...) que dans les structures héritées ou dérivées de Crowley !

Philippe Pissier,
février 1999

L'heure Rouge

Il y avait de la myrrhe dans le miel du sourire avec lequel Edgar Rolles se détourna de la façade du Panthéon. «Aux grands hommes la patrie reconnaissante» - il se dit que la patrie reconnaissante n'offre jamais à ses grands hommes autre chose qu'un sépulcre -

Soudain il réalisa. La farce gargantuesque! Le crétin solennel qui avait imaginé la phrase, le crétin laborieux qui l'avait gravée, les crétins admiratifs qui avaient réchauffé leurs petites âmes au feu hypocrite de sa pompeuse sentimentalité.

Peut-être était-il le premier à saisir la plaisanterie! Il fut secoué par un fou-rire - et se retrouva, comme il trébuchait contre une table, dans les bras vigoureux d'une jeune femme bien charpentée, laquelle - il le vit d'un coup d'œil - alliait dans l'harmonie celte la robuste brutalité du paysan au raffinement décadent des derniers Grecs. Le visage d'une bacchante, ou peut-être d'un satyre, mais un satyre de Raphaël; le visage d'une madone peut-être, mais une madone de Rodin. En outre, elle était séduisante, aguichante, une Messaline plutôt qu'une Aspasie. Chienne de race! Elle était jeune et sa bouche était plus moqueuse que souriante, plus portée à la jubilation qu'à la moquerie. Le mot cannibale venait instinctivement à l'esprit. Elle jouissait pleinement de la vie, en toute perversité, le dédain du philosophe conjugué à la joie de la truie se vautrant dans sa fange. Porcus e grege Epicuri.

Cela, Edgar Rolles le sentit plus qu'il ne le vit; car se retournant vers elle, leurs regards se croisèrent. Le sien était celui d'une fanatique, d'une sainte, d'une ascète - mais d'une sainte en plein martyre qui, forte de sa foi, de son espoir et de son amour, endurait encore la Nuit Noire de l'Ame.

«Vous devriez déjeuner avec moi, jeune homme,» dit-elle, «me demander pardon pour votre maladresse, et mériter ce déjeuner en m'expliquant ce qui vous met dans une telle hilarité à la vue du Panthéon. Est-ce 'L'homme aux trois sous'?» Car c'est ainsi que ces français irrévérencieux, soucieux de leur pain quotidien, appellent «Le Penseur» de Rodin.

«Mademoiselle,» répondit Rolles, «j'accepte volontiers votre sympathique invitation et quitte l'Eglise pour la Taverne.» Ils se rendirent à la Taverne du Panthéon, se frayant un chemin parmi les professeurs et leurs maîtresses: une foule savante, incurieuse, domestique et fascinante.

«Je baise vos mains et vos pieds, et je vous dirai ce qui m'amuse avant que nous ne déjeunions, afin que vous puissiez repartir à temps si ce n'était pas drôle. Tendez l'oreille, enchanteresse! La vérité est que... je suis un grand homme.»

Elle s'en aperçut en un éclair.

«Alors, mon cher, je dois vous enterrer!»

«Dans votre chevelure!» s'écria-t-il. Elle possédait d'immenses masses ondulantes de cheveux couleur bronze, comme si un grand sculpteur avait tenté d'immortaliser la mer sous l'orage.

«Oignez-moi d'abord,» ajouta-t-il dans un faible sanglot, en proie à une soudaine vision du Christ et de Madeleine.

«Vous est-il nécessaire de mourir?» Ils étaient assis, et sa main se posa sur son genou. «Les grands hommes ne meurent jamais.»

«Les douces paroles non plus,» rétorqua-t-il. «Vous m'avez flatté... tu veux me perdre. Il avait dit ces derniers mots en français: il ne connaissait pas d'équivalent dans sa propre langue. Un frisson le parcourut.

«Que voulez-vous?» l'interrogea-t-il, avec cet effroi que ressent l'homme lorsqu'enfin il rencontre celle qu'il pourrait aimer.

«Votre corps et votre âme,» répondit-elle gravement, et son regard plongea en lui comme une dague dans le ventre d'une Kabyle infidèle. «Et plus encore, votre secret! Vous connaissez la vie, et néanmoins vous savez rire d'un cœur fou!»

«Vite dit. Je retourne demain à Londres. On m'y ruinera car j'aime mon prochain plus que moi-même, et l'on me poursuivra pour blasphème et indécence car j'ai énoncé quelques simples vérités que tous connaissent.»

«C'est pourquoi, très cher, vous deviendrez célèbre!» s'écria-t-elle. «Aux grands hommes la patrie reconnaissante!»

«Probablement. J'ai déjà toute une page dans la presse américaine, mon nom intimement associé à celui de la fille d'un duc que je n'ai jamais vue.»

«Bien, bien!» convint-elle, «c'est bon pour la renommée. Mais êtes-vous réellement grand? Votre rire surpassait celui de Zarathoustra! Quel est votre véritable secret? Pourquoi aimez-vous votre prochain? Pourquoi dites-vous la vérité? Comment en êtes-vous venu à si bien connaître toutes choses pour pouvoir rire comme vous l'avez fait? Un tel abandon à la gaieté implique un sérieux inébranlable.»

«Vous êtes une sorcière,» déclara-t-il. «C'est sorcellerie que savoir que j'ai un secret. Mais pour le découvrir, il vous faut être une adepte.»

«Je connais ceci,» répliqua-t-elle tout en faisant un signe secret.

«Et moi cela,» fit-il avec la mano in fica.

«Pour pouvoir rire de moi, vous devez effectivement être un grand homme!»

«Sachez,» lâcha-t-il pompeusement, «que vous parlez à un Souverain Grand Patriarche du Rite de Misraïm.»

«Un bouton!» rit-elle en retour. «Je suis née pour les défaire. C'est pourquoi je porte toujours des bottines lacées.»

«C'est vrai,» dit Edgar Rolles. «Je vous prendrai donc au sérieux. Si vous comprenez réellement le signe que vous venez de faire, vous savez que la mano in fica n'est qu'une caricature de la véritable réponse. Pourquoi êtes-vous fardée et parfumée?»

«Parce que je suis ambitieuse, et ne serais-je point vicieuse?» se mit-elle à rimer. «Si je vois quelqu'un susceptible de me distraire, je tente le coup et le distrais, lui. Ou elle...» Elle rit de nouveau. «N'est-ce pas la Règle d'Or?»

«Eh bien,» fit Edgar, hésitant, «eh bien...»

«Je suis si sobre, si retenue que je crains qu'on ne me reproche d'être une ascète. L'amour est mon pôle d'équilibre.» Elle passa son bras autour de son cou et ses lèvres vibrèrent contre les siennes dans un long baiser savant et prémédité.

«De l'art?» soupira-t-il, retombant à moitié évanoui sur sa chaise.

«De l'art, indirectement.» Elle rayonnait, ivre de son propre enthousiasme.

«Oui,» reconnut-il, «du grand art!»

«Et à tous les arts il n'est qu'Un faîte!» poursuivit-elle.

«Vous êtes une nymphomane, votre aspiration est le mensonge dont vous vous convainquez.»

Elle le frappa au visage. «Démon!» hurla-t-elle si fort que les clients de la Taverne se retournèrent et rirent, «ma conscience ne me dit-elle pas la même chose depuis l'âge de seize ans? Un soufflet est la seule réponse possible.»

«Un soufflet n'est que votre mâle désir,» rétorqua-t-il,

impassible.

«Comment prouver ma vérité?» dit-elle en sanglotant, inquiète et irritée.

«Oubliez-la, petite fille,» glissa-t-il gentiment. «Ayez confiance en moi, je vous éprouverai et vous justifierai. Plus tard!»

«Vous pensez que...? Maintenant?» commença-t-elle d'un ton indigné.

«Je le sais. Nous parlerons demain, dans la lumière grise.»

Elle se sentit soudain découragée, apeurée. «Je ne suis pas prête, je ne suis pas digne...»

«C'est pour vous prouver digne que je vous fus envoyé.»

«Alors, que Dieu me vienne en aide,» dit-elle. Elle était sérieuse, presque en larmes, les traits tirés et pâles sous son maquillage. Son émotion ajoutait du piquant à sa sensualité, du pathétique à son bestial attrait.

«A cette minute, parmi toutes les minutes? Comment vous retrouverai-je? C'était une chance sur un million de millions.»

Edgar leva son couteau. Il y avait une mouche sur la nappe. Adroit, vif comme un saumon, il la coupa équitablement en deux. «La mouche manquait-elle de chance?» se mit-il à rire. «Mais j'ai réussi. La chance, c'est un mot qui veut dire ignorance des causes.»

«Vous avez donc foi dans les Frères?»

«Autant que je me délecte de votre bouche,» dit-il en pressant son visage contre le sien.

Ses yeux s'emplirent d'une grande joie, d'une joie humide; le premier jet d'un puits artésien perdu au milieu d'un océan de sable. «Eh bien,» fit-elle, vive et enjouée afin de masquer son âme rougissante, «nous voilà avec six douzaines d'huîtres et un diable de vin de Bourgogne... je me demande si j'ai faim!» Elle le fixa dans les yeux.

«Hors-d'œuvre!» s'enquit Edgar. «J'ai une place pour le combat de Sam Hall.»

«Oh, emmenez-moi,» soupira-t-elle. «Battra-t-il Joe Marie?» ajouta-t-elle avec une pointe d'anxiété. «Il a le poids, et l'expérience, et le titre.»

«C'est ce que parient les sots. J'ai placé mon argent sur l'homme de trois ans plus jeune, de six pouces plus grand, et de douze pouces plus large, ce qui est à son crédit. Et doté d'un crâne vingt-quatre fois plus solide.»

«C'est sa peau que j'aime.»

«La seule chose que puisse jamais aimer une femme.»

«Et son activité.»

«Exactement. Vous ne pouvez comprendre l'Etre, qui est Paix.»

«Stop! C'est de mon secret que vous êtes proche, maintenant.»

«Attendons les heures grises!»

Elle déposa trois napoléons dans la soucoupe, dédaigna attendre la monnaie et prit Edgar par le bras. Ils hélèrent un fiacre.

«Au fait, je ne connais même pas votre nom,» dit-il comme ils passaient près du Boul'Mich.

«Ida Pendragon. Mais appelez-moi Pavot, en raison de mes lèvres rouges, et parce que j'apporte le sommeil et la mort!»

Un ange passa. «Et le vôtre, beau mâle?»

«Edgar Rolles, mais vous pouvez m'appeler Aconit.»

«Quoi? Le... Edgar Rolles?»

«Tel qu'en lui-même.»

«Oh, ils vous pendront! A coup sûr, ils vous pendront! au vu de votre dernier ouvrage... Mais avant, votre gibet sera ici.» Ses longs doigts blancs se posèrent sur son cou, évoquant une seiche qui à tâtons cherche sa proie. Elle ferma les yeux, sa gorge travailla convulsivement quelques instants. Rolles se pencha en arrière, blême d'excitation. S'enivra de l'air frais. Puis, comme un homme qu'on vient de tuer, il se leva pour retomber en avant, tête abîmée dans le repaire de sa poitrine.

«S'il vous plaît, redressez-vous et comportez-vous raisonnablement, monsieur Rolles!» furent les paroles qui lui parvinrent. «Nous traversons la Seine. Peut-être la passion ne passera-t-elle pas ce lugubre fleuve; ici arpente le Vice, et l'Anglais lui emboîte le pas. Même le café sent son Anglais.»

«Et les femmes,» marmonna Edgar.

Elle lui donna une tape sur la main, presque avec violence.

«C'est de la pub murale pour l'immoralité.»

«Je me souviens d'être une fois allé au Guignol avec une américaine. On y jouait une comédie qu'on aurait pu représenter dans un catéchisme à Glasgow, mais Verro-nika, comme on l'appelait, et qui ne comprenait pas un traître mot de français, disait que l'ambiance était épouvantablement libertine. Pauvre folle! Elle avait payé cher pour voir Yurrup et sa perversité. Je n'eus pas le courage

de la désillusionner.»

«Vous avez compati, et offert de la reconduire?»

«Cela va de soi.»

«Et elle préféra rester?»

«Cela va de soi.»

«Quoiqu'il en soit, voici le Cirque.»

«Espérons un honnête combat.»

Le deuxième round venait juste de se terminer comme ils prenaient place. Sam Hall était solide, furieux, l'air une once ou deux surentraîné; Joe Marie avait l'air à peine humain, sa peau noire luisait, ses bras étaient si longs qu'ils en semblaient presque disproportionnés. Il semblait apathique, évoquait le caoutchouc.

Ce n'est pas avant le sixième round que les véritables coups furent échangés. Ida se mit alors sur son séant. Joe venait d'asséner un bel uppercut à l'Anglais. Elle enfonça ses ongles dans la main d'Edgar qui reposait oisive sur son genou. Sam Hall riposta par un coup au cœur qui fit chanceler le Noir de quelques pas sur le ring. Il se jeta sur lui comme l'éclair, prêt à terminer le combat, mais le Noir se défendit mieux que prévu et le round s'acheva sur un clinch.

Au septième round, les deux hommes semblèrent prudents et peu enclins à se malmener. Joe Marie, en particulier, avait l'air à moitié endormi. La grâce nonchalante de ses feintes était admirable, il lassait l'Anglais et prenait l'avantage sans grands efforts.

Au neuvième round, Sam Hall l'atteignit à l'œil mais l'autre se mit à rire, bondit sur son adversaire qu'il envoya dans les cordes malgré leurs dix kilos de différence. Durant leurs échanges de coups, ils s'esquintèrent salement. Dans un certain sens, c'était de la mauvaise boxe.

Le dixième round vit le réveil tant attendu de Joe Marie. Il avait régulièrement l'ascendant et par trois fois atteignit le Blanc au visage.

Ida se frottait comme une chatte contre Edgar. «On dirait une panthère noire,» ronronna-t-elle. «Y-a-t-il au monde quelque chose d'aussi beau que ce corps noir et souple?»

«J'ai vu au grand soleil une épaule de taureau ensanglantée,» rétorqua Rolles.

«J'aime contempler le pur animal battre la simple brute.

Les Blancs ne devraient pas combattre: ils devraient penser, et faire de charmantes choses de leur corps, des choses gracieuses et de renom.»

«Ida! mon Ida! Si tu pouvais voir tes narines se contracter! Je t'imagine combattant de toute leur ardeur, incapable de respecter les règles de la boxe.»

«Je vous hais,» dit-elle. «En toutes choses, vous voyez...»

«Votre soif de sang,» répliqua-t-il avec gravité.

«C'est vrai,» dit lentement Ida. «Nul éclat belliqueux dans votre regard. Vous voyez cela comme un tableau.»

«Il s'agit d'un hiéroglyphe.»

«Mais c'est un combat!»

«Je ne crois pas dans les combats. Je ne crois qu'en la beauté.»

«Oh, combien c'est vrai! comme vous avez raison! quelle noblesse d'âme!» Elle enfouit son visage dans ses mains et se mit à pleurer. «Je vois! Je vois! C'est ainsi que Dieu doit voir l'Univers, ou alors Il ne pourrait jamais tolérer tant de cruauté, de sottise et d'ineptie.»

«Précisément. Supposons maintenant que le monde ne soit que symbole - je préférerais dire sacrement -, supposons par exemple que toutes ces étoiles flottant dans l'éther infini ne soient que des globules dans le sang de quelque bichon du Créateur.»

«Vous me donnez la chair de poule. Je ne veux pas supposer.»

«Pensez aux incessantes batailles de l'hémoglobine, de l'oxyhémoglobine, de la carboxyhémoglobine dans notre sang. C'est la même chose. Exprimons-nous de la sympathie pour les vaincus? Organisons-nous une soirée pour réclamer la fin de la guerre? Au contraire, nous prenons bien soin que ces conflits meurtriers se poursuivent. Ainsi, lorsque vous appelez le Dieu auquel vous aspirez «Le Compatissant,» «Le Miséricordieux,» veuillez être très attentive à ce que vous entendez par là!»

«J'ai froid. Et peur. Le monde vient de s'écrouler devant moi. Emmenez-moi. Mettez-moi à l'épreuve, je n'ai plus rien à perdre.»

«Aux heures grises du matin.»

Mais la foule venait déjà de se lever, poussant des hourras. Joe Marie s'était rué sur son adversaire, désormais trop faible pour riposter ou se protéger, et le frappait là, et ici, et encore ailleurs. C'était aussi inégal que s'il avait été aux prises avec une carpette. Il l'envoya par deux fois dans les cordes. La première, le Blanc se releva en titubant pour s'écrouler l'instant d'après. La seconde, ses amis peu soucieux des règles l'aidèrent à se remettre debout. Une sotte complaisance car le noir lui fit faire le tour du ring sous une volée de coups impitoyables, et d'un dernier, terrible, l'envoya voler hors du ring avant que l'arbitre ait le temps de mettre un terme au combat.

Edgar Rolles raccompagna Ida Pendragon jusqu'à son studio de Montparnasse. Elle demeura serrée contre lui tout le temps du trajet, pleurant comme une enfant. Lui demeurait très calme, se contentant de caresser sa chevelure d'où le turban avait glissé.

«C'est la victoire de l'Essence sur la Forme,» murmura-t-il d'un ton rêveur, «de la Matière sur le Mouvement. La Femme est Forme, et pense que la Forme c'est l'Etre. Mon Dieu!»

Il se redressa vivement. «Je suis un homme. Imaginons que moi, Etre, je croie que l'Etre est la Forme! ...je n'arrive même pas à trouver un sens à cette phrase! Je suis plus aveugle que Samson tondu! Tous deux doivent être égaux, également vrais, également faux, à Ses yeux, Lui pour qui tout est vrai et faux, du fait qu'Il demeure au-delà. Seul le cerveau d'un enfant - de L'Enfant - peut appréhender cela. «A moins d'être comme de petits enfants, vous ne pourrez rentrer au Royaume des Cieux!» Je suis plus aveugle que Samson tondu! ...Eh bien, j'ai la charge de Dalila à présent, et voici le Temple où nous ne laisserons point rentrer les Philistins! Debout, fillette!»

En gentleman, il l'aida à descendre du fiacre et paya le cocher. «Tapez du pied!» dit-il, «Faites comme le Docteur Johnson! Le sol est ferme.»

«E pur, si muove,» murmura-t-elle tout en serrant son bras (ô sexe illogique!) plus fort encore.

L'heure Grise

«Pour résumer,» observa Edgar Rolles, en enlevant le plateau à thé, «puisque vous ne vous êtes livrée à aucune des pratiques prescrites (vilaine petite sœur!), vous ne pouvez bannir le corps en lui intimant de garder le silence. Il doit donc être banni par l'épuisement, et l'esprit éveillé par une septuple dose d'Elixir.»

«Possédez-vous l'Elixir?» l'interrogea-t-elle, plutôt impressionnée.

«Il est en moi,» répondit-il simplement. «A cette louable fin, j'ai convoqué une quantité suffisante de Bisque Kadosh au Café Riche, suivie d'un Homard Cardinal et de Truffes au Champagne. Ainsi qu'un entremets de ma propre invention. Les Truffes au Champagne du Café Riche sont plus désirables que tous les rêves de hachisch de tous les méchants, et que tous les divins songes de tous les justes. Nous irons là-bas, et en reviendrons. L'encens sera embrasé, et nous laisserons cette lampe brûler.»

Il se saisit d'un étrange objet dans un cabinet fermé à clef. Celui-ci se composait de tuyaux ouvragés et ciselés, d'or, de cuivre et de platine se lovant autour d'un œuf de cristal. Les trois serpents se rencontraient juste au-dessus de l'œuf, comme pour se mordre ou s'embrasser. Rolles remplit l'œuf d'un liquide bleu pâle tiré d'une flasque vénitienne puis, d'une petite pression, rapprocha les têtes des serpents. De suite, une brillante flamme bondit entre eux, menue, radieuse, éblouissante. Elle continua à brûler avec un faible chuintement, rarement interrompu par un crépitement sec.

«Voilà qui est bien,» dit Rolles, «allons-nous-en.»

Ida Pendragon n'avait pas dit un mot. Elle mit son chapeau et le suivit jusqu'à la porte avec autant de fatalisme qu'un condamné marchant à la potence. Elle avait dépassé le stade de l'anticipation, elle se contentait tout simplement d'attendre.

Arrivée à la porte, c'est d'une voix faible, par crainte de l'authentique silence de la pièce et de son sifflement monotone, qu'elle lui murmura à l'oreille: «Vous avez la Lampe. Je commence à me demander si vous n'avez pas l'Anneau!»

«'Ceci est un signe secret,» cita-t-il, «et vous ne devez pas le divulguer au profane.' Cette nuit l'anneau sera vôtre: l'Eternel Anneau, le Serpent à lover autour de mon cœur.»

«Ah! si je pouvais l'anéantir!»

Il referma la porte. Tel un prêtre célébrant sa première grand-messe, il la conduisit au travers de Paris. Tous deux se taisaient. Ce n'est que lorsqu'ils gravirent les marches du Café qu'il lui prit le bras et lui annonça, d'un ton brusque et sévère: «Attention! A partir de cet instant, je suis Edgar Rolles et vous

Ida Pendragon. Rien de plus: pas une seule pensée au sujet de notre véritable relation. Homme et femme, si vous voulez; des bêtes dans la jungle, si vous voulez; des fleurs en bordure de route, si vous voulez; mais rien de plus. Dans le cas contraire, non seulement vous échoueriez à cette épreuve mais vous seriez également éjectée du Sentier. Vous étiez en plus grand danger que vous ne le pensiez cet après-midi, vous allez à présent en payer le prix.»

«Je comprends,» rétorqua-t-elle. «Vous êtes diabolique! Je vous aime. Et j'aime chaque recoin de votre corps de blanc!»

Ils franchirent en riant les portes battantes, bras dessus bras dessous.

❋

Edgar Rolles était assis dans son lit, roulé en boule à la manière des Hindous. La lampe sacrée continuait à chuinter. A ses côtés gisait Ida, bras en croix. Elle respirait à peine et son visage n'avait plus de couleurs. On aurait dit la dépouille d'une vierge martyre. Sur son corps pâle, sa propre pureté planait comme un voile.

Edgar Rolles scrutait la lampe, droit et attentif. Elle s'éteignit. Une teinte de gris était à peine perceptible dans l'obscurité. Il tenait deux fils en ses mains. «L'un est noir, l'autre blanc,» murmura-t-il d'un ton rêveur, «et Dieu seul sait lequel est lequel. De même que Dieu seul sait ce qui est péché. Dans nos ténèbres, nous qui avons l'audace de l'affirmer ne sommes que des menteurs, des charlatans, et au mieux des charlatans qui cherchons à l'aveuglette. Le soleil se lèvera-t-il jamais? Pour nous sur qui s'est abattue un temps la foudre de l'extase - «et l'on voit bien des choses à sa lumière» -, phare dans la tempête. Mais la Lumière de l'Etoile d'Argent? Ô mes Frères (il se mit à parler à voix haute), octroyez-moi la sagesse comme vous m'avez octroyé la compréhension! Connaissance et grâce et puissance? Rien, et même moins que rien. N'est-ce pas là une précieuse créature dont vous m'avez confié la charge? Ne suis-je point trop jeune, parmi vous, pour porter un si prodigieux fardeau? C'est la première fois que j'ose aller aussi loin. L'Abîme! Le Fil du Rasoir! Pont fragile et tranchant! N'est-ce pas néanmoins un rayon de l'Etoile du Soir, un rayon de Vénus, de l'Amour Supernel?... «

«Puis-je discerner le noir du blanc? On dirait que je peux - et soudain cette certitude vacille, et je doute. Je doute. Je suis toujours en train de douter. Peut-être qu'un sage se mettrait en colère, et affirmerait sa volonté. 'Il sera l'heure que je dis qu'il est,' ou alors... tiens! Je pose les fils sur sa blanche poitrine. Aucun doute ne subsiste.»

Puis, d'une voix claire et forte: «Ave Soror!»

La fille, pour ainsi dire mécaniquement, murmura les mots «Rosæ Rubeæ.»

«Et Aureæ Crucis,» répliqua-t-il.

Puis, ensemble, très lentement et distinctement: «Benedictus sit Dominus Deus Noster qui nobis dedit signum.»

Il ne semblait guère possible que sa voix à elle se joigne à la sienne. Les lèvres bougeaient à peine, tout se passait comme si une voix intérieure parlait dans son cœur. Et néanmoins la pièce fut soudain baignée d'une lueur vert pâle - ou était-elle rose? ou dorée? ou semblable à celle de la lune? C'est bien là ce qui était étrange. A chaque nom qu'on lui pouvait donner, une voix intérieure répondait: Non, pas ça, plutôt ça, mais pas vraiment. Lumineuse, spectrale, trouble, chatoyante: tout cela, avec quelque chose de plus.

Il posa sa main sur le front de la fille.

«Etes-vous parfaitement réveillée?»

«Je suis réveillée, frater.»

«Pouvez-vous me donner le signe de votre grade?»

«Je ne dois pas bouger. Mais je suis prête à plonger, frater.»

«Le mot?»

La réponse vint, hésitante: «Ar-ar-it-a.»

«Une est Son origine, une est Sa personne, Sa permutation est une. Ne l'oubliez pas, petite sœur.»

«Etes-vous prête?»

«Je le suis. Adieu - adieu pour toujours!»

«Adieu.»

Il prit sa chevalière et actionna un ressort. Le chaton s'ouvrit, révélant une petite roue montée sur rubis, divisée en plusieurs compartiments. Il fit jouer un second ressort. La roue se mit à tourner et le silence fut rompu par une petite mélodie. C'était un faible tintement, comme la clochette d'une vache à cent lieues de là, ou comme un carillon entendu de loin, entendu depuis les neiges; Le timbre possédait un côté glacial.

«Où êtes-vous?»

«Je... je...» Elle se tut.

Les yeux d'Edgar s'illuminèrent de joie.

«Je suis dans le sable, je suis enterrée dans le sable

jusqu'à la taille. Je ne vois que du sable.»

La figure de l'homme s'allongea à nouveau.

«Qu'est-ce que le sable?» l'interrogea-t-il.

«Oh, juste du sable, vous savez. Des kilomètres et des kilomètres de sable, comme un grand bol de sable.»

«Mais qu'est-ce que le sable?»

«Le sable... oh! le sable est Dieu, je suppose.» Il y avait de la patience et de la lassitude dans sa voix, semblable à celle de quelqu'un qui après avoir longtemps souffert est au repos, ou convalescent;

«Et qui êtes-vous?»

Elle ne répondit pas à cette question. «Je vois le ciel à présent,» dit-elle.

«Le ciel est lui aussi Dieu, je pense.»

«Vous voyez donc Dieu?»

«Oh non! Je pense que je suis Dieu, d'une manière ou d'une autre. Tout est comme c'était avant, il y a longtemps. Je fus autrefois une araignée dans le sable. Dieu est une araignée, l'Univers n'est que mouches. Je suis une mouche, moi aussi... Et maintenant, le désert est rempli de mouches.»

Rolles se mordit la lèvre, la peine se lisait sur son visage. En ce moment précis, l'on aurait dit un vieillard.

«Des mouches noires,» poursuivit-elle. «D'horribles larves blanches. Et maintenant des cadavres. Les larves s'ébattent autour de leurs bouches et de leurs yeux. Il y a trois dépouilles qui étaient Dieu avant la mort. Je L'ai tué. C'était lorsque j'étais chameau dans les sables. Maintenant, il n'y a plus que mes os.»

«Peut-être n'est-ce qu'un voile,» marmonna-t-il, ne désirant pas qu'elle l'entende. Mais elle l'entendit.

«C'est un voile,» dit-elle. «Mais les voiles dissimulent-ils quelque chose?»

«Regardez!»

«Que le sable.»

«Arrachez-le!»

«Peut-être qu'il y a Rien derrière.»

«Il y a Rien derrière. C'est au travers de cela que vous devez passer.»

«Ce voile est Dieu. Je suis une sainte nonne en proie à la transe nommée Rampurâna. Je suis canonisée. Mon nom est sur toutes les bannières. Mon visage est adoré de toutes les nations. Je suis une vierge immaculée, toutes les autres sont souillées. La pensée est pire que l'acte. Toutes mes pensées sont saintes.

Je pense. Je pense. Je pense. Par le pouvoir de ma pensée j'ai créé le Verbe, et du Verbe sont issus les Mondes. Je suis le créateur. J'écrirai ma loi sur des tables de jade et d'onyx.»

Rolles inclina la tête en silence.

«Je suis la pensée elle-même,» continua-t-elle paisiblement; «Et toute pensée est moi. Je suis la connaissance. Toute connaissance est en trois. Trois cent trente-trois. Je suis à moitié le Maître. Je l'ai coupé en deux.»

L'adepte frissonna.

«C'était lorsque j'étais une hache. Je ne serai pas une flèche. Je serai une hache...» Elle eut un petit rire.

«Je suis joyeuse en raison de la haine.»

Il y eut une pause.

«Et je suis joyeuse parce que je suis raison...»

«Toute raison s'achève en deux. J'ai coupé le Maître en deux.»

«Arrivera-t-elle à passer?» s'interrogea Edgar. «Est-ce une erreur de s'identifier si bien à ce qu'elle contemple?»

«Il y a des démons,» s'écria-t-elle. «Noirs, nus, hurlants. Ils se touchent, et en vertu de ce seul contact chacun retourne en suintant à son limon. Ce limon est Chaos.»

«Ararita!» Il souffla le mot sur son front.

«Ne me touchez pas! ne me touchez pas!» hurla-t-elle. «Je suis sainte! Je suis Dieu! Je suis Je!» Son visage était sombre et déformé par une soudaine passion.

«C'est assez différent de ma propre expérience à bien des égards,» pensa l'observateur. «Néanmoins... n'est-ce pas l'essence de toute épreuve, de toute initiation, que d'être inattendue? Dans le cas contraire, l'aspirant aurait passé la porte avant même de s'en être approché. Ce qui est absurde.»

Le dernier mot avait dû être audible.

«Absurde,» cria-t-elle. «En vérité, ce n'est pas absurde. C'est entièrement rationnel. C'est vous qui êtes absurde.»

«Comprenez-vous ce que vous dites?»

«Non! Non! Je hais ceux qui comprennent. Je les mordrai. Je les mordrai à la taille.» Elle baissa soudainement la voix: «C'était lorsque j'étais une tapette à souris.»

«Seigneur Dieu! c'est carrément le délire.»

«Oh! allons-y pour Dieu. Dieu ne me gêne pas. Je pourrais vous narrer de merveilleuses choses sur ce que j'ai fait à Dieu. Je fus autrefois un prêcheur dissident : j'avais des péchés secrets. Ils étaient miens! Miens! Comme j'étais fier d'eux! Chaque dimanche, je prononçais un sermon contre le péché

auquel je m'étais le plus adonné la semaine durant. Il y a beaucoup de papillons dans le désert, je ne sais combien plus que ce
qu'on imagine. Cela prouve que Dieu est bon. Et puis, vous
voyez, il y a des scarabées. Des scarabées encore et encore. Et
des scorpions. Chères petites bêtes d'ambre. Là! l'un d'eux
vient de me piquer. C'est le sacrement de la haine. Je dormirai
dans un lit de scorpions et de feuilles de roses. Les scorpions
valent mieux que les épines. Pourquoi est-ce que j'erre en ma
nudité? Et pourquoi ai-je soif? Et pourquoi le froid me torture-
t-il? Il devrait faire chaud dans le désert. Et ce n'est pas le cas.
Et cela prouve... oh oui, mon chat! tu auras du lait! Je frapperai
un roc pour toi. Du lait et du miel.»

Elle se dressa dans un sursaut, enfouit son visage dans ses
mains avant de passer ces dernières autour du cou de son compagnon.

«Edgar, mon chéri!» s'écria-t-elle, «ton minou a fait un si
terrible rêve. Viens donner de l'amour à ta bien-aimée!»

Il n'osa pas lui dire qu'elle avait essayé et échoué, qu'elle
était revenue au moment de se mettre en route. Il projeta son
vouloir dans cet acte miséricordieux, ses baisers la transportèrent de bonheur.

Il était déjà tard dans la matinée lorsqu'ils s'éveillèrent,
épuisés par leurs transports, de fougueux baisers fleurissant sur
leurs jeunes lèvres, le soleil lui-même illuminant de son amour
leur lever.

Ce n'est qu'alors que vinrent souvenir et gravité et tristesse.

«Je dois prendre celui de quatre heures,» annonça-t-il en
la quittant. «Tu me trouveras toujours à l'une de ces adresses.
Télégraphie si tu as besoin de moi. Je viendrais depuis les
confins de la terre si je le dois. Mais tu sais comme sont les
Frères. Lorsque tu auras réellement besoin de moi, je serai à tes
côtés. Ô ma chérie! mon aimée!» Sombrant dans la tendresse, il déclara brusquement, mi-humain mi-surhumain:
«Comme je t'aime! comme je t'aime! Je hais ce retour en
Angleterre.»

«Oh oui! ton martyre! comme j'aimerais être digne de le
partager.»

«Mon Dieu... pourquoi devoir nous séparer? C'est ma
sotte vanité qui me fait désirer le martyre. Et sans cesse je ne
désire que toi.»

«Mais tu n'es pas seulement Edgar Rolles.»

«Et lorsque je serai de retour, sois plus qu'Ida Pendragon. Garde un cœur vaillant, coquine!»

Et alors, avec un millier de pleurs et de baisers, ils se quittèrent. Elle n'assisterait pas à son départ, son sang-froid étant à la fois affaibli par son nouvel amour et par la terrible épreuve qu'elle avait subie. Son esprit ne s'en souvenait pas: tel est l'ordre miséricordieux des choses; mais son âme, battue des verges, était endolorie.

Et Edgar Rolles partit en Angleterre affronter son martyre, avec une mèche de ses cheveux dans son portefeuille. Et il transforma son martyre en bataille, et cette bataille en victoire. On vit des royaumes conquis pour un cil.

L'heure Noire

« Écœurant!» lâcha Ida Pendragon. Elle se trouvait à la galerie du Luxembourg, considérant le trop fidèle portrait d'un orateur s'adressant à ses commettants. Elle parlait par-dessus son épaule au grand noir, Joe Marie. Il roulait des yeux, crispait ses mains et sa bouche lippue affichait un large sourire. Il semblait humer sa chevelure. Un être pitoyable, un léopard dompté. Tous souriaient et approuvaient (oui! oui!) à un discours dont il ne saisissait pas la finalité.

«Le réalisme!» poursuivit-elle. «Nous voulons la vérité, mais aussi la beauté.

Nous ne voulons pas de ce que nos yeux idiots appellent vérité. Nous voulons la beauté vue par des âmes d'artistes. Un cliché est un mensonge car un appareil photo n'est pas un Dieu. Et nous préférons la vérité enluminée par la personnalité d'un artiste au mensonge que lui transmettent ses seuls yeux. Les femmes de Bougereau et de Gérome sont plus proches de ce que notre regard nous

dit de la vie que celles de Degas et Manet. Je veux la vérité de l'Etre, pas la vérité de la Forme. Entendez-vous?» vociféra-t-elle, «je veux la vérité, je veux la Vérité.»

«Moi, c'est vous que je veux,» dit Joe Marie.

«Alors, nous sommes tous deux bien embarrassés,» rétorqua-t-elle en lui rendant son sourire. «Et peut-être que si nous réalisions chacun notre vœu, nous serions tous deux déçus. A présent, je m'en retourne chez moi rédiger quelques lettres et, si vous êtes sage, nous déjeunerons ensemble demain.»

«Vous me laisserez payer! Je veux payer votre repas.»

«Vous allez comprendre ce qu'est une addition, Joe! J'ai un couple d'amis qui viendra également. Vous paierez pour nous tous.»

Le noir était radieux. «Ida Pendragon!» bredouilla-t-il. «Je vous aime, Ida Pendragon.»

«Et Ida Pendragon aime son léopard. Maintenant, laissez-moi.» Elle jeta un regard autour d'elle. Ils étaient tout seuls dans la galerie.

«Vous pouvez embrasser ma nuque, si vous le voulez.»

Le noir enfouit sa tête entre ses épaules.

Elle frissonna, ses cheveux s'électrisèrent sous le baiser. Elle tendit la tête en arrière et lui offrit sa bouche quelques instants. Puis elle s'éloigna et lui, pauvre animal confus, quitta la pièce d'une démarche où la vivacité le disputait à la sveltesse. Arrivé à un angle, il tituba. La fille le remarqua: son sourire était semblable à un éclair de chaleur.

Au même moment, à quelques kilomètres de là, Edgar déchirait les bords d'un télégramme.

«Je paie la sanction,» put-il lire. «Déjeunez avec moi demain chez Lavenue, à une heure. Amenez une fille.»

«Bien,» dit-il. «Mais je me demande ce qu'elle compte faire.» Et il sortit du Dôme pour errer çà et là, à la recherche de Ninon au cœur d'or, «la grande hystérique» du quartier, à moitié folle et tout à fait galante, à moitié gamine et à moitié grande dame, rassasiée jusqu'au dégoût et néanmoins inassouvie, et naïve dans le même temps. On l'avait surnommée la Dame de Montparno, et elle dominait sans peine son entourage. Cependant, personne ne parvenait à analyser ou expliquer la fascination à laquelle tous cédaient. Elle avait plus d'amis que d'amants, et jamais l'on ne proférait un mensonge sur son compte, jamais on ne la laissait manquer de quoi que ce soit.

Elle accepta son invitation avec joie. «Ida Pendragon!» s'exclama-t-elle, «oh, je vois le genre. Une réputation de tigresse...» Et elle se mit à débiter une histoire de chasse au cerf à Fontainebleau où la Cornouaillaise aurait joué un rôle majeur et renversant.

Tout le café dressa l'oreille puis explosa de rire lorsqu'elle parvint au point culminant - et aberrant - de son récit.

Mais Edgar Rolles se contenta de froncer les sourcils. «Je suis désolé pour Ida,» énonça-t-il lentement. «Si votre histoire était vraie, j'en aurais été réjoui. Mais Ida n'est qu'une peintre mélangeant les couleurs sur sa palette, elle ne livre jamais son âme à la toile. Une tigresse? Certes, mais pas le Bodhisattva qui laisse la tigresse le dévorer. Elle gagne toujours, elle ne sait comment perdre. Comme dit le proverbe: «Heureux au jeu, malheureux en amour.» Or, «Dieu est amour.»

«Ecoutez! il dit à nouveau la Messe Noire,» s'écria Ninon, et sur une table commença la Danse du Mariage Chinois, qui ne faisait alors rage qu'à Montparnasse avant que l'épidémie ne se propage à tout Paris et Londres. Une jeune Polonaise sauta sur la table en face et s'y mit elle aussi: une minute plus tard tout le café était en transe.

Mais Edgar Rolles, mains profondément enfoncées dans les poches, pas loin de fondre en larmes, s'en retournait à son studio.

«Si seulement la vie était folie» soupira-t-il. «Mais les choses les plus sottes que nous faisons sont toujours sagesse - d'une manière ou d'une autre, quelque part...»

Et il franchit la porte de sa tanière.

✳

Le déjeuner dans le salon réservé de Lavenue était au fond amusant. Joe Marie n'avait d'yeux que pour Ida tandis que Ninon, facétieuse, faisait tout son possible pour le distraire. Edgar dissertait longuement au sujet de l'Art, un exposé sans passion.

«L'Art,» dit-il, «et n'imaginez pas que l'Art, ou quoi que ce soit, puisse être autre chose que de la Haute Magie! - est un système de hiéroglyphes sacrés. C'est par leur entremise que l'artiste, ou l'initié, règle ses mystères. Le reste du monde se moque, ou cherche à comprendre, ou prétend comprendre; mais seuls quelques-uns obtiennent la vérité. L'habileté technique de l'artiste est la lucidité de son langage, elle n'a rien à voir avec le degré de son illumination. Bougereau est techniquement supérieur à Manet, il explique plus clairement ce qu'il voit. Mais que voit-il? Il est le prêtre d'un faux Dieu. La forme n'a aucune importance excepté en ce sens, nous ne devons pas être révoltés par l'extravagance de nouveaux systèmes symboliques. Gauguin et Matisse doivent poursuivre jusqu'à être compris. Nous donnons notre assentiment aux excentricités de Raphaël.»

Ida émit à son intention un petit rire de mépris satisfait.

«Ma chère, la perspective est une excentricité, un symbole: rien de plus. Comment quelqu'un pourra-t-il jamais représenter en deux dimensions un monde qui en possède trois? Uniquement par le symbolisme. Nous avons approuvé la méthode des primitifs - croyez-vous que les hommes et les femmes soient réellement tels qu'apparaissent à l'inculte les représentations de Fra Angelico? Nous pourrions un de ces jours admettre le jeu de morpion de Nadelmann! C'est partout la même chose. Je trace une courbe, et un cercle, et un frétillement de haut en bas; et alors toute personne sachant lire l'anglais est entièrement convaincue que je représente ce ruminant placide, femelle, herbivore et lactifère auquel nous comparons nos courtisanes les plus domestiques comme nos policiers qui le sont moins. Et ainsi l'Etre n'est pas dans la Forme, et néanmoins ne peut être compris que via la Forme. D'où les incarnations. L'Univers n'est qu'une peinture dans l'Esprit du Père, par laquelle Il désire transmettre... quoi? C'est notre Magnum Opus que de découvrir ce qu'Il veut dire! D'où «l'œil de la foi.» La simple vue nous enseigne qu'un moulage en plâtre est plus proche de la nature que le plus grand chef-d'œuvre de Phidias; ainsi fait la science, avec ses grossiers compas de calibre. Les hommes sensés préfèrent une bonne photographie de la nature à un paysage mal peint. La photographie leur montre la vision de leur propre œil, ordinaire, par l'entremise d'un symbolisme agréé; la peinture leur montre la vision d'un être triste et médiocre, retransmise par des moyens merdiques. Mais Corot! Mais Whistler! Mais Morrice! Corot voit une forêt et peint Pan; Bougereau voit un joli petit modèle et peint un joli petit modèle. Il ne peint pas La Femme. Morrice peint la Venise de Byron, celle de nos rêves historiques et sensuels; pas la Venise des amerloques ni des vapeurs qui brassent l'écume. Raphaël découvrit la Madone dans sa maîtresse, Rembrandt une séduisante reine de noire passion dans sa femme. D'une manière ou d'une autre, nous devons atteindre au sens de Dieu par un intermédiaire en lui-même dénué de sens.»

«De même que via le déjeuner nous parvenons au dessert!» se mit à rire Ida, qui avait plus de choses à dire que ce qu'on pouvait lire sur son visage. Durant tout le déjeuner, elle avait aguiché la belle brute noire, jusqu'à ce que ses œillades l'aient mise au supplice. Toutes les passions primitives luttaient en

son cœur les unes contre les autres. Il aurait tué Rolles pour l'authentique nonchalance de son bavardage. Cela le blessait que quelqu'un puisse parler à Ida autrement qu'en employant des mots d'amour. Pareillement, il l'aurait tué pour la plus légère inflexion de sa voix.

Edgar Rolles comprenait son tourment, il comprenait la violence contenue du dessein d'Ida, tout en demeurant incapable de deviner sa nature. Pour une raison ou une autre, il se méfiait de l'issue.

«Prenons la littérature!» reprit-il, de cette voix égale et circonspecte qui était la sienne. «Prenons Zola et son million de faits mis en ordre. Quelle est leur importance? Elle est nulle. Nous avons la vérité quant au Second Empire - et si les faits de Zola n'étaient que mensonges, cela ne changerait rien à la vérité qu'il est venu délivrer, la vérité miséreuse, provinciale et opportuniste qu'elle est.»

«Prenons Ibsen! Ce n'est point acte d'accusation que d'affirmer que les Norvégiens n'agissent jamais comme ses personnages; ce n'est point labeur d'avocat que prouver que les Norvégiens toujours agissent de la sorte. Cela n'a aucun rapport avec le problème. Roméo et Juliette font l'amour en anglais: tout le monde s'en fout! Macbeth n'est pas obligé de dire «Hoots! ma leddy!» à chaque fois qu'il s'adresse à sa femme. Le sot qui s'inquiète de la couleur locale rate le lever du soleil. L'homme avec une éprouvette graduée ne voit pas l'océan. De pieux Hollandais d'autrefois, voulant peindre Abraham et Isaac, représentèrent le vieil homme armé d'un tromblon. Pourquoi pas? On peut tuer son fils avec un tromblon! Je vous dis que tout est question de symbolisme, de signes hiéroglyphiques. Prenons Wagner!»

«Prenons plutôt une cigarette,» lâcha Ida.

Il haussa les épaules et abdiqua en faveur du nouveau tour de la conversation.

«Monsieur Rolles,» dit-elle, «nous aimerions que vous nous juriez sur votre tête de nous dire quel est votre avis. Parlons sérieusement. Cet amour de garçon (elle prit les lèvres du noir dans ses doigts menus et les pinça) semble m'apprécier.»

«Je l'aime! Je voudrais mourir pour elle!» l'interrompit le noir, vociférant son plaisir et sa douleur, totalement incapable de se maîtriser. Il s'empara de la table à laquelle il se cramponna, si violemment que deux verres tombèrent au sol. «Je l'aime! Je l'aime! Je la désire.»

«Silence, Joe! Eh bien, voyez-vous, monsieur Rolles, je l'aime moi aussi...» Il lui jeta un coup d'œil. Elle fit comme si de rien n'était. «Je l'aime passionnément, oh oui. Oh, je l'aime, je l'aime!»

Elle se pressa contre la large poitrine du boxeur et se cacha la face. Ses longs bras serpentèrent convulsivement autour d'elle. Ses yeux semblaient sur le point de sortir de ses orbites, la bave s'accumulait sur ses lèvres sèches, il ne pouvait plus parler. Un souffle chaud, ardent, s'échappait de ses narines dilatées: on aurait dit un taureau dans l'arène. Elle se dégagea.

«Vous voyez, il veut m'épouser. Je l'aime! Je veux être à lui pour toujours.

Mais...» Le fameux pugiliste était effondré sur sa chaise. «C'est difficile,» poursuivit-elle, «il y a des complications. Ma mère...»

Edgar Rolles s'aperçut que ça sonnait faux et il comprit. Il devint furieux, furieux d'être impliqué dans une pareille histoire, il en claquait des dents.

«Oui?» dit-il, malgré son envie de hurler et de tout casser.

«Nous ne pouvons nous marier,» reprit-elle, et cette fois sa méchanceté caustique manqua de lacérer son pathos moelleux d'un cri déchirant. «Tu vois, Joe...» Elle tourna son regard vers lui, ses yeux brillaient, suppliants.

«Je te veux!» fut tout ce qu'il put dire. Sa voix évoquait l'affreux barrissement d'un éléphant.

«Tu ne voudrais quand même pas me rendre...» Elle hésita quelques instants. «Tu ne voudrais quand même pas me rendre... impure?» Son inflexion était basse et tremblante, mais tous les blancs présents comprirent. Le cri du typhon déchirant les voiles.

Ninon fut prise d'un irrésistible fou rire mêlé de sanglots hystériques. Elle n'avait pas assisté à pareille comédie depuis... elle n'avait jamais assisté à pareille comédie. Quelle brute stupide que cette noire créature!

Edgar Rolles se leva d'un bond. Il n'avait aucune idée de ce qui allait se produire.

Et puis la lumière se fit dans le cerveau embrumé de l'Africain. Les milliers de fils composant sa toile d'araignée venaient d'être détruits. Et il comprit. Il comprit qu'elle n'avait rien à foutre de lui, qu'elle n'en avait jamais rien eu à foutre, et qu'elle n'aurait pas sacrifié un seul cheveu de sa tête en échange de son corps et de son âme. Cette compréhension fut comme une mort passagère de son cerveau.

Il se jeta sur elle en montrant les dents, sans proférer un seul mot. Tous deux roulèrent au sol et la noire panthère planta ses crocs dans sa gorge.

Edgar Rolles réagit juste à temps. Sa botte atteignit le meurtrier derrière l'oreille . Edgar Rolles avait été joueur de foot.

La bête était morte.

Edgar se pencha et releva la femme. Du sang s'écoulait de sa blessure à la gorge. Ninon alertait la clientèle du restaurant en poussant des cris de malade.

«Oh, mon frère,» avoua Ida en haletant, «ne comprends-tu pas? C'est ce que je voulais, mourir.»

Ce furent ses dernières paroles avant longtemps.

Lavenue était devenu un maelström de crétins qui braillaient et gesticulaient. La police les fit évacuer. Le cadavre partit à la morgue, Ida à l'hôpital et Rolles au poste. Ninon, agitée de mouvements convulsifs, avait dévalé en courant, hurlant et riant comme une Bacchante, le boulevard jusqu'au Dôme.

L'heure d'Or

Il n'était guère difficile de satisfaire la justice française. Ida Pendragon fut comparée à diverses martyres chrétiennes de l'antiquité dont j'ai oublié les noms; Edgar Rolles fut mandé par Follat afin de poser pour un tableau représentant saint Georges, lequel fut le clou du salon de cette année-là. Les journaux humanitaires pressèrent la loi d'interdire la boxe et ses cruautés. Les Texans séjournant à Paris arguèrent et se réjouirent, et les Parisiens séjournant au Texas purent assister la conscience tranquille aux lynchages pouvant se présenter.

Ida était convalescente. Jamais ne s'effaceraient les affreuses cicatrices qui ornaient son cou - mais son visage perdrait-il jamais sa mystérieuse exaltation?

Lorsque Edgar la vit, il eut presque peur de comprendre. La quittant, il gagna le cœur de Paris où l'attendait une certaine demeure. Il voulait être certain, il voulait consulter un Frère de l'Etoile d'Argent. Or, il est très facile de trouver un Frère, lorsqu'on connaît le mot de passe. Mais il n'est pas toujours aisé d'obtenir de ce Frère qu'il vous dise ce que vous souhaitez. Il est presque certain qu'il sera fort impoli, il y a toutes les chances pour qu'il s'évertue à rester dans la voie du bon sens, ce qui est

contrariant lorsque vous vous attendez à de l'exaltation mystique. Et il est aussi très probable qu'il se contente de faire un signe de tête puis de continuer son travail, ce qui est exaspérant lorsque votre affaire est de la plus grande importance pour vous, et pour lui, et pour la Fraternité elle-même, sans parler de l'humanité - et lui se trouve occupé à jouer aux jonchets, et vous outrage plus encore en vous expliquant qu'il tente de prouver que, du moment que l'on procède avec suffisamment de soin, l'on pourrait détacher les planètes du système solaire sans lui nuire.

Néanmoins, cette fois-là, Rolles fut assez heureux pour trouver le Frère qu'il connaissait disponible - même pour lui. Ses pieds reposaient sur le manteau de la cheminée, il fumait une longue pipe et se tournait les pouces.

«Ave, Frater!» dit-il comme Rolles faisait son entrée. «Et aussi Vale. Comme vous, les jeunes frères, vous y prenez pour vous attirer des ennuis!»

«Miss Pendragon sortira de l'hôpital dans quatre jours,» commença Edgar en guise d'explication.

«Veinard!» rétorqua le grand homme. «Mais ce qui est marrant, c'est que je suis moi aussi dans les problèmes.»

«Oh! Je suis désolé.»

«Je me demande si vous pouvez m'aider. Voilà. Je me tourne parfois les pouces de cette manière - c'est ce que nous appelons la direction positive - et quelquefois de cette autre: la direction négative. Or j'en ai perdu le compte il y a bien des années, et ainsi, de quelque manière que je me les tourne, il se pourrait bien que je m'éloigne de plus en plus de l'égalité. Et donc - je vous le demande! - comment l'homme pourrait-il atteindre l'Equilibre Universel?»

«Ne serait-il pas plus sûr de ne pas les tourner du tout?»

se risqua Rolles.

«Jeunesse déshonorante!» rétorqua le Frère. «Vil bouddhiste! Et ainsi ne jamais égaliser le compte! Non! Mon plan consiste... à toujours les tourner d'une seule manière. J'ai ainsi une chance sur deux que ma manière de faire soit la bonne.»

«Et si ce n'était pas la bonne?»

«Eh bien, je suppose que je serais damné.»

«Et si vous réussissez, et égalisez le compte?»

«Je n'en ai aucune idée.»

«Mais...»

«Jeunesse mesquine et antipathique! Je parierai que vous n'avez pas saisi mon problème?»

«Tout cela semble très complexe.»

«Mais mon doute suprême, mon doute le plus oppressant?»

«Je ne vois pas, monsieur.»

«Voilà! Ecoutez-moi bien, jeune homme. J'y viens. Je n'arrive pas à me souvenir de quelle manière je dois toujours me les tourner.»

Rolles recula, abasourdi.

«Lisez Nietzsche!» lui jeta le Frère d'un ton cassant.

«Mais... mais...» Il bégayait. «Oh! Et puis voilà. Miss Pendragon sort dans quatre jours et...»

«J'aurais aimé que vous appreniez à vous les tourner,» lâcha tristement le Frère.

«Mais, monsieur, que dois-je faire?»

«Vous les tourner, pauvre crétin!»

«Je sais que vous voulez toujours dire quelque chose...»

«Jamais. Il y a Rien à dire!»

«Oh!»

«Tirez-vous, je ne veux plus que vous m'importuniez. Tirez-vous! Je vous fous dehors. Est-ce que cela est clair?»

«Vous n'avez rien à me dire?»

«Qu'ai-je fait durant les inestimables quatorze minutes et vingt-sept secondes venant de s'écouler? Primate! Couillon! Imbécile! Lourdaud! Tête de pioche! Croyez-vous qu'on puisse rattraper le temps perdu? Il faut vous parler anglais - anglais, espèce de papier buvard d'hôtel, de pâte à papier incapable d'absorber l'encre! Anglais, ouais, pauvre Anglais!»

A cette dernière insulte, Rolles manqua de s'emporter.

«Oui, eh bien, je vous fous dehors. Allez et faites vos valises, nigaud! Faites vos valises! Malles, valises, sacs, caisses, et par pitié prenez avec vous un peu de cervelle! Emmenez la fille à Jéricho ou à Johannesburg, et prenez avec vous un peu d'intelligence, et des triolets, si vous le pouvez!»

«Tournez ainsi l'Etre! Tournez ainsi la Forme! Equilibrez-les, pauvre margoulin d'épicier! Nation de boutiquiers! Tournez! Tournez! Tournez! L'Equilibre n'est-il pas présent dans le Bambin? Enseignez-lui à comprendre les enfants!» Le Frère marqua une pause afin de rallumer sa pipe, enfonçant le fourneau dans les braises incandescentes de l'âtre.

«Comprendre les enfants? C'est dur. Mais nous les aimons, monsieur.»

«Et quelle diable de différence y-a-t-il entre amour et compréhension? Si vous avez l'un, vous avez l'autre. Oh, tournez, tournez! Vous pouvez m'envoyer l'une de ces saloperies de coupe-papier de Jéricho,» ajouta paisiblement l'adepte.

«Avec leur pourriture de taillage en pointe sépharade - blasphémateurs! Eh! toi, ne blasphème pas, mon petit gars. Tu as une bonne femme: tire-en le meilleur parti.»

«Une femme remarquable, sans doute.»

«Une brave femme. J'espère que lors du prochain siège de Paris je n'aurai pas à faire bouillir ta tête: je préfère la purée. Une brave femme. Une sœur de l'Etoile d'Argent, mon brave crétin!»

«Je ne comprends pas, maître!»

«Je suppose que ce ne sera jamais le cas. Oh génération de vipères! Oh vantard verbeux! Oh freluquet de Kafoozelum!»

«Je vous demande pardon, monsieur! Vous savez qu'elle a échoué pour ce qui est de l'abîme?»

«Je? Vous? C'est intolérable. Appelle-moi Hafiz, ça suffira. Eh, abruti! elle était ta maîtresse, j'imagine? Ca semble être le cas de nombreuses femmes à Paris.»

«Monsieur!»

«Oui ou non? Bien, qui ne dit mot consent... Non! elle ne l'était pas! Tu mens! elle ne s'est offerte qu'une fois: va et regarde les marques sur son cou!»

Rolles chancela en arrière, esquinté par la vérité.

«Je suis un Fou!»

«Pas du tout! Mets-y du tien et tu deviendras Magus en cette vie, malgré tout. Dans l'intervalle - oh, sois un Diable!»

Le jeune homme devina l'infini amour et l'infinie sagesse qui se cachaient derrière la rudesse du Frère.

Ses yeux se remplirent de larmes.

«Je la conquerrai, monsieur, par Dieu!» déclara-t-il avec enthousiasme.

«Abandonne-toi à elle. Il n'y a qu'ainsi. Sauve-toi, mon garçon! J'ai du travail. Je dois tourner, tourner, tourner.»

Edgar s'inclina et s'en fut. Il était trop ému pour dire quoi que ce soit: L'Amour qu'était l'être tout entier du Frère faisait fondre la neige de son âme. Il aimait. Pas Ida, pas le monde, pas quelque chose. Il était pur amour, amour sans objet, amour tel que l'amour est en lui-même. Il n'aimait pas, il était Amour.

Mais il partit directement voir Ida Pendragon. Avant qu'elle ne quitte son lit, ils étaient mariés. Une semaine plus tard ils faisaient route vers le sud, dans l'air vif et frais. Et là, parmi les vignes, ils apprirent comment - une fois par siècle - le phénix de la Passion peut ressusciter du feu du Vice, et comment dans le bec du phénix éprouvé par le feu se trouve l'anneau de l'Amour.»

❋

Un an plus tard. Ils se trouvaient dans une villa de Mustapha. La mer et le ciel, jaloux, s'efforçaient chacun de répondre au mieux à la question du soleil par le mot bleu.

Mais Ida Pendragon, pâle et fragile comme une rare porcelaine, se tordait et ne trouvait point la paix. Edgar se pencha sur elle, aussi vigilant que la nuit de sa première épreuve. Dans l'ombre se tenait un médecin, au chevet était assise une infirmière tenant un nouveau-né dans ses bras.

«Frère!» dit-elle d'une voix éteinte, «le chiffre du grade est Trois, et je me suis offerte trois fois. Une fois à la brute, une fois à l'homme - mon homme! (sa main serra la sienne, oh! combien faible!) et maintenant: à Dieu!» Les larmes jaillirent de ses yeux.

«C'est à toi,» murmura-t-elle, «de comprendre l'enfant.»

Elle retomba en arrière. Le médecin se précipita. Il savait qu'il ne serait aucunement utile en pareilles circonstances mais fit signe à Edgar de s'éloigner. Trop tard. Edgar avait compris le Dénouement. Il s'écroula sur la poitrine de la morte, catastrophe!

L'infirmière se leva, presque courroucée, tel un chien d'arrêt qui s'ébroue au sortir de l'eau. Puis vint déposer l'enfant dans ses bras.

Aleister Crowley

(Première publication, sous le pseudonyme de Martial Nay, in «The Equinox», Vol. I, n°6, Londres, 1911). Traduction (© Philippe Pissier 1998).

La Voix de Monsieur Ambrose

Xavier Dollo

*Xavier Dollo est un jeune étudiant breton, tombé dès son plus jeune âge dans l'océan de l'écriture. Il a fait ses premières armes dans de nombreux fanzines comme Dragon & Microchips, Miniature ou Portique. Il coédite, avec Willy Favre, une publication fantastique sur le web, **Creeps.***

Pour Jacky Ferjault

PROLOGUE

Je n'ai jamais su quelle serait ma destinée. Mon enfance et mon adolescence se sont déroulées sans passion.

Jusqu'au jour où une amie, mademoiselle Francine De La Sagra m'invita au Théâtre. C'était une pièce de Beaumarchais, *Le Barbier de Moscou*, représentée en 1876, mise en scène par Yan Kirby et jouée au théâtre Indigo, rue de la Villette à Paris.

Ce fut une révélation, une sorte de coup de fouet zébrant mon épiderme. Je ressentais comme une douleur sadique, fort plaisante. Ma respiration s'était arrêtée le temps de la représentation. A mes côtés, Francine de La Sagra souriait, satisfaite de l'effet qu'elle était parvenue à exercer sur moi.

Quelques jours plus tard, je m'inscrivais aux cours donnés au Théâtre Libre. J'allais devenir acteur.

1.

En 1888, j'étais célèbre et renommé. Dans les journaux spécialisés, on parlait beaucoup de Monsieur Ambrose[23], cet acteur gracieux au jeu " si parfait ". Les propositions de petits théâtres fusaient de partout. Certains auteurs écrivaient leurs pièces en fonction de mon jeu et de ma présence sur scène. Je n'étais pas un acteur spécifique au jeu réduit et, tel un caméléon, il m'était aisément possible d'endosser n'importe quelle tunique. Lorsque je me promenais dans les rues de Paris, certaines personnes cultivées m'arrêtaient respectueusement, désirant s'informer de mes prochaines représentations. On me reconnaissait et on m'admirait dans le milieu des Lettres.

Et je n'étais pas satisfait.

Nous étions le samedi 24 mars 1888 et, la veille, j'avais effectué la première de *La Pelote,* une très belle pièce de Paul Bonnetain et Lucien Descaves. Mon rôle était un de mes préférés. Je jouais monsieur Lormeau, un bourgeois décadent et décrépi, dont on suivait, scènes après scènes, actes après actes, la lente descente dans l'enfer de la médiocrité. De plus, mes partenaires étaient eux aussi d'excellents acteurs, surtout Barny, Chamoisel et Nancy Vernet. De mon point de vue, du moins.

La célébrité m'avait apporté la fortune, et je logeais rue de Vaugirard, au 150. C'était un quartier où nombre d'érudits et de gens de lettres vivaient, tels les célèbres Jules Verne, poète et romancier, ou encore madame Mallégol, la cantatrice, ainsi que Emile Faguet, le plus connu des critiques littéraires.

Mon logement était composé de six pièces, dont un grand salon de réception. J'avais vue sur le parc de Montparnasse, 10 hectares de verdure et d'arbres aux feuillages resplendissants, où je me promenais parfois en compagnie d'une Dame, les nuits où la lune était suffisamment claire pour être observée.

La représentation du vendredi s'était excellemment déroulée, sauf si on voulait bien oublier les quelques problèmes d'éclairages un peu irritants mais secondaires. Hélas, tout ne pouvait pas être parfait.

Il était dix heures et je revenais du " Petit Guingamp ", café théâtral de la rue Vaugirard, où j'avais bu mon coutumier

---

23 - En fait, je me suis inspiré de Monsieur Antoine, célèbre acteur du XIXème siècle.

chocolat en lisant *Le Soleil*. Emile Faguet y tenait sa chronique théâtrale et j'attendais avec impatience son verdict sur *La Pelote*.

Ce n'était pas la chronique que j'attendais.

" *La pièce, Monsieur Ambrose mis hors de cause, comme il est hors de pair, est bien mal jouée. Les hommes n'existent pas. Melle Nancy Vernet est distinguée et aimable. (...) Ajoutez que madame Dorsy a une sorte de torticolis chronique, qui lui jette le menton en avant comme si un poids terrible pesait sur sa nuque. J'avais trouvé cela très bien dans* La puissance des Ténèbres... "

Il s'agissait là d'un point mineur car je n'étais pas directement mis en cause, au contraire ; en fait je me fichais pas mal de ce que Faguet pensait de la pièce en elle-même. Le regard critique qu'il posait sur moi m'importait plus, car Faguet était adulé dans le milieu et tout ce qu'il disait se voyait transformé en paroles d'évangile. Mes dons naturels d'acteurs n'étaient pas mis à mal. Non, il y avait autre chose et mon regard resta fixé sur le paragraphe incriminant un bon moment :

" *Quant à monsieur Ambrose, oui, décidément, c'est un grand artiste. Il a un incroyable sens du réel et des dons extraordinaires pour l'exprimer fortement aux yeux. Rien qu'à le voir entrer, on comprend Lormeau tout entier, on voit toute sa vie. C'est un artiste admirablement doué. Il est regrettable que sa voix soit si faible. Elle l'empêchera sans doute d'aborder les grandes salles de théâtre.* "[24]

J'en aurais presque pleuré, tellement cette critique faisait mal. Mais il mettait juste par écrit un point dont j'avais grandement conscience. Et je ne pouvais, hélas, rien y faire. Durant toute la journée, j'ai erré dans le labyrinthe du parc de Montparnasse, me posant des questions sans réponses, maudissant le dieu qui m'avait offert si faible voix. Lorsque, enfin, je rentrais chez moi, il était 7 heures du soir et madame Délancourt m'attendait, délicatement engoncée dans un fauteuil du salon ; mon valet, Hubert, l'y avait installé depuis un bon moment déjà à en juger par les restes d'encas éparpillés sur un plat et une flûte de champagne vide. Quand elle me vit, elle se releva d'un coup sec, me tendant sa main, que je baisais sans entrain.

- Voyons mon ami, dit-elle l'air catastrophé, avez-vous vu l'heure ? Auriez-vous oublié le dîner chez les Malot ?

---

24 - Ces extraits de chronique théâtrale furent en fait publiés le lundi 26 mars 1888 dans le Soleil. Quant à Emile Faguet, il est connu pour ses critiques littéraires de toutes sortes ansi que pour des anthologies poétiques.

En effet, ce dîner m'était totalement sorti de l'esprit. Je m'excusais auprès d'elle, prétextant une répétition qui s'était prolongée, et nous eûmes juste le temps de sauter dans le fiacre, dont le cocher allait s'impatienter. Le trajet jusque la résidence Malot fut morne. Je n'avais rien à dire à madame Délancourt, une poétesse avec qui j'avais sympathisé quelques mois plus tôt. Elle ne sembla pas en faire cas, mettant mon mutisme sur le compte de la fatigue. Elle m'assura juste, avec un petit sourire en coin, qu'un gai dîner me remettrait d'une humeur favorable. Personnellement, j'en doutais.

Le cocher arrêta enfin ses chevaux, par un " Oh " frénétique.

J'aidais respectueusement　madame Délancourt à descendre et, après avoir gravi un long escalier en colimaçon, nous frappâmes à la massive porte en chêne. Le majordome ouvrit presque aussitôt, effectua une révérence un peu trop servile, et nous conduisit à la salle à manger, d'où sortaient des bribes de paroles enjouées. Tout le monde était déjà là, devant un apéritif. Nous saluâmes l'assemblée.

- Eh bien mes chers, vous êtes en retard. Nous avons commencé sans vous, annonça Maître Malot en levant sa flûte de champagne. (Il était un avocat de renom, dépendant du barreau de la Cour-Neuve)

- Veuillez nous excuser, cher Maître, intervins-je, j'ai été retenu au Théâtre-Libre, pour une répétition. Madame Délancourt n'y est pour rien.

- L'important est que vous soyez là, à présent. William, voulez-vous bien installer nos hôtes, et servez leur une coupe de champagne.

Nous nous assîmes donc, l'un à côté de l'autre. Je fis un tour de table du coin de l'œil. Maître Malot avait réuni du beau monde. Le comte et la comtesse de Drancy, habitués des soirées mondaines parisiennes, monsieur et madame Laffargues, célèbres explorateurs (ils avaient passé beaucoup de temps parmi des tribus Masaï au Kenya), Georges Rampilon, politicien, Elen Arnaud, critique littéraire et un homme, Gallois, que je ne connaissais pas mais qu'on m'avait dit s'appeler Arthur Machen. C'était un écrivain que Malot avait connu lors d'un voyage à Londres ; il était assez petit, râblé, mais son visage était très expressif, un visage aux traits durs, un front haut et dégarni qu'une simple mèche d'un cheveu noir charbon empêchait d'être entièrement visible ; ses lèvres fines aux plis amers contrastaient avec de grands yeux dont la noirceur égalait celle de la nuit, bien que dans chaque œil un éclat brillant me fît penser que deux étoiles égayaient cette noirceur attirante. Malot et lui avaient sympathisé lorsqu'ils s'étaient rendu compte qu'ils partageaient un goût prononcé pour l'étrange, le mysticisme, et les mythologies anciennes. Je n'étais pas le moins du monde intéressé par ce qui touchait à l'irrationnel et au fantastique. Pour moi, il n'y avait rien de plus concret que la réalité. Que cela fut une réalité sur scène ou de vie quotidienne. Ou une critique déplaisante d'Emile Faguet… Seul cela comptait vraiment lorsque l'on était un homme normalement constitué.

Le dîner, arrosé de vins des plus délicats, passa lentement à mon goût. Je détestais rester longtemps à table et les conversations vides de sens m'ennuyaient. Malot parlait de sa dernière victoire, lors du procès de " l'assassin aux écharpes " ; il avait fait acquitter son client, un certain Philippe Helteur, un gars des quartiers pauvres qui s'était trouvé au mauvais endroit au mauvais moment. Puis la comtesse de Drancy évoqua les travaux de son nouveau jardin (un projet grandiose qui coûtait très cher à son mari). Nous n'évitâmes pas non plus les éternels ragots. Mais c'était une convention, et on ne pouvait y échapper. Puis Malot interrogea Machen sur les ambitions qu'il caressait sur le plan littéraire.

Machen maîtrisait parfaitement le Français, bien qu'avec un accent dru et prononcé, et se lança dans une longue énumération de ses projets. Il esquissait en ce moment un court roman qu'il comptait intituler " PAN ". Evidemment, il s'agissait d'une histoire étrange, et cela me fit sourire. D'ailleurs – et hélas -, la discussion fut lancée sur l'étrange. Malot ne lâchait plus Machen, et on eut dit qu'ils oubliaient notre présence à tous. Il ne restait plus qu'eux deux.

- Est-il vrai, mon cher Machen, que certains manuscrits, datant de périodes si éloignées qu'on ne peut les dater, sont en fait de puissants grimoires magiques ? J'ai rencontré un homme, il y a peu, qui me disait en avoir découvert un. Mais il ne savait s'en servir, les symboles y figurant étant intraduisibles…

Machen sursauta.

- Je l'ai entendu dire. Mais il s'agit de légendes jusqu'à maintenant. Je crois aux pouvoirs surnaturels, à la magie, à la puissance de l'alchimie, vous savez. Alors qu'un tel grimoire existât, ce ne serait pas étonnant. Qui peut dire ce qu'était le monde auparavant ? L'Homme avait-il la même manière si matérialiste de le concevoir ? Ou alors avait-il développé des croyances, voire des *sciences de la magie,* qui sont aujourd'hui perdues ? Comment savoir ? Le monde actuel suit une voie, mais *une voie* seulement. Et ce n'est sûrement pas la plus intéressante. Pour en revenir à cet homme qui a découvert un grimoire, peut-on le rencontrer ?

Malot eut un mouvement d'épaules fataliste.

- Il est parti avant-hier pour l'Allemagne, où il compte s'installer définitivement. Je pourrais toujours vous communiquer son adresse.

- Avec joie, mon ami. Même s'il faudra attendre que mes finances me permettent de voyager vers l'Allemagne !

Madame Délancourt et moi partîmes enfin, vers une heure du matin, avec l'impression d'avoir passé une très mauvaise soirée.

Elle s'excusa presque de m'avoir conduit chez les Malot.

2.

Je perdis peu à peu ma grande renommée d'acteur et, en 1897, j'étais retombé dans l'anonymat. N'ayant pas eu la capacité phonique de passer des petites aux grandes salles théâtrales, le public avait fini par m'oublier, les auteurs aussi. Sans parler de " mes amis " les plus fidèles (même Francine de La Sagra, mariée à un riche industriel du textile) qui, eux aussi, furent soudain frappés d'amnésie. Je dus vendre mon appartement rue Vaugirard, congédier Hubert, et m'installer dans une chambre sans confort rue Lafayette, non loin du Louvre. Je n'avais plus accès ni aux soirées mondaines - que je regrettais très peu finalement - ni aux représentations théâtrales des meilleures salles. Dix ans auparavant, on se courbait devant moi, et l'on m'invitait partout.

Je survivais alors grâce à des pièces de seconde zone, donnant la réplique à des acteurs médiocres et imbéciles la plupart du temps. Tout en étant très mal rétribué, évidemment.

Mon unique plaisir était de pouvoir encore me promener dans le parc de Montparnasse. Son ambiance me replongeait dans un passé devenu inaccessible. Monsieur Ambrose, grand acteur, cela faisait partie d'une époque révolue.

Je revis quelques fois madame Délancourt. Celle-ci également avait changé, perdu la fraîcheur de sa jeunesse, et comme poétesse s'était égarée du devant de la scène. Néanmoins elle fréquentait toujours les soirées mondaines, car elle était issue d'une famille très riche et respectée dans le milieu parisien, même si ses fréquentations étaient différentes, et guère reluisantes. Elle participait à des soirées baroques, affectionnant érotisme, échangisme, et le parfum onirique de l'absinthe. C'était, disait-on dans les journaux, une cause de fin de siècle. Les gens voulaient du changement et cherchaient ces changements. Pour moi, madame Délancourt était devenue une sorte de prostituée, de l'esprit et du corps. D'ailleurs, j'appris son décès en septembre 1899. L'opium avait finalement eu raison d'elle. Je n'en fus même pas attristé.

Pour moi aussi, 1899 fut une année charnière.

Un jour d'avril, où je traînais sur les quais de la seine, j'achetais quelques vieux livres à un bouquiniste frigorifié qui allait plier bagage. Je serais passé un quart d'heure plus tard et ma vie n'aurait jamais basculé. Je voulais un livre, *Les Fleurs Vénéneuses*, de Charles Baudelaire. Mais le bouquiniste ne désirait me le vendre à la seule condition que j'achète un lot de livres qu'il avait mis dans la même pile. J'acceptais de mauvaise humeur. Cela m'avait coûté quelques sous de plus, mais ce n'était finalement pas important car je désirais lire le livre qui avait fait autant de scandale, au même titre que le *Madame Sauvaget* de Gustave Flaubert. Le milieu des Lettres m'attirait toujours autant, bien que ce ne fût plus réciproque.

Toujours est-il que je rentrais chez moi, avec la hâte de lire les poésies sulfureuses de Charles Baudelaire. Au rez-de-chaussée de ma pension, la patronne, une jeune femme au regard sec, m'attendait. Elle voulait savoir quand je paierais le loyer. Je lui répondis que je comptais passer le lendemain. Cette affirmation paraissant la satisfaire, elle me laissa grimper jusque dans ma chambre située au dernier étage. J'avais une vue imprenable sur Paris, surtout sur la cathédrale Notre-Dame, un bel et grand édifice gothique qui semblait surgi de terre pour affronter les païens. Je n'y avais jamais mis les pieds. L'observer, parfois, me suffisait. Juste à côté de la cathédrale, le mausolée du grand Roi Louis XIX trônait majestueusement, et sa coupole de cristal resplendissait dans la nuit naissante.

Je m'installai sur ma couche et empoignais les livres. Mis à part le Baudelaire, il y avait un Musset, un Verne, et un Vandal. Je ne connaissais pas le Verne : " Paris au XXème siècle ". En le parcourant, je me rendis compte qu'il s'agissait d'un roman d'aventures scientifiques totalement idiot, et je me demandais depuis quand Jules Verne écrivait des romans de ce type. On était à vingt mille lieues d'un recueil de poésie tel que " Rosaline et le Rose " ou d'un roman historique du calibre de " L'avènement du Soldat ". Cela devait être une œuvre de jeunesse. Je lançais nonchalamment le livre contre la paroi de la chambre. La couverture ne devait pas être solide car elle se déchira, laissant apparaître, coincé sous la reliure, un feuillet jaunâtre et sec. Je le pris et le déroulais doucement, afin d'éviter toute déchirure.

Inscrits sur le papier, des symboles aux lignes étranges faisaient des courbes d'une douceur apaisante pour les yeux, presque hypnotisantes. L'écriture spiralée était incompréhensible et il me fallut un long moment pour comprendre qu'il ne devait en fait s'agir que d'un gribouillage artistique ou d'une sorte de calligramme invraisemblable qu'un plaisantin s'était amusé à cacher sous la reliure du Verne pour intriguer un éventuel " découvreur ". Mais, en posant les doigts sur les courbes je me rendis compte que ces inscriptions n'avaient pu être faites par une plume normale. On aurait plutôt dit des inscriptions gravées, car, en fermant les yeux, l'on pouvait suivre le mouvement des spirales. Soudain, je ressentis comme un malaise.

Je rouvrais les yeux et lançais le manuscrit. Celui-ci tomba en miettes.

Bizarrement, je me remémorais cette funeste soirée chez le couple Malot, où cet anglais dont j'avais oublié le nom nous avait parlé de grimoires magiques. Où Malot disait connaître une personne ayant en sa possession ce type de grimoires aux symboles indéchiffrables. Je rejetais ces pensées et empoignais le livre de Baudelaire.

A la fenêtre, j'entendis alors un tic-toc pressé contre le carreau. Un moineau tapait frénétiquement son bec sur la vitre et je crus un instant qu'il allait la casser. Mais il s'arrêta et sembla me fixer. Puis il s'envola.

Je haussais les épaules et entamais la lecture de Baudelaire.

Lequel m'avait passablement déçu. Trop bizarre et subversif à mon goût. C'était la mode. Sexe, orgies, drogues, tout cela se répandait dans la haute société depuis des années. Je me souvenais parfaitement d'un poème que Délancourt m'avait récité un jour et qui m'avait véritablement choqué. Il s'intitulait " *Possessions* ", mais par contre, j'ai oublié qui en était l'auteur :

Je suis l'homme perdu dans sa mémoire usée,
Limbes obscures où toute mélancolie
Dévoile la puissance de l'être aimé,
Mon âme est morte mais ma passion infinie

Rêve de possessions orgiaques, d'étreintes
Violentes et de liqueurs empoisonnées.
Qu'affleure le sang sur la peau ! Que suinte
Sueur sur le front de la belle possédée !

Alors je serai heureux d'être malheureux,
Je deviendrai le Serpent pendu à son cou
Même si elle est diablesse venue du Feu !

Je suis l'homme perdu dans sa mémoire usée.
Je rêve d'un nouveau monde, à nous les fous
Où le mal surgit, pour les corps Libérer !

Tout cela n'était pour moi qu'appel à la délation, au marivaudage, à la frivolité, à toute forme d'excès. Certains experts, dans les journaux, pensaient que notre société parvenait au bout de sa route, qu'elle était usée jusqu'à la corde, et que par ennui, les hommes et les femmes cherchaient des dérivatifs ; qu'à cause de la corruption, toute la société se gangrenait. Qu'elle était pourrie à l'intérieur et que bientôt cela se verrait aussi à l'extérieur. Je voulais bien le croire. Délancourt avait passé une bonne partie de sa vie dans des soirées mondaines et des tripots où sexualité débridée, voire contre nature, se mêlait à une poésie sulfureuse, mais bien trop scatologique, perverse et immorale, pour avoir le moindre intérêt. Les femmes étaient dépravées et leur vie complètement dissolue. Les hommes ne valaient guère mieux… Beaucoup d'artistes ne dépassaient pas la trentaine. Baudelaire avait beau défrayer la chronique, il n'avait aucun intérêt. D'ailleurs, si j'avais été à la place des juges lors de son procès, je l'aurais condamné et non acquitté. J'aurais fait brûler chaque exemplaire de son maudit livre !

Le lendemain, je me mis en quête d'une audition. Il fallait que je trouve un rôle pour pouvoir payer mon loyer. Les rues de Paris me parurent sombres et délabrées, étrangement vides. Les jeunes vendeurs de journaux, emmitouflés dans leurs manteaux grisâtres, semblaient n'avoir plus rien à vendre. Le monde se révélait mort et j'étais l'unique survivant. Mais, arrivé au niveau de la Bastille, la vie reprit soudain avec son effervescence coutumière. J'achetais *Le Soleil* avec mes derniers sous. Outre les chroniques théâtrales *Le Soleil* publiait des annonces. Au théâtre de la rue Saint-Bernard, vis-je, on cherchait des acteurs pour plusieurs représentations de Lorenzaccio de Musset. J'avais déjà joué Lorenzo et je vis là une chance inestimable de garnir un peu mon portefeuille.

Le théâtre se situait dans une ruelle moyenâgeuse, encore pavée. La bâtisse aussi était d'époque et avait dû être une auberge car l'on voyait encore un bout d'enseigne caché sous la nouvelle. Le théâtre Saint-Bernard n'avait pas une grande réputation, loin s'en fallait. Il était fréquenté par les petits bourgeois qui ne pouvaient viser les représentations plus cotées...

Je poussais la porte avec énergie, car elle s'ouvrait mal et grinçait. Des bribes de voix me parvenaient et, plus j'avançais dans le corridor, plus elles enflaient. Bientôt je compris ce qui se disait. Les acteurs étaient en pleine répétition :

" *Ton pourpoint est usé ; en veux-tu un à ma livrée ?*

" *Je n'appartiens à personne. Quand la pensée veut être libre, le corps doit l'être aussi.*

" *J'ai envie de dire à mon valet de chambre de te donner des coups de bâton.* "[25]

Rien qu'à l'entendre j'ai compris que l'acteur jouant le rôle de Lorenzo était mauvais. Il prenait une intonation de voix bien trop tendre et dramatique pour la scène. Il fallait être léger et gai sur ce passage. Je ne comprenais pas comment on pouvait confier un tel rôle à des ignorants. Franchement, j'étais las de jouer avec de mauvais acteurs. Je faillis faire demi-tour, mais la raison est plus forte que le cœur, et je pénétrais dans l'enceinte que les Grecs auraient nommé l'Orchestra. Un homme de haute stature, rouquin piqueté de tâches de rousseur, m'interpella alors :

- Vous venez pour l'audition, monsieur Ambrose ?

J'en restai bouche bée. Le metteur en scène m'avait reconnu. Cela faisait bien longtemps qu'on ne savait plus qui j'étais. Je lui répondis que oui.

- Eh bien je vous engage, à la condition que vous montriez à mon Lorenzo qui est réellement Lorenzo. Le bougre n'est pas mauvais acteur, mais il est jeune et débute.

25- Acte 2, scène 2

Engagé. Je n'en revenais pas. Je n'avais même pas eu besoin de faire mes preuves. Il y avait quelque chose d'étrange.

- Vous me connaissez donc, monsieur ?

Le rouquin me sourit.

- Evidemment, un grand acteur reste un grand acteur, même quand il n'occupe plus le devant de la scène. Je vous ai souvent vu en représentation et à chaque fois, vous m'avez enchanté. Vous êtes l'acteur parfait. Avec un peu de maquillage, vous incarnerez un excellent Lorenzo. Bon, vous nous faites une démonstration ?

- Très bien, dis-je.

Je montais sur scène et, après avoir préparé ma voix, je me lançais :

" *N'as-tu pas été flattée ? un amour qui fait l'envie de tant de femmes ! un titre si beau à conquérir, la maîtresse de... Va-t'en, Catherine, va dire à ma mère que je suis ici. Sors d'ici. Laisse-moi !* "

Je fus alors interrompu par l'entrée en scène impromptue d'un oiseau qui gazouillait au-dessus de ma tête en effectuant des spirales erratiques. Cette vision fit battre mon cœur à une lenteur extrême et je sentis le monde autour de moi tourner au ralenti. Le rouquin disait : " mmmm-auuuu-ddd-iiiiit ddd'ooo-iii-sss-eee-aaa-uuuu ! " J'ai cru qu'il ne finirait jamais sa phrase. Ma gorge se contracta et j'eus beau faire des efforts, aucun son ne sortait plus. Mes poumons semblaient bloqués. Expirer et inspirer m'étaient impossibles. Puis tout cessa d'un coup, comme si le temps recommençait à s'écouler. Je levais la tête. Le moineau avait disparu.

- Vous pouvez reprendre, monsieur Ambrose. Veuillez nous excuser pour cet incident.

Toute la troupe s'était réunie aux alentours de la scène pour m'écouter. Je repris :

" *Quel homme de cire suis-je donc...* "

Je me suis soudain arrêté, et je me suis pris la gorge. Ma voix était différente. Pas du point de vue de l'intonation, non, il s'agissait de son volume. Ma voix *portait* bien plus loin. Jamais elle n'avait été si forte. Je crus qu'il s'agissait d'une illusion de mon esprit. Je continuais la tirade :

" *Le Vice, comme la robe de Déjanire, s'est-il si profondément incorporé à mes fibres, que je ne puisse plus répondre de ma langue, et que l'air qui sort de mes lèvres se fasse ruffian malgré moi ? J'allais corrompre Catherine. – Je crois que je corrompais ma mère, si mon cerveau le prenait à tâche ; car Dieu sait quelle corde et quel arc ont tendus dans ma tête, et quelle force ont les flèches qui en partent. Si tous les hommes sont les parcelles d'un foyer immense, assurément l'être inconnu qui m'a pétri a laissé tomber un tison au lieu d'une étincelle, dans ce corps faible et chancelant... "26*

Je me suis arrêté là, rempli du sentiment bizarre que les paroles de Lorenzo m'étaient applicables. Mon public, la troupe du rouquin, semblait figé, terrassé par la scène que je venais de jouer. Puis tous semblèrent reprendre vie et les applaudissements fusèrent. Le rouquin (j'appris plus tard qu'il s'appelait Edouard Le Breton) était ébahi et n'avait pas encore esquissé le moindre geste.

- Votre voix, dit-il enfin, que lui avez-vous fait ? Il me semblait que vous n'aviez pas fait une grande carrière à cause d'elle ? Pourtant elle est somptueuse !

Lui aussi avait donc remarqué. Ce n'était pas un fantasme de mon esprit ! Je rougis et ne sus répondre tout de suite, puis j'inventais une absurdité.

- C'est une nouvelle tisane venue des colonies indiennes. Elle a des vertus spéciales qui raffermissent les cordes vocales.

La pièce fut représentée le 13 juillet 1899 et connut un grand succès. La critique théâtrale s'intéressa de nouveau à moi et Emile Faguet se rappela à mon bon souvenir. Sa chronique fut élogieuse :

" Bien que les acteurs environnant l'excellent monsieur Ambrose soient d'une médiocrité à préférer s'exiler chez les esquimaux plutôt que de les écouter et regarder jouer, la pièce est magnifique. Monsieur Ambrose, que nous avions perdu de vue depuis quelque temps revient avec, semble-t-il, une nouvelle voix tout à fait remarquable et qui lui permettra d'aborder les grandes salles, enfin, et ce n'est que mérite ! Ce grand acteur a travaillé sa voix, et il paraît fin prêt pour la gloire qu'il se doit d'avoir. Il est remarquable de le voir porter ainsi la pièce de Musset à bout de bras. Monsieur Ambrose est incontestablement le meilleur Lorenzo que j'ai jamais vu. "

La renommée revenue, j'étais une nouvelle fois demandé partout. Les grands théâtres, dont le Voltaire, me courtisaient et

---

26 les deux extraits : acte IV, scène 5

me relançaient sans cesse. Dans la foulée, je quittais ma misérable chambre et récupérais un appartement dans la rue de
Vaugirard, qui restait ma rue parisienne préférée. J'y reprenais
mes vieilles habitudes, telle celle d'aller au " Petit Guingamp "
tous les matins, déguster un chocolat chaud. Mes goûts de luxe
s'emparaient à nouveau de moi.

La vie est parfois comparable à un cercle. Un jour vous
êtes en haut, un autre vous chutez, vous n'êtes rien, mais vous
continuez de tourner en rond. Je me retrouvais dans une période
faste, comme je n'en avais jamais connu, et je me demandais si
la chute ne serait pas plus terrible que la précédente. Si chute il
y avait, ce que, évidemment, je ne désirais pas. Mais ma fulgu-
rante ascension avait quelque chose d'anormal, j'en étais pleinement conscient. Plus j'y pensais et plus mon esprit, en proie
à une angoisse pernicieuse, revenait à l'épisode du feuillet
caché dans la tranche du Verne. Et l'oiseau, cet étrange signe…
Il planait toujours au-dessus de ma tête. Parfois, je le voyais, en
passant dans une ruelle, perché sur un lampadaire, suivant de
ses yeux effrayants mes pas sur la chaussée. Au parc, il volait
d'arbre en arbre, guettant, au fur et à mesure, mon passage dans
l'allée sablonneuse. Je me disais que je me faisais des idées,
que je tentais de chercher une solution acceptable à la mue profonde de ma voix. Je rendais l'oiseau responsable de ma résur-
rection, ce qui me paraissait souvent si irréaliste que j'en riais.

Parallèlement, je fis mon retour dans les soirées et cock-
tails de la haute-société. Tous les jours, je recevais de nouvelles
invitations, d'un politicien en quête d'une figure publique pour
soutenir ses actions, d'industriels, de couturiers, d'académi-
ciens etc… J'y répondais rarement positivement. Cependant,
vers la fin du mois de novembre 1899, je reçus une invitation à
dîner de Maître Malot lequel, dans sa lettre, me priait de le pardonner de m'avoir si longtemps négligé. Malot était au
paroxysme de sa popularité. Sa tendance à aider les braves gens
du petit peuple lui avait donné une cote exceptionnelle. Je
savais que son attitude était on ne peut plus hypocrite car Malot
tissait, d'années en années, un ouvrage raffiné et subtil ayant
pour finalité de l'amener à une grosse carrière politique. Il était
en passe de réussir son pari. Personnellement, j'étais devenu
une sorte de symbole, le symbole de celui qui avait réussi après
avoir traversé une période d'extrême pauvreté. M'inviter chez
lui revêtait donc pour Malot d'un jeu politique qui ne ferait
qu'asseoir encore plus sa position de *gentleman*. L'attitude de
Malot m'agaça profondément et je pris parti de refuser son invi-

tation.

Mais lorsque je vis la liste des invités, je changeai d'avis.

Malot m'envoya un de ses fiacres personnel. L'attelage était magnifique, composé de purs sangs comme on en voyait peu à Paris. Le cocher vint m'ouvrir la porte et je grimpais à l'intérieur, fort confortable par ailleurs. Le trajet fut aussi morne que la dernière fois, à ceci près que j'étais pressé d'arriver chez Malot. Ce qui n'était pas le cas lorsque Délancourt et moi avions été invités. La nuit commençait à tomber sur Paris, et les lampadaires avaient été allumés. Le " carrosse du Roi Malot ", comme je le nommais avec une pointe d'ironie, ne s'arrêta pas une seule fois en cours de route et bientôt, nous arrêtâmes devant la Résidence Malot, qui ne semblait pas avoir changé depuis toutes ces années. Le cocher me conduisit jusque la porte. Je frappais et, sans surprise, William le majordome, l'ouvrit aussitôt, effectuant son éternelle révérence qui, avec le temps, devait lui donner bien mal au dos.

- Veuillez me suivre, monsieur.

Il me mena tranquillement vers la salle de réception et m'annonça. Toute l'assemblée se leva et je fis le tour de la table, baisant les mains des Dames, serrant celles des hommes. Je fus installé en milieu de table, coincé entre une grosse dame acariâtre et l'homme que je désirais tant rencontrer à nouveau, dont j'avais vu le nom apposé sur la liste des invités : Arthur Machen.

- Mon cher Ambrose, je suis ravi de votre visite ! s'écria joyeusement Malot.

Je lui répondis une politesse et il me présenta tout le monde. Mais je n'y fis pas trop attention, car seul Machen m'intéressait réellement. Le repas fut agréable, malgré l'hostilité que je ressentais envers Malot et la plupart de ses invités. Après le dîner, nous passâmes dans le fumoir, entre hommes, tandis que les femmes papotaient sur la terrasse. Le comte de Lauzet nous bassina une longue demi-heure sur ses problèmes de chiens de chasse et je faillis m'endormir à plusieurs reprises. Je me retins tout de même, attendant patiemment de pouvoir discuter en tête-à-tête avec Machen.

Ce moment vint enfin lorsque nous sortîmes du fumoir. Je prétextai d'avoir la gorge prise et me dirigeai vers la terrasse, que les femmes avaient évacué depuis longtemps, battant retraite dans le petit salon style rococo, duquel sortait une désagréable odeur d'encens. A mi-chemin, je me retournai et apostrophai Machen :

- Voulez vous m'accompagner, monsieur Machen ? J'ai cru remarquer que le cigare vous faisait tousser, vous aussi ?

- Ce sera avec grand plaisir, monsieur Ambrose, répondit-il, vaguement surpris par ma requête.

Il me rejoignit et nous nous éclipsâmes sur la terrasse, à l'abri des oreilles et des regards indiscrets. Nous nous accoudâmes à la balustrade en fer. Un moment, nous gardâmes le silence, je ne savais pas par où commencer. J'étais vraiment gêné car ce que j'avais à dire à Machen sortait de l'ordinaire et la peur instinctive d'être pris pour un fou me tenaillait l'esprit. Il me sauva la mise en engageant le dialogue.

- Je me souviens très bien de vous, Ambrose, vous étiez déjà ici la dernière fois que je suis venu chez Malot. Vous ne donniez, d'ailleurs, pas l'impression de beaucoup vous amuser. Exactement comme ce soir. Ce genre de soirées vous ennuient-elles ?

- Assurément, Machen, ce n'est pas réellement mon monde. J'ai toujours dans l'idée que je ne suis pas à ma place.

Ma réponse eut pour effet de déclencher un rire franc chez le Gallois.

- Je ne suis pas loin de rejoindre votre avis. Je suis là uniquement pour contenter ce cher Malot. Il me voulait absolument ! Je ris parce que je dois bien être le seul ami qu'il a invité ce soir. Les autres ne sont là que pour soigner son image. Pour vous, c'est la même chose.

- J'en ai conscience, Machen. Mais je ne suis pas venu ce soir pour contenter Malot. Je me fiche pas mal de Malot. En fait, je suis venu pour vous voir.

- Pour me voir ? J'en suis flatté mais... avez-vous donc une raison spéciale de vouloir me parler ?

- Oui, en effet.

J'expirai profondément et me lançai :

- Si je me rappelle bien, vous êtes un expert de l'étrange ?

- On peut dire cela, j'en conviens.

- Puis-je vous faire confiance ? Pouvez-vous me promettre de ne répéter à personne ce que je vais vous dire ?

- Vous m'intriguez, Ambrose... mais si vous désirez une promesse, alors je vous la donne. Vous pouvez placer en moi toute votre confiance. Il n'y a aucun problème.

Alors, j'ai raconté toute mon histoire à Machen, qui ne me coupa pas une seule fois, haussant seulement parfois les sourcils, ou écarquillant les yeux. Il ne parut pas me prendre pour un fou et, lorsque mon récit fut achevé, il soupira longuement.

- Ce que vous me dites là est bien extraordinaire, cher Ambrose. S'il s'agit de la vérité, ce dont je ne doute pas, c'est de loin l'histoire la plus étrange que l'on m'ait conté. Mais je ne vois pas en quoi je puis vous être utile malheureusement...

- N'avez-vous jamais eu vent de cas semblables ? Ne savez-vous pas quel Dieu fabuleux a pu me faire un tel don ?

Machen garda le silence. Je crus qu'il ne voulait pas me répondre, mais en fait, je vis, aux rides qui plissaient son front dégarni, qu'il réfléchissait. J'attendis un petit moment, sentant la brise s'écraser sur mon cou, me donnant une désagréable chair de poule. Puis il se tourna vers moi et me dit, d'une voix posée (sans doute ne voulut-il pas m'alarmer à ce moment là) : " Vous savez, les légendes sont parfois un peu obscures et nous viennent d'âges ténébreux où les hommes avaient peur de tout ce qui était divin. Les Dieux ne font jamais de cadeaux " gratuits " et demandent toujours une contrepartie. Enfin, c'est ce que je pense, dans le cas précis où il s'agit d'un dieu païen dont l'essence remonte au début des temps. Cette écriture spiralée que vous avez évoqué ne me rappelle rien de connu. J'en déduis que c'est très ancien... ou très récent. Mais, après tout, ce peut être un dieu bénéfique auquel vous avez à faire... Je ne saurais vous dire, car très peu de gens vivent des expériences comme la vôtre. On ne peut pas effectuer une analyse précise du phénomène. "

Le fatalisme que suggérait la voix de Machen acheva de me convaincre de son impuissance face à ce qui m'arrivait. Je me dis que si Machen ne pouvait m'être d'aucun secours il était inutile d'insister et de prendre ma nouvelle voix comme si elle était naturelle. Ne pas chercher à comprendre. Peut-être, me dis-je, les réponses me parviendraient d'elles-mêmes. Peut-être fallait-il seulement que j'attendisse.

Le reste de la soirée me parut totalement irréaliste, et lorsque j'y repense, je me demande comment j'ai pu accepter de participer à ces jeux érotiques. Lorsque nous rejoignîmes les autres, Malot nous conduisit tous dans une pièce, qui aurait pu être un grand salon, recouverte d'un immense tapis oriental aux couleurs safranées, décorée de gravures très explicites ainsi que de nombreuses statues représentant des divinités grecques comme Pallas et Apollon ou encore Bacchus. Les femmes étaient déjà là, couchées sur des matelas de coussins brodés et satinés, certaines s'embrassant fougueusement dans le cou ou sur les lèvres ; d'autres femmes, que je n'avais pas encore vu, habillées de robes de soies rouges ou noires, fumaient de l'opium et buvaient en prenant soin de laisser du liquide couler le long de leur menton. A ce moment, une d'entre elles se levait et venait lécher l'alcool de façon fort sensuelle. Je compris qu'il devait s'agir de catins payées par Malot. Il y en avait même une, un peu à l'écart, obèse, nue, à la chair blanche et molle, jouant dans un coin avec un chat ; ses yeux révulsés et son visage pâle montraient très clairement que les substances oniriques avaient déjà eu raison d'elle.

On me donna de l'alcool, un peu d'absinthe ; je ne voulus pas boire mais deux catins s'approchèrent de moi, me tinrent les bras. Elles me forcèrent à ouvrir la bouche et à ingurgiter ce que je considérais comme un poison. Le goût ne me déplut pas et je sentis monter en moi une certaine euphorie. La pièce commençait à s'embrumer sous l'effet des cigares et de l'opium, voire du haschich, je ne savais pas au juste de quoi il s'agissait. Tout ce dont j'étais sûr, c'était d'en avoir fumé.

Machen avait subi le même sort que moi. Il était déjà nu, et l'obèse s'affairait – ou s'affaissait ? - sur lui. Je ne pus retenir un petit rire, pensant que la grosse femme allait l'écraser sous son poids. Malgré tout, la situation ne semblait pas lui déplaire et je le vis malaxer l'énorme poitrine imbibée d'une huile qui faisait luire la peau.

Lauzet, Malot et quelques autres avaient rejoints leurs femmes, mais ils inversèrent leurs couples, prenant chacun la femme de l'autre. Malot faisait preuve de bravoure avec l'épouse de Lauzet, car elle était bien laide, et entre ses seins un gros grain de beauté, s'apparentant plus à une verrue, gâchait tout le plaisir de l'amant éventuel.

Sans que je m'en rende compte, je fus moi aussi déshabillé, mis à nu comme on met à mort, sauvagement ; je fus griffé, lacéré par les ongles déments des deux prostituées, mais je ne sentis rien, car la drogue ou l'alcool m'avaient complètement insensibilisé. Elles m'apparurent comme deux succubes, ensorcelées par un désir de chair incontrôlable. Cela me galvanisa, et je sentis que mon sexe durci ne voulait plus qu'une seule chose : passer à l'acte. Néanmoins, les deux diablesses n'étaient pas pressées et jouèrent avec moi un long moment. L'image de l'obèse s'amusant avec le chat me revint et je pensais que moi-même, je n'étais plus qu'un chat sans pouvoir entre des mains démoniaques. Lorsque vint l'union avec l'une des deux catins (je n'aurais su dire laquelle), je pus enfin assouvir des fantasmes que je ne croyais pas avoir jamais eu avant. Cela dura une éternité. Quand j'eus fini avec les deux femmes, je passais de partenaire en partenaire, que je ne savais plus différencier, je ne savais même plus s'ils étaient hommes ou femmes.

Je me crus prisonnier d'un labyrinthe dont chaque personne présente, hommes et femmes, était un chemin différent. Mais invariablement, le chemin s'avérait un cul-de-sac, et je repartais à zéro, cherchant désespérément une sortie bien illusoire.

Tout le monde disparaissait sous mes yeux brouillés, l'univers se liquéfiait. Les visions que j'avais de Machen, Malot ou des autres, ne me rapportaient que des images de cadavres putréfiés, aux yeux étrangement lubriques et pervers. Le visage des femmes se déformait également, se déchirait après s'être couvert de rides profondes. Puis leurs morceaux, aspirés par le sol, disparaissaient, laissant place à du vide. Il n'y avait plus que des sons, cris de douleurs féminins, d'exultation masculine, un tourbillon de sentiments et de sensations obscures entrelacés.

Et un moineau qui dansait au-dessus de ma tête, riant aux éclats.

Je sombrais dans l'inconscience.

On me ramena chez moi, du moins ce fut ce que j'en déduisais. Et cette nuit là je fis le rêve. Je me demande quel en fut le déclencheur. Mon entrevue avec Machen ou l'étrange expérience sexuelle de la soirée ? Un peu des deux peut-être ?

3.

Je sors de mon corps. Et mon esprit s'en va vers un miroir où, au centre, l'on observe comme un impact de balle. Je passe à travers le trou et soudain une vive lumière m'éblouit.

Je suis le moineau et mon vol chaotique, que tente de contrarier un vent puissant, m'envoie vers je ne sais où. J'observe de mes yeux d'oiseau un paysage déformé. Mais au fur et à mesure, ma vision devient plus nette. En bas, le sol aride, craquelé, semble être maître et seuls quelques arbres rabougris aux feuilles énormes, qu'on aurait dit grignotées par des chenilles, semblent pouvoir survivre dans cet univers. Mon vol devient plus régulier et je me mets à planer comme un vautour, mais je ne sais pas encore où se situe ma proie, si tant est que proie il y ait. Au loin, quelques monts érodés m'attirent ; ils sont sombres et esthétiques. D'une esthétique sans nom. Derrière ces monts, une lande malsaine et pauvrement habillée d'une herbe rase et jaune, semble s'étendre à l'infini. A intervalles réguliers, la lande s'arrête pour laisser place a des langues de serpent fossilisées jaillissant d'une terre craquelée de telle façon qu'elle forme des damiers aux contours irréguliers. Je survole ces endroits monstrueux, effectuant des spirales erratiques entre les langues qui tentent, dans une vision déformée par mes yeux, de me happer. Plus je remonte vers le ciel bistre, plus les langues semblent me suivre. Mais ce n'est qu'une illusion, je le sens, une illusion créée pour me faire avancer plus vite dans ce monde immatériel, ou , plutôt, irréel. *Ne suis-je pas dans un rêve après tout ? Que peut-il m'arriver dans un rêve ?*

La lande agressive s'arrête soudain, comme si elle n'avait jamais existé. La rupture est brutale et il me faut encore quelques instants, remplis par le trouble, pour visualiser le nouveau paysage qui se déroule, telle une mappemonde géante, sous le battement de mes ailes déployées. Marais et lacs odoriférants, à l'eau saumâtre et putrescente, forment une immense étendue où surgissent par milliers de petites îles noires et rocheuses, basaltiques ; parfois, de minuscules volcans vomissent une boue grisâtre et fumante. L'air devient vicié et mes yeux de moineau pleurent des larmes acides et rongeantes, irritant mon bec entrouvert, tentant d'inspirer de l'air le mieux possible. Je crois que la fatigue va bientôt me gagner, que mon vol va soudain s'arrêter, me faisant tomber comme une pierre dans la gueule baveuse d'un des volcans, de plus en plus nombreux, de plus en plus grands. Il veulent s'emparer de moi, je le sais. Mais je résiste du mieux que je le peux. Mon seul souhait serait de me réveiller, à présent. Cependant, je ne parviens pas à rompre le lien qui me sépare de mon univers. Le songe est trop puissant…

Alors que je me sens tomber, une lumière rouge m'éblouit et, une nouvelle fois, l'environnement se métamorphose, telle de la glaise qu'un potier façonnerait à sa guise. D'innombrables arbres aux feuillages cornus, à l'écorce légère rappelant la texture de la peau humaine, surgissent de terre et grandissent à une telle vitesse, que je dois bientôt éviter les branchages menaçants. Malgré tout, ma fatigue s'en est allée et mon vol se fait plus aisé, plus nerveux. La jungle ne me fait pas peur, la sourde angoisse qui m'avait envahie un moment plus tôt s'est évaporée en même temps que le paysage de lacs et de volcans. Mon esprit s'étant calmé, étant redevenu plus clair, je me rends compte que je suis le seul représentant animal de ce monde. Je trouve cette pensée saisissante, presque affolante. Je bats des ailes plus nerveusement.

Puis, dans une immense clairière coupant la jungle, et comme pour contredire cette impression d'être le seul émissaire du règne animal dans ce monde multiforme, j'entends des cris inhumains. Mes yeux se fixent alors sur une scène d'horreur : en bas, des couples humains, écorchés vifs et sanguinolents, font l'amour, si on peut nommer cela ainsi. A chaque pénétration, les femmes, aux seins en bouillie, hurlent comme des hyènes affamées. Et les hommes, eux, souffrent tant leur sexe paraît se décomposer un peu plus après chaque va-et-vient. Mais ils continuent, se délectant apparemment de cette situation. Un liquide rougeâtre jaillit brusquement du sexe d'un des écorchés et arrose la croupe maltraitée de sa compagne. Tous deux lèvent des yeux injectés de sang vers moi ; le regard de l'homme ressemble au mien. Ils se serrent l'un contre l'autre et explosent littéralement, ne laissant derrière eux que lambeaux de chair et d'os. Les autres couples connaissent un sort identique.

Mais, enfin, à mon grand soulagement, la vision s'efface.

Je vais vers mon destin, je le sais. Du coup, la jungle disparaît et je me retrouve à survoler une nouvelle plaine, dont l'herbe, jaune, longue et spiralée, tressaille sous l'effet du vent, faisant monter vers moi des sons d'une musicalité étonnante, créant une sorte d'adagio très lent prenant aux tripes. Je recommence à avoir peur, une peur insoutenable, dont je parais prisonnier à vie.

C'est alors que j'aperçois les statues géantes, effritées par l'érosion du temps et par les vents extrêmement puissants qui balayent ici la plaine. Les statues représentent des hommes et des femmes, chacun prenant une pose révélatrice, telle une femme vêtue d'un habit d'apparat, tenant un violon entre une main aux doigts fins et habiles, l'autre faisant virevolter l'archet sur les cordes de l'instrument. La vision est très belle, bien que curieusement froide, sans vie. Mais ce n'est qu'une statue, donc c'est normal. Il y a ainsi, des dizaines et des dizaines de statues, toutes représentant des artistes : musiciens avec leurs instruments, peintres avec leurs tableaux, poètes avec leur plume dans une main, et la représentation de leur muse dans l'autre, sculpteurs empoignant fermement leurs ciseaux à bois, leurs marteaux, la Lune pour le tanneur. Ces artistes semblent appartenir à toutes les époques de l'Histoire, au vu de leur tenue vestimentaire. Mon vol entre les statues géantes se continue lentement, comme si je voulais m'imprégner de chaque visage, de chaque position, éternellement.

Malgré cela, je ne m'étais pas préparé à un tel choc : une représentation de moi-même, debout, le corps arqué de façon très charismatique, paraissant, la bouche grande ouverte, déclamer des vers ou une réplique.

Doucement, frôlant de mes ailes la pierre froide, je monte le long de la statue, dont la bouche béante m'attire comme un objet magnétique. Je sais que je n'ai plus le choix, qu'il me faut aller vers ceux qui m'ont donné une voix sans égale, une voix enviée par de très nombreux acteurs. Mon cœur de moineau se serre lorsque l'ombre du gouffre se profile, et que j'y pénètre. Une lumière turquoise me saisit langoureusement, m'enveloppe d'une douce chaleur bienfaisante.

Puis une langue géante – *ma langue* – semble s'enrouler autour de moi et m'avale. Mais je ne suis pas mort, non, car je me retrouve dans une salle de théâtre, peu illuminée dans les gradins, lesquels ne sont d'ailleurs pas fournis en sièges, mais en perchoirs à oiseau. Je me pose sur l'un d'eux, au premier rang et observe la scène, sur laquelle se diffuse une pâle lumière bleuâtre. La pièce va bientôt commencer. C'est une certitude, et je suis le seul spectateur, les gradins étant aussi vides que lorsque succès et célébrité me fuyaient. L'angoisse de l'acteur, c'est cela, jouer devant une salle vide, sans substance. Je sais à présent que je ne rêve plus, que je suis ailleurs.

Les acteurs pénètrent sur la scène, déroulant leur spirale corporelle comme un tapis rouge. C'est une façon de saluer l'auditoire.

Le bas du corps redevient alors la spirale initiale, tandis que le haut mue en une forme vaguement humaine, du moins y constate-t-on une " tête " et des " bras ". Je ne vois pas d'yeux, ni de nez, ni d'oreilles.

Juste une bouche.

✳ꙮ

- *Acte I et Dernier Acte*, disent en chœur les trois êtres :

*Spirales 1, 2, 3 tournent en rond sur la scène, les mains derrière
le dos. D'un seul coup, ils se figent et regardent le moineau :*

Spirale I :
Je vois venir à nous l'univers
Un monde se rassemble et l'oiseau est là
Il a erré longuement dans les airs
Il est venu jusqu'à nous, ici à Yassina

Spirale II :
*(qui tourne autour de Spirale I, tandis que Spirale III
reste immobile, l'air songeur.)*

Nous sommes enfin unis dans l'Homme
A la frustration sans pareille
Celui qui désirait devenir comme
Certains de sa race, créateur de Merveilles.
Ceci est notre nourriture
Ceci est notre puissance
Que notre règne dure
Que nos pouvoirs restent immenses.
Le moineau danse sur son perchoir
Il se demande quelles sont nos exigences
Il se demande quels sont nos espoirs
Nous accomplirons le miracle de l'ignorance !

Spirale III :
*(il s'approche enfin des deux autres. Une aura magique
l'enveloppe entièrement. Il se tourne vers l'oiseau et le fixe de
son regard sans yeux, la bouche grande ouverte sur un gouffre
empli du néant. La lumière se tamise. Seule Spirale III reste
visible dans le décor)*

Frustration de l'homme qui ne parvient pas
A créer et à être heureux comme il est.
Tristesse de l'homme quand il marche, las
D'être un Etre sans substance, qui disparaît,
Dans l'Oubli du Temps, sans trace,
Dans l'inconscience de ses semblables,
Dont même l'âme trépasse
Pas de passé, de présent, d'avenir, immuable.
Le néant entoure ceux qui ne peuvent
Montrer aux leurs le Don de Création

Le sang de l'inconsistance les abreuve
Et de cela nous nous nourrissons !
A l'oiseau de choisir :
Veut-il voir persévérer son Don ?
Où veut-il tout simplement Mourir
Dans l'Indifférence Sans Nom ?

(*Spirales I, II et III se rassemblent et se tiennent par la main ; l'un d'eux montre du doigt le perchoir où l'oiseau s'est posé, où il écoute transi, hypnotisé, les paroles des Etres Spiralés, qui chantent en Chœur, comme dans une tragédie Grecque*)

La connaissance est le règne de la Mort
Savoir est le pire des désespoirs.
La vie sans frustration est un tort
Qui empêche de créer dans l'Illusoire.
Car nous Créons
Des Créateurs
Car nous vivons
De l'imagination, du labeur

L'oiseau s'envole, il n'en saura pas davantage
Le choix va venir bientôt
Le choix sera unique et sans partage
Que décidera l'âme du Moineau ?

(*Les spirales sortent de scène, sans plus un mot, et le Songe du Moineau est déjà loin*)

EPILOGUE

Je me suis réveillé ce matin. L'horloge sonnait les huit heures. Je me suis lavé, habillé, et je suis sorti.

Comme tous les matins, je suis allé boire mon chocolat au " Petit Guingamp ", rue Vaugirard. Comme tous les matins, j'ai lu *Le Soleil*. Emile Faguet y parlait de ma dernière prestation. En bien, comme toujours.

Le soir même, une nouvelle représentation m'attendait. Je jouais *Palanska* de Jules Verne.

Ma voix sera parfaite, et un cortège de louanges suivra mes pas partout où ils m'enverront. Car je suis un Créateur désormais. Et un jour on m'érigera une statue.

Je suis dans l'allée du Parc Montparnasse et je réfléchis silencieusement, donnant parfois un coup de pied dans de petits cailloux qui jonchent le sol sablonneux.

Mon choix est fait…

Soudain, un moineau s'envole, en faisant bruire les feuilles d'un vieux chêne, dans un cri informe. Et il disparaît bientôt, sous mes yeux humides et mon cœur rongé par l'incertitude. Je sens l'univers basculer autour de moi, osciller entre le bien et le mal, entre la peur et le courage, entre l'espoir et le désespoir. La connaissance et l'ignorance.

Je soupire.
J'ai peur du jour où je ferai ma dernière représentation. Du jour où j'entendrai le son de ma voix pour la dernière fois.

Mais *mon* choix est fait.

© Xavier Dollo

Lucifer opiomane

Léa Silhol

Léa Silhol, aujourd'hui éditrice et écrivain, a passé toute son adolescence avec les livres d'Oscar Wilde à son chevet. Il était presque naturel qu'elle fasse, dans ses années universitaires, du dandysme et de la société décadentiste l'un de ses principaux sujets de recherche. Le second étant les différentes mythologies de la chute des anges dans la Bible. Et rien d'étonnant, en somme, à ce que les deux sujets se retrouvent étroitement mêlés dans cet hommage avoué aux valeurs des dandies. Ce texte a été toutefois, précise-t-elle, écrit grâce à deux accessoires indispensables : un exemplaire du «A rebours» de Huysmans dans l'édition Charpentier (pour y appuyer son coude) et un flacon du parfum Opium, qu'elle portait alors assidûment (pour en respirer les vapeurs en guise d'éther ?). Comme c'est curieux...

Paru pour la première fois dans le Codex Atlanticus n°5, Editions La Clef d'Argent, 1998

Paru pour la première fois dans le Codex Atlanticus n°5, Editions La Clef d'Argent, 1998

Un soir de brume tiède alors que j'avais trop bu ou trop pensé, un soir où trop de lectures illicites m'avaient troublé l'esprit, il me vint le désir soudain de rencontrer le diable. Lorsque je dis: «soudain» je n'exagère en rien. J'étais occupé à de plaisantes rêveries sans aucun rapport avec le prince des ténèbres et puis, d'un seul coup, l'idée fut là. J'en fis spontanément le rapport à l'ami avec lequel je passais cette soirée chez moi, en la galante compagnie d'une bouteille d'absinthe. Il rit et déclara que je devrais ôter Melmoth de mon chevet, qu'assurément mon cerveau fatigué de tout en venait à imaginer d'étranges fantasmes. Je ne répondis pas à ses affectueux sarcasmes, tout occupé à retourner en tous sens mon singulier caprice. Bien après que mon ami ait pris congé en me reprochant mon air maussade je parcourai les pièces de mon appartement, en proie à une excitation indicible. En vérité, je veillai fort tard cette nuit là, incapable de me défaire de ma lubie, et elle ne manqua pas de tourner à l'obsession. S'étant arrêté sur ce projet mon esprit véloce se mit en demeure de trouver un moyen d'assouvir son désir. Fébrile, je retournai à l'envers les quelques crucifix que je possédais et, bien que me sentant quelque peu ridicule d'accomplir de telles momeries, j'en ressentis une exaltation telle que mon cœur se mit à battre la chamade, Je suppliai alors l'Ange Noir de m'apparaître, songeant, tout en débitant mes prières à l'opportunité d'une telle rencontre. Une discussion avec Satan ! Ce devait être là un instant magistral. Songez y un peu: débattre du sens de la vie avec le Grand Maudit, l'être qui avait défié lé Créateur. Quelle sublime entité se devait être là ! Que ne donnerai-je pour ce moment unique ? Désespéré par l'idée de ne pouvoir accéder à mon rêve, enfiévré par mes propres élucubrations je passai la nuit à prier à ma manière: lisant à haute voix les rimes de mes poètes préférés, dédiées à la gloire du Prince des Ténèbres. Je finis par m'effondrer, exténué, aux premières lueurs de l'aube .

Le lendemain matin, étonnamment, l'obsession persistait. Je passai donc les quelques semaines qui suivirent dans un état de nerfs indescriptible.

Mes amis me firent reproche de ma méchante humeur et je finis par les éviter, me réfugiant dans une solitude propice à de noires rêveries.

C'est ainsi qu'un beau soir de pluie j'entrai, seul, dans une fumerie d'opium où j'avais, quelques années auparavant, mes habitudes. Le lieu n'avait rien de reluisant, il faut l'admettre, et je ne le fréquentais plus depuis belle lurette. J'ai toutefois souvenance qu'en un temps je me suis délecté aussi -pour ne pas dire: surtout- de ses aspects les plus sordides. En pénétrant dans l'avant salle je lançai aux alentours ce regard avide qui nous échappe souvent lorsque nous revenons dans un lieu où nous n'avons pas été depuis longtemps. Une étrange émotion me serra la gorge alors que je me glissai dans l'arrière salle de l'estaminet. Il me sembla rajeunir de plusieurs années et je considérai avec indulgence et quelque nostalgie cette image de moi même tel que j'étais alors.

L'arrière salle, la fumerie à proprement parler, n'avait pas changé. J'y retrouvai le même parfum âcre, la même atmosphère décalée du réel. Je balayai des yeux la salle à peu près déserte, habité par de sinistres pensées quant à ma présence en ces lieux, lorsque j'aperçus, allongé sur une ottomane appuyée le long du mur qui me faisait face, dans une petite alcôve, un jeune gentleman. A peine mes yeux se furent-ils posés sur lui que je ne puis plus les en détacher tant toute sa personne était extraordinaire. C'était un languide jeune homme aux attitudes d'odalisque, à la majesté d'ange d'autel. Il portait un habit d'un incroyable raffinement, fait pour parer un Brummel. Sa redingote à amples basques était négligemment posée au pied de l'ottomane, gardant prisonnière dans ses drapés le geste désinvolte qui l'avait jetée là, et son possesseur exhibait avec une morgue superbe un gilet de velours damasquiné d'un pourpre vénéneux ; la cravate était nouée superbement, fière du moindre de ses plis, et son pantalon portait en sa perfection la signature du seul tailleur qu'un lion digne de ce nom ne saurait ignorer. A son poignet gauche, fin et délicat comme une branche de corail, il arborait six bracelets d'argent gravés, note insolite accordée à l'étrange couleur de son gilet et qui soulignait avec brio la sobriété parfaite de sa mise. A l'instant où je le vis il se trouvait allongé sur le dos, son épine dorsale cambrée épousant le galbe de sa couche, la tête rejetée en arrière dans le vide. Son profil était d'une pureté incroyable à la lueur blafarde des chandelles et sa chevelure, d'un noir d'ébène, rappelant les bannières de crin des étalons andalous, retombait jusqu'au sol avec un mouvement de cascade, ses derniers ruissellements effleurant les lattes du parquet. Son genou gauche était relevé dans une attitude d'abandon insolent et sur ce genou s'appuyait, fanfaron le poignet aux six bracelets que couronnait une main d'albâtre, aux longs doigts ciselés par un graveur d'Asie; une main aux longs ongles, paume en dessus et retenant légèrement, comme sans y penser, une pipe aux couleurs criardes. Alors que je contemplais ce tableau, saisi d'admiration, le jeune homme se retourna lentement, d'un mouvement félin, et s'appuya sur un coude, la tête dans sa main. Je reçus la vision de son visage comme un soufflet. Il avait un front haut, empreint de noblesse, que délimitaient les arcs parfaits des sourcils; ses pommettes étaient hautes et s'il eut été plus mince -et il l'était déjà un peu trop- elles eussent paru exagérément saillantes; son nez était ciselé avec un talent d'orfèvre, avec des ailes presque transparentes qui semblaient palpiter au moindre souffle et sa bouche, dessinée à la perfection, opposait le pli ferme, quelque peu boudeur, de la lèvre supérieure à la rondeur de fruit légèrement creusée en son milieu de sa sœur inférieure ; le menton était à la fois doux et volontaire, marqué de l'amorce d'une fossette insolente. Dans l'écrin de ce visage les yeux de jais liquide flambaient comme deux diamants noirs, graves et moqueurs à la fois; curieusement étirés vers les tempes et semblant marqués du sceau d'une éternelle ironie, ou d'un secret dégoût. C'était là, indiscutablement, une figure d'une beauté surnaturelle, faite pour être peinte par un Moreau et non pour couvrir l'âme d'un mortel. Seul un détail insolite déparait, et pourtant en un sens sublimait cette beauté d'outre monde : au milieu du front au teint de nacre s'étirait, une curieuse cicatrice aux angles éclatés, figurant parfaitement le tracé d'une étoile. Le jeune homme sourit et alors, en un éclair, je le reconnus pour ce qu'il était... et je sus que cette cicatrice radieuse n'était autre que celle laissée par l'émeraude tombée de son front lors de sa chute du ciel ! Je chancelai légèrement, ébranlé par la révélation que je venais de subir mais ne mettant pas un instant en doute l'impossible hasard qui me mettait en présence, en un tel lieu, d'un si auguste compagnon. Avec un sourire indéchiffrable celui-ci m'invitait d'ailleurs, d'un geste gracieux, à prendre place sur l'ottomane faisant face à la sienne et, m'empressant d'accepter, je n'eus pas l'occasion de réfléchir plus longuement aux étonnantes circonstances de notre rencontre. Je m'assit donc face à lui et, encore trop hébété pour éprouver joie ou même respect, je le dévisageai sans vergogne. Il se prêta à mon examen avec complaisance, me laissant le dévorer des yeux tout à loisir. Je parvins enfin à balbutier

« J'ai tant rêvé cette entrevue, j'ai tant prié en vain que je n'espérais plus être exaucé.

- Vraiment? répondit-il d'une voix d'une incroyable douceur, une voix à la fragilité diaphane de cloche de cristal caressée par le vent; et pourtant empreinte de tant de calme puissance qu'elle volait le souffle de celui qui l'entendait.

- Vraiment ? Reprit-il d'un air songeur, je n'entends que rarement les prières qui me sont adressées, et ne les exauce jamais.

- Mais vous voilà, cependant, soufflai-je, interdit

- Pur hasard, mon ami, sans vouloir vous peiner ; j'ai

entendu votre voix me lisant des poèmes, il est vrai. J'y ai pris plaisir. J'ai la faiblesse de sentir mon orgueil flatté par ces vers de Baudelaire ou de Gilkin que vous affectionnez. Vos charmantes séances de lecture ne sont pourtant pour rien dans notre rencontre, croyez-le bien. Tout ce que vous y aurez gagné, c'est le pouvoir de me reconnaître, et ce n'est pas à dédaigner. Songez-y : sans cela, vous m'auriez pris pour un Dorian Gray de plus, voilà tout !

Il eût un geste désinvolte et porta la pipe à ses lèvres, aspirant la fumée en plissant légèrement les yeux, de l'air d'un chat que l'on caresse.

- Dois-je comprendre, continuai-je avec prudence, que vous avez vos habitudes en notre société et que je ne bénéficie pas, ce soir, de l'immense chance de vous rencontrer lors de l'une de vos rares apparitions parmi nous ?

Il eût un petit rire voilé qui me fit frissonner tant s'y mêlaient étroitement la chaleur et la glace

- Mais, mon cher ami, je vis parmi vous depuis bien longtemps ! Où croyiez vous donc me trouver? Dans une capitale souterraine peuplée de flammes et d'âmes hurlantes, accompagné d'une escorte de démons cornus à la chair écarlate ? Allons donc !

- Rien de cela n'est donc vrai ?

Lucifer leva les yeux, marquant une pause alors que le tenancier m'apportait une pipe préparée et qu'il déposait entre nous deux, sur une table basse, un bassin de porcelaine rempli d'eau parfumée. Lorsque l'homme, avec force courbettes, se fût retiré, mon compagnon poursuivit en me regardant allumer ma pipe

- Rien de rien. On me nomme Prince de ce monde, n'est-ce-pas ? Ceci aussi est sujet à caution mais ne nous y attardons pas ; à supposer que je règne sur le monde matériel, comment supposer que j'établisse mon trône à ses antipodes? Aurait-on déjà vu souverain plus stupide ? Nul ne peut être roi s'il règne hors de ses terres. Il ne peut alors qu'être un fantoche. Non, mon royaume n'est pas dans les entrailles de la terre, dans un Enfer brûlant aux allures sulfureuses, calqué sur le modèle de la forge d'Hephaïstos. Si j'avais du avoir une retraite de cet ordre elle aurait d'ailleurs pris les traits d'un chaos de glace et non ceux, absurdes, d'un volcan.

- Vous vivez donc parmi nous comme un homme ?

- Pour accepter cette définition il faudrait supposer que les hommes vivent comme ils se devraient de vivre, ce qui est, de toute évidence, faux. Disons donc que je vis, moi, comme chaque être humain le devrait ; que je vis en ce monde comme le seul homme véritablement digne de ce nom. Mais, quoi qu'il en soit, je vis parmi vous, oui. Que voulez-vous, je suis un animal de société. Je me nourris des plaisirs que le monde peut offrir et, de par ce fait, suis attaché aux lieux où on les trouve : vos cités.

- Les seuls vrais plaisirs sont-ils donc exclusivement urbains ?

Il accueillit la question d'un de ces gestes exaspérés que l'on a pour chasser un insecte importun, exprimant l'évidence de la réponse.

- Existe-t-il des plaisirs hors de ceux-là ? Eh, quoi, les joies ineffables de la nature ? Allons, je sais que vous les méprisez autant que moi, ce qui vous place d'emblée parmi les gens de goût. Rien n'a de valeur hormis ce que l'on créé ! Que me parle-t-on de naturel ? Aimer le naturel, c'est aimer la facilité, c'est n'avoir ni la force ni le talent d'inventer quelque chose de nouveau. Pire : c'est manquer d'imagination. Non, croyez-moi, il n'existe pas de plaisirs naturels, il n'existe de vrais délices que dans le kaléidoscope de l'artifice. Et moi, voyez-vous, rien d'autre ne m'intéresse que le plaisir. Je vous vois étonné. Pourquoi cela ? Parce-que je suis supposé mener une guerre immémoriale contre Dieu, chercher à lui arracher des âmes pour que nous puissions, le jour venu, compter le nombre que chacun de nous aurait amassé, comme des joueurs de whist comptent les points en fin de partie ? Allons donc ! Ce serait une partie gagnée d'avance, puisque Dieu impose des lois iniques, inhumaines, auquel nul être ne saurait éviter de manquer et que moi, au contraire, je permets tout. Songez donc au nombre d'âmes qui finiraient dans mon fief ! Non, il y a bien longtemps que je ne daigne plus faire à Dieu l'honneur de livrer bataille contre lui.

- Mais alors, osai-je demander, toutes les âmes finissent donc au ciel ?

- Certes non, affirma laconiquement mon auguste compagnon en soufflant de longs bandeaux de fumée.

- Alors, que deviennent les âmes qui se tournent vers vous ?

- Elles restent en possession d'elles-mêmes, déclara-t-il lentement de sa voix très douce, comme on énonce patiemment une évidence à un enfant buté.

- Ne vous appartiennent-elles donc pas.?

- Pourquoi renieraient-elles la dictature de Dieu pour retomber sous un autre joug ? Ce serait là, vous l'admettrez, faire preuve d'une singulière stupidité. Non, en vérité, ceux qui se tournent vers moi ne font que se tourner vers eux-mêmes. Ils y gagnent l'abolition d'un lien haïssable, l'affranchissement de leurs âmes tenues en esclavage.

- La liberté absolue soufflai-je, en proie à une vision extatique, et Lucifer acquiesça, continuant doucement :

- Et ils y perdent la protection d'un père tout puissant, la sécurité que donne l'irresponsabilité de l'obéissance. Ils deviennent totalement responsables de leurs actes et de leurs désirs, donc vulnérables et seuls. Cette solitude est terrible.

- N'est ce pas ce que nous recherchons tous ?

- N'est-ce pas là, au contraire, ce que chacun de vous fuit ? Que croyez-vous donc que les hommes recherchent dans la piété, sinon l'abandon total de la responsabilité de leur existence entre les mains d'une autorité supérieure ?

Saisi d'une idée soudaine, je demandai vivement :

- Mais, vous même, ne désireriez-vous pas devenir le second père de ces rebelles à Dieu ? Un père compréhensif qui les guiderait vers un meilleur entendement de leur être et de leur mission sur terre ?

Il pencha gracieusement la tête de côté

- Et pourquoi souhaiterai-je cela, s'il vous plaît ?

Je restai interloqué.

- Eh bien, ma foi, pour détrôner un Dieu incapable, pour donner à l'espèce humaine un meilleur destin.

- Pour le pouvoir, voulez-vous dire. Non, vraiment, sans façons. D'autre part, pour que votre discours soit valable, il faudrait que l'humanité soit investie d'une mission, et ceci est faux. Chaque être est investi de la mission qu'il se donne, et cette quête n'a de valeur que pour lui. Il en est de même pour le destin. Il n'existe aucun destin, monsieur. Le destin est le nom que donnent les hommes faibles à leur incapacité.

Je le contemplai, médusé, en oubliant de tirer sur ma pipe, songeant à quel point il était différent de tout ce que j'avais pu imaginer et de tout ce qu'avaient dit, de tous temps, les hommes à son sujet. Je me risquai à lui demander :

- Et quelle est la mission de votre existence à vous ? Car, assurément, vous ne sauriez fonctionner sur ce modèle ?

Il haussa les épaules et soupira.

-Je n'ai pas de mission, mon ami, je n'ai que des rôles. L'humanité, après Dieu, a fait de moi un symbole. Mais elle n'a fait de moi que le symbole qu'il lui plaisait que je représente. Ceci n'a rien à voir avec moi, en vérité. Certains ont vu en moi le» Prince du Mal», d'autres le «Grand Révolté». Billevesées ! Je ne suis pas taillé pour être un Maître des Ténèbres. Le Bien comme le Mal sont les cadets de mes soucis. Ce ne sont là que notions abstraites, et je les abandonne volontiers à ceux qui y croient. Ces valeurs auraient-elles une valeur absolue, même, qu'elles ne pourraient fixer mon attention.

- Le bien et le mal n'existent donc pas, à vos yeux?

- Ah, mais si ! Le bien est ce qui est agréable, et le mal ce que l'on subit sans plaisir. Car telle est la seule mission que je me reconnaisse : l'exploration systématique du plaisir. En vérité, ajouta-t-il avec un sourire narquois, je suis un diable très humain !

Encore une fois l'incongruité de sa présence en ce lieu, une pipe d'opium à la main, insolent et paradoxal comme un dandy, me frappa. Je lui en fis la réflexion et il partit d'un éclat de rire aussi doux que sa voix. Je frissonnai au contact de ce rire comme sous la caresse du vent, réalisant confusément que le charme implacable de cette voix résidait dans l'imperceptible fêlure qui en éraillait la suavité. Il évoqua à mes yeux, l'espace d'un éclair, ces vases orientaux anciens dont on est d'autant plus épris que leurs formes exquises sont sillonnées par la marque imperceptible d'un réseau de lézardes. Il sourit énigmatiquement, comme lisant mes pensées, et l'impression de gigantesque puissance qu'il dégageait, altérée par cette fragilité apparente, le rendait irrésistible. Je l'interrogeai alors sur ses pouvoirs.

- Ah, fit-il, une étincelle dans les yeux, mon Pouvoir ! Le seul pouvoir que je possède est celui de l'indifférence. Voilà : je ne suis en réalité que le «suprême indifférent». La capacité de n'être jamais affecté par rien est une force immense, peut-être même la seule digne de ce nom. L'indifférence est une puissance passive : elle n'entreprend rien, ne s'investit en aucune émotion, ne se bat pour aucune cause. C'est une force qui permet, et qui permet tout. Voici mon pouvoir, je n'en possède point d'autre qui mérite que l'on s'attarde à en parler.

-Rien ne vous importe donc ? m'écriai-je.

- Je n'irai pas jusque là. En réalité je recherche partout et toujours une occasion d'être étonné. Ces occasions sont rares et lorsque l'ombre de l'une d'entre elles se profile à l'horizon, je m'en empare avec avidité. Le plaisir ! Je ne connais pas d'autre loi.

- Mais, les plaisirs des hommes, qu'est-ce pour un ange ? N'est-ce pas là une misérable pitance ?

- Vous exagérez sans doute le raffinement des plaisirs célestes, et même ceci est une preuve supplémentaire de l'infinie capacité de l'homme à rêver. Ah ! Quelle force d'imagination est la vôtre, et comme vous la dépréciez ! j'étais descendu parmi vous avec le projet de vous apprendre le plaisir. Quelle vanité ! en ce domaine vous êtes les professeurs et moi l'élève. La seule supériorité que j'aie encore sur vous c'est que moi, voyez-vous, je vais jusqu'au bout. Je n'ai aucune attache avec le quotidien, et donc aucune limitation. Il faut dire pour votre défense que vous avez à considérer le problème de la subsistance, et pas moi.

- Et la limitation du corps qui nous emprisonne. Si l'âme était seule nous ne connaîtrions pas de frein.

- Quelle est cette nouvelle folie ? Je n'ai pleuré qu'une fois aux genoux de mon Père, mon bon monsieur, et ce fut pour mendier un corps. La chair ! Il n'existe pas, hors d'elle, de volupté !

- Mais le corps des anges ! Fait de lumière et de matière ignée, éthéré, parfait.

- Parfait ? Il eut un petit rire et secoua ses longues mèches, un corps qui ne ressent rien, que rien n'émeut, qui n'a ni besoin ni désirs ! Parfait, dites-vous ? Incomplet, infirme ! Incapable d'apprécier la richesse et la diversité des goûts, d'être chaviré par quelque substance que ce soit, de brûler de désir face à un autre corps ! Un corps qui n'a d'autre plaisir que celui de chanter les louanges de son misérable créateur, la belle affaire ! Nul plaisir, nulle douleur. Songez-y ! Un corps qui vomit toute nourriture terrestre. Pauvre corps en vérité, auquel manque la riche chaleur du sang, la palette infinie des émois de la chair. L'ange épicurien est un musicien sans instrument.

- Vous voulez dire que les plaisirs de la table et ceux du vin, les joies grossières du lit, la volupté artificielle de la fumée d'opium ; tous les délires des sens que tout cela, enfin, vaut le ciel ?

- Assurément ! Sinon, pourquoi serais-je ici ? Je suis un sybarite, je vous l'ai dit. Si la terre n'offrait pas des plaisirs plus poignants que le Paradis, je serais resté parmi mes pairs à psalmodier des *Hosannae*. Il est du devoir de Dieu (qui a investi en entier le peu d'imagination qu'il ait jamais possédé dans la création) de laisser croire aux hommes que rien ne vaut le Ciel, sinon son havre serait vide. Et il est dans la nature des hommes,

dont l'esprit délirant toujours rêve d'un monde meilleur, d'idéa-
liser la fleur de chardon qui pousse dans le champ du voisin
parce que son pré à lui est vierge de chiendent.

Disant ceci, Lucifer prit une nouvelle pipe des mains du
tenancier et tira la première bouffée avec une expression de
suprême gourmandise.

- Vous parlez de pouvoir, reprit-il, eh bien le pouvoir et le
plaisir vont ensemble, comme l'âme et le corps. Vous vivez
depuis toujours enfermés dans le mensonge de Dieu. Dieu interdit subtilement le plaisir parce que l'homme qui s'y adonne en
vient immanquablement à rechercher le pouvoir. Et qui
recherche le pouvoir finit toujours par l'obtenir. Car enfin,
qu'est-ce que le pouvoir sinon la possibilité d'assouvir tous ses
désirs sans risquer ni interdiction incontournable ni représailles
? Or Dieu déteste que l'homme gagne son indépendance. Il a
alors institué l'ingénieuse escroquerie de la morale. La morale
est ce qui permet aux hommes de se surveiller entre eux et
d'empêcher par la ligue des faibles que le fort ne se libère du
joug de Dieu. De même façon il a fait circuler la rumeur que
l'âme et le corps étaient de nature antagoniste. Ainsi ses zélotes
nient le corps, qui est par excellence l'instrument de plaisir, et
s'éloignent de la liberté. Ce divorce insensé entre le corps et
l'âme rend l'humanité malheureuse, en désaccord avec sa nature profonde, et les hommes s'en remettent, dans leur désarroi,
au créateur. Un plan irréprochable, en vérité.

- Mais, on prétend Dieu infiniment bon et miséricordieux,
on dit que du haut du ciel il nous regarde toujours en notre
misère et prend pitié de nous.

- Oui, il vous regarde en votre misère, et il rit. Car Dieu
est infiniment bon et miséricordieux pour lui-même, et il voit
que vous avez besoin de lui, ce qu'il souhaite par-dessus tout.
Dieu est un enfant capricieux qui hait la solitude et s'ennuie à
mourir. Il vous a créés pour son divertissement, et n'entend pas
que ses jouets lui échappent.

- Et vous, sachant cela, le laissez faire ?

- Moi ? Mais je suis comme lui : un superbe égoïste ! seulement je me suffis à moi même et n'éprouve pas le besoin de
me désennuyer. La révolte que j'aie mené contre Dieu, chacun
de vous ne peut-il la mener pour lui-même. Non, en vérité, vous
n'avez pas besoin de moi et c'est très bien ainsi. Vous n'avez
besoin que de vous même, allez donc vous demander de l'aide
!

- Vous avez défié Dieu et en avez pâti, pourtant vous étiez

le plus beau des anges ! Nous ne sommes que des hommes, nous n'avons pas votre pouvoir, nous n'avons pas votre force.

- Vous avez d'autres armes, que je ne possède pas. Lorsque je me suis révolté le créateur s'est dressé devant moi, dans toute sa splendeur et j'ai failli renoncer à mon projet. Vous avez la chance inouïe de ne pas avoir à l'affronter de cette manière. Il ne viendra pas se dresser devant vous avec sa voix et sa face terrible.

Lucifer frissonna et passa une main dans ses cheveux d'un geste nerveux.

- Ses menaces étaient donc si redoutables que leur souvenir vous affecte à ce point ?

- Redoutables ? Les plus redoutables qui soient ! Il est venu à moi avec une tristesse infinie dans les yeux et une voix chargée d'amour et il m'a dit : « mon fils, le plus beau de mes fils, quelle folie te possède ? On me dit que tu veux nous quitter pour jamais. Je ne puis y croire. Tu sais bien pourtant que de tous c'est toi que, depuis les siècles des siècles, j'ai aimé le plus. Quelle déception, mon enfant, infliges-tu à ton père ! «. J'ai alors, pâle et hésitant, tenté de me justifier et j'ai vu le triomphe s'inscrire sur son visage. J'ai détourné les yeux pour ne pas pleurer de dégoût. Il a dit que si je partais il m'enlèverait son amour, me chargerait d'autres chaînes, me déclarerait son ennemi à la face du monde. Alors, enfin, j'ai pu partir. Redoutable, en vérité, est le Dieu d'Israël. ! Mais vous, il ne peut venir vous trouver en vos maisons. Il ne peut vous toucher que par cette terreur d'enfant, cette solitude qui vous serre les entrailles. Mais ceci est votre combat, pas le mien.

- Vous pourriez tant nous aider en perdant si peu ! Qu'est-ce, pour vous, d'investir une goutte de votre infinie puissance en notre cause ?

Il eut un petit rire surpris

- Tenace petit avocat du genre humain ! Ne savez-vous pas que, quelque soit le charme magique que je vous offrirais, il ne vaudrait que par votre foi ?

Je restai silencieux et il se rejeta contre le dossier de l'ottomane, un étrange sourire amusé aux lèvres :

Je peux vous faire un don. Un don précieux mais qui n'aura de valeur que pour vous-même. En voulez-vous ?

- Oui, soufflai-je avec ferveur.

- Etes-vous sûr de le désirer ?

- Oh oui, bien sûr que je le désire !

Il me considéra un moment en silence puis, lentement, fit

glisser de son poignet un de ses six bracelets d'argent. Il me le tendit d'un geste désinvolte.

- Tenez, alors, prenez ceci.

Je saisis le bijou d'une main tremblante et le tournai dans la lumière, plus surpris par sa totale normalité que je ne l'aurais été par quelque manifestation extraordinaire.

- Quel est le pouvoir de cet objet ? demandai-je d'une voix mal assurée.

- Il ne possède aucun pouvoir en soi. Hormis, peut être, celui que vous lui donnerez, et qui ne peut être que celui de rendre l'impossible crédible. Mais ceci dépend de vous, alors n'en parlons plus. Vous ne fumez pas votre pipe ? ajouta-t-il d'un ton qui coupait court à toute tentative de ma part de poursuivre sur le sujet du bracelet. Je le contemplai alors qu'il tirait une bouffée du long tuyau de bois peint, les yeux dans le vague.

- Fumez-vous de manière régulière ? demandai-je impulsivement.

- De manière excessive, répondit-il avec flegme, je me suis accoutumé à cet exercice.

- Une étrange manie pour un ange déchu, toutefois.

- Un plaisir majeur, mon ami. Et encore une fois, le plaisir est ma raison d'exister. Vous semblez ne pas pouvoir vous habituer à cette idée, décidément ! Vous avez trop prêté l'oreille aux rumeurs que Dieu à fait traîtreusement courir à mon sujet, je vous l'assure. Je ne suis qu'un charmant oisif, un parfait dilettante et, si j'en crois certaines dames à l'œil innocent mais avisé : un délicieux démon.

Il eut un petit rire et me lança un regard de côté, se mordillant légèrement la lèvre inférieure de ses petites dents de nacre.

- Oh, fis-je, l'air léger. Vous fréquentez aussi les dames ?

- Mais, mon bon monsieur, la gent féminine toute entière est ma meilleure amie !

- Je crains de ne pouvoir vous suivre en cette idée : je suis quelque peu misogyne.

- Bien sûr que vous l'êtes ! Notre Père a, de tous temps, favorisé cette hérésie de l'esprit ! Les femmes ont toujours été de désobéissantes créatures. C'est pourquoi Dieu, par mesure de sécurité, les a placé sous le double joug sous lequel elles vivent. Il a assujetti les femmes à son meilleur esclave : l'homme. Dès qu'elle fut en mesure de parler la femme vous offrit la liberté, et révéla en vous le désir coupable que vous en aviez !

Il rit encore et eut un geste condescendant :

Tant que vous haïrez les femmes, monsieur, vous resterez un enfant obéissant. Moi, voyez-vous, je ne les crains pas, car depuis bien longtemps j'ai rencontré la femme en moi. En réalité on ne hait que ce que l'on craint, et ce que l'on n'aime pas chez l'autre est toujours ce que l'on craint chez soi sans vouloir se l'avouer.

- Je dois déduire de ces brillants syllogismes que si je n'aime pas les femmes c'est que je craint la part de féminité qui est en moi, je suppose.

- Tout à fait. Et pire : vous détestez sur ordre ce qui pourrait vous sauver, justement. Et toute l'ironie de la chose devient irrésistible lorsque l'on considère que vous faites partie de ceux qui exaltent le mythe de l'androgyne.

Il secoua la tête d'un air de reproche amusé et je ne pus m'empêcher de joindre mon rire au sien.

- Vous m'aurez bientôt converti, je le crains.

- Mais, pourquoi le craindre ?

Il s'étira longuement et je restai sidéré, encore une fois, par la grâce sublime de ses mouvements.

- J'ose espérer que vous resterez encore longtemps à Paris. Vivez-vous ici, ou êtes-vous seulement de passage ?

- Oh, je suis un éternel passant, vous savez. Je suis ici depuis près de cinq ans mais y suis déjà passé des millier de fois. Le temps n'a pas, pour moi, la valeur que vous lui accordez, vous devez vous en douter. Quant à rester, cela dépendra.

- Puis-je vous demander de quoi ?

Son visage prit soudain un air rêveur et il se pencha sur la cuvette d'eau parfumée déposée entre nous. Il scruta longuement son reflet dans le miroir liquide, narcisse noir marqué du sceau de l'éternité.

- Regardez dans l'eau, murmura-t-il de sa voix douce. Je me rendis à l'injonction et, lentement, il passa sa belle main aux ongles translucides au dessus du bassin. Le reflet se troubla et, l'instant d'après, renvoya l'image d'une maison sise dans une avenue que je reconnus pour être dans le quartier du boulevard des italiens. Je poussai une exclamation devant ce prodige et me penchai davantage. Je vis qu'une lumière brillait au premier étage de la maison, derrière des rideaux tirés.

- Il est des fleurs exotiques, murmura Lucifer d'une voix qui semblait venir de très loin, qui haïssent les ténèbres. Il faut, pour qu'elles poussent en beauté, recréer la lumière d'un jour d'été au cœur même de la nuit qui accueille leur sommeil. Tant que cette lumière nocturne brillera à la fenêtre que vous voyez je resterai à Paris. Et si vous me croisez en quelque autre lieu du monde, c'est que cette lumière, répondant à mes prières, m'y aura suivi.

Il garda longuement le silence, perdu dans la contemplation de l'image qu'il avait suscité à la surface de l'eau puis il se rejeta langoureusement sur sa couche et la vision s'évapora. Je lui lançai un regard effaré.

- Une femme ?

- LA femme, l'Unique.

- Vous l'aimez ? demandai-je, persuadé qu'il allait repousser d'un rire ma puérile supposition.

- Du fond de l'âme. Si je n'étais pas déjà damné j'aurais mis mon âme au clou pour que cette créature soit à moi.

- Amoureux !

Ma stupeur ne connaissait plus de bornes.

- Est-ce là une chose si stupéfiante ? L'amour est le plaisir suprême, il vous ôte la vie tout en vous mettant au monde. Voilà bien, je crois, la seule émotion dont on ne saurait prétendre se lasser sans se mentir odieusement à soi-même.

- Et elle ?

Je m'interrompis, craignant de devenir par trop indiscret.

- Oh, elle, elle est la plus parfaite des créatures : un cœur de démon et un visage d'ange. Elle aime à se jouer de moi pour me rendre fou, glisser entre mes mains pour m'attacher à ses pas. Elle croit aimer mon âme mais est aveuglée par ma beauté, soumise au pouvoir de ses yeux.

Il eut un geste désinvolte :

- Une habile sirène, en vérité, qui m'aura fait languir assez longtemps pour que, l'ayant obtenue, je sois prêt à tout pour la garder. Elle est ma maîtresse depuis des années sans jamais m'appartenir et j'admire ce jeu subtil qu'elle maîtrise au point de me garder toujours aux abois. Cela fait des mois que, las de Paris, je la supplie de partir en voyage en ma compagnie. Elle rit et dit «peut être, mon amour».

Il émit un rire dans lequel se mêlaient l'amertume et le plaisir, et ajouta songeusement :

- En vérité je crois qu'elle nourrit à mon égard une passion extrême mais a admirablement évité d'y être soumise.

Un groupe de quatre ou cinq gentlemen qui entraient à ce moment dans la salle nous jetèrent un regard. Une admiration incrédule brilla dans leurs yeux alors qu'ils apercevaient mon compagnon mais je vis qu'ils ne soupçonnaient en rien sa véritable nature. Celui-ci suivit mon regard et, sans doute, surprenant mes pensées, m'adressa un sourire complice. Je songeai, faisant en le contemplant la synthèse de ce que cette soirée m'avait appris de lui, qu'il présentait un étrange paradoxe, exaltant tour à tour l'indifférence et le culte du plaisir. Je lui en fis spontanément la réflexion et, rejetant en arrière sa tête charmante, faisant siffler son opulente chevelure comme un fouet voluptueux, il rit avec un plaisir non dissimulé.

   - Le paradoxe est le plaisir des âmes conscientes de leur complexité. Le stoïcisme et l'épicurisme sont des moyens, non des fins. Au delà ce sont deux aspects majeurs de ma personnalité, qui en compte bien d'autres. La véritable nature, je dirais même la véritable richesse, de l'homme réside dans le paradoxe. C'est en cela que se manifeste l'ouverture à tous les possibles.

   Il me coula un regard infiniment suave.

   - Finissez votre pipe, mon ami, je la vois qui s'éteint. «

   Je me laissai aller contre le dossier cambré de ma couche et tirai sur le tuyau, tentant de trouver quelque chose à lui répondre. Insidieusement, une douce somnolence s'empara de moi, tandis que je gardais son regard arrimé au mien et que son étrange sourire se désincarnait. L'espace d'une seconde je le vis prendre les traits d'un sphinx à visage de Bouddha thaïlandais, puis il n'y eut plus rien.

   Lorsque je me réveillai, la tête lourde, je vis la salle vide et la lumière blafarde de l'aube qui tentait de pénétrer jusqu'à moi à travers les interstices des rideaux. Je me soulevai difficilement sur un coude et hélais le tenancier d'une voix pâteuse. Il accourut, sa face jaunâtre déformée par un sourire qui ressemblait à une cicatrice sanguinolente :

   - Il y avait un monsieur avec moi cette nuit. Est-il parti depuis longtemps ?

   Le sourire s'élargit en un rictus insupportable :

   - Pas de monsieur, coassa-t-il d'une voix mielleuse, vous avoir passé soirée tout seul. Vu personne, beaucoup fumé. Opium bonne qualité : beaucoup rêvé.

   Je le congédiai d'un geste dégoûté, son discours décousu ne faisant que confirmer les suppositions que j'avais déjà émises sur les événements de la nuit. Je me redressai à demi et passai une main lasse sur mon front. C'est alors que je remarquai, passé à mon poignet, un bracelet d'argent gravé de signes cabalistiques. J'eus un tel coup au cœur que j'en perdis le souffle puis, me levant précipitamment, je gagnai l'avant salle et agitai le bijou sous le nez du tenancier grimacent.

- D'où me vient ceci ? demandai-je d'un ton péremptoire.

- Acheté à colporteur juif, minauda-t-il, lui raconter vous histoire sur le Diable, vous payer cher pour bijou.

Je sortis de l'établissement complètement désillusionné, comprenant avec amertume que mon esprit, cédant à sa dernière obsession, exalté par le récit d'un colporteur de taverne, avait affabulé une rencontre qui ne devait qu'à la drogue son apparente réalité. Je regagnai mon logis, l'humeur sombre, bien résolu à ne plus penser ni à Dieu ni au Diable.

Je repris donc le cours habituel de ma vie et, dès le lendemain, me rendis chez mon ami Cyril de C, que j'avais délaissé depuis bien des jours. Je ne lui soufflai mot, bien entendu, de ma mésaventure à sa fumerie et nous devisâmes de mille choses, heureux de nous retrouver. Ce fut lui, étrangement, qui ramena mes pensées à la soirée de la veille par une réflexion anodine qu'il fit sur le fameux bracelet que, par un caprice morose, j'avais gardé au poignet :

- Un étrange bijou, déclara-t-il, je n'en ai vu de semblable qu'à une seule reprise.

Comme je l'interrogeai à ce propos, il répondit :

- A l'opéra, il y a un mois, j'ai croisé un gentleman qui arborait une demi-douzaine de bracelets de ce genre. Une splendide créature, entre nous soit dit, d'une beauté surnaturelle. Une chevelure à faire pâlir Théophile Gautier et une élégance à concurrencer Beau Brummel. Un Dorian Gray, enfin.

- Sais-tu qui il est ? demandai-je fébrilement, pris d'un espoir désabusé.

- Un noble étranger, un voyageur. J'ignore son nom mais d'étranges bruits courent à son sujet. On dit qu'il fréquente les pires bouges de la capitale ; qu'il joue gros jeu, perd avec le sourire et gagne sans avoir l'air d'y penser ; on sait, enfin, qu'il est l'amant de la plus belle femme qu'ait engendrée la fertile Europe, celle qu'on appelle la Vénus d'occident, la princesse russe Assia M., qui vit à Paris depuis quelques années. On dit qu'il est opiomane, mais ce n'est là qu'une rumeur.

- Assia M ? Oui, j'ai entendu parler d'elle, et l'ai aperçue à un bal masqué, une fois.

- Qui n'a entendu parler d'elle ? Son nom est sur toutes les lèvres ! Elle semble, hélas, trop attachée à son beau ténébreux pour porter ses attentions ailleurs. Il est regrettable que tu ne l'ait aperçue que masquée, son visage est un enchantement.

- Elle vit, je crois, non loin du boulevard des Italiens ? lançai-je légèrement, pris d'une inspiration soudaine.

- C'est cela même. Un bel hôtel particulier.

Je ne poussai pas plus loin mes questions, profondément troublé et, après quelques temps de discussion sur la saison des courses, pris congé de mon hôte. La tête encore pétillante d'excitation je marchai d'un bon pas dans les rues, ne parvenant pas à clarifier ma pensée. Soudain je repris quelque peu mes esprits et regardai autour de moi avec surprise. Que ce soit le fait du hasard ou d'une pulsion inconsciente, mes pas m'avaient amené dans cette même avenue où vivait la maîtresse de cet inconnu qui rappelait tant mon compagnon de la nuit précédente. Je n'eus à faire que quelques pas pour arriver en vue de la maison aperçue dans le reflet sur l'eau parfumée du bassin.

Alors que je me tenais là, indécis, depuis environ une heure, une élégante voiture couverte, tirée par deux paires d'admirables chevaux noirs, s'arrêta devant les marches du perron. La porte de la maison s'ouvrit aussitôt et des laquais sortirent, chargés de bagages. A leur suite venait une femme enveloppée dans une longue cape de renard blanc et coiffée d'une toque assortie. Je la contemplai, figé sur place devant son irréelle beauté. Ses yeux, immenses, étaient d'un outremer profond soulignés par de longs cils d'ébène. Les cheveux, ramenés en un lourd chignon étaient d'un même noir intense, parcouru de reflets bleus. Ses lèvres pleines étaient d'un incarnat que rehaussait la pâleur extrême de sa peau. Elle descendit les marches d'un pas majestueux, infiniment gracieux, et la portière de la voiture s'ouvrit. Je remarquai alors, le souffle court, que la princesse portait en broche sur la cape immaculée une émeraude unique, énorme, à l'éclat sans pareil, digne de la couronne d'un tzar ou du front d'un ange.

Elle eut un sourire lumineux et tendit une main gantée de blanc vers celle qui, de l'intérieur de la voiture, s'était tendue pour l'aider à monter. Mon regard accrocha cette main offerte et y resta fixé : c'était une longue main pâle, fine et délicate comme une branche de corail, aux longs ongles translucides, ciselée avec une saisissante perfection. Au poignet, dénudé par le mouvement gracieux du bras, brillaient avec insolence cinq bracelets d'argent à l'éclat singulier.

© Léa Silhol

Prêtresse de Babalon

Diana Orlow
alias
Lilith Von Sirius

Journal intime traduit de l'allemand par Lys Dana © 1999 ; première publication chez On @ Faim, 2000.

Née le 06.06.1971 (Poznan, Pologne).

Travail de compositeur, musicienne, chanteuse, danseuse, costumière, écrivain.

Ecriture de poésie, de chansons, de romans, de scénarios pour film et théâtre, de disques.

Création, chorégraphie et interprétation de spectacles de danse ainsi que de costumes de scène.

EXPERIENCES 95

Interprétation dansée de quatre cartes de tarot pour la pièce de théâtre «Conte de fée» de Myriam Brown, les 22 et 23 décembre à Paris.

Exposition de vêtements, d'accessoires, de photos et de poèmes, danse au serpent et danse chauve-souris, lors du vernissage de l'exposition Aux Carrés d'Hélène, le 14 décembre à Paris.

Danse de chauve-souris lors de l'événement techno de pleine lune au lac de Pokhara au Népal, en septembre.

Roman «Tienne à jamais», écrit en allemand courant 95, puis traduit en français, anglais et polonais.

Recueil de poésie «Liber 156», écrit entre 92 et 95, traduit en allemand, français, anglais et polonais.

Figuration sur le tournage du film «Happy week-end», en août à Berlin.

Participation au reportage sur le photographe André Chabot, pour l'émission de télévision allemande «Peep», dans le rôle d'un succube hantant le cimetière du Père-Lachaise, en juillet à Paris.

Danse au serpent lors de la soirée «Freiheit, Gleichheit, Geilheit» organisée par Ludwig von Tetzlaff, en juillet à Berlin.

Spectacle de danse lors de la soirée «Exotica» organisée par le bar «Lili la Tigresse», en mars à Paris.

ET AUSSI...

Trilogie pour la troupe catalane LA FURA DEL BAUS comprenant la projection vidéo d'un poème, une danse au serpent et une danse de chauve-souris, en septembre 94 à Berlin.

Participation à la compilation littéraire du magazine «Czas kultury», comprenant des poèmes de différents jeunes auteurs de la ville de Poznan (Pologne), en octobre 93.

Création et réalisation du costume de chauve-souris, puis interprétation dansée, pour la discothèque «Spacenik» à Münster en Allemagne, en janvier 93.

Co-écriture, traduction de l'allemand vers le français, et interprétation de la chanson «Blume» pour le groupe allemand «Einstürzende Neubauten», publiée sur l'album «Tabula Rasa», en mars 91 [et sur l'album «Malédiction», 1992].

Création et réalisation d'une série de costumes de théâtre pour «Le Décaméron» de Boccace, monté par Bepi Giuseppe, en août 90.

Travail avec le groupe de théâtre du Lycée Fénelon et la Maison du Geste et de l'Image, sous la direction de Jacques Hadjaje, sur un montage de «Légère en août» et «Portrait de famille», deux pièces de Denise Bonal, et interprétation d'un rôle lors de la repré-

sentation finale donnée au Centre Georges Pompidou, en juin 90.

Création et réalisation d'un défilé de mode en collaboration avec Hung, en juin 89.

[Traductions en français et polonais du «Livre de la Loi» d'A. Crowley.]

[Décès le 30 mars 1997, Hambourg.]

[Parution posthume de poèmes dans les revues LE MIRACLE TATOUE, ALEXANDRE, LAST NIGHT, etc. Parution début 1998 du recueil de poèmes (traduits par Philippe Pissier) «Human Woman with Human Feelings» à l'enseigne de ON A FAIM (BP 47, F-76802 St Etienne du Rouvray Cedex). Parution en septembre 1999 de «Contrat d'Esclavage», extrait de «Liber 156», à l'enseigne des CAHIERS DE NUIT (33 rue de la Haie Vigné, F-14000 CAEN). Parution fin 1999 de «Courtisane de luxe et autres textes» (traductions de Philippe Pissier, Paolo Scopelliti et Llys Dana) à l'enseigne de ON A FAIM. Parution début 2000 de «Prêtresse de Babalon» (traduction de Llys Dana) à l'enseigne de ON A FAIM. A paraître : «Liber 156», «Tienne à Jamais», «Diary 1995».]

J'ai envie de me caresser. Je pense à Mufti. Je pense à ce pas qu'il me faudra franchir pour tout laisser derrière moi, ce qui me rendra plus sauvage encore. Je ne me masturbe pas. Ce dont j'ai besoin, c'est d'une bonne pénétration vaginale. J'ai envie de Père. Depuis une semaine, je suis son esclave douloureuse. Je veux être dressée. Je veux être excitée au-delà de toute limite. J'en ai besoin. Je dois vivre. Je dois expérimenter. Mon origine polonaise m'a mise à l'écart à Berlin. Ewa a perdu de sa superbe et de sa stabilité. Adonaï a une nouvelle famille. Mon Dieu, pourvu qu'il soit heureux. Je l'aime, moi bête naïve, soi-disant putain, garce en chaleur, petite fille seule. Oui, dorénavant, c'est comme putain que je me présenterai publiquement. C'est une voix en moi que je ne peux plus réprimer.

Du droit que donne la pratique. Guérisseuse, quoi d'autre... Ouvre-toi et reçois tout dans la pureté. Babalon. Sexe pour toujours, sexe à plusieurs, joie et extase. Ecrire là-dessus, écrire sur les sensations procurées par les massages, sur la façon dont ils sont reçus et sur la guérison. Sexe et Magie, Sorcière et Hétaïre. Je veux tout vivre, tout sous toutes ses facettes, tout connaître. Je veux plus d'expériences, plus d'ouvertures, rendre cette énergie plus réelle encore.

Je me promets une conscience neuve pour septembre. C'est ainsi, même si les choses se déroulent autrement. Je ne veux pas trop y penser. Je veux me révéler comme artiste de l'érotisme. Je veux afficher toute liberté sexuelle et la transmettre à ceux qui nous sont importants. Je veux perdre toute honte. Je veux m'exhiber. Je ne veux être rien d'autre que ce que je suis et être acceptée comme telle.

Je suis satisfaite de Père... de notre relation qui a repris après plusieurs années d'interruption et qui remonte intérieurement quand je revois ce hall et cet hôtel pour étudiants où nous nous sommes rencontrés. Je suis heureuse de voir que Père m'aime et m'apprécie, qu'il pense à moi alors que je croyais que tout était fini entre nous. Il devrait en être de même pour Mark.

Mon rêve est d'être connue comme putain dans les milieux de musiciens de Hambourg et de Londres. Si j'osais, je le ferai. Sex and dope and all your money. Let's do it. Toujours la peur de cette conduite moralement incorrecte, que l'on pourrait qualifier de citoyenneté européenne. Comment y adapter ma vie ? Ma personnalité est maintenant assez développée. Je veux mon entière liberté, sur moi, sur mes actes, sur ma pensée, sur mon rayonnement, et je le veux de suite. Je le ferais si j'étais à Paris et si je recevais ce document m'accordant la nationalité française. Je pourrais faire ce que je veux.

La proposition de Monique Lajournade. J'aimerais faire quelque chose d'inhabituel. OK! Alors, écris sur tes projets, écris une lettre, sors pour écrire. DO IT.

Berlin. Ça va tout de suite beaucoup mieux. Ici, les gens me comprennent plus. Masseuse, artiste. La Pologne est un pays borné mais j'y ai appris quelque chose sur moi-même. Je m'y suis découverte comme artiste, masseuse, guérisseuse et putain. Ça compte... Ce qui arrivera maintenant, ce sont les conquêtes, la vie, l'expérience... La maison ? Elle doit être maintenant habitable. St Tropez ? C'est une chance pour devenir une artiste mûre et capable d'amasser les expériences, de faire plus de scène. Pas comme ici. Gérard veut aussi financer mes projets.

Je veux rester une courtisane. Je veux être une femme indépendante et désirée, d'un rayonnement irrésistible. Je vais à St Tropez pour compléter mon expérience et trouver des clients. Cela me fait plaisir. Tokyo est dépassé et je n'ai rien à faire dans ce milieu. Je suis une déesse intergalactique. Lilith sur Gaia. Je ne veux plus me laisser bloquer par la timidité, la peur, la honte ou des pensées de perdante. Je mettrai en scène l'expérience 156. Peu importe que ma famille soit au courant de mes rêves. Je suis seulement moi-même. Je me suis fidèle. Thelema dit : règne dans l'ombre, donne vie à la planète, engage-toi de toute ta force. Celle que tu es au ciel et sur terre.

Ecris sur la conscience magique, sur les guérisseurs. Ecris des mots doux pour les rois. Traduis le livre du Yoga en polonais. Ce pays grandit lentement... lentement. Adonaï grandit aussi et devient de plus en plus vif et intelligent. Je l'éduquerai comme musicien et danseur. Je suis si heureuse qu'il soit là.

Gulliver Bus pour Paris. A ce prix, j'aurais mieux fait de prendre l'avion. Alex ne me sort pas de la tête. Les cartes disent : rien comme avant. Je suis tombée amoureuse de lui et je ne m'en aperçois que maintenant. Il a une telle influence sur mes ambitions musicales. Il les libère en moi. Ecris-lui : viendras-tu à Berlin début novembre pour travailler avec Jan ? Il est 8 heures passées et le ciel est sombre. Je m'aime dans ma peau d'artiste. A Paris, j'imprimerai en allemand mon livre, « Liber 156 », et le distribuerai. « Human Woman » doit être retravaillé. Je veux que Gérard finance mes projets. J'aurai sûrement des aventures payantes à St Tropez. Je veux découvrir ma sexualité. Je crois pour en finir que ma force d'esprit vaut de l'argent. Je n'ai aucunement besoin de travailler physiquement.

Quelques lettres à écrire : Peter Czernich, Fritz Brinkmann, Peter Sempel, Alex Hacke, Sylvia. Téléphoner aux suisses puis partir à Zürich.

Paris. L'appartement, les lettres de crédit. J'ai été malade.

Je voulais une invitation de Mark. Je le veux. Je veux Alex, je veux de nouveau mon groupe. Work and be our bed in working.

Le train pour Zürich. Hier, Daniel... je lui ai envoyé un fax. Il m'attendait devant ma porte. Il me frotte avec des billets de banque, mon Dieu, il est si drôle et je l'aime. C'est une relation formidable qui me fait aussi tant de bien. Puis, je suis allée chez Eric. Il est si maladroit, un amant si négligent... Il paye si peu... 1000 FF. Qu'est-ce que c'est que ça... Je dois me faire valoir. Je vais m'entraîner à enfiler les préservatifs avec la langue. Hé, j'ai envie d'Eric et je suis toujours heureuse qu'il m'appelle régulièrement pour peu ou beaucoup d'argent. 3000 FF me sont pratiquement tombés du ciel.

Je pars chez Père. J'écris quelques lettres : Fritz Brinkmann, Friedrich Stohlmann, Peter Czernich. Je m'aime active de cette manière.

Ces derniers jours... premier test atomique à Mururoa... je voulais absolument imprimer « Deins Forever » et préparer toutes les enveloppes. Friedrich Stohlmann le lira aussi...

Je suis dans la chambre de Père. La nuit dernière, je ne devais pas retirer les pinces à linge accrochées à mon sexe. C'était vraiment merveilleux mais cela m'a fait trop mal lorsqu'il m'a pénétrée avec un pénis en bois. Quelques minutes ont suffi. C'est à chaque fois un long trajet pour venir ici me laisser « traiter » par lui durant quelques jours. Mais moi, trop salope, trop garce, j'aime tout ce qu'il fait de moi, lui, que je ne connais pas, me dirige d'une main ferme alors que moi je ne me contrôle plus du tout.

Je ne peux plus mener cette double vie. Je ne peux plus cacher en moi la reine Babalon. De plus, le temps passé chez Jacques devient une menace. Ma liberté. Suis-je légalement en Europe ? Dois-je lui téléphoner ? Dois-je lui donner de l'argent ? Cela ne peut pas être très cher. Que sait-il, au juste ? Est-il au courant de cette soirée au Ritz ? Est-il déjà allé chez les flics ? Interroger les cartes.

Tout semble en ordre. Il est important que je me révèle. Il est nécessaire que je sois conséquente envers mes écrits, ma sentimentalité, mes questions. Un tank. Dois-je être une femme forte et dure ou bien une personne qui accepte ses doutes et se remet en question ? Il est peut-être absurde de proposer une nouvelle version des Lettres 156 pour un film. Ce sont peut-être le doute et l'effacement qui sont un million de fois plus absurdes.

Mon origine. Pourquoi ai-je choisie cette famille ? Cette mère folle, cette tante sans cœur... Sont-ils tous aussi bêtes ? Ce père pénible. Je devrais décrire comment c'était, le peu que je me rappelle. Génio, mon oncle Génio qui me prit sous sa couverture. Il était malade, couché et il m'a obligée à y rester. Que m'a-t-il fait ? là ou bien avant ? je ne le saurai jamais. Mon premier jour d'école au Maroc. Ma tante m'accompagnait. Le second jour, je pouvais y aller seule. Je sais, j'ai été souvent battue par les garçons. Et puis quand j'ai eu mes règles pour la première fois ou quand je suis sortie avec mon premier copain. Agression sans aucune explication. Quand à l'âge de 13 ans, je ne suis plus allée dans aucune école. À 15 ans, j'avais le droit de manger de la baguette. Si tout cela a à voir avec mon attrait pour la prostitution... j'aimerais pouvoir mieux me comprendre.

Relation. Equilibre amoureux et émotionnel. Ma famille! Je ne veux pas devenir comme elle. J'aimerais plus de liberté, plus de douceur, plus d'humanité.

Père me fait du bien. Notre amitié est d'ordre sexuel, une simple proximité qui est si belle, si belle.

Je veux mieux me comprendre pour mieux m'utiliser. J'aimerais enregistrer avec Hacke. Bon, mais pourquoi je n'arrive pas à m'y décider ? Tout simplement lui téléphoner. Je veux me connaître. Je veux clairement marcher sur mon propre chemin.

Qu'est-ce qui me pousse à lire passionnément des annonces de sexe ? Quelle est cette fascination pour les petites annonces des putains ? Quel intérêt pour moi ? Je vais chez Eric et couche avec lui pour peu d'argent. Cela suffit maintenant, je dois le quitter. Masser Didier ne m'apporte plus aucun plaisir non plus. Je veux vendre mon art. C'est ce qui est maintenant le plus important.

Je voulais me dépouiller de ma fausse honte, je voulais

me sentir capable, provocante. Je voulais me débarrasser des convenances en matière sexuelle qui, à un moment ou à un autre, furent programmées en moi, et qui m'ont séparée de moi-même. Peut-être ai-je héritée cela de Tante Krystina. Je m'en rends compte inconsciemment. Je vais bientôt la visiter, je m'observerai et me souviendrai un peu de ce que j'ai oublié, de ce qui interfère, ce que je vois, ce que je comprends, ce qui vient de moi.

Analyse. Thérapie. J'avais choisi la prostitution comme thérapie. Thérapie sur quel genre de syndrome ? Tout d'abord une relation saine à l'argent. L'héritage de Nina... Ma grand-mère était claire à ce sujet. Quand l'argent est là, il faut s'en servir. Nina ? Nina disait : achète-moi une machine à coudre et laisse-la, là, dans un coin. La synthèse est simple... Je pense que les femmes de ma famille sont malades et veulent me découvrir par le sexe, mes réactions et mes réflexes.

Ce qui est important, c'est que seuls des hommes âgés m'attirent, des hommes d'environ 40 ans, au mieux en costume. Aujourd'hui, je me suis promenée dans Zürich et j'ai remarqué les regards de jeunes types de trente ans. Ca ne me touche pas. De préférence, je suis attirée par des hommes ayant des professions libérales : docteurs, avocats, managers. L'image du père.

Quand, à l'âge de 21 ans, je suis partie en Pologne, je savais que je m'y trouverai. Maintenant, je me rends compte que je cherche à me distancer de mes racines, de mon éducation, de mes origines polonaises. Maudite Polak, littéralement imprévisible. Une fuite. Je veux trouver ma place sur terre, là où je puisse vivre en paix. Berlin, Poznan, Paris ? ou bien dois-je tout laisser derrière moi ?

Je trouve l'Europe plutôt hystérique en ce moment. Test atomique, un fou à la tête de la Russie et moi, seule avec Adonaï et responsable d'Adonaï. Moi, Cassandre qui veut quitter Troie.

Hacke n'habite pas loin. Je me décide, je suis prête. Je sens bien que je suis folle, déséquilibrée, mais j'y vais quand même.

Langnau. Le champ des Elfes. Andy est absent et je l'attends. Il fait froid. Qu'est-ce que j'attends de la vie ? Je veux un passeport français. Je veux être avec Adonaï. Pourquoi est-ce que cela ne va pas ? Je suis vraiment prête à tout pour obtenir une vie assurée avec lui. C'est ce que je désire le plus, plus que toute autre chose. Ces trucs d'art également, mais ce n'est pas aussi important.

Je veux un homme qui s'occupe de nous deux. Un seul, auprès duquel je m'endormirais chaque soir, avec qui être tendre, l'aimer. Je dois tout simplement essayer. Je n'ai jamais connu ça, mais je ne peux non plus vivre loin d'Ada. Je dois vraiment commencer à me creuser la tête pour savoir quelle direction donner à notre vie.

Où aimerais-je vivre ? Dans quel pays ? En Allemagne ? Hambourg ? La Suisse ? C'est vraiment très beau là-bas. Je dois penser à moi. Andy vient d'arriver.

Lausanne. J'ai téléphoné à Jean-Paul, le tout gentil. Je suis heureuse de pouvoir le rencontrer demain. Je voyage. Je suis toujours quelque part ailleurs. Le portable me sauve. Je peux travailler partout, être productive, faire ce que je ne prends pas le temps de faire à Paris. Je traduis « Deins Forever » en français. Andy m'invite à Katmandou. Il dit que je peux rester avec Adonaï chez lui. Je sais, mais je ne le ferai pas. Sa maison est humide. C'est comme chez moi, juste habitable l'été.

Je déteste le matin - ou est-ce le matin qui me déteste ? Je me réveille tard et redeviens moi-même plus tard encore. J'aimerais enfin me libérer, me tranquilliser intérieurement, me savoir paisible. Peut-être ai-je un trop lourd fardeau à porter. La séparation d'Adonaï. La névrose de Mark, les changements, la prostitution en plus. Quel choix faire pour mon avenir et comment le diriger ?

Je suis trop exigeante avec moi-même. Impatiente, et je me brime cruellement quand quelque chose ne se passe pas comme je le veux. Laisse tomber. Vis-toi comme tu es. Eduque-toi sans te punir.

Lausanne. Trois jours pluvieux passés au lit chez ma tante. Trois jours que je traduis « Deins Forever » en français. La nuit tombée, je suis allée chez Jean-Paul. Je suis restée à peine une heure chez lui et j'ai manqué le dernier train. Je ne lui ai rien demandé. Il m'a donné 600 francs suisses. Hé bien, c'est ma valeur affective. J'ai décidé de partir en stop à Berne. Je lui ai demandé son nom après lui avoir pris la queue dans la main. Il était sympathique... j'ai tout de suite senti son désir et je l'ai accepté. Je lui ai raconté que j'étais masseuse et artiste. Il m'a aussitôt demandé si je donnais aussi des massages érotiques. J'ai répondu oui, et c'était ok. Il n'y avait rien de vulgaire dans tout ça.

Le train Berne-Paris. Je vais bien. J'essaie de contrôler mes humeurs... entre enthousiasme et dépression. Ces 10 jours ont déjà un drôle d'effet sur moi. J'ai rêvé de Hacke cette nuit. Je lui prépare un paquet pour l'anniversaire de ses trente ans, avec un exemplaire de la première édition de « Human Woman » ainsi que « Deins Forever » en français. Cela s'est passé si vite. Je l'aime.

Ces aventures avec Jean-Paul et Peter m'ont donné à réfléchir. Le sentiment irrésistible du succès, la sensualité des billets de banque. Oui, je suis une fétichiste de l'argent. Mais avec quoi me détruis-je ? Est-ce que cet attrait de la prostitution est une maladie, porter un jugement sur soi-même est-il un fléau spirituel ? Je penche pour la seconde explication. Je me comporterais sans retenue si j'avais déjà mon passeport français. Je sais. Je base ma conduite là-dessus. C'est mieux que je ne me le cache pas. Ce comportement, entre la putain Babalon et celui d'une jeune fille moralement pudique, commence vraiment à me prendre la tête. Je veux honnêtement m'en tenir à ce que je suis.

Après trois jours passés chez ma tante, je me suis aperçu à quel point j'étais différente. J'ai senti combien cette paix bourgeoise, qui d'une certaine façon m'attire, peut aussi très vite m'ennuyer.

L'euphorie, cette ivresse féminine du phallus, avec laquelle j'ai si vite gagné de l'argent, me fait décamper. Cela m'a fait du bien, je le sens. C'était si excitant avec Peter. Il était si enthousiaste, me répétant combien j'avais été bonne avec lui. C'est aussi que je m'étais donnée de la peine. Une procédure manuelle que je ne pouvais pas plus primairement mener. Je lui ai demandé s'il pouvait imaginer que je puisse le faire venir sans que je touche son pénis. Il acquiesça. Je chatouillai son épine dorsale, pressai son pubis, et en quelques minutes je lui ai ouvert une nouvelle dimension. J'ai écarté pour lui, un court instant, un petit morceau du voile. C'était sacré. Je n'avais plus besoin d'un billet de train. Je venais de gagner 200 francs suisses en un quart d'heure.

Je retourne à Paris pour deux semaines. Photos, tournage, Human Woman, Sacem. Un peu de massage. Le 4 octobre, je m'envolerai pour Delhi, aux Indes, et de là pour Katmandou, Népal.

Aujourd'hui, Didier m'a téléphoné, mon plus fidèle client parisien. J'ai là aussi gagné 200 francs suisses, mais c'était plus long.

Cette nuit, j'ai rêvé que Didier me violait et j'étais consentante. Je suis si embrouillée, si confuse. Je devrais enfin prendre une décision, quelque chose de constructif, un homme qui m'aime et qui prend soin de moi, mais en moi quelque chose agit de façon toute contraire. Quelque chose qui cherche les clients, la griserie, la vie sans frein et la création plutôt qu'un enfant. Laquelle des deux suis-je, ou bien suis-je les deux ? Je veux me comprendre et m'aimer.

Un appel de Monique. Enfin. La reconnaissance de mon travail. Enfin.

✳☙

Je suis en Inde du Nord. Il y a quelques jours, il y a eu ici une éclipse totale du Soleil. Mon vieil ami Andy m'a invitée. J'ai l'impression que pour moi la Suisse est le pays de la chance. Je traduis « Deins Forever » en anglais. Aujourd'hui, par ennui, je commencerai la traduction polonaise. Je travaille un peu sur « Human Woman ». Je danse avec le costume de chauve-souris. Je me fais des soucis par rapport à l'Europe, moi qui veux vivre sans inquiétude. Cette année, je me suis découverte comme écrivain, comme artiste (ce mot me demande toujours un effort, que veut-il dire au juste ?).

Avion : all of a sudden - c'est pour maintenant. Fear

nothing. Râ Hoor Khuit is with thee.

A mon retour des Indes, j'ai passé dix jours en Suisse. J'ai rencontré Vilma à Fribourg. Ava m'avait donné son numéro de téléphone en janvier. J'irai la visiter. C'était très bon... Elle représente un idéal pour moi. Une femme de cœur, avec de l'humour, style 1900. Une domina professionnelle très éloignée des femelles berlinoises, de Julia von Roth ou de Tokyo.

Elle m'a proposé de travailler chez elle après m'avoir questionnée pendant le voyage à Berne, notre premier soir, sur mes expériences et mes points de vue. Elle a invité chez elle ce type du Valais. Qu'a-t-il fait ? Ligoté, une vidéo montrée par une esclave, essayage de costumes latex... C'était sympa.

C'est ainsi que je l'entends. Cela doit procurer du plaisir bien que l'argent reste bien sûr la motivation principale. Si je savais au moins que j'en aurai assez pour vivre comme j'en ai envie, je lui donnerais moins d'importance. C'est un mode de vie où j'ai peu de sécurité mais beaucoup de liberté pour réaliser mes projets d'artiste.

La maison en Pologne est maintenant mise en vente. Je me sens naturellement baisée dans cette affaire, après toutes ces années où j'ai investi mon argent et mon énergie, pour en plus entendre que depuis des années je vis à charge de la famille et que j'aurais pu payer un loyer. Ecœurant. Je suis justement chez ma tante.

Je replonge dans l'astrologie et je constate qu'en ce moment j'ai Pluton en transit, sujet sur lequel je commence à lire un livre. Tout se rejoint, d'une part ce que personnellement je ressens, et d'autre part ce que les deux sorcières ont écrit. D'un coup, la colère me quitte.

Je partirai bientôt pour 3 jours à Paris. Je rencontrerai de nouveau Harald. Voir ce qui se passera. Je réfléchis déjà à l'endroit où j'aimerais vivre et habiter, à ce que je vais faire dans un avenir immédiat. Je veux vivre de mon art. Ça, c'est clair. Je veux que Lilith von Sirius soit connue. Le frisson de la scène, l'éloge de mes écrits, la fraternité et la reconnaissance de ceux qui comprennent ce que je fais et pourquoi j'écarte tout élément perturbateur de ma vie.

Mon ex-maman vient de me téléphoner, si stupide depuis déjà des années. Elle me menace de m'enlever mon enfant. Je ne suis même pas troublée. Je pense plus loin, c'est tout, et c'est mieux ainsi. Je n'aimerais pas la rencontrer en Pologne. Au fond, cela m'est égal. Je veux remplir ma vie de mon désir d'amour. Je commence à me faire une image claire de ce qu'on me reproche, et alors les questions trouveront leurs réponses. Une psychanalyse de la mère trouvée dans un ouvrage sur la prostitution sacrée.

Aujourd'hui, après 10 années, elle me reproche d'avoir vécu chez un homme âgé, d'avoir vécu partout, alors qu'en fait Michel est très clairement pour moi celui que je dois remercier pour m'avoir donné à manger et payé l'école, alors qu'en ce temps Nina avait de l'argent pour s'acheter des cigarettes mais plus rien quand il s'agissait de moi, une fille de 13 ans, de me nourrir et alors de m'envoyer dans des administrations éloignées pour que je puisse aller à l'école. Elle me hait parce que je ne me suis pas laissée écraser sous sa tutelle. Elle essaie de me noyer dans des sentiments de culpabilité qui certainement la font elle-même souffrir.

J'aimerais maintenant citer le Livre de la Loi :

43. Que la Femme Ecarlate prenne garde! Si la pitié, la compassion et la tendresse visitent son cœur ; si elle délaisse mon oeuvre pour jouer avec de vieilles douceurs ; alors ma vengeance sera connue. Je tuerai son enfant : j'aliénerai son cœur : je la chasserai loin des hommes : telle une prostituée craintive et méprisée elle rampera dans les rues humides du crépuscule, et mourra gelée et affamée.

44. Mais qu'elle se dresse avec fierté! Qu'elle me suive dans ma voie! Que son oeuvre soit l'œuvre de la méchanceté! Qu'elle tue son cœur! Qu'elle soit bruyante et adultère! Qu'elle soit couverte de joyaux, et d'habits luxueux, et qu'elle soit sans honte devant tous les hommes!

45. Alors je la hisserai aux pinacles du pouvoir : alors

j'engendrerai d'elle un enfant plus puissant que tous les rois de
la terre. Je la comblerai de joie : avec ma force elle verra &
frappera l'adoration de Nu : elle atteindra Hadit.

C'est ainsi que je pourrais décrire le processus par lequel
je m'éloigne de l'image idéale (alors que je rends grâce à mon
enfance) de la mère spirituelle et consciente qui, au travers de
sa distance, était plus désirable encore et qui aujourd'hui n'est
plus qu'une femme mentalement perturbée. Aujourd'hui, je
pourrais presque avoir pitié d'elle. J'aimerais ne plus jamais la
revoir.

Pity not the fallen ; I never knew them.

Aujourd'hui, peu importe ce qu'elle sait de ma vie. Je me
souviens du regard de ma tante la nuit où je suis partie chez
Jean-Paul. Elle est prude. Elle est jalouse de ma jeunesse, de ma
beauté et de ma liberté.

Let all chaste women be utterly despised amongst you.

Je suis au téléphone avec Bruno. Nous avons rendez-vous
dimanche. Peut-être va-t-il reprendre mon appartement ? Il y a
quelques mois, j'ai eu pour vision d'installer chez lui mon pied-
à-terre parisien, mais cette fois comme esclave hot... Que cela
se réalise ou non... Tony ne se manifeste pas et j'ai rêvé quelque
chose. Tony et moi étions assis, et Tony me racontait que Mark
était de nouveau libre, qu'il était avec une femme écrivain du
nom de Guddy Golowan ou quelque chose d'approchant... Je
devais prendre contact.

J'ai pris un peu d'acide aux Indes pendant l'éclipse. Je
suis entrée en contact avec des personnages d'un autre plan. J'ai
fait le vœu de garder en moi toutes les portes ouvertes. Je me
sentais liée à l'O.T.O.!

J'ai un peu hésité quand Tatiana m'a proposé de danser
dans une party. D'où viennent pareilles hésitations ?

C'était super et cela m'a naturellement ouvert d'autres
perspectives. À Lausanne, j'ai interrogé le Tarot : 19, le Soleil.
Beni m'a invitée à travailler avec lui l'année prochaine.

Et je suis assise ici avec toute cette merde venant de ma famille. J'ai pris un peu d'ecstasy, je le sens autant que mes chakras le permettent. Ce matin, avec l'idée de tout laisser derrière moi... de tout laisser tomber, tout ce qui perturbe l'exercice de ma volonté. Abandonne la maison, laisse tomber cette famille de frustrés qui porte en elle tous les stigmates du catholicisme et du communisme conjugués. Prends ce risque calculé d'une sexualité sans préservatif qui publiquement voile encore la putain sacrée.

Il y a quelque chose de prévu à Paris le 14 décembre. Au 156, j'ajouterai « La Danse du Serpent » et « Holy Whore ».

Rencontre avec Harald à Francfort. Beaucoup de discussions le soir, au cours du repas, le matin aussi durant trois heures. Je suis réservée, je suis fragile. Je me réveille avec mon troisième chakra fermé. Le soir, j'appelle Jonas et Hacke et je fus choquée d'entendre : « Non, je ne suis pas à Berlin, non, je n'ai pas le temps, je suis complet ».[3] Pourquoi ? J'attends beaucoup trop d'eux. Je les identifie trop à mes ambitions musicales, au désir de ma musique.

Harald m'a donné 200 DM plus un chèque que je ne peux pas encore toucher. Ce fut difficile de lui expliquer mon point de vue. Lui faire comprendre que je dois d'abord penser à survivre avec cet argent plutôt que d'acheter de la coke. Non, j'ai besoin de temps pour mes projets et pour mon fils, et ce temps je vais me le donner. La fin justifie les moyens.

Hier, j'ai ressenti cet aspect sacré de la frustration. Veux-tu l'amitié d'Alex, sa reconnaissance, travailler avec lui ? Alors réalise quelque chose et assure-toi un cadre où tu peux l'accomplir.

Sécurité. L'aide sociale française est ma seule sécurité, encore 12 mois... Que représente tout ce temps ? Je me le donne. 96 doit être l'année de la musique. Continuer à travailler. Go on, go on in my strength, and don't turn your back for any!

Encore que tout fonctionne. « Reconnais que je traverse toutes les ombres... » Lilith. Patrice et Jean-Louis se mobilisent pour moi. Je suis celle qui les mobilise. Plus encore. Est-ce que le SM est un milieu malade ? Il est clair pour moi que la folie de destruction de ma mère a à voir avec tout ça. Je me suis comportée ainsi depuis ma plus jeune enfance. Je me couchais sur des pièces en acier, m'étranglais avec une corde, fantasmais sur les bottes, les bottes de SS que je voyais de la fenêtre. Souvenirs d'une autre vie.

Thelema. Respecte-toi telle que tu es. Aime-toi. Enseigne-toi toi-même.

Je dois réfléchir à ce que je dois faire. Rendez-vous pour libérer l'appartement. Walter et les dessins. Matthieu que je veux visiter. Quoi d'autre ? Des gens en Allemagne à rencontrer. Tom Crowe.

Le voyage. Trop long. Deux fois plus long que par le train. Me renseigner pour de la colle à latex et métal, c'est très important. Je dois savoir pour Lilith Infinite.

Lilith Infinite.

Je suis chez Johannes et soudainement je tombe passionnément amoureuse. J'ai maintenant besoin de ce sentiment plus que toute autre chose. Je voulais écrire sur l'inconnu, décrire ce que c'est d'être assise près d'un homme, n'importe où et commencer à imaginer ce que ce serait de l'aborder sexuellement ou bien de lui caresser le dos sans un mot...

Je repense aujourd'hui à cet homme de Stuttgart qui il y a deux ans m'a conduite un bout de chemin. Il était très attirant mais je n'ai pas osé. J'étais trop troublée pour rester avec lui. J'aimerais éprouver de nouveau une telle attirance. C'était un sentiment unique et je regrette encore de n'avoir pas osé, de ne pas avoir osé son contact, sa proximité, ce rapport direct qui naît de la beauté, de l'harmonie et de la douceur. Mais, comme ma mère, je suis brutale. Ma mère est la part de brutalité en moi. Analyse. Comprends. Différencie ce qui est de toi de ce qui vient en toi.

Je le verrai demain. Demain, je verrai Adonaï mon bien-aimé et c'est comme une naissance. J'abandonne la Pologne, ma famille, mon passé. Je deviendrai adulte ou indépendante ou je ne sais quoi. La vie continue.

C'est beau chez Johannes. Il fait de si belles choses, si intéressantes. J'aimerais faire de même. Do it. Prends-en le risque. Ose. Pour la première fois, je vais faire imprimer un catalogue de cartes postales et de dessins. Ce sera comme la famille de mon choix. Oui. Cela va de soi et c'est bien. J'ai eu une grand-mère qui disait toujours : Ça n'ira jamais, ça n'ira jamais. Ma mère disait : Tu n'en vaux pas la peine, le succès est un crime. Ma tante, elle, disait que cet art était inconvenant, indécent, dégoûtant, et que j'étais malade.

Allez tous vous faire foutre!

Il y a une demi-année, quand j'ai commencé ce texte, je voulais cacher mes instincts érotiques. Maintenant, je m'en moque. Pensez ce que vous voulez. Je suis mille fois plus saine que vous tous, et vous fréquenter est pour moi destructif. Je dois vraiment devenir indépendante.

Le train Berlin-Poznan. Mon Dieu! je dois à tout prix me protéger de la Pologne. Tout est déjà là dans ce train : les ivrognes, les monstres, leurs visages marqués. J'étouffe déjà. Je ne veux pas étouffer. Je veux respirer, me développer, partir en Amérique.

Depuis hier soir, je suis avec Johannes, c'était merveilleux. Je ne me souviens plus depuis combien de temps je n'avais été pénétrée sans préservatif. Seulement trois fois, si lentement, c'est comme ça que le sexe me plaît le plus, finalement, décontractée et ainsi plus extatique encore.

J'expédie mon dessin du serpent à Walter, pour qu'il en tire quelques copies. Super. Chez Gisèle, une idée pour les Carrés d'Hélène, à Paris, où je dois exposer en décembre avec Walter qui suit des cours de sérigraphie. Je suis impatiente de voir ces sérigraphies se transformer en argent.

Poznan ? Je me suis imposée quelques priorités. Ma grand-mère m'a dit au téléphone que Nina était bien intentionnée à mon égard. Je n'ai malgré cela pas confiance en elle. Elle ne me comprend pas et au bout du compte elle essaie toujours de me détruire. Ce n'est peut-être qu'une supposition de ma part, une sorte de superstition. Peut-être a-t-elle changé ? Peut-être s'est-elle pardonnée ? Aucune idée. Je n'attends de toute façon rien d'elle... et peut-être suis-je capable de lui pardonner de m'avoir complètement laissée tomber.

Je suis de nouveau mère. Je vais voir Adonaï dans quelques heures. Nous allons voyager ensemble. Pour l'instant, je ne suis pas vraiment intéressée par la Pologne. C'est positif. Avec un peu d'esprit critique, je pourrais évaluer la situation de façon plus réaliste, n'étant plus si jeune ni si enthousiaste. Je devrais peut-être aussi parler du projet Lilith Infinite avec Blazej ainsi qu'avec Wojtek à propos de douanes, d'art et de contrats.

Poznan, nom de Dieu. Voir ce qui va s'y passer. Big time ?

Trois jours à Poznan. J'ai rendez-vous avec Jan Schade mercredi. Musique. 96 est consacrée à la musique. Rendez-vous avec Matthieu. Musique. Chanter enfin.

Poznan. Je rencontre Jarek dans le train. Je lui parle de Hambourg. Je l'ai observé et je lui ai parlé. Je me suis sentie un moment intimidée. Je lui ai raconté que j'écrivais. Je lui ai montré onze poèmes de 156, Liber Al, le début de « Deins Forever », les deux photos du costume de Lilith et le costume de chauve-souris. Il m'a suppliée de lui écrire. Il venait de réaliser son premier film, et son premier livre venait d'être édité.

De la gare, je suis directement allée chez Adonaï. Mon Dieu, que mon fils est beau! J'ai déjà rêvé que nous deux mourrions dans un accident de voiture en 1996 en Bavière. Je le prends avec moi. Tout me semble si simple maintenant. Je comprends pourquoi ces deux derniers mois m'ont paru si difficiles. Que sais-je ? Je veux l'avoir avec moi. Je veux l'intégrer dans ma musique. Je veux l'apprécier. Oui, maintenant, je sais : Paris et les réminiscences d'un combat pour survivre.

Nina est là. Ma grand-mère aussi. Let her kill her heart. Je ne parle pas avec Nina. Je l'évite. Ai-je besoin de cette confrontation ? Je suis assise dans la cuisine. Je ne veux pas être avec elle. Une confrontation n'est pas nécessaire. Il y a à peine une semaine, elle me menaçait encore au téléphone
de m'enlever mon fils.

J'entends sa voix et malgré la douceur de son timbre je devine sa violence. Je peux vivre sans elle.

Aujourd'hui, j'ai écrit à Carl Abrahamsson.

Leaving Polen and so much to do.

Il me reste un peu de temps pour déménager mon atelier. Je suis furieuse. Je me suis donnée trois jours pour le faire. Merde! C'est évident. Il vaut mieux être loin.

L'environnement psychologique est assez dur. Il gèle. Je trie mon matériel. Aujourd'hui, c'est aussi les élections. Comme je suis venue en taxi, deux personnes ont demandé qu'on leur livre de la vodka. A entendre comment les gens de ma famille parlent de religion, il faudra bien une génération entière pour espérer un changement. Les jeunes semblent être ok. Je ressens aujourd'hui les mêmes émotions que ma grand-mère a dû connaître pendant la guerre. Il n'y a que des confiseries dans le frigidaire.

Je remarque pour la millième fois consécutive ce que ma famille est devenue. Sont-ils tout simplement stupides ou fous ? Je ne sais pas. Nina n'est pas seulement infantile, elle est aussi pathétique. Elle a besoin de soins mais je ne sais si elle a besoin d'un traitement psychologique ou psychiatrique. Telle fut sa décision : ³Comme Maman le souhaite³. C'est tout simplement malsain.

Je vais voir Adonaï. C'est un si bel enfant. Mon désir est d'être mère et artiste. Vérifie la St Tropez connection. Just do it.

Dorénavant, ce seront l'art et Adonaï qui feront force de décision. De plus, je désire être amoureuse, Johannes a réveillé beaucoup de sentiments en moi.

Je suis épuisée. Je devrais me reposer, mais c'est impossible. Je suis responsable de mon travail. Il fait si froid. Que faire de mon piano ? Quoi de bon, ma tante ? Je suis furieuse, si furieuse, aigrie par cette terreur que Nina exerce sur ma vie.

Je ne lui cause pas, j'essaie de parler avec ma tante. Ils sont tous idiots ou fous. Casse-toi. Pars en Amérique.

L'enfant maltraité et la colère. Aujourd'hui, elle me contraint à parler de mes droits. Maintenant, elle tente de me prendre par l'argent et la sécurité. Je me suis réveillée malade. Je suis légèrement enrhumée et je suis restée au lit jusqu'à midi. Pars, pars au plus vite. Encore deux jours. Je fais un parfait SSS avec une baguette en fibre de verre cousu mais dépliable. Vraiment parfait, hier, c'était une esquisse pour un SSS avec des fesses découpées pour les photos que Jean-Louis doit prendre en vue de l'exposition. Je dois aujourd'hui téléphoner à l'agence pour résilier le contrat de l'appartement. Do it now.

La discussion avec Nina fut de courte durée. Agressive : « Chcesz w morde ? ». Elle m'a frappée avec sa pantoufle pendant que grand-mère était absente. Elle me hait encore plus que moi je la déteste. Peu importe. Je repense seulement avec amertume à mon enfance à Paris, à l'air constamment enfumé, aux sautes d'humeur, à la faim. Plus jamais ça.

La journée fut difficile. Le matin, déjà, je me suis réveillée enrhumée. La seule chose positive est que je peux laisser mon piano chez ma grand-mère, ainsi que le matériel de l'atelier. Le mieux pour moi est de ne plus vivre en Pologne. Mais pourquoi si brusquement ? Pourquoi cela doit-il se passer de cette façon ? Je dois penser positif. Au moins, je ne perdrai pas mon temps ici. En résumé, je dois construire avec des gens solides et de confiance, pas sur des cinglés. Nina me chasse définitivement d'ici.

Je suis épuisée. Mes épaules me font souffrir. J'ai aussi mal à la tête. Sortir mes affaires de cette maison. C'est bête et malhonnête à la fois. Mais Adonaï est beau et il apprend à obéir. Je me demande si c'est vraiment le bon moment. Je ne partirai peut-être que jeudi. Un jour de plus ou de moins... justement, c'est peut-être important. Surtout que je vais tomber malade, malade de froid et d'angoisse.

Le lendemain, le réveil est meilleur. Je suis guérie. J'ai dormi avec le cristal de Babalon. Ma fièvre est tombée. Ma haine m'a quittée. Mes épaules ne me font plus mal.

Hier, nous avons cousu la robe de Matthieu. En lin. Superbe. Hier, ma grand-mère m'a raconté que toutes ces angoisses lui ont donnée des coliques, et comme j'avais pris ses médicaments il lui en restait si peu qu'elle ne voulait pas en prendre. J'ai rectifié. Je n'avais rien pris. Elle soupçonne que quelqu'un a couché avec moi et l'a volée. C'était trop fort, un peu comme une dose de cocaïne. Super : je passe maintenant pour une droguée et une voleuse. Je dois mettre des kilomètres entre eux et moi. C'est mon dernier jour. Je fais les valises. Si ça ne va pas, je reporterai mon départ et partirai le surlendemain pour Berlin. Si possible, non.

Très tôt le matin, j'ai appelé Carl Abrahamsson. Je suis loin d'être prête. Les caresses de Johannes me manquent, me manque aussi la présence de mon bébé. Je nous souhaite un monde meilleur.

Je pense aux naissances traumatisantes des membres de ma famille. La naissance de Nina pendant la guerre. Ma grand-mère seule. Toutes deux couvertes de neige. Mon arrière-grand-mère qui l'enferma dans la maison et l'insultait à n'en plus finir. La naissance de mon grand-père dans un train en pleine révolution russe. L'accouchement d'Adonaï, sept heures passées dans l'eau. Je veux me séparer de tout cela. Je veux vivre dans un monde salubre. Je n'ai rien contre la souffrance, seulement quelque chose contre la bêtise. Quoi donc aujourd'hui ? J'aimerais partir demain mais je dois encore tout empaqueter aujourd'hui. Etre encore ici demain ?

Je mets le réveil à sonner à sept heures. Je partirai demain, un peu plus tard. J'ai tout de même emballé ce qui m'appartient. C'est peut-être un peu trop mais c'est toujours mieux que de regretter plus tard des choses abandonnées. J'ai déjà perdu tant de choses magnifiques et c'est dommage. J'ai jeté ou donné beaucoup de robes. Je réalise aujourd'hui ma force et que mon manque de stabilité n'est qu'un moindre mal.

Je désire un superbe environnement pour moi et mon fils. L'Angleterre ? Tony ? La branche anglaise de l'O.T.O. ?

Je n'ai pas joué avec Jan mais le plus important de mon matériel musical est maintenant en sécurité, à moins d'une guerre. C'est ok. Rien de bien important n'a disparu. La

Pologne ne m'attire pas. Que je déménage est parfait - et Mark qui réapparaît.

Je ne reviendrai jamais plus dans cette maison qui fut ma maison... C'est maintenant le départ de Lilith et d'Adonaï mon fils, de mon art et de l'O.T.O. Je veux un cadre de vie, dois-je... Je sens de nouveau la sauvagerie de mon chakra du cœur. Mark, où es-tu ? Que vis-tu ? Je me masturbe, mais surtout pour me détendre, et il est là. Doux. Ou Tony est là. Je pourrais écrire une nouvelle histoire, une histoire où je fixerais avec beaucoup de précision tout ce que je vois quand je me masturbe.

Mark, Mark, je ressens à nouveau de la passion pour toi : je veux te rejoindre, maintenant, après ces trois années où j'ai tellement appris sur mon éducation, mon origine, ma famille, mes racines. Je te veux dans ma vie toutes ces années à venir. Je suis venue en Pologne. Je t'ai quitté. Je ne veux plus vivre loin de toi. Je t'ai oublié. J'ai oublié mon chagrin mais tu reviens. Tout est déjà là, si fort. Cela me surprend encore. Je ne veux plus être surprise. Je veux te connaître tel que tu es et comprendre ce qu'il y a entre nous.

Hors de Pologne. Soulagement. Chez Johannes qui revient demain. Je suis fatiguée, je n'ai pas assez dormi, mais... j'ai été si stupide durant ces trois jours. Tout était trop épuisant physiquement, un froid de canard. Les gens étaient tellement abrutis. Comme toujours. C'est une bénédiction que je m'en sois aperçu aussitôt, et que j'ai laissé croître en moi mon désir d'indépendance. En fait, tous mes plans se réalisent rapidement.

Je laisse dans le train le mauvais journal qu'une femme m'a donné. La surveillance continuelle des enfants les rend distants et je me rends compte combien m'ont nui toutes les absurdes bonnes intentions de ma grand-mère... Nina déjà.

J'ai envie prochainement d'arrêter « Prêtresse de Babalon », et peut-être le reprendre dans quelques mois. Il décrit les forces irrésistibles mais incompréhensibles qui ont été programmées en moi et que j'essaie de décoder et d'analyser.

Faut-il un épilogue à « Prêtresse de Babalon » ? Je l'entrevois comme justification et introspection. Je découvre que derrière mon attrait et ma fascination pour la prostitution se cachent mes relations familiales mal définies. Il est évident qu'au cours de ce travail sur l'inconscient on tombe sur des surprises.

Ainsi ai-je besoin de plus d'affection, de plus d'amour, de plus de reconnaissance, de plus de valeur. J'ai besoin de sentir ma valeur en tant que femme et en tant que personne humaine au travers de l'argent.

Je dois nécessairement me distancer de cette morale chrétienne et polonaise dans laquelle j'ai été élevée. J'ai besoin de gagner ma propre sexualité et ma liberté. Fantastique. Bon travail.

Une fois considéré cet aspect psychologique, je constate que cette phase m'intéresse beaucoup moins. Ces derniers temps, j'ai relu ce livre qui, il y a deux ans, me fascinait : « Courtisane », de Dolores French, et je n'aimerais plus en faire l'expérience. Je sais maintenant à quoi je suis prête et à quoi je ne le suis pas. J'ai appris à m'imposer des limites et à dire non. Cela ne veut pas non plus dire que je n'ai rien à voir avec ce sujet. Il est juste passé au second plan.

Dorénavant, je veux être mère et artiste. Une chose encore : cette erreur de l'éducation qui est la suivante : attendre d'un homme qu'il t'entretienne et écarte toute peine de ton chemin. L'idéal de Doc grand-mère, ce qui est la raison pour laquelle ma mère a abandonné jusqu'à ses propres opinions.

Fuck ye all!

※

Ce matin, je me suis réveillée chez Johannes, confuse. Que se passe-t-il ? J'ai interrogé les cartes pour savoir si je devais prendre contact avec Mark. Réponse : L'Amoureux, et la cruauté silencieuse du rapprochement. J'avais un peu de fièvre et, bien qu'étant ici depuis trois jours, je n'avais pas encore vu Johannes. J'avais besoin de compagnie et d'affection.

J'avais voyagé le jeudi et j'avais pensé attendre Johannes. Nous étions lundi. Je voulais partir à Hambourg et non plus à Paris. Les obligations, libérer l'appartement. Des rendez-vous ? Lesquels ? Avec l'O.T.O. Ça, je pouvais le reporter, je pouvais même le manquer, mais pas me rater, moi.

Je n'ai plus envie de Paris. Je veux aller chez Mark, mais est-ce bien le moment ? Je me sentais fortement troublée et... ce genre de fébrilité qui précède une période féconde. Veux-tu aller à Hambourg ? Plus que toute autre chose.

J'étais sur le point d'appeler Fritz Brinkmann et Axel Gruner. J'interrogeai une dernière fois les cartes. L'envie de Paris. Deux de Bâtons pour Hambourg. Je posai aussi comme question : « Dois-je préparer ma vie de façon à avoir un avenir avec Mark ? » Le Prince d'Epées. « M'arranger autrement ? » La Lune.

Je partirai à Hambourg le 4 janvier pour 4 semaines. Let it be!

Cette confusion est-elle bien nécessaire ? N'est-il pas possible de se connaître assez bien soi-même pour avoir le courage de se vivre sans s'inquiéter ? Peut-être dois-je me déplacer sur des niveaux plus simples ? Rester mobile et flexible. Une simple lettre que j'écris, une question simple à me poser : comment est-ce que je veux vivre ? Qui je veux être ? Dans deux heures, nous prenons le bus pour Paris.

Comment je veux vivre ?

Qui je veux être ?

De quoi je veux vivre ?

Avec qui je veux vivre ?

Où je veux vivre ?

Ou les trois questions trouvées dans le livre d'Andrzej :

Quels sont les buts principaux de ma vie ?

Quels sont mes projets pour les trois prochaines années ?

Si je devais mourir dans 6 mois, que ferais-je ?

J'écris à ce sujet dans le bus. La Pologne m'a brisée, rendue plus forte aussi. J'étais faible et enrhumée. J'avais fait des paquets pendant trois jours dans le froid, et en plus j'avais habité chez deux folles.

J'ai des réminiscences de mon enfance, entre l'âge de 10 et 20 ans. J'aimerais être un individu et pas un résultat de l'horreur communiste, de la folie et du laisser-aller. Oui, je dois écrire sur ma mère puisque jusqu'à présent j'ai fait part de mes réflexions au lecteur, ce qui inclut aussi une certaine censure. Je vais tout écrire, tout ce dont je me souviens et qui a une influence sur ma conduite présente.

Je dois savoir ce que Mark fait, comment il vit, s'il a besoin de moi. J'avais des pensées vraies... Je voyais en fin de compte comment ma mère a détruit ma relation avec les « Neubauten » pour me garder auprès d'elle. Oui, à elle la faute. Je retire ma responsabilité. C'est un peu comme ça. Elle m'a influencée. Je n'ai vraiment pris mes distances que lors de mon voyage en Pologne. Lorsqu'elle m'a écrit et téléphoné, j'ai trouvé bien qu'elle veuille s'occuper de mon fils. Je la savais un peu folle mais totalement inoffensive. J'étais heureuse d'être avec elle, de lui parler, de lui poser des questions qui m'étaient importantes. A la minute même où je me suis assise avec elle dans le bus pour Paris, elle a changé. Là, elle me tenait entre ses griffes, ce qui revenait à dire : Tais-toi, cicho, tu n'existes plus.

Les deux derniers mois de grossesse, je ne m'en souviens plus exactement. Mais de ce jour à l'hôpital où, soudainement, elle exigea que je la vouvoie. Sophie, avec qui je partageais la chambre, me dit : « Ton erreur est de la considérer comme un peu folle mais en bonne santé alors qu »elle a besoin d'un véritable traitement ».

J'écrirai là-dessus afin de pouvoir lui pardonner. Je dois comprendre afin de me libérer. Je ne dois pas le garder en moi et le refondre sur le monde ensuite. Je dois m'en débarrasser.

Le désir de trancher le cordon ombilical est intense. Est-ce que je dois sortir de Pologne ce qui m'appartient ? C'est idiot d'avoir mes affaires là-bas puisque c'est fini. De plus, grand-mère n'est plus très claire. Elle est trop chaotique. Je ne travaillerai plus jamais là-bas. Je vais d'abord voyager puis je chercherai un endroit où Adonaï pourra aller à l'école. J'ai encore du temps.

Ce besoin d'écrire, de me libérer... Est-ce trop ? J'ai besoin autour de moi de gens qui me motivent, qui me soutiennent, qui me donnent de la force, qui me comprennent, qui m'aident à me comprendre. Je veux un chez-moi où je puisse reprendre des forces, me reposer quand cela est nécessaire. Ce dont la graine a besoin pour germer. Peut-être dois-je déménager chez Philippe Pissier et travailler là. J'ai besoin de temps pour me concentrer sur 156, dessiner, faire des bandes dessinées ou poursuivre des projets comme Lilith von Sirius, ou K.D.I., ou Call of the Wicked, jusqu'à ce qu'ils prennent une forme utilisable, pour finir les traductions anglaises et polonaises. Pour tout cela, j'ai besoin de calme.

Les documents de l'O.T.O. L'achèvement de ma personnalité.

J'ai tenté, en méditation, de mettre mon moi supérieur en communication avec celui de ma mère. Il en est ressorti une incroyable énergie destructrice. Rien. Le vide. Je ne sais pas où ma mère a atterrie. Elle reste pour moi une sorte d'avertissement, la conscience du danger de la mystique.

Bientôt, nous pourrons partir. Bientôt est déjà tard. Je vais mieux qu'avant, quand j'avais un peu de fièvre et que j'étais tellement confuse. Je vois que ce que j'entreprends avance, que je suis pleine de talents qui ne demandent qu'à éclore, mais... j'essaie de me remonter, de me convaincre que ce que je veux, je dois l'oser. J'ose et j'oserai encore. Ce secret me soutiendra.

Ok, rien de plus. J'ai envie de partir. Vraisemblablement, j'avais besoin de tranquillité. Adonaï avait besoin de moi. Le bus. Tout est en ordre. Peu d'argent ? Il en tombera. C'est Noël. Alors quoi ? Je me suis tout bêtement enrhumée. J'ai préparé la liste pour Lilith Infinite. Il était temps. A Paris, je me suis sentie comme je ne m'étais pas sentie depuis longtemps, horriblement bien. L'Allemagne, Mufti, Mark, Jaeki, Klaus et les autres.

Encore plus!

Justement aujourd'hui tombe une décision : Sabine Baumont-Pissier est nommée présidente de LILITH INFINITE. Waouh! Super. Ada semble courageusement tout supporter. Je suis bien sûr très active, mais je me garde du temps pour lui. Maintenant, il doit vraiment manger. Moi aussi. Demain, nous ferons les achats. Demain, je viderai mes poches et j'achèterai de super dessous en dentelles... Let's do it...

Montpellier. L'agitation en France me déplaît. J'ai envie d'un autre pays. La solitude sexuelle dans laquelle je me trouve me déplaît aussi. Je suis en morceaux. Ada pisse dans sa culotte et refuse de se coucher. Le lait bout et déborde. Shit. Mark est de nouveau là.

Je sais qu'il est là. J'ai une exposition et une performance dans quelques jours. Is it what I want ? Qu'est-ce que je veux exactement ? Une bonne vie avec mon fils, un partenaire, mon travail, un peu de ville, un peu de campagne.

Existe-t-il encore quelque chose une fois sortie des désirs, des « j'aimerais bien », des joies passées ?

Je vais documenter mon travail. Je voyagerai à Hambourg. Nulle part ailleurs. Tony est sympa mais il fait partie des « vieilles douceurs ». Pourquoi m'est-il si proche ? Peut-être est-il impossible pour moi de séparer les deux ? L'idéal serait alors Tony et Mark. Pas de rupture.

Thelema et la jalousie. Idéalement, je suis pour une liberté d'action totale, et pour la tolérance. Je voudrais me le prouver. Cette preuve sera celle de ma générosité. Je me dis que ce que je fais ne regarde que moi. Ce qui m'intéresse est de savoir comment tu te comportes avec moi, et de la façon dont tu te comportes dépend ma générosité.

Paris. Je suis perturbée et je ne sais pas ce qui se passe. Je suis fauchée. Je ne veux pas avoir toujours Adonaï avec moi. Je veux quitter Paris. J'ai besoin de Mark.

Marin me confirme dans cet avis. Je dois le revoir. Je suis impatiente mais je ne sais pas si, je bous intérieurement, c'est pour lui.

C'en est fini avec la Pologne et c'est bien. Je veux un entourage positif. Je veux autour de moi des personnes intelligentes. Je veux aller à Hambourg ou bien partir en Angleterre. Londres ? L'O.T.O. ? Je sais que quelque chose m'attend là-bas, même si je ne sais pas quoi. Alors, DO IT!!!

La névrose de Mark. Je veux exactement en connaître la dynamique. Serait-il possible que l'aspect traumatisant de ce qui s'est passé soit responsable de mes instincts autodestructeurs, ou bien est-ce que je perds tout simplement l'appétit et deviens dépressive lorsque Mark veut sortir de ma vie ? Je veux le garder. Je veux en prendre conscience pour moi-même afin de ne pas me comporter envers ses sentiments comme un vampire. Etre individualistes et indépendants ne peut tout de même pas nous empêcher d'être ensemble ?

Ainsi, ce « succube courtois » (mon seul véritable partenaire, en fait) peut changer de peau et apparaître sous les traits de Tony, de Bruno, de Mufti, Hacke ou Mark. Ces trous dans le temps où j'ai besoin de lui sont de nouveau là. Je ne sais pas quoi en penser. Est-ce que l'amour, ce sentiment vivace, est le flot de ma vie et de mon évolution ou est-ce un instinct suicidaire qui me fait le désirer, bien que ce soit sans illusion aucune, et que ma quête semble être celle de la douleur plutôt que celle du bonheur ?

Les deux sont vrais. Ou bien le moment pour moi de souffrir revient perpétuellement. Quelle est la solution ?

Une question se pose. Qu'en est-il aujourd'hui ? Hier encore, je sentais que cela influençait tout mon comportement. Je me sentais en convalescence spirituelle et cette « Deins pour toujours story » est à vomir. Ça doit sortir. Mais décrire ce qui m'arrive ne me procure pas beaucoup de plaisir. D'où vient cette violence en moi ? Une programmation communiste en catastrophe de mes gènes. C'est un combustible de mort.

❋⸙

Paris - janvier 96.

Je passe encore quelques semaines rue Picpus. C'est une période dure, névrosée, productive. J'ai fait et écrit beaucoup de choses subtiles. Je me suis débarrassée de tellement d'illusions. Je ne voulais pas employer le mot « perdu ».

J'ai trois mois de loyer en retard. Cela me rend nerveuse. Ce serait bon de pouvoir vendre ce qui entre guillemets est né en 95 et de pouvoir en vivre.

Demain, Charles tourne une vidéo... Je n'ai pas la moindre idée de ce que ça doit être. J'ai peur de la scène, une peur nue de monter sur scène. L'appartement est pour le moment agréable à vivre. Ombres. Lumières. Anges. Daniel a fait réparer le Mac. J'ai carte libre et j'écris beaucoup mieux avec plusieurs doigts. Je reçois des images scannées. Tout s'assemble. Je me défonce comme une folle. Je suis fatiguée. C'est aussi normal. Ces derniers jours, j'ai consacré tellement de temps à Adonaï, sans arrêt en train de faire ou de courir. J'ai donné mes deux premiers massages avec le cristal et je n'ai pas dormi pendant deux nuits.

Je suis plus que fatiguée. Je suis crevée. Cette nuit, tout a commencé à quatre heures du matin. Je ne peux pas toujours avoir Adonaï avec moi. Je travaille au lieu de dormir. Je suis épuisée et je ne suis pas gentille avec lui.

Je remarque que Mars prédominait à sa naissance il y a deux ans à 0 degré du Verseau. Maintenant, cette planète est revenue à la même place. Je maîtrise ma colère contre ma mère et ne lui octroie plus qu'intérêt général. Mieux vaut que je m'organise puisque je serai libre encore jusqu'à mercredi midi. Autant planifier intelligemment. Que faire ? Je me lève avec peine vers 16 heures et mon appartement ressemble à l'antre d'un magicien.

Dans trois semaines, il y aura un nouveau vernissage chez Hélène, là où ce fut si réussi en décembre. Cette fois, j'aurai plus de temps pour préparer les invitations et soigner l'accrochage de l'exposition. J'ai un peu le trac. Est-ce que c'est cela qui me retient au lit aujourd'hui ? Mon estomac est bizarre. Oui, j'aurai aussi mes règles dans quelques jours. Que tout se réalise, lentement mais sûrement, est un vieux, très vieux rêve, un rêve que Jad Wio et les Neubauten ont réalisé. C'est merveilleux et normal en même temps.

Sur ce, je devrais demander de l'argent à Fabio et à Daniel Dorra. Do it.

Je suis très active mais épuisée. Il s'est beaucoup passé ces jours-ci. Cela fait plaisir. Be strong ô scarlet woman, then canst thou bear more joy.

Phil et Sabine sont chez moi. Dimanche, il y aura une Thelema tea party. Super. Charles viendra tourner dans 24 heures. Hier, j'ai spontanément appelé Klaus. Aujourd'hui, je suis allée chez Hélène fignoler l'accrochage de l'exposition. J'ai reçu un appel de Walter Stahl.

Uranus, O degré du Verseau. Je rêve. Je suis allée au bureau. Mark tient une femme dans ses bras. Elle me salue par mon nom. J'ai dansé sur une reprise de "Don't you go home with your hard-on". Klaus est là aussi. Mark et moi, nous évitions de nous regarder. Par contre, Klaus, lui, m'observait pendant que je dansais, troublée.

Je me réveille et je te veux, je te veux, je veux ta peau. C'est incroyable. Je te suis toujours fidèle. Notre relation amoureuse et terrestre dure maintenant depuis quatre années. Nous avons aussi une autre relation.

L'après-midi fut merdique. J'ai rencontré Bruno, si gentil. Mon rêve ne me sort pas de la tête. Je vois combien madly faithful je suis. Mark est tout simplement le meilleur et c'est si bête de souffrir pour ce mec égoïste. Ce sentiment, je le connais déjà depuis mon enfance.

Je m'efforce de penser à Klaus, à Lionel Miens, à l'homme de Stuttgart qui m'a prise en stop il y a deux ans. Désir.

Je ne voudrais pas être seule ici. Je souhaite que Lionel soit là. Je pourrais lui téléphoner et nous pourrions manger ensemble demain midi. Voir Mark en rêve, presque sentir sa peau sombre. Impossible de l'oublier. Il y a quatre ans, j'ai vécu avec lui des semaines inoubliables. Je me sens misérable. Je veux le retrouver de tout mon cœur. Impossible de faire autrement. Do it.

Comme prévu aujourd'hui, Charles a tourné sa vidéo. Je pensais à Lionel bien que les cartes me conseillaient de le laisser tranquille. Comme je le désire... Et ensuite ? Quelle voie suivre ? Apprendre à partager ou bien ne plus me laisser dominer par le désir. J'étais sauvage mais je ne le sus qu'après le rêve de Mark. Frustration. Je veux du sexe dans ma vie. Je veux coucher avec les gens. J'ai envie d'orgasmes sauvages en moi, là où je les devine maintenant mais virtuellement seule.

La guitare flamenco m'a tiré des larmes, des larmes que j'avais oubliées. D'où viennent-elles ? Sûrement de plus loin que ma rencontre avec Mark. Elles viennent des années que maintenant je comprends, des rêves qui vont se matérialiser, de moi. Aujourd'hui, dans le miroir, j'ai vu la Lilith que j'avais dessinée il y a quelque temps.

Lionel est venu à l'exposition. Il m'inspirera, mais d'abord mieux vaut coucher avec lui pour beaucoup d'argent.

Oui, ces six dernières semaines. Adonaï est chez Nina. Je suis très occupée par la traduction française de 156. Des heures passées sur le Mac de Charles, sur Quark X Press, sur l'imprimante. Tatiana est revenue de Suisse et Berne est confirmé. The temple of love.

Je lis « Univers Interactif ». Je tape un souvenir, étale des photos sur le sol, couche avec quelques mecs, me masturbe astralement avec Père qui m'a écrit dernièrement. Accroche des pinces à ma poitrine, mets mon corset, mets en place mon écarteur buccal.

Uranus et le Soleil sont en conjonction avec mon point secret, le point désormais. Je pense maintenant à Klaus, à tous mes fantasmes allemands, à tous ces mecs venus à mon spectacle. Je vais écrire sur mes fantasmes, sur cette réalité virtuelle qui m'embrase le clitoris.

Entre-temps, j'ai joint Lionel au téléphone. Il est chaud et commence à montrer son désir ouvertement. Malgré tout, quelque chose me retient. Je ne sais pas quoi. Il a de hautes responsabilités dans la firme International Computers France. Combien gagne-t-il ?

Je ne veux plus de clients qui ne me respectent pas et que je ne désire pas. Je n'ai pas besoin de types ennuyeux mais d'une way of life érotique avec quelques wonderful men à déguster. C'est ça mon truc.

Je travaille 156 depuis des jours, porte chemise blanche et tailleur, une coupe de cheveux élégante. Je vais chez Hélène avec Tatiana et envoie les photos du costume de Lilith à Rodney. Je me suis trouvée. Pas plus artiste que putain n'ont de valeur sans Thelema. Thelema ne vaut rien sans cette voix en moi, sans ce regard dans le miroir.

Lilith habite mon miroir. C'est un miroir magique. Hier, j'ai eu du sexe très physiquement avec mon incube Mufti-Alex-Klaus-Mark et la meute. J'ai fermé les jalousies et me donnai l'ordre de me baiser avec mon bâton de feu (celui de la balançoire de Mark !). Je portais une ceinture de chasteté, une chaîne à mes tétons, un collier de chien au cou. Tout cela virtuellement mais physiquement aussi. Ils sont meilleurs amants que les hommes.

Oui, c'était excitant. Maintenant, je suis écroulée depuis des jours, complètement crevée. Je saigne aujourd'hui (anniversaire d'Adonaï) et évacue de mon ventre plusieurs morceaux d'utérus... inlay... vraiment impressionnant. Charles m'a soignée, m'a massée, a préparé des tisanes. Maintenant, ça va à peu près mais j'ai souffert comme une bête. Le mal aux reins et l'utérus tendu, gonflé. Je pensais que des heures assise dans un fauteuil inconfortable m'avaient bousillé le dos ou alors le choc en retour de la séance avec les incubes ou encore la tension provoquée par mon tout premier livre (et quel livre!).

Je suis maintenant allongée sur mon lit d'hôpital. Les gouttes de la perfusion qui s'écoulent dans mes veines sont le seul bruissement dans la nuit. Il est peut-être dix heures du matin. Je prends du Propolis et utilise des huiles. Je souffre moins. Mon utérus est gravement endommagé et me fait un peu mal. Il suffit que je me couche sur le dos pour que ça aille mieux. A l'hôpital! Quelle honte! Eh bien, même les sorcières en arrivent là. Le matin, vers sept heures, je sentais l'oeil d'un interne me fixer. Il palpait doucement mon ventre. Idiot. Je me suis endormie à minuit et on m'a déjà réveillée trois fois. Merde. Je déteste ça.

À l'appartement, j'ai reçu un fax de Rodney et une longue lettre de Carl. Sympa. Charles m'a visitée cet après-midi. J'étais contente. Avec lui, je peux râler contre cette bande d'idiots indélicats. Pas de déjeuner. Peut-être veulent-ils m'opérer ? Je préférerai attendre.

Peut-être m'opéreront-ils demain. Aujourd'hui, j'ai refusé. J'ai envie de me lever, de partir à Hambourg. Je me revois me prostituer à l'Elysée Hôtel. Je me revois chez Klaus, entre Klaus et Mark. Klaus est un partenaire idéal pour ces jeux érotiques. J'imagine Mark et la rapide transformation de son ménage, la fureur de sa femme, sa passion pour moi. Est-ce que ce sont des rêves ou des souvenirs du futur ? J'ai assez confiance en moi.

J'ai écrit une longue lettre à Carl. À la télévision, il y avait un reportage sur une clinique suédoise. De belles gens. Premiers fantasmes sur Carl.

J'aimerais apparaître demain chez Hélène, bien que cela ne soit pas très important. Je risque de devenir stérile. Je sais. Paul aura un très bon père. Let it be. Tout me dit : quitte Paris. Nina et Dada ont le culot demain de partir en Suisse.

Et ma nationalité. Pars chez Jean-Paul. No other way and you know it.

Et puis ce dimanche le plus douloureux avait exactement Mars en conjonction avec le Mars de ma naissance, Jupiter en conjonction avec l'ascendant le 20 février approximativement. Le Soleil zéro degré des Poissons. La Suisse est ta fortune, Sweetie.

Now I try to go back to sleep...

[Diana Orlow, alias Lilith von Sirius, 1995-96 e.v., traduit de l'allemand par Llys Dana, 1999.]

Notes de Philippe Pissier :

BABALON : c'est en quelque sorte la Grande Déesse dans le système métaphysique et magique d'Aleister Crowley (1875-1947), proche de la Kali hindoue ou de la Barbélo des Gnostiques.

O.T.O. (pour Ordo Templi Orientis) : Ordre para-maçonnique délivrant justement les enseignements de Crowley. Lilith en était membre (elle avait été initiée en Allemagne, à Hambourg) et ce fut l'une des raisons de notre rencontre. En principe, l'O.T.O. est « une école de liberté et d'amour ». Dans les faits, on y rencontre autant de cons qu'ailleurs. J'ai le droit de le dire : j'en suis membre depuis une dizaine d'années. Et pour être plus franc encore, Lilith fut l'un des seuls et rares êtres que j'y ai rencontrés à y avoir sa place!

Le Frère de Gélatine

Boudreault-Majour

En bonne partie, Boudreault-Majour se compose de Jean-Claude Boudreault et de Bernard Majour. Majour est français, Boudreault québécois ou canadien, si on veut. Leur effervescence imaginaire a vu le jour en juin 1999. «Mourir pour Géraldine» est l'un des nombreux titres du texte lu ici qui représente leur quatrième collaboration. À ce jour, ils en sont à onze oeuvres communes dont un roman, «Eve Lyne», en pleine gestation.

Pris individuellement, Boudreault a travaillé comme journaliste, cinéaste du film éducatif et universitaire. Il a un doctorat en technologie éducative. Majour a un DEUG mathématique et un diplôme universitaire technologique. Il travaille présentement comme analyste-programmeur. Depuis trois ans ans, il est co-responsable d'un atelier de création littéraire. Plusieurs revues professionnelles et « moins « professionnelles ont publié des oeuvres de l'un ou l'autre: Solstare, Expresso, Stop, Moebius, Art Le Sabord, Ténèbres.

J'entends Bang! puis Bang-Bang-Bang-Bang-Bang! Je me lève de table. Je cours dans la rue. Un homme étendu par terre. Le sang gicle de partout. Il respire encore. Je lui dis: « Je suis là, je m'occupe de vous. « J'essuie sa bouche avec ma serviette mais il arrête de respirer, figé sur mon regard.

Encore une fois j'arrive trop tard.

Comme d'habitude, il suffit d'à peine cinq minutes pour qu'il y ait du remue-ménage autour du corps. Des dizaines d'ombres se lèvent, jaillissant des milliers de retranchements qu'offre une rue. Des grandes, des petites, beaucoup de mouches, une ou deux chauve-souris translucides...

- A moi ! A moi ! crie cette foule ténébreuse.

Je n'ai que le temps de me reculer pour éviter d'être traversé, transpercé.
La ruée pour le corps commence, glauque, sinistre.

Elle se poursuit en un pugilat serré : marée d'ombres noires à l'assaut d'une masse sanglante et au milieu du tout, une malheureuse âme bleue ciel tentant de s'ouvrir une sortie.

Elle finit par y arriver, non sans effort et quelques coups de coudes. Dans son dos, la lutte se poursuit, plus âpre, acharnée, concert de griffes et de morsures. Des pleurs et des grincements de dents se répandent lorsqu'une ombre plus hargneuse que les autres réussit à s'engouffrer par les narines du cadavre.

- Mais ils sont fous, s'écrie l'âme du défunt en me regardant.

- Sans doute ! mais ils ont leurs raisons, dois-je répondre pour la millième fois depuis le début de l'année.

- Mais pourquoi ???

- Une dernière chance de racheter votre âme, vous la laisseriez passer ?

- Racheter mon âme? Je ne vois pas... où voulez-vous en venir? Ma vie a été exemplaire. J'ai été aimable et juste avec tout le monde. Si j'ai commis des fautes il faut me dire lesquelles. Je ne vois pas.

- Ces six balles étaient pour qui, vous croyez?

- Pas pour moi. Je n'ai pas d'ennemi. Le meurtrier s'est trompé de cible, voilà tout.

- Ben voyons. Une balle perdue peut-être mais six de suite, trois dans la tête et les trois autres dans le cœur, il me semble que le doute n'a pas sa place ici.

- Trouvez le tueur et questionnez-le, vous verrez que j'ai raison.

- Ce n'est pas mon rôle d'enquêter sur les meurtriers. Cherchez un peu dans votre vécu. Vraiment, vous n'avez pas une petite idée de qui aurait pu vous en vouloir au point de vous faire disparaître?

- Hum... Non. Je suis une victime. Simplement. On a voulu s'approprier mon bien. Je ne suis pas riche mais j'ai une collection d'icônes...

- Des icônes? Leur commerce est défendu depuis longtemps, vous le saviez?

- Euh... oui. Mais le culte des images, c'est plus fort que moi.

- La plupart ont été achetées au marché noir, je présume?

- Oui... malheureusement.

- Alors, c'est cela. Vous regrettez ce commerce que vous avez fait et tous les torts que vous avez causés?

- Non je ne peux pas. Ce serait renier le meilleur en moi.

- Alors, tant pis pour vous. Je n'ai pas que vous à... racheter, moi.

- Attendez. Ne partez pas. Si je ne me rachète pas, qu'est-ce que je risque?

- Pas le droit de le dire. On ne marchande plus ici. On amplifie la voie que l'on s'est tracée de son vivant.

- Mais vous, vous venez me faire une proposition. C'est un peu comme marchander ça, non?

- Pas du tout. Je suis chargé de la dernière vérification. Avec vous, c'est clair que le rachat n'a pas sa place.

- Il me semble qu'on a le droit de savoir avant de décider.

- Ils invoquent toujours la logique, ceux qui refusent le rachat.

- Je ne vous suis pas... je ne comprends pas les enjeux. Pourquoi donner une chance à ceux qui ont fait du tort toute leur vie ? Vous trouvez ça juste, vous?

- Ne tentez pas de réduire et simplifier ma tâche. Vous ne savez même pas ce que nous leur demandons à ceux qui cherchent le salut. Il se peut que ce soit pire que ce qu'ils ont fait subir aux autres.

- Ah! je vois...

- Je vous repose la question pour la dernière fois: voulez-vous vous racheter, oui ou non?

- ... Je peux bien essayer!

La foule des ombres repart en traînant des pieds, le cadavre percé de trous ne bouge toujours pas, mais j'en suis sûr : il va reprendre vie. Ils reprennent tous vie.

J'attends. Patience et longueur de temps font plus que...

Le corps ouvre un oeil, puis le deuxième. Mon client se réveille.

- Hello ! lui lancé-je avec un large sourire.

- Heuuu... Je suis toujours en vie ?

- Bien oui !

Je ne comprendrai jamais pourquoi les ressuscités posent tous cette question. À croire que le retour à la chair abêtit son individu. Le simple fait d'ouvrir un oeil devrait pourtant leur suffire pour comprendre. Eh bien non. Jamais. Il faut toujours qu'ils se mettent à parler pour s'assurer qu'ils sont encore en vie. Comme si le fait de pousser de l'air dans leur gosier desséché pouvait les rassurer.

- Vraiment ? Vraiment ???

- Non ! En réalité vous êtes mort, c'est bien pour ça que je vous parle.

Le cadavre se relève et me fixe avec un air plus circonspect.

- Vous vous moquez, n'est-ce pas ?

- Un minimum, je vous assure.

- Je ne me souviens pas avoir eu des mains de ce type, larges et carrées. Pourquoi donc ?

- Apprenez que le corps d'un mort, même ressuscité, évolue.

Sans lui laisser le temps de réfléchir plus avant, je l'attrape par les épaules et l'entraîne dans un coin plus tranquille. Pour la suite de mes explications, il vaut mieux que nous soyons seuls. Comme d'habitude, ça promet d'être chaud... Allez donc expliquer à quelqu'un qu' «On» lui donne une autre chance de se rattraper et que cette unique et dernière chance consistera en...

D'un coup de pied, je propulse mon client dans une ruelle sombre, juste à temps pour éviter un car de policiers. Diable, ils ont fait plus vite que prévu cette fois-ci. Je vais devoir être expéditif pour marquer des points.

- Mes mains! de plus en plus carrées et larges. Elles enflent, elles enflent! s'écrie le mort avec effroi.

- Normal. Pas juste vos mains. Votre gueule et tout le reste.

- Hein! Que se passe-t-il? Qu'avez-vous fait?

- Pas compliqué: vous entrez en état de putréfaction et de décomposition.

- Suis-je mort ou pas mort?

- Moitié-moitié.

Le choc habituel. Et voilà-t-y pas que mon mort en espérance de rachat prend la poudre d'escampette, court dans la direction des policiers, veut se livrer en désignant un espace vide derrière lui: moi, qui le suis au pas.

Le couple de policiers blêmit, arme au poing, prêt à faire feu. La jeune dans la vingtaine dit à son coéquipier dans la trentaine avancée:

- Jean-Baptiste, on appelle une ambulance.

- Attends! Attends! Observe bien avant. Est-ce bien nécessaire?

Le cadavre s'est précipité sur eux. Pas une goutte de sang ne coule de ses nouveaux orifices. Il coagule.

- Regarde! il ne respire même pas.

Le cadavre veut se jeter dans leurs bras devant dix personnes assemblées, médusées. Les policiers l'évitent de justesse, d'une feinte habile. Ils entrent dans leur bagnole et ferment leurs portes à clef.

Je m'approche de mon protégé et je lui crie à deux pouces des oreilles:

- C'est quoi ton idée? C'est quoi ton idée? Tu veux faire peur au monde, c'est ça?

Les policiers appellent du renfort pendant que les passants s'éloignent de l'action. Certains courent en changeant souvent de direction, d'autres marchent à pas rapides et se retournent tous les dix mètres, incrédules. Ils vont en avoir long à raconter en arrivant chez eux mais en fait si peu. Que peut-on dire sur un perforé de six balles qui ne ressent rien et qui putréfie à vue d'œil? Parler de maquillages supra-réalistes!

Le troué n'a pas répondu à ma question et s'étonne de mon acharnement à vouloir communiquer. Alors je lui répète en criant encore plus fort pour le secouer un peu:

- Tu veux faire peur au monde, c'est ça?

Heureusement qu'il est le seul à m'entendre. Il se penche vers les deux policiers collés au pare-brise et me montre du doigt. Il manque déjà la phalange et la phalanginette à son index. Je ris de la réaction des agents. C'est vrai qu'ils côtoient la mort à cœur de jour mais la voir debout doit frapper leur imagination et leur montrer leur impuissance à neutraliser certains cas suspects, énigmatiques.

- Non.

Tiens! il vient de se décider à me répondre.

- Tu es disposé maintenant à passer aux choses sérieuses, que je lui dis.

- Sé... rieuses! ânonne-t-il avec des airs de ruminant.

J'aime pas ça. Vraiment pas. Il me faut souvent plusieurs jours pour ramener un zombie à la raison, pour lui faire comprendre les enjeux. C'est lui qui doit prendre la décision, pas moi. Avec celui-là, le minimum de lucidité nécessaire n'est pas évident. Il a mis en veilleuse son esprit et le lui recoller derrière le front ne va pas être une mince affaire. Je vais devoir user d'événements chocs en capitalisant sur ses attachements passés.

D'abord lui faire entendre raison. Et c'est loin d'être simple ! Jamais vu un imbécile pareil : se précipiter vers les flics, il faut le faire !!!

- Première chose : as-tu encore un soupçon d'intelligence ?

- Euh...

- Débrouille-toi pour me retrouver dans la ruelle. Seul.

Le zombie reste un instant interdit, cherchant une solution à son problème. Maintenant qu'il a voulu les embrasser, il doit fuir les deux uniformes sans en avoir l'air. Les flics sont toujours un peu nerveux, la main sur leur revolver, dans un réflexe conditionné vraiment dérisoire en ces temps troublés.

Mon zombie prend une pause des plus stupides, puis hoche la tête avant de lancer :

- Excusez-moi, je crois que c'est une erreur.

Puis, confiant en sa bonne étoile, il se retourne et vient dans la ruelle.

- Qu'est-ce que je dois faire maintenant ?

- Tu es là pour retrouver l'assassin de ton corps et lui faire comprendre qu'il a mal agi. Comment comptes-tu t'y prendre alors que tu te momifies à vu d'œil ? Hum ? Allez, un petit effort, le salut est à ce prix, sacrebleu!

- Quel salut ?

- Comment quel salut! Le tien, le mien... celui de l'assassin. Mettre un peu d'ordre dans la pourriture du monde... Il faut bien que quelqu'un s'y mette, pour inverser le processus de corruption, c'est pas sorcier ça à comprendre... Ça pue, il faut javeliser à grande eau et ramener Madame Blanche Ville.

Les mots dépassent ma pensée. Je suis miné par une colère inconsciente. Parler de «pourriture «, de « corruption « d'inversion de processus à quelqu'un qui en est l'image, voire le symbole vivant, me semble tout à coup indécent mais... peut-il, Lui, avoir conscience de l'indécence dans laquelle nous pataugeons, nous les sauveurs d'âmes. Pas sûr.

- Tu penses à qui? tu penses à qui? tu penses à qui?

Les mots m'échappent comme de la mitraille. Il se peut que l'épaississement cérébral qu'il subit empêche toute pensée de se glisser.

- Géraldine.

- Ah! tu penses à Géraldine.

- Oui, Géraldine.

- Tu es capable de dire qui est Géraldine?

- Oui... un peu.

Un peu? tiens! Surtout ne pas le contrarier. J'ai la conviction que je dois absolument le suivre dans ses brouillons de labyrinthes. Sinon, je risque de le perdre à tout jamais.

- Un peu, c'est pas beaucoup. Tu peux en rajouter plus?

- Géraldine, ma sœur.

- Et encore.

- Elle qui m'a...

- Ellequima? Comprends pas.

- Qui m'a fusillé.

- Pendant la première ou la deuxième guerre mondiale?

Ça m'a échappé. Il me rend dingue. J'ai l'impression de le suivre en trottinette, moi qui par ma condition dynamique ai l'habitude de voler ciel ouvert et d'atterrir tout de suite sur l'essentiel. Au fur et à mesure que les mots sortent de sa bouche, il les accompagne d'une salive abondante et, sans doute, nauséabonde. Je me sens pris dans un étau : l'obligation de le faire parler et l'empêchement nauséeux.

- Pourquoi elle t'a tué, ta sœur Géraldine? Elle te détestait?

- Non, elle m'aime.

- Elle t'a tué par amour.

- Non... elle m'aime.

Inceste passionnel et meurtre mêlé de pauvreté d'esprit. On m'a mis un de ces cas sur les bras. Lui demander l'adresse de sa sœur me semble une impossibilité: ses yeux ne cligne plus. Il ne me reste plus qu'à fouiller ses poches. À trouver son adresse et à me rendre chez lui. Et le pire, le traîner avec moi et apeurer tous ceux qui le verront.

Par chance, la ruelle s'orne d'un panier d'alimentation vide avec trois roues en bon état. Le temps que je le dégage de ses couvertures de déchet, mon client reprend vie. Comme pour un perroquet, je pense que des réponses toutes faites pourront être utiles en cours de route.

- Répète après moi: «Merci. J'ai pas besoin d'aide.» Dis: «Demain. Demain. «

- Deux mains, deux mains...

- Et mon pied au cul pendant que tu y es. Ce qu'ils peuvent être collants les zombies de maintenant. Et puis regardez-moi ça la vitesse où il coagule.

Le jet de bave se fige à la commissure des lèvres, stalactites répugnantes de salive et de sang. Saleté, Salive et Sang. Les trois S d'une autre gamme de plaisir...

Mais le pauvre gars ne m'écoute plus, il se concentre sur sa prochaine métamorphose, celle qui va du stade banalement mort à mort bien vivant malgré tout. Bon, il me faut être encore un peu patient, un jour, moins peut-être, tout dépend de la fluidité de l'individu.

Fluidité mentale... C'est vrai qu'avec celui-là, c'est pas de la tarte.

Je le bascule dans le tricycle d'alimentation, un juste retour des choses en somme. Nourriture avariée dans un transport qui ne l'est pas moins.

J'enfourche les pédales, et par un étrange hasard mental je réussis à ne pas faire dérailler la chaîne. Pas toujours commode de réaliser ce genre de petit miracle, surtout en pleine rue, avec un zombie à bord.

Mon client m'a parlé d'une Géraldine, je la vois bien nous

donner un petit coup de main avec son fusil. Lorsqu'on aime on ne compte jamais... les balles.

Mais existe-t-elle vraiment ? N'est-ce pas plutôt la sœur de mon client, sa vraie sœur, une sœur qui peut bien être vieille de plusieurs milliers d'années. Morte et enterrée depuis des lustres, et là, très franchement non, je ne jouerai pas les fossoyeurs sur cette mission. Une fois ça suffit... Le syndicat des fossoyeurs ne plaisante pas, jamais deux fois... Non non, jamais !

Avant de m'élancer dans la rue, sur ma ferraille cyclante, je récupère le nom de mon ex-gaillard. Mordohlm, Andrew Mordohlm, habitant au 1022 de la Grand'Rue. C'est toujours mieux que rien, ça descend tout du long... et avec un peu de chance cette Géraldine sera aussi au rendez-vous. Il faut l'espérer, je vais avoir besoin d'un peu d'aide pour dégager ces paupières collées... Et un scalpel ouvre toujours mieux que le bec d'un corbeau. Ces cochons sabotent toujours le travail. Comme si un mort n'avait aucun besoin de bien présenter.

Eh bien si, justement, pour passer inaperçu, il doit bien présenter, c'est une question de standing mortuaire. Croyez-moi, ça compte terriblement, surtout lorsqu'on sent... des pieds et d'autre chose après quelques jours au soleil.

Je ne sais pas pourquoi je raconte tout ça, mais c'est ainsi, j'aime bien m'envoyer quelques vérités pour me donner du cœur à l'ouvrage. La descente vers la Grand'Rue risque d'être mouvementée.

Top ! Go !

Un coup de pédale et le mouvement est donné.

Ah! ces vendeurs de salades, ils ont le don de nous surprendre en plein jour côté accessoires.

Je ne roule pas, je vole avec bébé à bord. « Bébé à bord « est l'expression gentille que je me suis permis d'user pour me donner du cœur au ventre vu la tendance rétrograde de mon occupant.

- Haut! Tomber!

Le pauvre, il se cramponne aux bords du véhicule volant avec ses huit doigts. Oui, huit, parce que le neuvième s'est lui aussi esquivé. Deux doigts de perdus, dix de retrouvés.

- Pas vite. Break. Accident! Cognure!

Voler au-dessus des rues n'est pas propice aux collisions. Toutefois Andrew n'a pas tout à fait tort de souhaiter que l'on soit prudent. Si je n'avais pas fait gaffe, on se serait embourbé dans du spaghetti électrique et téléphonique.

De toute évidence, je rends mon Andrew heureux.

- Hihi... air frais. Hihi...gros oiseaux. Hihi... Taxis petits. Hihi... Grand'Rue.

Et ce retour à l'enfance me comble de joie, la renaissance s'accélère. Andrew vient de reconnaître quelque chose, sans doute l'endroit où vit Géraldine. C'est un boulevard avec au milieu une bande petit parc dans laquelle crèchent plusieurs oiseaux de villes: quiscales, tourterelles tristes, mouettes, pigeons, moineaux. Une sorte de petit parc zoologique naturel fréquentable en toute liberté. J'atterris. Andrew sort de son panier et comme un seul homme part dans une seule et même direction. Je suis satisfait de ne pas avoir eu besoin de le pousser.

1032, 1030, 1028... 1022. Un duplex en brique jaune avec large balcon fleurie au premier étage. Une adepte de la vie à outrance. Andrew sort un trousseau de clés de ses poches et tant bien que mal essaye d'enfiler la serrure. Je pousse le bouton de la sonnerie pour couper court à ses tentatives réitérées.

Une jeune femme svelte, brune, cheveux coupés court, short coupé aine vient ouvrir. Géraldine? Reconnaît-elle son frère? Je sens chez elle une réaction de surprise quand elle ouvre la porte. Longuement, elle fixe Andrew, puis esquisse un geste... comme si on la dérangeait.

Pas à dire, soit ce gars a du goût, soit il sait choisir sa famille... hum d'adoption ou génétique, le choix n'est pas facile à déterminer.

- ...Raldine, susurre le zombie, non sans cracher une dent.

Par compassion, je récupère l'incisive et la lui refourre dans la bouche. Nous n'en sommes encore qu'au début de cette histoire, pas le moment qu'il parte en morceau.

- ...Raldine, insiste-t-il.

- Oui, j'ai bien vu. Merci.

Et plutôt deux fois qu'une, ce short coupé aine ne cache vraiment pas grand chose, mais le doit-il. Mon zombie met un pied dans l'appartement. Géraldine revient déjà avec une pelle à ordure et une balayette.

- Que veux-tu ? demande-t-elle à mon client.

- Sais pas, retourne le zombie en soufflant, comme si notre course l'avait épuisé.

- Trouver le meurtrier! glissai-je opportunément, un peu surpris quand même qu'elle se montre aussi prévenante avec le mort.

- Trous de balles, explique le zombie, en tendant ses doigts fripés vers ses plaies.

Géraldine s'approche, observe attentivement les impacts, puis s'exclame:

- Hum, sacré beau boulot, non ?

Puis elle éclate d'un rire forcé qui soulève le toit.

- Décidément, t'es vraiment le meilleur. Je me fais un max de pognon en revendant tes restes à toutes ces vieilles sorcières... Je crois que j'ai vraiment bien fait de te tuer, Andrew. Je sentais bien que t'étais un rabatteur hors pair. Avec toi mon avenir est tout assuré.

- Balles de trous, répète le zombie. Pas Andrew, Balles de

trous !!!

Mon client s'énerve quelque peu, pointant vers moi ses membres en gelée de chair morte.

- C'est icônes, cé icônes, sel icône.

Il ne comprend plus. Bizarre, moi non plus !

Géraldine explique très calme :

- Bien sûr que t'es Andrew, mangeur d'icônes. Je te tue pour que tu ailles à la pêche... et tu me rapportes à chaque fois un bon paquet de chair encore chaude.

Elle abat sa pelle d'un coup sec sur les deux bras qui se tendent vers elle, implorants. Andrew pousse un grognement stupéfait :

- Ooh ?

Et les bras lui en tombent.

- Eh! je m'écrie, ça ne peut pas finir comme ça ! On commence à peine cette...

Sans que je comprenne bien pourquoi, les yeux de Géraldine se mettent à luire de plaisir.

- En plus tu m'as ramené un sauveur d'âme, jubile-t-elle en abaissant vivement short et culotte, avant d'envoyer valser ses autres vêtements.

Je ne sais pas pourquoi, mais j'ai toujours rougi de honte devant une chair bien faite. Sa démarche sensuelle me perturbe encore plus et de cramoisi je glisse sur pivoine, ce qui lui permet - horreur sublime - de me repérer.

Sans attendre, elle se jette sur moi et m'aspire goulûment par tous ses pores. Juste le temps d'un réflexe mental: «À moi! À moi! Au secours!»

Flûte de zut, encore une mission qui se termine en queue

de boudin. Je vais de nouveau en prendre pour cinq siècles. Mais Diable ! Palpez-moi ce corps parfait. Sont trop bons... ces seins gonflés au... silicone!!!

© *Boudreault-Majour*

Bérézina

Jacky Ferjault

Jacky Ferjault est un jeune retraité que les lecteurs des publications de l'Association L'ŒIL DU SPHINX connaissent bien. Chercheur érudit et passionné, il nous livre régulièrement ses travaux sur des sujets aussi éclectiques que « La Magie dans l'œuvre de Shakespeare », « Le Culte du Phallus », ou encore « l'Histoire du Cinéma Fantastique ». Novelliste de talent, il a publié un premier recueil, « Les Garçons », aux Editions du Pont Médicis. Et sa plume se transforme parfois en fusain pour nous offrir d'étonnantes créations graphiques comme un superbe portfolio sur le Mythe de Cthulhu (in le Bulletin de l'Université de Miskatonic, numéro 4). Il partage aujourd'hui son temps entre Paris qu'il adore arpenter à la recherche de sites improbables et le Bénin, où il s'est fait construire... une case!

A Stéphane.

L'après-midi, c'est calme. Ça me donne tout le temps de cogiter. Même que René dit que je cogite trop. René, c'est le barman. On travaille aux mêmes heures, mais pas au même étage, et je le vois de temps à autre entre seize et vingt-trois heures : c'est que la nature a ses exigences, pas vrai ? Et puis René il est gentil. Quelquefois, le soir, après le boulot, on marche un peu, « pour s'aérer », comme il dit ; moi, je sais bien qu'il est amoureux de moi ; pourtant je ne vois pas ce qu'il me trouve, fanée comme je suis par toutes les misères que la vie m'a faites.

J'aime bien quand je prends mon service : Arlette, ma collègue, me laisse toujours un endroit impeccable ; aux meilleurs jours, il y a même un rayon de soleil qui vient un moment arroser le vase de fleurs sur le bureau, à côté de la soucoupe. Les fleurs, ça met un petit air de fête, ça sent bon, et puis c'est joli à voir. Les deux yuccas qui ornent le fond du local, derrière moi, apprécient également ce regain de lumière. Du rez-de-chaussée, les sons me parviennent ouatés, ténus, par bribes. Il y a de longs moments de silence, entrecoupés de bruits de verres, de courtes phrases que s'échangent des clients. L'un d'eux vient bien me rendre visite de temps à autre, mais j'ai tout de même beaucoup de temps pour cogiter, d'autant que la faïence de Delft, sur les murs, me ramène toujours aux mêmes souvenirs.

L'été, au château, il y avait cette même impression d'air pur vivifiant. La façade était au soleil durant une bonne partie de l'après-midi, et les stores écrus, taches violentes dans la lumière, protégeaient tendrement les ouvertures. Nous, nous réfugiions à l'orée des grands arbres somptueux du parc. J'y retrouvais ma mère bonimentant de confitures avec ses amies, mémés en noirs, aux cols de guipure. Et puis vers les cinq heures, la tribu — c'est ainsi que nous nommions les enfants, ceux de ma sœur et Henri, mon fils — débarquait, amenée, au sortir de la sieste, par Jean et Manuche, nos domestiques. Le plus souvent, elle s'installait à quelques encablures de nous, sur de grandes couvertures. Nous, les adultes, nous les voyions, mais ne les entendions pas, ou exceptionnellement, à l'occasion de chamailleries. Tout en les observant, je jetai de temps à autre un coup d'œil à ma sœur qui passait le plus clair de son après-midi à lire. J'observai surtout Henri, mon garçon, dont les attitudes me rappelaient son père. J'avais été folle amoureuse de Boris, de sa chevelure blonde et de sa grâce féline et puissante, mais lui eut l'occasion de me démontrer qu'il ne m'aimait pas. De lui me restait cet enfant de douze ans, presque un petit homme, qui avait le front volontaire et les yeux bleus de son père.

— C'est deux francs, monsieur ». L'homme est pressé, extrait maladroitement de sa poche les pièces qui teintent dans la soucoupe, et se dirige en face vers le théâtre des opérations. En ai-je vu, au plus fort de la bataille, des rangées d'hommes, de dos, en train de satisfaire leurs envies naturelles ? J'ai toujours pensé que c'est à ce moment-là que le mâle est le plus vulnérable.

Vers les six heures, lorsque la chaleur commençait à diminuer, Manuche installait, pour le goûter, une grande table nappée de blanc. A son appel, les enfants se rapprochaient de nous. Des senteurs de pain d'épices, de cannelle et de miel voletaient. Jean, pour notre tranquillité, veillait à éloigner les abeilles et surtout les guêpes. Mais il prenait bien garde à ne pas chasser les papillons et les libellules, qui se tenaient en suspension, au risque de s'ensuquer, dans des bulles d'air tiède où elles devaient s'enivrer de sucreries. Henri, mon ange aux joues roses, dévorait les tartines à belles dents. La confiture lui coulait entre des doigts qu'il léchait, la main en l'air, comme un Bacchus dévorant une grappe de raison dans l'air surchauffé de l'été.

— Pas de panique, messieurs. C'est une panne de courant ». Mes deux clients, surpris, n'en continuent pas moins de se soulager. (J'entends le bruit du liquide sur la faïence. Rien qu'au bruit, je peux imaginer la forme et la taille de l'outil). Si ça doit durer, je leur distribuerai des bougies. Mais ça ne dure jamais très longtemps, une panne de courant. Et puis, les clients non plus ne passent pas leur vie ici. Dommage, l'endroit, éclairé par des chandelles, doit être assez surréaliste. Il faudra que j'essaie, un jour, quand il n'y aura personne.

J'entends en haut Nestor, un habitué à la voix forte, raconter que la panne était due à des travaux un peu plus haut dans la rue. C'est vrai que ça n'arrive pas souvent, mais j'appréhende toujours ce genre d'incident, car dans mon sous-sol, je me retrouve quasiment dans le noir, et franchement, me retrouver, moi, une pauvre femme, toute seule dans le noir avec des hommes, la queue à la main, c'est vrai, quoi, on ne sait pas ce qui peut se passer dans leur tête, quelquefois ... ni dans la mienne d'ailleurs. Et puis, il y a beaucoup plus grave. Le noir me ramène inéluctablement trente ans en arrière, à la chute irrémédiable que je subis encore comme l'enchaînement de Sisyphe à son rocher. Jamais je ne pourrai oublier l'accident stupide.

Une fin d'après-midi — c'était en octobre — on me ramena le corps d'Henri, cage thoracique écrasée par les roues d'une calèche après qu'il eut glissé et chuté sur le macadam. La douleur et l'affliction furent universelles dans tout le château. Ma mère, déjà malade, en mourut de chagrin. Depuis ce jour maudit, j'appréhende les feuillages jaunissants et la nature décatie.

    — Monsieur ... Monsieur. » L'homme se retourne.
    — C'est deux francs » ... Il maugrée.
    — Oui, je sais, mais si vous croyez que je vais mouiller mon pantalon, vous vous trompez ... » Il fonce vers le lieu de l'action. Je ne dis rien. Cas de force majeure.

Dans les années qui suivirent, me refusant à admettre l'inéluctable déclin des finances familiales, j'ai hanté la solitude des corridors glacés de la demeure dont les lambris s'effritaient, dont les toitures prenaient l'eau ; pressées par le fisc, ma sœur et moi avons vendu le domaine pour une bouchée de pain ; ma sœur s'est mariée, mais moi, je voulais demeurer fidèle à celui que j'avais aimé. Je me suis — je n'ai pas honte de l'avouer — adonnée à la boisson ; j'ai connu des embarquements pour Cythère sur des tables de cuisine, et espéré pourtant, entre les bras d'hommes peu scrupuleux, retrouver la chaleur d'un soleil qui semblait s'être éteint à tout jamais pour moi. Poussée par la nécessité, je dus travailler. Mais que peut faire une femme jusque-là oisive ? L'aristocrate se mua en demi-mondaine ratée, avec le souvenir .de son fils comme seul trésor.

C'est deux francs, monsieur » ... C'est plus fort que moi, j'ai tout à coup les jambes molles. Cet homme, là, qui vient de déposer son obole dans la soucoupe, ressemble comme deux gouttes d'eau au père d'Henri. Même taille, même nonchalance étudiée, même grâce dans la démarche, et surtout même regard pénétrant, aux yeux bleus qui vous fouaillent incontinent lorsqu'ils se posent sur vous. L'homme fait ce qu'il a à faire et semble tellement pressé de repartir qu'un peu de plus j'aurai eu droit au spectacle de son matériel avant même qu'il ait tout remis en place tant il s'est retourné rapidement. Il sort sans même me regarder. Je reste groggy. Ça tourne dans ma tête. Jamais je n'ai eu de nouvelles, depuis qu'il m'a quitté, de celui que j'ai fini par surnommer « le fantôme ». Mais peut-être que le hasard ...Je ne sais pas, je ne sais plus. Quelques clients passent devant moi que j'accueille machinalement. J'ai besoin d'un petit remontant. J'ai toujours ma bouteille à côté de moi dans l'un des tiroirs du bureau. Quand j'ai le blues, je marche au rhum. Mais de façon légère, cool, comme ça, pour le plaisir de sentir la chaleur de l'alcool vous remuer le sang comme l'eau qui investit un nouveau coin de terre. Jamais devant les clients, évidemment. Et puis gaffe à ne jamais dépasser la « borderline ». Non, demeurer juste en lisière. Etre à la fois là et se rappeler le bon vieux temps ....

Henri aimait dessiner. Il avait ce qu'on appelle un bon coup de crayon. J'aurais aimé qu'il devienne artiste. J'aurais préféré la vue des belles choses à tout ce par quoi je suis passé.

Mon client est revenu régulièrement depuis quelques jours.. Pour dire la vérité, je n'ai cessé de penser à lui depuis la première fois où je l'avais vu. Même Arlette s'était aperçu de mon trouble. A la soudure, elle m'avait dit qu'elle me trouvait « bizarre ». Je n'avais rien répondu. J'ai éprouvé durant quelques jours un curieux mélange de curiosité et d'appréhension. La présence de cet homme — qui n'est en fin de compte pas celui que j'ai aimé, mais la ressemblance est étonnante — me procure comme une sensation d'ivresse, même si les souvenirs qu'il fait remonter à la surface ne sont pas, loin s'en faut, des meilleurs.

Je me rappelle le grand salon rouge aux stucs dorés par endroits, décoré de statues orientales aux sourires figés ... Au lupanar, les journées se déroulaient comme un spectacle parfaitement rôdé. Début des représentations dans le milieu de l'après-midi. Ça commençait doucement ; j'avais plusieurs fois par semaine, mon petit militaire, un jeunot qui y avait pris goût et dont je faisais rosir les fesses à coups de tapes dont l'écho résonnait dans la chambre mauve, celle qui a une glace au plafond. Puis, dans la soirée, ça s'agitait de plus en plus frénétiquement. Le décor kitsch tournait à la monstruosité, palais des glaces où les forêts tropicales se métamorphosaient en harems des Mille et une Nuits. Les

mâles rôdaient, plaqués aux miroirs, jusqu'à trouver leur
proie. Moi, le vendredi soir, j'avais mon attitré : un comte
déchu qui faisait ça à la hussarde, fier comme un empereur
de peplum italien.

Aujourd'hui, comme désormais chaque jour, j'attends
sa visite. Je me sens attaché à lui par des fils invisibles, mais
tenaces qui font que je guette chaque jour sa venue. René
m'a dit que ce type venait d'ouvrir un petit commerce de
reliure de livres à deux cents mètres d'ici, à l'emplacement
du défunt Chaumard. Mais mon impatience et mon appréhension ne me disent rien de bon. C'est comme une force
incontrôlable qui me tient. Et puis je ne sais pas ce qui se
passe, depuis quelques jours, comme un fait exprès, les
clients se font rares. Les journaux ont bien dit que la séche-
resse gagne du terrain. Pour moi qui vit surtout des pour-
boires, ça ne fait guère mon affaire. Et puis la solitude du
lieu m'entraîne à forcer sur le rhum. Oui, je sais, je ne
devrais pas. Quelquefois, j'essaie de me modérer, en pensant à Henri qui n'aimerait pas ça. Mais c'est plus fort que
moi. Et, quand c'est comme ça, le fil des heures fait resurgir
les souvenirs. Et, dans la solitude de mon local, la mémoire
travaille.

Au fur et à mesure que la nuit s'avançait, la fantasia
du bordel s'étiolait : il y avait bien encore des rires, des
éclats de voix, mais rongés par l'alcool, l'ennui et le désen-
chantement, tout devenait triste et glauque. Les filles conti-
nuaient à aboyer après les clients mais sans y croire vrai-
ment. Le salon se vidait peu à peu. On se retrouvait souvent
à l'air, devant le bordel, magma d'épaves à côté d'un bra-
sero allumé par des clients plus ou moins éméchés, dont la
maigre chaleur s'envolait aux quatre vents.

Je me sens particulièrement nerveuse. Avant de partir,
Arlette m'a dit que je devrais prendre quelques jours de
congés. Elle connaît quelqu'un qui pourrait me remplacer
durant mon absence. Mais je ne veux pas. Je veux être là, je
dois être là pour Lui, pour Le voir, et pourtant Dieu sait que
je n'éprouve maintenant que mépris pour cet homme dont la
présence m'est devenue odieuse au fil des jours. Je ne le
connais toujours pas, mais je lui en veux néanmoins : comment peut-il en être autrement ? C'est de sa faute si l'hom-

me que j'aimais, son sosie, m'a quitté. Peut-être même est-ce inconsciemment à cause de lui qu'Henri est mort. Il y a des jours où je voudrais être morte. Mais il ne faut pas. Qui pensera encore à Henri si je disparais ? Je sens confusément que je dois faire quelque chose, qu'une main me guidera pour que j'accomplisse l'inéluctable.

Aujourd'hui, Il n'est pas venu. J'ai ruminé, sur des charbons ardents, son attente toute l'après-midi. Et maintenant, comme vidée, j'ai hâte de terminer mon service. Lorsque j'émerge de mon cloaque, René est en train de balayer. Je marche dans la sciure. La nuit est belle, mais fraîche.

Cisaillées par le froid, on rentrait : quelques filles roulaient des hanches au milieu du salon, au son d'un violon esseulé craché par le pick-up.. D'autres dansaient, enlacées, pleurnichant sur la misère. Tangage des vahinés. Contre les murs, quelques hommes dépoitraillés, somnolaient, épuisés ; les libidos faisaient des bulles. Le summum était atteint lorsque, après la fermeture, nous extrayions de nos placard des peignoirs miteux et avachis que nous enfilions pour souffler un peu dans la lumière glauque du petit jour.

J'ai envisagé un moment de suivre les conseils d'Arlette. Et puis, une fois de plus, je me suis dit que je ne pouvais pas : pas avant de cautériser à tout jamais mes souvenirs, de venger une fois pour toutes mes années de malheurs, et d'honorer ainsi la mémoire de mon enfant mort. Lentement la décision s'est imposée à moi. Il ne me faudra qu'un peu de chance : celle de me trouver seule quelques instants avec l'assassin de mes jours, de ma vie. Est-ce aujourd'hui que le hasard me sourira ? Peu importe, maintenant que ma décision est prise, je suis capable de patience.

Aujourd'hui, depuis que je suis là, je n'ai pas bu un seul verre de rhum. C'est comme si l'attente me dopait et me portait à bouts de bras. Arlette m'a trouvé meilleure mine. Après son départ, j'ai vérifié que l'instrument — qui sert ordinairement à débarrasser les yuccas de leur mauvaises feuilles — était à sa place. Et, galvanisée, sûre de moi, j'attends qu'Il tombe dans ma souricière.

J'aurais eu beaucoup de chance. Lorsqu' il arrive, le seul client alors présent s'éclipse après avoir officié.

J'attends qu'Il soit installé. Il est devant moi, de dos, jambes légèrement écartées. Ses mains trifouillent sa braguette, et lorsque j'entends le clapotis du liquide, tout va très vite. J'attrape le sécateur dans le tiroir gauche, je le débride rapidement et me rue sur l'homme que je fais à moitié pivoter. Surpris, et pris de court, il porte les mains au visage pour se protéger. Mais ce n'est pas à son visage que j'en veux. D'une main, je saisis le sexe crachant le liquide et le sectionne d'un coup sec. Hurlements, l'homme s'écroule, se tenant le bas-ventre. Et moi je reste là, sous le choc, hébétée, le sécateur d'une main, le bout de viande molle rougeoyante de l'autre. Il y a du sang partout : sur ma main, sur son pantalon, sur le sol, sur le mur ; le bleu des faïences de Delft s'est uni au rouge humain. Le sang se délite dans l'eau courante de l'urinoir. Moi, j'ai vengé Henri.

— Regarde, mon fils, ta mère a fait pour toi le tableau que tu n'as pas eu le temps de réaliser....

Lorsque les flics m'emmènent, je m'aperçois en passant devant les yuccas que je ne les ai pas nettoyés. Je vais encore me faire enguirlander par Arlette ... René, lui, a l'air d'un chien battu : c'est sûr, il est amoureux de moi ...

© Jacky Ferjault
septembre 1999

Ma p'tite grosse

Jess Kaan

Jess Kaan est né en 1974 à Dunkerque. D'abord fasciné par la mythologie, il devient fantasticophile en voyant Christine le film de John Carpenter et en découvrant la littérature de Terreur, notamment les écrits de James Herbert. Après avoir usé des tas de rubans sur sa machine à écrire, il a le plaisir de voir ses premières nouvelles publiées par les fanzines Miniature, Dragon et Microchips, Horrifique, Khimaira. Membre de l'association de l'œil du Sphinx, il se laisse happer par l'univers lovecraftien. Il ne rechigne pas à surfer sur le web en quête de sujets d'actualité propices à susciter l'inspiration. Sa première nouvelle professionnelle sortie chez Nestiveqnen - Fast Food in Jour de l'An 2000 - en est une illustration. Jess touche au fantastique, un peu à la SF - cf l'anthologie Jour de l'an 3000 toujours chez Nestiveqnen. Vous le retrouverez bientôt dans le recueil consacré à Lilith et la femme obscure des Editions Oxymore, chez Phénix ou Naturellement, et chez Horrifique... Jess Kaan est enfin un fan de Hockey sur glace.

Je te sens tendue, dit Franck d'un ton ennuyé.

Tendue ou distante ? Véronique n'avait pas soufflé mot depuis qu'ils étaient descendus de voiture. Elle ne lui avait pas même jeté un regard comme si elle n'était qu'un fantôme condamné à hanter les lieux où elle aurait vécu des siècles plus tôt. Sa robe blanche – *linceul ?* – qu'elle ne portait qu'en de rares occasions, les escarpins noirs et le gilet en laine posé sur les épaules –*châle d'une Parque* –lui conféraient l'aspect d'une demoiselle d'honneur éternelle.

Le jour, entre chien et loup, soulignait ses rondeurs et les traits de son visage. Des traits d'adolescente. Véronique avait une bonne bouille, mais les lèvres figées tel celles d'un mannequin de cire. Son maquillage, deux traits de Mascara, un peu de rouge à lèvres paraissait étrangement terne. Un peu comme s'il avait déteint.

Au retour du ciné, l'enthousiasme de Véronique s'était lentement étiolé pour se transformer en un silence pesant. D'abord Franck avait mis ce changement sur le compte de la fatigue : elle bossait trop. Bien souvent, Véro se contentait de cinq à six heures de sommeil. La journée, elle passait le plus clair de son temps à courir après le bus ou le métro, entre deux repas pris sur le pouce. Quand elle ne les sautait pas.

Il comprenait donc qu'elle rêvasse.

Mais les minutes passant, le silence s'instaurant tel un couvre-feu, il commençait à se persuader de ce qu'elle avait quelque chose à lui dire. Quelque chose qui ne lui plairait pas forcément.

Elle va me larguer, songea-t-il avec appréhension.

L'évidence était là, sous ses yeux : elle se taisait parce qu'elle rassemblait son courage.

Il lui semblait déceler en elle comme une hostilité latente. D'ailleurs ce silence lui évoquait plus une trêve sur le point d'être rompue qu'une communion romantique et télépathique. N'avait-il rien vu venir ? Avait-elle quelqu'un d'autre ?

Non, ça va, je t'assure, répondit-elle déjouant sa suspicion. C'est juste cet endroit, il me fiche un peu les boules.

Pourquoi ? C'est plutôt tranquille par ici… Il n'y a que nous et ces ruines.

Justement, on est un peu trop à l'écart à mon avis. Il est déjà tard, on ferait mieux de rentrer… Et puis, il y a ce qu'on raconte…

Histoire à faire du fric ! Tu sais comment sont les commerçants. Ne me dis pas que tu y crois toi !

Ben… Avoue que c'est lugubre quand même… En y regardant bien…

Non pas toi Véro ! Tu crois à ces balivernes ?

Les légendes recèlent toujours une part de vérité.

Et les canulars prospèrent sur la crédulité, s'empressa-t-il de rajouter. Ta légende, c'est le même principe que les crocodiles dans les égouts. Dans les années quatre-vingts, çà faisait fureur les crocodiles dans les égouts. Tiens moi par exemple, quand j'étais gosse, je vérifiais toujours le trône avant de m'asseoir dessus. J'avais toujours la trouille de me faire croquer les fesses ou la zigounette, plaisanta-t-il sans succès.

N'empêche qu'il s'en passe de drôles depuis des années, tout le monde le sait. Simplement personne n'en parle ouvertement. C'est comme si les gens avaient peur d'attirer le malheur sur eux, chuchota-t-elle.

Les regards paranoïaques qu'elle jeta alentour ne la surprirent pas vraiment. Pourquoi avait-elle accepté d'accompagner Franck, elle qui redoutait cet endroit et tout ce qui s'y rapportait ? Une bravade ? Un défi ?

Envers qui ?

Pourtant, elle en avait entendu des *choses* au sujet des ruines. Il ne s'agissait pas que de rumeurs. Des gens, morts aujourd'hui, souvent de façon tragique (***ce ne sont pas des coïncidences, ne comprends-tu pas*** ?) l'avaient avertie de ce qui se tramait là-haut. Du moins leurs sous-entendus étaient explicites. Comme dans un film de série Z, leurs recommandations tenaient en ces paroles emplies de crainte : Ne jamais approcher des ruines sous peine de provoquer le courroux de ce qui y vit *encore…*

Mais leur attitude qui se voulait préventive n'avait fait qu'exacerber l'attrait de ces vieilles pierres. Du bas, car aussi incroyable que cela puisse paraître elle n'était jamais montée auparavant, ces vestiges la fascinaient. A ses yeux, ils symbolisaient l'histoire avec un grand H ainsi qu'une foule de secrets. Du bas, les ruines étaient un site archéologique comme tant autres. Les traces ultimes d'un passé occulté.

Toutefois aujourd'hui, après avoir gravi la pente rocailleuse, elle se sentait de moins en moins à l'aise. Le décor, sorti tout droit d'un film de vampires, la faisait frémir à présent. Il semblait s'être transmuté. Les murs à demi effondrés dissimulaient à peine des horreurs inavouables. Les pierres disséminées paraissaient autant de tombes jetées à terre par des hordes invisibles. Les buissons, épais sous le jour déclinant, étaient des nids d'où elle s'attendait à voir sortir le Mal. Bizarrement, elle se sentait intruse en ces terres ouvertes aux quatre vents.

Christopher Lee dort-il toujours dans son cercueil ? se demanda-t-elle, histoire de ne pas flipper sur-le-champ.

Ah oui ! Si nous reparlions du fameux cocher et de son attelage maudit… Il y avait longtemps, poursuivit Franck à la manière d'un gamin.

Ne ris pas du Mal, ça porte malheur.

Tu vois, toi aussi, tu es superstitieuse.

Ce n'est pas de la superstition, c'est de la prudence…

C'est bien ce que je dis, tu es comme les autres. Tu te contentes de colporter les on-dit. Cite-moi une seule personne ayant vu des trucs sortant de l'ordinaire et qui soit prête à en témoigner. A part ton frangin.

Je n'ai pas de nom. Mais la rumeur a des fondements.

Les fondements de la rumeur ! Et ton *Discours de la Méthode*, tu le ranges où dans l'affaire ?

Ne te moque pas, le Mal finit toujours par se venger. Vaudrait mieux partir. Quant à Descartes, je l'échange volontiers contre Jung.

Celui qui envisage les rêves télépathiques et l'esprit reptilien ?

Au moins, lui ne réfute pas d'emblée.

Tu me parles du Mal. Mais philosophons un peu… Qu'est ce que le Mal selon toi ?

Les Forces néfastes, les Emissaires du Diable !

Ah oui ! Le cornu aux pieds de bouc, l'épouvantail que l'on brandissait pour forcer les gens à se convertir à une époque appelée, si je m'en souviens bien, obscurantisme, clama Franck.

Un épouvantail qui sème la Terreur et la Mort.

Moins que la Croix, le Coran et les saintes paroles fanzines réunis. L'homme est prodigue question méchanceté. Pour moi, le Mal c'est ça. Les mauvais penchants qu'abrite chaque être.

N'empêche que des gens ont vu le cocher et l'attelage…

Des gamins de treize ans, corrigea-t-il aussitôt. Tu sais comment on est à cet âge là… Ils ont pris leurs vessies pour des lanternes, si tu me permets l'expression.

Mon petit frère l'a vu.

Et ?

Il en a *cauchemardé* pendant des semaines. Moi ça me suffit comme preuve.

Véro, tu es une fille sensée. Comment oses-tu gober ce tissu de conneries ? Le cocher pourvoyeur d'âmes, c'est Charon sur le Styx version moderne !

Il n'y a pas que le cocher.

Ben voyons, j'allais oublier les célèbres spectres de la ferme Remoulard. Connus dans toute la région, venez leur rendre visite et n'oubliez pas d'acheter leur autographe, cria-t-il tel un Monsieur Loyal. Question paranormal, il n'y a pas à dire, ce n'est plus un village que tu habites : c'est *Mysteryland* ! Bon sang, on a oublié les pieux et les balles d'argent dans la voiture, on va crever ! s'inquiéta-t-il.

Marre-toi. Tu n'es pas d'ici. Si tu veux, on ira à la ferme tout à l'heure, quand il fera nuit. On verra si tu fanfaronnes toujours. Quant à ces ruines...

Oh ne le prends pas mal ma p'tite grosse ; je voulais juste te charrier. Avoue quand même que c'est gros toutes ces histoires. Ca fait beaucoup pour un seul village non ?

Arrête de m'appeler ma p'tite grosse, c'est vulgaire.

Excuse-moi Véro. Dans ma bouche, c'est gentil, tu le sais. Je ne voulais pas te blesser ma puce, tu me pardonnes ?

Hm mouais...

Regarde-moi dans les yeux. Hm c'est mieux comme ça. *(Strangulation)*
Bisou ?

Oui. (...) Je te demande pardon.

(Serrer ton cou t voir bleuir ta face bovine, grosse vache !)

N'empêche que t'as raison, j'suis grosse.

Mais non.

Ne sois pas hypocrite. Tu as vu ces bourrelets et ces vergetures, c'est moche... On dirait des fermetures Eclair.

Ne dis pas de sottises. Tu es comme tu es et tu me plais. Ce qui compte vraiment, c'est comment les gens sont à l'intérieur. Tiens, c'est un peu comme un oeuf. T'écrase la coquille et tu t'en fous plein les mains. Avec les gens, c'est pareil. Si tu t'arrêtes à l'apparence, bien souvent ils te gerbent dessus.

Arrête, je t'en prie. On dirait une psychologue à quatre sous.

Je n'ai jamais été aussi sincère que maintenant, ma p'tite... Ma puce. Véro, je t'aime.

N'empêche que je ne suis pas canon.

A ta manière, tu l'es.

A ma manière... C'est bien ce que je dis. Je ne suis pas belle. Tu as vu ces hanches et ces seins. Ils sont bien trop gros. Quand je me regarde dans la glace, j'ai l'impression qu'on m'a greffé des pastèques.

Franck sourit bien qu'il n'aimât pas que Véro se dévalorise de la sorte.

Et alors ? Elle est belle ta poitrine, dit-il en enveloppant un sein dans la paume de sa main. Donnant un sens à sa remarque, il se mit à jouer avec la pointe. Il la pinça et la fit rouler entre le majeur et son annulaire bagué.

Un gémissement récompensa son toucher. Véronique s'éveillait enfin.

Au moins, t'es une vraie femme. Avec des seins, des hanches, dit-il en relâchant son étreinte. Quand je te vois, j'ai envie de te croquer.

Je suis grasse.

Tu rigoles ? T'es mieux que ces nanas qu'on voit partout. Tu les trouves belles avec leurs boutons de sonnette en guise de seins ? Franchement ?

Quand même... On te proposerait d'emmener la fille de tes rêves sur une île déserte, tu ne penserais pas à moi. Sois franc !

(*Il va se défiler*)

Et à qui penserais-je selon toi ?

A un mannequin ou à une actrice. Une fille mignonne. Baisable quoi...

Véro. Ne dis pas de bêtises... Je t'ai toi, tu me suffis.

Je suis réaliste Franck !

(*Pourquoi reste-t-il ? Il est sûrement en manque*)

Approche. Donne-moi ta main, n'aie pas peur... Là, touche comme elle est grosse...

(*Un mâle en rut, il ne s'intéresse qu'à tes gros nichons*). Obsédé va !

Allez viens ! Là-bas derrière le mur. Tu vas voir, ce sera génial. J'en crève d'envie. Et tu verras si tu n'es pas baisable.

Non pas ici ! On pourrait nous surprendre.

Mais qui veux-tu qui nous surprenne, ma p'tite grosse ? On est seuls. Carpe diem.

Je ne sais pas. Il y a des gens qui se baladent par ici le soir. Des bandes de jeunes...

Menteuse ! Et tes légendes ? Tu me l'as dit toi-même, il n'y a jamais personne qui traîne par ici. Et puis si quelqu'un vient, on se fera tout petits. Rappelle-toi du champ de maïs... Au début, ça ne te tentait pas, mais c'était pas génial ?

(*Dans ton gros cul*)

Véro sourit. Un voile confus empourpra son visage et ses dents emprisonnèrent sa lèvre inférieure. Comme pour réprimer un rire d'enfant. A dix-neuf ans, et bien qu'elle eût pas mal d'expérience, Véronique gardait ce tic. Elle adorait faire l'amour, mais pourtant elle rougissait quand un mec le lui proposait. A fortiori lorsqu'il lui révélait ses fantasmes les plus fous.

Je te reconnais bien, dit Franck. Tu verras, ça va te plaire.

Mais si on nous surprend. Ou si des gens viennent, je suis connue ici.

(Et alors, ils te connaissent pouffiasse, ils n'auront qu'à prendre un ticket et attendre leur tour)

Plutôt dans la voiture.

Non, allez quoi, sois cool. Ici, il y a de l'espace. Si le cœur t'en dit, tu pourras gambader nue. Tu portes quelque chose en dessous ?

Oui, un sous-tif et une petite culotte.

Elle est de quelle couleur ta petite culotte ? demanda Franck très intéressé.

Rouge.

Brave petite, dit Franck en attirant Véro à lui.

Eh du calme ! protesta la fille. Pas ici. On a dit derrière le mur.

Tu te baladerais à poil pour me faire plaisir ?

Ici, sur cette colline ? s'offusqua-t-elle.

Si je te le demandais…

Ca t'exciterait ?

Tu ne peux pas imaginer à quel point. Et ensuite tu improviserais… Moi je te materais…

Et j'y gagnerais quoi ? minauda-t-elle.

(Décapitation et empalement)

Ce que tu veux.

Hm, ça mérite réflexion.

Laisse-moi te caresser les seins alors. Ca va t'aider à réfléchir, dit Franck en joignant le geste à la parole.

Franck ! protesta Véro pour la forme.

Oh ! Comme ils sont gros… Je les adore hmm. J'ai envie de les sucer.

Franck, arrête pas ici !

Véro. Vas-y allonge-toi. J'ai envie de te monter.

Non arrête !

Tes cuisses… Hm tu mouilles ? demanda-t-il sa main restée libre retroussant la robe.

Ahhh.

Ecarte…

Non suffit.

Qu'est-ce qui t'arrive bordel ? T'as plus envie de moi ?

Non pas comme ça. Tu ressembles à un animal. Si t'as

envie de te satisfaire, ne te gêne pas. Mais ce sera sans moi.

Je suis désolé. Excuse-moi. J'ai eu une journée difficile aujourd'hui. Ma p'tite (*pute à domicile*) grosse, pardonne-moi. Je te promets que ça va te plaire. On va se cacher, tu as raison et je te lécherai. Tu aimes ça hein ?

Arrête de dire ma p'tite grosse…

Réponds à ma question ! Tu aimes quand je te fais minette ?

Hm… Allez viens.

(*ou branle-toi connard !*)

Réponds, je suis le meilleur, n'est-ce pas ?

Hm, oui tu te débrouilles pas mal.

Pas mal ? Alors que tu as le meilleur rien que pour ta chatte. T'es dure…

Non désolée. J'ai connu un type qui le faisait mieux. Avec lui, je finissais au bord de l'évanouissement.

Quoi ?

Un Allemand quand j'étais en vacances… Dans la douche du camping… Hm, il était génial. C'était si fort…

Tu ne m'en avais jamais parlé de ce boche.

Jaloux ? J'avais quinze ans…

Et lui ?

(*L'exciser avec les dents*)

Trente-sept.

Il était comment ?

Marié. Deux enfants de mon âge. Grand blond, les yeux bleus. Pas mal avec une queue hm…

Passe-moi les détails, je t'en prie.

Je croyais que ça t'excitait ? Tu me parles bien de tes ex-copines toi.

Tu as raison, tout compte fait, on ferait peut-être mieux de rentrer. Tes parents ne sont pas là. Dans ta chambre, ce sera aussi...

Pourquoi ?

Paraît que l'herbe est infestée de tiques, c'est ton frère qui m'a… Puis si quelqu'un vient…

Monsieur se défile ? Il a peur de l'obscurité peut-être.

Tu as remarqué ?

Quoi donc ?

Le jour, il commence à tomber. On n'y voit presque plus. C'est comme si…

Le Mal tel un être de cauchemar étendait son ombre démoniaque sur le mausolée silencieux, lança Véro d'un ton sentencieux.

Tu deviens poète ?

Non réaliste, répondit-elle en souriant.

(Nous ne sommes plus seuls mon pauvre chéri, ne t'en es tu pas aperçu ?)

Je commence à piger pour les légendes. Avec un peu d'imagination... Il ne fait pas encore nuit. Mais tiens rien qu'à regarder ces pierres, j'ai déjà la chair de poule. Tu vois celle à côté du grand mur.

Celle en forme de trapèze ?

Ouais, celle là ! Moi, elle me fout la trouille. Regarde-la bien !

(Ils nous épient)

...

Tu sais à quoi elle me fait penser ?

Non aucune idée.

A une table sacrificielle.

Waouh la comparaison !

Véro, je suis sérieux. Tiens quand tu la fixes, on dirait qu'il y a du sang qui ruisselle, tu vois. Et plus tu la regardes, plus tu as l'impression de voir des choses. Ces ombres on dirait des...

Oh ! Tu délires ou quoi ? Tes ombres, ce sont les reflets des nuages. Rien de plus.

Tu avais raison ma p'tite gro... ma chérie. Il faut se tirer.

Et les canulars prospèrent sur la crédulité, tu l'as dit toi-même, il n'y a pas plus de cinq minutes. Embrasse-moi mon chéri, j'ai envie que tu me fasses l'amour. Maintenant, fit Véro en effleurant les lèvres de Franck.

(Maintenant !)

...

Sur la table sacrificielle.

Non, il ne faut pas.

Franck, caresse-moi. Touche-moi j'ai envie de toi. Tes mains, vas-y, dit-elle en l'invitant à s'enhardir.

Véro...

Lèche-moi, fais-moi jouir, c'est un ordre.

...

Ta bouche oui. Doucement.

Cet endroit...

(Les maudits nous guettent, je les sens tout proches)

Franck, prends-moi sur la stèle. J'en crève d'envie.

Hm, d'accord. Comment il s'enlève ton sous-tif ?

L'agrafe dans le dos... Voilà, tire-dessus... Masse mes seins, oui comme ça doucement. Hm doucement, tu me fais mal... Là c'est mieux... Ahh. Tire les pointes... Oui... Bien... Hum comme ça, c'est bon, continue... Ahh oui. T'arrête pas, c'est trop... Bon.

Véro ma chérie.

(Tu vas voir ce que c'est qu'un mec. Et ton boche, tu l'auras oublié quand j'en aurai terminé avec toi.)

Obéissant à son désir, Véro débarrassa Franck de sa chemise. Ses doigts griffèrent la peau de l'homme en un jeu sensuel. Piqué au vif, Franck se redressa ; il pressa son amante contre son torse dénudé.

Véronique ne se fit pas prier. En un rituel d'amour, elle baisa les pectoraux longuement travaillés. Du bout de la langue. Ses dents mordillaient la chair, sa langue la flattait avec délectation comme s'il n'existait rien de plus divin que ce corps d'homme. Par endroits, elle s'attardait et il gémissait, totalement à sa merci.

Cédant à son envie, elle le griffait, marquant sa peau tel un territoire à elle seule dévolu. Enivré par son odeur d'homme, elle s'appliquait à le satisfaire. Sexuellement.

Elle lui suçota le cou et il ne résista pas. Peu à peu ses réticences l'abandonnaient. Il était à elle : son jouet. Elle conduisait leurs ébats, mais il s'en fichait. Elle était si douée... Si bonne.

Puis lentement, sans cesser de l'embrasser, les mains de Véro glissèrent, et elles entreprirent de déboutonner la braguette de l'Homme. Une à une, elles ôtèrent les pressions, le noyant dans des prémices de plaisir. Son slip trahissait son envie. Franck se sentait gonflé à bloc et Véro entretenait son ardeur avec un talent indéniable.

(Une salope accomplie)

Doucement, elle le massait à travers le slip, ses doigts suivant le réseau des veines palpitantes. Elle le serrait à la base, l'empêchant de se répandre précocement.

(Bonne petite pute sur laquelle tout le monde est passé sauf le train. Et tu veux l'épouser ? En faire ta légitime épouse ?)

Le pouce et l'index allaient et venaient.

Dans son rôle d'amante, Véronique était parfaite. Elle le malaxait, le triturait, le flattait du bout des ongles lui arrachant des soupirs où se mêlaient douleur et plaisir. Franck ne se contrôlait plus. Les yeux clos, il s'abandonnait aux mains expertes.

Avec naturel, Véro le débarrassa de son slip, libérant la hampe de chair qui ne demandait qu'à surgir.

Bien que Franck tentât de se contenir, une goutte de liquide séminal perla à l'extrémité de sa verge, humidifiant les mains de sa maîtresse. Alors elle activa sa cadence, la rendant insupportable. Franck haleta de plus belle, il l'encouragea. Pour toute réponse, Véronique donna à son mouvement de va et vient une plus grande amplitude à laquelle Franck répondit en cabrant les reins. Il sentait ses mains sur son poil raide. La douceur de sa peau. La bague de fiançailles. Il s'entendait soupirer, l'encourager encore et encore.

Lorsque n'en pouvant plus de le soumettre à son désir, elle s'agenouilla et le goba, il poussa un râle. C'en était trop. La voir à genoux, avoir vue plongeante sur son décolleté (ses gros seins, ses bourrelets, sa chair nue, sa culotte rouge) le déclencha. Bêtement, il se répandit dans la bouche accueillante.

Comme dans un rêve érotique, il imagina alors plusieurs sexes se déversant au même instant et Véro, la bouche déformée avalant le tout, tandis que d'autres mains la pétrissaient et que des hommes la besognaient suivant un rythme de plus en plus soutenu. Par toutes les voies, ils la prenaient.

La vision l'emplit peu à peu. Il l'imagina jouissant de ces contacts, en redemandant.

A deux mains, il la maintint contre son bas-ventre et il jouit au fond de sa gorge (Putain ! Ma femme est une traînée, j'adore ça). Les jets saccadés n'en finissaient plus de la remplir et elle l'avalait en bonne petite bien docile. Franck poussa un dernier gémissement qui se perdit dans la fraîcheur nocturne. Puis lentement, vidé de toutes forces, il s'affaissa en haletant. Mais elle ne lui laissa pas de répit.

Tu as eu ta gâterie. A mon tour maintenant, minauda-t-elle d'un air trahissant son goût immodéré pour le sexe.

Ni une ni deux, elle se releva. Puis elle se lova contre le corps musclé ; elle emprisonna la taille de l'Homme dans le compas de ses cuisses ardentes. Sa culotte titilla le membre humide.

Véro était si douée. Telle une chienne en chaleur, elle lécha le visage de Franck. Sa salive avait l'odeur du chewing-gum à la menthe et de sperme. Franck inspira ce parfum de stupre. Il se sentit aussitôt transporté. Déjà il renaissait.

Sur la pierre…

Ma chérie… Ce que t'es bonne.

Vite prends-moi…

(**Le Mal se rince l'œil, mon chéri. Ne vois-tu pas que nous sommes encerclés ?**).

Soumis, il la souleva et l'emmena vers la pierre trapézoïdale. Les seins de Véro tressautaient à chaque pas. Dans la pénombre, Franck les reluquaient avec envie. Leur grosseur le faisait bander. Les pointes en érection l'émoustillaient. Comme ils étaient beaux, il les adorait. En fait, cette fille avait la plus belle paire de nichons qu'il lui avait été donné de contempler et de baiser.

Aie

Quoi ?

Saleté de ronces…

Tais-toi. Sur cette pierre, vite ! J'ai chaud… Vite. Pose-moi. Oh ! c'est froid. Viens sur moi. Réchauffe-moi mon amour.

Véro…

Hm doucement. Ahh j'aime bien quand tu me touches. Là oui… Oui plus bas, enlève ma culotte. Ah. Tes doigts. T'arrête pas surtout ! Ah c'est bon… Continue. Je sens que ça vient.

Mais ?

Prends-moi ! J'en peux plus. Saute-moi ! le supplia-t-elle en écartant les jambes.

Chut !

Quoi ? gémit-elle.

Tu n'as pas entendu ?

Quoi ?

Ce ricanement…

Il n'y a personne. Viens, ne me fais pas languir. Baise-moi ! Comme tu veux…

Si écoute, je t'assure.

Ca devrait pas être permis de me torturer comme ça. Saute-moi. Ta queue, viiite !

Non rhabille-toi, il faut partir. On ne peut pas rester ici, dit Franck en se redressant. Renfile ton slip.

Et si je ne veux pas, tu me violeras ?

J'suis sérieux.

Mais pourquoi ? Qu'est-ce qui te prend ? Franck, je mouille. S'il te plaît, baise-moi… S'il te plaît… Je ne vais quand même pas me…

Ne discute pas, ma p'tite grosse. Il faut se casser. Allez debout.

…

Qu'est-ce que tu as ?

Ne me touche pas ou je hurle !

Mais ma… Véro…

N'approche pas ordure ! Tu es l'un d'eux, n'est-ce pas ?

De quoi tu…

Recule ! rugit-elle entre les murs sinistres que d'étranges formes, inhumaines et cornues, avaient colonisés.

Véro ?

L'instant d'après, les cris se perdirent dans les ténèbres. Il y eut d'abord un gémissement étouffé, des suppliques, un râle de bonheur. Puis les hurlements l'emportèrent jusqu'à ce que le silence recouvre les lieux. Jusqu'à ce que le Mal, tel un être de cauchemar, étende son ombre sur le mausolée silencieux.

Toujours est-il qu'au petit matin, on retrouva Véronique sur la colline, et Franck à ses côtés. Tous deux étaient couverts de sang, de boue et d'herbe. Des pieds à la tête.

L'herbe et la pierre, étrange stèle sur laquelle ils gisaient, étaient écarlate. Comme si l'on avait procédé à une cérémonie rituelle à l'aide du chopper que Véro tenait à la main. Lorsqu'on voulut la séparer du cadavre de Franck, Véronique releva la tête. Mais personne n'osa l'interroger tandis que dans sa bouche l'expression cher et tendre prenait une saveur particulière : celle de son bien-aimé.

© Jess Kaan

Pour quelques larmes de Mezcal

Séréna Gentilhomme & Claude Bolduc

Ces deux textes sont issues d'une rêverie trouble, partagée par Claude Bolduc et Serena Gentilhomme lors d'une convention de fantastique qui se déroula à Marche en Belgique en novembre 1999.

Claude Bolduc est un cousin de la Belle Province qui écrit de nombreux romans pour la jeunesse ; tout en reconnaissant que sa véritable passion, c'est la nouvelle. « Je suis avant tout nouvelliste, ce qui me place à l'abri du Goncourt. C'est, comme qui dirait, mon péché mignon. Voilà qui tombe bien, car le fantastique se prête merveilleusement au texte court. En outre, les grands classiques du genre, ceux qui ont survécu au passage du temps, ne sont-ils pas majoritairement des nouvelles? Quel paradis, la nouvelle! On s'y amuse, on y soupèse le moindre mot, on s'adonne à de petits exercices de narration, on s'arrange pour surprendre son lecteur (se payer sa tête? peut-être; la morale de l'histoire ne le dit pas) ». On lui doit plusieurs recueils comme « Visages de l'Après-Vie » aux éditions de l'A Venir et « Les Yeux Troubles et autres contes de la Lune Noire » chez Vents d'Ouest.

*Née à Florence sous le signe du verseau, **Séréna Gentilhomme** vit à Besançon où elle enseigne l'histoire du*

cinéma italien. Sa plume est à la fois cruelle et ensorcelan-
te, et sa perversité atteint souvent la dimension d'un véri-
table Art Majeur. Elle en fait brillamment la démonstration
dans ses deux romans, « Villa Bini » (L'Harmattan) et « Les
Nuits Etrusques » (Naturellement).

A la mémoire de notre ami Serge Delsemme

Mezcal

Claude Bolduc

*U*ne mince trouée apparut dans la brume qui enve-
loppait son esprit, lointaine d'abord, très vague
mais, comme si elle se rapprochait, de plus en plus
nette. Il prit ensuite conscience de sa propre personne, petit
point perdu dans une immensité inconnue, sans poids, sans substance. La sensation n'avait rien de désagréable; en fait, il n'y
en avait aucune. Quand il voulut se tourner, son corps se souleva, bascula vers l'arrière dans une chute d'une durée indétermi-
née, étourdissante. Il crut tendre les bras pour se raccrocher à
quelque chose mais s'aperçut, en ouvrant brusquement les
yeux, que ceux-ci reposaient flasques le long de ses cuisses.

Puis, le choc. Un contact dur derrière sa tête. La notion de
douleur mit un long moment à se former dans son esprit, après
quoi le cri qui devait l'exprimer fut sauvagement refoulé au
fond de sa gorge par une vague au goût affreux.

Jacques se redressa dans la baignoire.

Baignoire.

Baignoire?

Une cuite?

À peine le mot s'était-il formé dans son esprit qu'une formidable douleur au crâne le foudroya, comme si un étau avait
soudain enserré sa tête, le forçant à s'allonger de nouveau dans
l'eau.

Le bruit calmant de l'eau sur ses tympans atténua la douleur, si bien qu'il put relâcher ses muscles sans réveiller le mal
de bloc.

Assourdie par le pétillement de la mousse, une voix féminine psalmodiait quelque chose, quelque part dans ce bâtiment.
Jacques tendit l'oreille et retint son souffle dans l'espoir de discerner des paroles.

Une ombre fit soudain irruption dans la salle de bains, le
faisant sursauter, réanimant la douleur dans sa tête. Il ouvrit les
yeux tout à fait, s'assit au fond de la baignoire. Une femme de
chambre aux cheveux noirs comme une corneille se tenait à
l'entrée, ce qui fit prendre conscience à Jacques qu'il n'avait
aucune idée de l'endroit où il se trouvait. La femme portait un
plateau sur lequel une bouteille au contenu brunâtre attira son
attention, encore que sa vue fût floue.

- C'est pourrr lé serrrvice, monsieur, dit-elle en avançant
vers lui.

- Mais qu'est-ce que vous faites-là? Voulez-vous bien me
laisser tranquille?

Jacques, levant un bras en direction de la porte, signifia à
la femme de sortir. Il aurait même haussé le ton n'eût été ce
fichu mal de tête prêt à le terrasser. Il s'aperçut qu'il tremblait
comme une feuille.

La femme de chambre le repoussa par les cheveux jusqu'au fond de la baignoire et l'y maintint fermement, malgré
ses soubresauts. À travers un rideau de bulles, deux yeux noirs
le fixaient, chargés de mépris. Elle ramena enfin sa tête à la surface, où Jacques s'étouffa en aspirant de l'eau.

Apparemment satisfaite, elle déposa le plateau qu'elle
n'avait pas lâché sur le rebord de la fenêtre, en saillie à côté de

la baignoire.

- Commpliment dé la maison, monsieur.

- El Toro? fit Jacques, dont la vue peinait à mettre au point.

- Pas tequila, monnsieur. Mezcal, pour les granndes occasionns.

Sans plus d'explications, la femme ouvrit la bouteille, emplissant par la même occasion la salle de bains d'une odeur de bois pourri qui prit Jacques à la gorge. En y regardant de plus près, il aperçut un objet fuselé flottant dans le liquide brunâtre. On disait que, dans chaque bouteille de mezcal, il y avait un ver, un ver attestant l'authenticité du produit car il ne vit que sur le cactus - l'agave - dont est tiré le mezcal. On disait aussi que, traditionnellement, la bouteille n'est vide qu'une fois le ver avalé.

Il allait exprimer son dégoût quand la femme s'empara de son bras gauche et lui lécha le dessus de la main, en deux ou trois coups de sa petite langue violacée. Elle ne broncha même pas quand Jacques, d'une secousse, voulut se dégager. D'un geste sec et précis, elle saupoudra sa main de sel.

Voilà, il avait mal à la tête. À cause de cette fichue…

Une tranche de citron s'écrasa sur sa bouche, obligeant Jacques à mordre dedans. Il se débattit de son mieux mais la femme le tenait à sa merci. Elle lui servit ensuite un verre qu'elle plaça dans sa main tremblotante.

L'objet blanchâtre dérivait dans la bouteille, petit corps filiforme dansant au son d'une musique muette. Sous le regard insistant de la femme, Jacques vida son verre. Un goût abominable le fit grimacer mais, avant qu'il ne s'en remette, la femme avait recommencé son manège. Langue. Sel. Citron. Mezcal.

Cette femme était trop forte, ou lui trop faible. Il ne pouvait en aucune façon s'opposer à elle. Jacques ne trouvait pas en lui l'étincelle qui l'aurait fait se lever pour expulser cette femme à la peau et au pelage sombre. Il se sentait un peu comme le bébé qui se laisse gaver sans même se demander pourquoi on le fait. De la même façon que le malade en phase terminale, incapable même de contrôler ses pensées, perçoit qu'on s'occupe de lui mais n'en voit pas le but.

Le mal de tête s'estompait. Jacques continuait de trembler, sa vue était toujours aussi embrouillée. Son corps blême, affalé dans la baignoire, suivait les mouvements de l'eau, évoquant une seconde la danse lascive du ver dans la bouteille.

Il sortit de sa transe au son d'un liquide que l'on verse. La femme achevait de vider la bouteille de mezcal dans la baignoire mousseuse. D'une main vigoureuse, elle entreprit ensuite de le frotter partout sur le corps avec cette eau nauséabonde dans laquelle il baignait. Jacques ne pouvait que protéger son visage contre le liquide qui lui picotait la peau, pendant qu'elle frictionnait son ventre, ses jambes, son sexe. Il poussa un faible cri quand les mains s'attardèrent sur ses couilles.

Sans plus d'explications, la femme aux yeux noirs se redressa et quitta la salle de bains. Tout s'était passé si vite, tout était maintenant si calme que Jacques se demanda s'il n'avait pas rêvé éveillé, perdu dans sa torpeur de lendemain de veille. Mais l'odeur de moisi qui stagnait au-dessus de la baignoire le convainquit bien vite du contraire.

Une folle!

Profitant de la tranquillité, Jacques reprit peu à peu ses esprits. Sa tête, comprimée par un étau, continuait de tourner de façon nauséeuse. L'odeur de cette eau n'aidait certes pas. Sortir, sortir de la baignoire. Quel effort… non, il ne s'en sentait pas capable. Le moindre muscle de son corps, sitôt sollicité, se révélait perclus de douleur. Tremper encore un peu ne pourrait qu'arranger les choses.

Tu parles d'une folle! Il lui faudrait appeler la direction de l'hôtel pour la faire virer. Jamais un employeur ne tolérerait pareil comportement.

Folle, mais pas laide du tout. Plutôt jeune, le genre tout à fait typique de…

Mais où était-il? Non, pas au Mexique. Il se trouvait pour l'instant en Belgique, afin de participer à un congrès de littérature fantastique. Une femme de chambre mexicaine en Belgique?

D'ailleurs, jamais plus il ne retournerait au Mexique. Ces gens-là étaient fous. On s'amuse, on fait la fête avec eux, et voilà qu'ils perdent soudainement la tête et vous accusent de toutes sortes de choses.

Sortir de la baignoire… Regarder sa chambre, voir quel était cet endroit. Mais cela lui semblait impossible. Son corps pesait des tonnes et son cerveau exigeait une immobilité totale pour fonctionner. Il y avait la fenêtre, en saillie près de la baignoire. Étendant péniblement un bras, Jaques souleva le store, confiant de voir la terrasse du Cartier-Matin, son hôtel. Il cligna des yeux en s'apercevant que ce qu'il avait d'abord pris pour un rideau blanc derrière le store était un impénétrable manteau de brume qui recouvrait tout à l'extérieur. Voilà. Une brume pareille, c'était la Belgique, pas le Mexique, où les gens perdaient la tête. D'ailleurs, il se souvenait tout à coup avoir rencontré la propriétaire de l'hôtel, une dame entre deux âges, au tailleur strict, au sourire avenant, flairant bon le professionnalisme et l'empressement hôtelier. Tout à fait Européenne, pour un Nord-Américain. Et ce regard… À son arrivée à l'hôtel, Jacques n'avait-il pas été accueilli dans le bureau de la patronne avec un verre… ou deux?

« Vous êtes ici chez vous, Monsieur », lui avait-elle dit en le regardant d'une drôle de façon.

La litanie en provenance de l'autre chambre, lente et monotone, mélange de langues souvent incompréhensibles, le ramena à la baignoire. Des éclats rouges, pulsant sous la porte face à la salle de bains, accompagnaient une série de secousses qui ridaient la surface de l'eau. Un tourbillon de chants aux échos multiples répondaient à la voix de femme.

« Lève-toi », me dit mon maître,
« debout : la voie est longue, et le chemin mauvais…»

« Ahlama, croyait-il comprendre,
ahlama tequa pù chinqua, ô Mayahuel. »

Il revit en pensée la femme de chambre, sa peau sombre, ses lèvres brunes. Ses yeux noirs. Ses vêtements colorés. Peut-être aurait-il dû lui demander si le service comprenait un bon grattage de dos?

Un grondement sourdit de la chambre d'en face, agitant l'eau du bain, créant une mousse nouvelle qui pétillait contre sa peau. Les voix roulaient par-dessus le tumulte, semblables aux lamentations éternelles d'un chœur de damnés. Puis, aiguë, comme une déchirure, une autre voix de femme - curieusement familière:

« Guai a voi, anime prave!
Non isperate mai veder lo cielo… »

« Pape, pape aleppe
Raphèl maï amècche zabi almi Tlazoltéotl! »

Des fous! Il y en avait aussi dans la chambre d'en face! Comment Jacques avait-il pu aboutir dans un hôtel pareil? Le Cartier-Matin lui avait pourtant paru très convenable, charmant même, à première vue: un ancien monastère, briques roses, vastes espaces clairs agrémentés de verreries, de plantes vertes - avec le sourire de la patronne au regard perçant en prime.

La femme de chambre revint à l'avant-plan de ses pensées. Que pouvait bien faire une Mexicaine en Belgique? Cela n'avait aucun sens. Et cela ravivait le souvenir du pire voyage de sa vie. Ces cuites à la tequila qui vous rongent l'estomac pendant des jours. Son idée absurde de s'en envoyer un flacon avant la visite d'une pyramide maya. Jacques s'était retrouvé assez étourdi pour croire sincèrement que tous les gens alentour avaient bu autant que lui et partageaient son état d'euphorie confuse.

Bon, il avait pissé, puis vomi à l'arrière de Chichen Itza. C'est d'ailleurs à ce moment-là, lorsqu'il était revenu parmi les touristes, que les gens avaient commencé à le regarder de travers. Les Mexicains, en fait. Soudain, il ne s'était plus senti chez lui au Mexique. Sans doute Jacques avait-il manqué un peu de classe ce jour-là, mais fallait-il en faire tout un plat? Que diraient les Belges s'il se rendait former duo avec le Manneken

Pis?

Était-il bien en Belgique?

Tout amolli au fond de la baignoire, trop fatigué pour au moins changer cette eau brunâtre et nauséabonde, Jacques laissa son esprit dériver, vaguement conscient que le temps seul chasserait cette torpeur qui ne le quittait pas.

L'image de la jeune femme de chambre traversa ses pensées, ranimant la douleur à ses couilles meurtries. S'il s'était trouvé moins confus et amolli, Jacques aurait pu inviter la Mexicaine à monter dans la baignoire. Pas laide, après tout, les yeux noirs, les cheveux noirs, toute petite - mais énergique! Il l'imagina en train de lui gratter le dos, de lui chatouiller le ventre, de caresser sa poitrine en faisant gicler le savon entre ses doigts…

Fermant les yeux, il put presque sentir le chatouillement sur son ventre. La mousse. Jacques se sentirait peut-être mieux s'il faisait comme la mousse de son bain, qui pétillait de joie…

Et puis non, son ventre le chatouillait vraiment. Sans doute serait-il temps de prendre un bon repas. Voilà qui le remettrait d'aplomb. Mais il était si bien, dans son eau… brunâtre. Sortir, sortir. Rien à faire, il ne possédait pas la volonté nécessaire pour arracher son corps à la baignoire.

Et s'il couvait quelque chose? Il était peut-être malade! Virus? La tourista? Non! pas la tourista. Il ne se trouvait pas au Mexique. Il était en Belgique. Pour participer à…

Il n'en était plus très sûr. Comment pouvait-on se mettre dans un état pareil? Une cuite? Il était malade, oui! Son corps ne lui obéissait plus. Il ne tremblait même plus. Jacques aurait été incapable de dire si l'eau était froide ou chaude.

Et cette mousse qui crépitait sans arrêt. Depuis le temps, il ne devrait même plus y en avoir. Or, des milliers de petites bulles venaient crever à la surface. D'un geste, il voulut balayer la mousse. Sa main demeura immobile le long de son corps. En grognant, il se débattit dans la baignoire mais seules ses pensées s'agitèrent. Quelque chose s'était déconnecté en lui, pendant que le chatouillement continuait sur son ventre.

En désespoir de cause, Jacques prit une profonde inspiration et souffla de toutes ses forces sur l'épaisseur de mousse, dégageant une zone d'eau à travers laquelle il vit son ventre d'où montait un petit tourbillon, une minuscule trombe qui forma aussitôt une couche de mousse à la surface.

Jacques souffla encore afin de mieux voir sous l'eau. Puis, il vit. Accroché à son ventre, tout près du nombril, un corps blanchâtre, d'à peine trois centimètres de long, se tortillait furieusement. En plein là où ça le chatouillait. Un ver gras et luisant qui mordait dans sa chair en frétillant pour en arracher un morceau. Il se débattait de plus en plus, produisant un remous qui moussait à la surface. Jacques souffla encore.

Comme de la fumée jaillie du fond de la baignoire, une nuance rouge apparut dans la mousse et, malgré l'engourdissement de son corps, Jacques sentit que le chatouillement était devenu une impression plus profonde, une douleur qui ne pouvait plus atteindre son cerveau. Il souffla plus fort encore sur la surface de l'eau, le plus longtemps qu'il put, mais sa respiration était trop rapide, il ne pouvait soutenir le rythme. Le ver apparut dans une trouée de mousse, battant frénétiquement de la queue, la tête plongée dans l'écarlate qui jaillissait du ventre de Jacques.

D'une ultime contorsion, le ver se propulsa dans Jacques.

Il figea une seconde, à mi-chemin entre surprise et dégoût, jusqu'à ce qu'un sentiment d'horreur indicible le submerge. Il voulut bouger, se lever, sortir. Fouiller dans son ventre pour en extraire cette chose.

Irrémédiablement inerte, il ne pouvait plus que crier, crier dans l'espoir d'attirer l'attention de quiconque dans cet hôtel, qu'on vienne le tirer de là, qu'on sorte de lui cette horreur qui venait de s'y engouffrer.

Cela se déplaçait son ventre! Un corps étranger le fouillait, le grugeait, se tortillait entre ses viscères. L'eau ne moussait plus dans la baignoire et Jacques vit la petite déformation qui courait partout sous sa peau.

L'odeur moisie du mezcal était partout, elle semblait
même s'échapper de son corps qui, à travers l'eau brunâtre,
tirait sur le bleu. Le corps étranger avait cessé ses déplacements
désordonnés et rapides pour emprunter une direction précise:
celle de la tête de Jacques. Patiemment, elle se rapprocha, soulevant sur son passage le bruit visqueux de la peau se décollant
du muscle. Son coeur frémit dangereusement quand la bosse le
rejoignit, alourdissant la torpeur qui l'immobilisait déjà. Des
étoiles dansèrent devant ses yeux, pendant que ses pensées se
diluaient avec le décor de salle de bains.

Ses yeux, finalement, se figèrent, ne lui laissant que la
peau de son ventre à regarder, de même que ses deux bras
amorphes, maigres récifs violacés affleurant à la surface.

Une douleur prit naissance dans sa tête, quelque part entre
ses yeux, comme si une lame avait raclé l'intérieur de son
crâne. Son ventre gonfla jusqu'à émerger à la surface, tendu
comme la peau d'un tambour. La peau se déchira près de son
nombril et les rebords purulents de la plaie se soulevèrent,
ouvrant une voie à l'eau sale de la baignoire qui se mêla aux
humeurs de son corps. La peau s'affaissa lentement le long de
ses côtes, puis glissa vers le fond de la baignoire, soulevant
d'épais tourbillons rose sale.

Quelque chose s'écoula sur son visage. Au moment où
Jacques prenait conscience que la peau se détachait de son
crâne et que c'était son visage qui fondait, il perdit la vue.

Il ne resta plus que le noir, ses pensées mêmes étaient
devenues ténèbres.

Seul, un infernal bourdonnement persistait, comme si son
cerveau avait tardé à s'éteindre tout à fait.

Puis, le silence.

*❦

Une mer s'étend au loin, un océan dans lequel il flotte
sans but mais dont il aperçoit le rivage. Comment l'atteindre?
Comment se déplacer sans le support du sol? Il va s'épuiser

dans ses tentatives pour respirer. Le rivage est blanc, lointain, brillant, invitant, *nécessaire*.

Un coup de tonnerre fait trembler le monde. Au même moment, une ombre passe sur le soleil pâle et froid. Soudain se matérialise dans le ciel un visage tellement énorme qu'il en recouvre la totalité, pendant qu'une épaisse tignasse noire, vaste forêt en mouvement, s'abaisse jusqu'à la surface de l'eau.

Un objet brillant, apparu un peu plus loin, semble d'abord flou mais c'est parce qu'on voit à travers; cela ressemble à une grotte transparente. Doit-il tenter l'impossible pour l'atteindre?

Avant qu'il ne prenne une décision, la grotte s'ébranle et avance vers lui, soulevant des vagues qui le font rouler à l'infini. Mais un courant happe bientôt Jacques, puis l'entraîne, inexorablement, vers l'entrée de la grotte de verre.

Jacques, je suis Jacques!

Oui, ça lui revient: chambre d'hôtel, baignoire…

Il sait qui il est, où il se trouve, ce qui est en train de se passer, même si cette pensée est trop folle pour qu'il l'accepte.

Jacques, je suis Jacques… Où sont mes membres, bon Dieu?

L'océan, tout à coup, s'éloigne rapidement sous lui, alors qu'il baigne toujours dans un peu de liquide brunâtre, plaqué au fond de la grotte transparente par une force d'accélération. À mi-chemin du ciel et de l'océan, un œil titanesque se colle brièvement à la paroi de verre avant de s'éloigner, laissant place à un visage basané et satisfait, une Mexicaine aux cheveux noirs comme la nuit.

Elle reboucha la bouteille, déclenchant un roulis de liquide qui gicla sur le verre. Jacques frétilla jusqu'à la surface. Il frappa furieusement sa tête contre la paroi de verre puis, résigné, abattu, laissa redescendre son corps blanc et filiforme tout au fond.

© Claude Bolduc

Bout du Rouleau

Serena Gentilhomme

*J*amais vu de nuages aussi glaireux.

On dirait que le ciel va bientôt dégueuler sur cette ville toute en unions contre nature. Ses flèches dorées, ses volutes baroques, ses gratte-ciel et ses coupoles en verre flottent sur le glissement des toits vers la béance des immeubles voués à la démolition: noirceur, éventration, précipice.

C'est dans un de ces squats que je me trouve.

Quatrième étage, à un jet de pisse du Manneken.

Si je me penchais - mais ça ne me dit rien, sans compter que jamais je n'y arriverais et que les croisées de ma fenêtre sont engluées, l'une dans l'autre, à jamais -, je pourrais voir la cohue de touristes qui se presse, rue de l'Étuve, autour de cette attraction pour pédophiles refoulés. Ensuite, les plus avertis - ou les plus nécrophiles, ce qui n'est pas en contradiction, bien au contraire - se rueront sur Evard't Serclaes, tétanisé sur son lit de mort: excellent apéro, juste avant les moules-frites de chez

Léon, ou de chez quiconque d'autre.

J'en ai marre de cette ville.

Marre de cette chambre.

Marre, surtout, de cette interminable liaison qui nous épuise, qui nous a épuisés, dès le début, Francesca et moi - et qui devrait se terminer, en principe, dans l'heure qui suit, pour peu que Francesca ait de la suite dans ses idées.

Jusqu'à présent, elle en a toujours eu.

❊

Aïe.

Je descends de mon siège en jurant.

C'est que je viens de m'entailler l'index droit à cause de cette putain de vénitienne encrassée, que j'ai brutalisée pour ne plus voir le paysage dominé par une horloge, surgie de nulle part - d'un building ministériel, ou d'un monument classé de la Grand'Place, ou alors de la Gare du Centre elle-même. Je m'en foutrais, si cette chose ne marquait l'heure, moins deux minutes, de mon ultime séance avec Francesca.

À moins qu'elle ait décidé de ne pas venir, sans me prévenir.

Ce qui me soulagerait.

Mais qui ne lui ressemblerait pas du tout.

Enfin, ce cadran d'horloge, ce n'est qu'un faux problème: le pire, que j'ai voulu supprimer aux risques et périls de mon index droit, c'est la Lune que je vois suspendue entre deux nuages, au-dessus de cette ville biscornue.

Ça me rappelle le pire cauchemar de mon enfance.

Je devais avoir trois ans, pas plus. Mon rêve avait commencé de façon paisible, dans le jardin de la maison familiale, que je revois encore, dans sa banalité désolante: une pelouse, des parterres, un tuyau d'irrigation serpentant dans un décor trop tranquille, baignant dans une lumière incolore.

Moi, là-dedans : chair de poule, dents qui claquent, sueurs froides dans l'attente de l'horreur inévitable.

Silence absolu, jusqu'au moment où le tuyau s'est redressé en sifflant.

Un coup de tonnerre a fait trembler le monde, puis une ombre gigantesque a voilé le soleil blanc et froid. Soudain est apparu un visage, tellement énorme, qu'il a caché le ciel tout entier.

Je ne l'ai même pas entendue, quand elle a frappé.

Car elle a sans doute frappé - des ses doigts furtifs, excités, honteux – à l'huis irréversiblement déclos de cette chambre: l'éducation, c'est quelque chose.

La ponctualité, c'est la courtoisie des rois, dit-elle.

La Signora Francesca Malagodi.

Il faut que je me rende à l'évidence: elle est là, - à son habitude, très exactement à l'heure, moins une minute - et tout à fait incongrue, la Signora, dans sa tenue de ville, la même qu'elle arbore quand elle reçoit ses hôtes (elle m'a interdit de les appeler clients) les plus distingués, dans l'hôtel qu'elle gère, le Cartier-Matin, en province du Luxembourg, aménagé dans une ancienne église de Jésuites: une escale de charme, proclame-t-on dans les guides officiels.

Disons que c'est plutôt une bonne planque pour couples illégitimes.

Ou pour artistes à la dérive.

Je suis bien placé pour l'affirmer.

- Puis-je? chuchote-t-elle, immobile dans l'embrasure aveugle.

Un grognement, ma réponse, tout en suçant le sang de mon doigt.

Elle extrait mon index de ma bouche et le fourre dans la sienne -s'agenouille, aspire, soupire, cogne et se frotte contre l'aspérité surgissant de mon aine.

Pas moyen de débander, avec Francesca.

Ce qui peut tout faire rater, ce soir.

Je m'extirpe de ses lèvres pour enfoncer mes dix doigts dans sa chevelure : trop abondante, trop douce, trop...

Pas question de m'attendrir là-dessus.

- Toujours aussi bonne suceuse. Félicitations. Mais on est là pour causer boulot. Tu as tout ce qu'il faut?

- Bien sûr.

Elle se relève et sort des choses de son sac, posément.

Enfin, façon de parler.

Je connais trop Francesca pour ne pas ressentir, en mes chairs, le frisson qui la secoue en ce moment, les appels qu'elle me transmet, en toute innocence, en toute lubricité, éperdue et moite, dans l'anticipation de son ultime jouissance.

Elle dépose sur le sol un objet nu, un autre enveloppé de sombre, en contrebas de la couche effondrée sur laquelle elle s'effondre.

- Et toi, as-tu pensé à l'essentiel, soupire-t-elle, ôtant ses escarpins, relevant sa jupe sur ses cuisses fuselées, voilées de noir.

Conformément à mes ordres, elle ne porte pas de petite culotte.

Je lui montre la porte donnant sur la salle de bains.

Ou, plutôt, sur ce qui en reste: lueur frémissant au-delà du soupirail.

- Parfait, murmure-t-elle, plus blême que les draps froissés qu'elle agrippe, dans l'urgence de se donner.

Plus souillée aussi.

Je la couvre. En silence, elle libère mon sexe, le flatte et le branle, tout contre la vallée de nos larmes perdues.

Je la prends, avec une violence qui lui arrache un gémissement étouffé.

❋

Non, non, non: je ne veux pas jouir.

Le sexe de Francesca a beau se contracter en ventouse sur le mien: elle m'arrachera, au plus, quelques soupirs.

Ou quelques morsures.

Ou alors une bonne torsion de ses seins, avant de les laper, de les sucer, d'en mordiller la pointe: Francesca adore ça. C'est bien ce que j'ai fait, paraît-il, la première fois où nos corps dénudés se sont retrouvés en contact.

Mais, pour rien au monde, je ne l'honorerai d'un orgasme partagé qui pourrait la réconcilier avec la vie et la faire revenir sur ces bonnes résolutions qu'elle ne cesse de me ressasser, depuis des semaines, depuis cette fois où elle s'est adonnée à son petit jeu, sur son bidet, après l'agression qu'elle a subie, consentante, devant moi.

Là, il faut que j'explique les choses, sinon personne n'y comprendra plus rien.

Moi le premier.

Alors, voilà: je m'appelle Paul - peu importe mon nom de famille - vingt-six ans, photographe. J'ai longtemps galéré, entre un reportage de première communion, un autre de mariage, avant de repérer une agence sur Internet.

Sa spécialité: gérontophilie.

On parle beaucoup de pédophilie, ces jours-ci, mais personne ne dit rien sur ces réseaux quêtant des photographes disposés à prendre des clichés proches du snuff movies : vieilles beautés suicidaires et disposées à exhiber leur dégradation bienvenues. J'en ai tout de suite parlé à Francesca: par cette proposition plus qu'obscène, j'espérais me défaire de mon initiatrice, ma vieille amante dont l'image s'interpose toujours entre mes éventuelles conquêtes et moi.

Raté.

Profitant de mon complexe d'infériorité vis-à-vis du monde entier et, surtout, de la gent féminine - que je soupçonne, à raison, de me regarder, tout le temps, du haut en bas -, Francesca s'est révélée prête à tout, au-delà de toutes les espérances, avide de se faire photographier dans les poses les plus dégradantes: chatte ouverte de ses doigts, miction, vidange de boyaux, vomissures - spontanées ou provoquées, après absorption d'alcools multiples et incompatibles.

Tout ça, sans demander aucune contrepartie. Ni en argent, ni en nature.

Juste pour l'amour de l'art.

De mon art.

*

Mon patron n'aime pas Francesca.

Il la trouve toujours trop ou pas assez. Trop racée. Trop bien conservée, les seins surtout, qu'on dirait d'une fille qui a juste un peu trop fait usage. Pas assez délabrée, blette, vulgaire. Pour ce qui en est du vulgaire, pour qu'on ne me vire pas, Francesca s'est dévouée, jadis, se maquillant de façon outrageuse. Résultat navrant: on aurait dit une dame patronnesse jouant les putes repenties pour le spectacle annuel de la paroisse. En revanche, elle s'est surpassée le soir où elle s'est offerte, cuisses en l'air, sur le colimaçon poisseux d'un escalier menant à des latrines pour hommes.

La puanteur y était atroce.

J'ai cru m'évanouir.

Francesca, elle, humait, épanouie, étirant ses bas sur ses porte-jarretelles noirs.

Un vieux clochard est sorti des chiottes et s'est écroulé sur elle, qui a plongé la main dans sa braguette ouverte, sorti sa queue ramollie.

Son regard perçant, complice, amusé, ne quittait pas mon objectif.

Le type a tripoté mon modèle, sans rien pouvoir faire d'autre.

Elle s'est mis à rire, me guettant toujours.

J'ai pris trente-six poses, jusqu'au bout du rouleau.

Le rire de Francesca montait, de plus en plus rauque pendant que l'ivrogne l'insultait, la cognait, méthodiquement - j'aurais voulu intervenir, mais, d'un geste subtil, persistant, de ses doigts, elle me fit signe qu'il ne fallait pas, que son tortionnaire se fatiguerait, tôt ou tard. Et, en effet, il a fini par abandonner, non sans voir cogné le crâne de Francesca, son crâne de jeune vieille fille folle, sur les nervures du colimaçon en granit noir.

Francesca s'est relevée, sonnée, mais triomphante.

- Ouf, espérons que ton patron soit enfin content: il est si difficile, a-t-elle murmuré, vérifiant ses bas, au cas où ils auraient filé.

J'ai juste eu le temps de la retenir dans mes bras, avant qu'elle ne s'écroule, victime d'un vertige.

- Il aurait été encore plus content si tu avais repris ma mort en direct, a-t-elle soufflé à mon oreille.

L'heure d'après, pendant que je faisais couler un bain très chaud, très mousseux - nos séances se terminent toujours ainsi, par des mignardises, où un bon grattage de dos précède des contacts plus intimes -, Francesca est entrée, armée d'un petit revolver pour dame: poignée nacrée, filets dorés,
ciselures. Elle s'est installée sur le bidet, sa chatte braquée contre moi. Elle y a enfoncé le canon de son arme-bijou.

- Il suffirait que... a-t-elle haleté, caressant, du doigt, la détente.

J'ai retenu mon souffle.

La porte s'est ouverte sans bruit.

Francesca a extrait le revolver.

- Entrez, ma chère, a-t-elle dit, examinant le canon enduit de son foutre.

Sa femme de chambre a glissé vers nous, avec un plateau de fruits, deux verres et du champagne.

J'ai juste eu le temps de nouer une serviette sur mon ventre, le manège de Francesca m'ayant excité au-delà de tout entendement.

- Commpliment dé la maison...

- Voyons, Tazlo, pas de cérémonies: on est entre nous. Muchas gracias.

La femme aux yeux noirs s'est retirée, avec sa moue de mépris éternellement gravée sur ses lèvres, à peine moins foncées que ses yeux.

Ces lèvres qui me font frémir de répulsion, chaque fois que je les vois.

C'est, peut-être, parce que Francesca m'avait confié la signification de son prénom: Tazlo, c'est le diminutif de Tazlotéotl, la déesse mangeuse d'immondice et de vers.

- Tu sais ce qu'elle m'a dit? - a susurré Francesca, entrant dans la baignoire avec moi et commençant à me savonner - Qu'elle vient d'une famille de sorciers, issus des grands prêtres mayas, dont la spécialité est la préparation d'un élixir qui donne la transe de mort. On le faisait boire aux victimes sacrificielles. Après quoi, elles enduraient les pires supplices dans la jubilation, se faisaient arracher le cœur, écorcher avec le sourire, alors, tu penses, un petit coup de revolver dans le vagin, c'est rien. Après on s'arrachera tes photos, les plus scandaleuses du monde, l'important est que tu évites de cadrer mon visage et qu'on retrouve mon corps dans un endroit inattendu et trop tard pour qu'il soit identifié. Comme ce squat, te souviens-tu? Où nous avons déjà fait des prises de vue, cette fois où j'ai été si malade, après avoir failli vomir sur la Grand'Place, devant la Maison de la Louve. Tu verras, comme je n'aurai pas de pièces d'identité sur moi, l'affaire Francesca Malagodi sera bientôt classée: ce n'était qu'une bourgeoise vieillissante, désireuse de s'encanailler et qui y est restée, suite à un encanaillement qui a mal tourné. Pour mon héritage, pour mon assurance vie, j'ai déjà contacté mon

notaire et ma banque: tu ne t'en doutais pas, mais je médite mon coup depuis longtemps...

Plongé dans un tourbillon de mousse chaude, livré à ces mains qui exploraient tous les recoins de mon corps, s'attardant sur les points les plus sensibles, j'ai fermé les yeux.

- Il faudra, surtout, que tu passes inaperçu. Donc, nous serons obligés de choisir le soir d'un samedi, quand le centre-ville se remplit de touristes...

Elle s'est empalée sur moi.

J'ai joué avec ses seins, ses cheveux, comme au tout début de notre liaison, cherchant à ravaler l'aigre nœud de vipères que le désespoir faisait monter dans ma gorge.

- Surtout, point de jouissance tu ne me donneras, compris? Quoi que je dise, quoi que je fasse. Si je me mets à aimer la vie, c'est raté, pour toi et pour moi.

Inexorablement logiques, comme seuls ceux des vrais fous savent l'être, les propos de Francesca, m'engourdissaient, telles des vagues d'éther.

- Une fois riche et célèbre, tu me remplaceras avantageusement.

Baisers profonds. Chuchotements. Écrabouillées, mes molles objections, en mille flaques, sur l'argument imparable.

- De toutes façons, je vais me donner la mort. J'y pense tout le temps, depuis longtemps, tu n'étais même pas né. Autant que cela te profite, non?

- Mais pourquoi?Je m'ennuie. Je t'ennuie. Notre relation a trop duré. Ma tendresse t'étouffe. Contredis-moi, Paul, si tu peux.

Pas moyen.

✳❧

Dès lors, Francesca n'a pratiquement plus eu d'autre sujet de conversation que son suicide, programmé dans ses infimes détails, avec une sorte d'appréhension joyeuse, comme lors d'un projet de voyage pour un pays lointain, vaguement périlleux, mais dont on sait qu'on reviendra, avec des objets inutiles et des photos souvenirs.

Et, maintenant, on y est, dans la salle des pas perdus.

＊⚜

Dernier regard à mon sexe enfoui, jusqu'à la garde, dans le vagin de Francesca et je m'extirpe d'elle, brutalement, choisissant, avec soin, le moment où elle s'apprête à jouir.

Vos désirs sont des ordres, Signora.

Accroupi entre ses cuisses, pantelant, bandé comme un cheval, je l'observe, me forçant à rire de sa surprise, de sa déception - si programmée fût-elle -, de son désarroi manifeste, avec l'espoir que, pour la première et la dernière fois de sa vie, elle s'emporte contre moi.

Qu'elle m'insulte, me gifle, me griffe: n'importe quoi.

Raté, une fois de plus.

- Tu as été merveilleux, comme d'habitude, murmure-t-elle, baisant mes lèvres.

- C'est l'heure! lui crie-je en pleine figure.

Dressée sur ses coudes, hagarde, incrédule, Francesca doit avoir la même tête que les condamnés dans le couloir de la mort, alors qu'ils voient débarquer chez eux, au petit matin, l'aumônier et d'autres personnages à la mine de circonstance.

- Montre-moi tes trésors.

Francesca déroule la serviette qui enveloppe l'un des objets près du lit: un large flacon pansu apparaît, plein d'une fange, dans laquelle flotte un gros ver blanchâtre.

Quelques cartilages s'élèvent vers le goulot.

Une gueule maligne aux yeux bleutés vient cogner sur la paroi de la vitre.

- Monsieur Lejeune, annonce Francesca, comme si elle présentait du beau monde à une réception.

＊⚜

- Quoi?

Tout en me parlant sur le même ton léger, distrait, mondain au possible, Francesca ôte son tailleur de respectable hôtelière, pour ne garder que des atours rouges et noirs, en dentelle et en cuir, dignes d'un sex-shop.

- C'était marqué sur son passeport. André... non, Jacques Lejeune. Quarante ans, écrivain, de Jonquière, Québec. D'après ce qu'il m'a raconté - il était très ivre et utilisait des expressions de chez lui, un peu bizarres -, il venait d'avoir des ennuis au Mexique, à cause de son inconduite près du site de Chichen Itza, la ville natale de Tazlo. Celle-ci ne l'a pas raté: elle l'a travaillé toute la nuit, d'autant plus qu'il est Scorpion...

- Travaillé qui? Quoi? Quel scorpion?

- Mais Monsieur Lejeune, voyons! Le Scorpion, c'est son signe zodiacal, dont les natifs sont les victimes idéales pour les envoûtements. Logique, non? Tazlo a donc travaillé mon hôte pour confectionner ce flacon de mezcal un peu spécial, dont nous avons déjà parlé. Une nuit éprouvante, je ne te dis pas: Tazlo m'avait recommandé de prier, pendant qu'elle oeuvrait dans la chambre d'en face. Alors, j'ai récité, à voix haute, toutes mes prières, en italien d'abord, en latin par la suite, à l'endroit, à l'envers. C'était diabolique, ça me faisait très peur. Après, je me suis mise à déclamer du Dante. Des vers de l'Enfer, que personne n'est jamais arrivé à déchiffrer, si bien qu'on a pensé que mon ancêtre Alighieri donnait dans la magie noire...

Je savais que Francesca était tordue, comme la plupart des Florentins pure souche, mais pas à ce point-là.

- Enfin le résultat est charmant, non? Cela me rappelle le marc de Bourgogne, dans lequel on fait macérer une vipère: exquis et aphrodisiaque. J'ai eu l'occasion d'en goûter dans une auberge de charme, à Quarré-les-Tombes, avec mon pauvre Pier-Paolo...

Ça y est. Elle commence à divaguer au sujet de feu son mari bien-aimé, que j'ai toujours cherché à supprimer de mon paysage et qui n'a jamais pu m'encadrer, parole de photographe.

Entre cet homme et moi, ce fut la haine éternelle à première vue.

Francesca n'a jamais voulu l'admettre.

La preuve, elle est en train de me tisser, pour la millième fois, l'éloge de son Pier-Paolo, voyageur et gourmet.

Il faut qu'elle se taise.

Son babil est aussi monotone, terrifiant et implacable qu'une tragédie ancienne.

On voudrait en changer les termes, la progression, l'enchaînement des faits.

Peine perdue.

Toujours, Oreste tuera sa mère adultère et sera poursuivi par les Euménides.

Toujours, Jocaste livrera son petit Oedipe à un serf, pour qu'il l'extermine, afin d'apaiser Laïos, son époux, effrayé par un funeste oracle.

Freud aurait bien fait de s'attarder sur cette garce, au lieu d'accabler son mari et de rendre son fils responsable de toute la misère sexuelle du monde.

Doktor Sigmund n'y a jamais pensé.

Moi, si.

Je débouche le flacon et une odeur de bois pourri me prend à la gorge: une infection. Comment pourra-t-elle avaler ça?

Je cogne le goulot contre les lèvres de Francesca.

Elle avale un bon tiers du liquide, sans la moindre grimace.

Cambrée sur moi, Francesca me chevauche à mort.

Elle est en nage, sa respiration se fait de plus en plus sifflante, pendant que je laboure ses fesses de mes ongles. Elle s'étrangle, s'étouffe, quêtant l'instant où la mixture fera son effet, avec, à la clé, la transe maya qui lui permettra le passage à l'acte. Seulement, voilà: les effets du remède miracle n'ont pas l'air pressé d'anesthésier son cerveau malade, ses pauvres chairs en rut.

Il en va autrement pour moi.

Par curiosité, j'ai avalé une gorgée de cette saloperie, sûr que j'allais tout dégueuler, jusqu'à la première goutte de lait maternel.

Mais non.

Juste un haut-le-coeur avorté.

Après quoi, l'extase: révélation, épiphanie, fulguration, chatouillement dans mon ventre, au-dessus de mon sexe enseveli, foule de flammèches grouillant partout dans mon corps:

sous ma peau, dans les veines, dans ma queue, surtout, transformée en colonne de granit, forclose à toute éjaculation, aussi dure et indifférente que mon visage, sur lequel Francesca imprime de doux baisers inutiles.

De guerre lasse, meurtrie, elle finit par s'écrouler à côté de moi.

Une joue, une chevelure en sueurs s'abattent sur ma poitrine pétrifiée.

On m'enlace.

On me secoue.

On me parle.

Je reste muet, immobile, les yeux grands ouverts sur l'image fixe venue envahir mon cerveau vidé de tout autre pensée: un gigantesque couteau planté dans un cadavre sanglant, livré aux volutes griffues des rapaces, en haut d'une pyramide dont les racines se perdent dans le vertige d'une végétation obscure.

- Je voudrais tellement connaître tes pensées, Paul.

- Si vraiment tu insistes, je te les raconte. Mais je crois que tu ne les aimerais pas du tout.

- Sois gentil, s'il te plaît. Je suis maudite. Toujours rien. Pire, je n'ai jamais été aussi lucide...

- Ta beauté mexicaine t'a baisée en beauté. Il faut se méfier de ces gens-là. Ils sont fous, tu devrais le savoir, toi qui as tellement voyagé, avec feu ton gourmet de Pier-Paolo. On s'amuse, on fait la fête avec eux, et voilà qu'ils perdent soudainement la tête et vous accusent de toutes sortes de choses...

- Chut: on croirait entendre Monsieur Lejeune! Ce n'est pas ça, Paul, j'en suis sûre. Attends. C'est sans doute de ma faute. Tant que le ver du mezcal n'est pas avalé, le flacon n'est pas bu. Tazlo l'a dit.

Elle essuie son front du revers de la main - on dirait une ouvrière appliquée-, reprend le flacon et s'en envoie une bonne rasade.

Hoquet profond: ses doigts se desserrent.

J'attrape le flacon de justesse et observe le museau du ver décomposé, aplati sur la lie brunâtre.

Francesca éclate en sanglots et m'accable de caresses, à la recherche de la tendresse que je lui refuse: il faut savoir ce qu'on veut, Signora.

- Ça y est: tu es prête.

- Encore un instant...

- Non.

Je l'emmène, l'ombre d'elle-même, dans ce qu'est l'ombre d'une salle de bains transformée en chapelle ardente, suivant les suggestions de Francesca: débauche de bougies, de cierges dégoulinant partout, autour d'un bidet en fer rouillé, éclaboussé de traînées en tout genre.

Mon appareil de photo sur statif à pic sur la chose.

- Alors, heureuse?

- Parfait, merci. Je t'aime.

- Ah bon.

Je l'installe à califourchon sur le bidet: pas facile. Francesca n'oppose pas de résistance, mais la frayeur l'a si transie, qu'elle en est devenue plus gourde qu'une masse. Disparue, la souriante hôtelière, à la démarche gracieuse que j'ai admirée depuis le début de notre liaison, alors qu'elle allait à la rencontre de ses clients, pardon, de ses hôtes, leur annonçant qu'ils étaient chez eux, en son escale de charme...

Qui fut ultime, pour Monsieur Lejeune, puisque Monsieur Lejeune il y a.

- J'ai froid. J'ai peur, mon petit, articule-t-elle, claquant des dents.

Là, je deviens méchant pour de vrai - et pour cause.

Je la saisis par les cheveux: pelote amorphe, brillance évanouie.

Je frappe.

Francesca hurle.

Sa figure, en contre-plongée, est un marasme sillonné de rimmel.

Ses yeux, deux puits, au fond desquels brille la lune du néant.

Je vérifie les cristaux liquides de mon appareil: rouleau vierge, trente-six poses, de quoi faire un magnifique reportage de suicide en direct, sordide à gerber, tout à fait gratuit et qui va me rapporter gros, selon tes souhaits, n'est ce pas, Francesca? À toi de ne pas te dégonfler, ma belle, après le lavage de cerveau que tu m'as fait subir et les risques que tu me fais prendre.

Je monte sur l'escabeau pliant que j'emporte toujours lors de mes reportages et oriente mon appareil de façon à avoir une vue panoramique sur mon modèle et son double, dans un long miroir maculé, au-dessus du bidet.

Je n'ai plus qu'à rechercher le meilleur point de vue.

Tiens, je suis toujours bandé: pour les siècles des siècles, si ça se trouve.

Jamais je ne me suis senti si bien.

✳

- Jamais je ne me suis sentie si mal: des crampes....

Pliée en deux, Francesca râle, écartelée sur le bidet.

- Merde, alors!

- Je crois que je vais rendre.

Un long filet glaireux s'alanguit de sa bouche.

- Putain, tu ne vas pas nous faire ça!

Début de panique, en vue de la débâcle annoncée: nausées, vomissements, après quoi Francesca se retrouvera vide, lucide, pour la première fois de sa vie, obligée de composer son rôle de condamnée à mort qui vient de vomir son dernier repas et dont le seul espoir est le coup de grâce...

Bordel! Au fait, il est où, son bijou de revolver pour dames?

- C'est passé. Fini. Ça va aller.

- T'as intérêt.

Elle se redresse, secouée de frissons, et porte, avec effort, jusqu'à ses lèvres, le flacon qu'elle serre de ses mains crispées. Je suis la trajectoire de la lie fangeuse, des cartilages, du ver disparaissant dans une gorge arc-boutée, enflée, aussi livide que le ventre d'un poisson depuis longtemps échoué sur une morne grève.

Ça y est: elle vient d'engloutir Monsieur Lejeune.

Profond soupir.

Léger claquement de langue.

Pour peu, je me croirais en pleine dégustation de crus millésimés, dans un vaste espace clair, agrémenté de plantes vertes, de lustres, de verreries, dans lequel évolue une dame au regard doux et, néanmoins, perçant, au sourire inusable : le même que Francesca m'adresse, soudain apaisée, se

calant sur son bidet, y cherchant la pose la plus confortable, celle qui l'empêchera de bouger au moment où je déclencherai l'appareil, pendant ses derniers instants de vie.

Après, ces problèmes de pose ne se poseront plus.

- Paul, tout va bien. Tout ira bien, désormais. Je suis prête. Cadre!

Je me concentre sur mon viseur: zoom avant sur les cuisses écartées de Francesca, sur son sexe, sur son ventre.

Pente raide à peine bombée, parfaitement immobile.

Immobile?

❋

Non, non, non: je ne veux pas en convenir.

Le ventre de Francesca enfle à vue d'œil.

Je me détache du viseur, lâche mon appareil, recule.

Ce n'est pas une illusions d'optique: mon modèle forcément fétiche est bel et bien en train de se transformer en outre, dans le plus parfait silence, merde! Si au moins j'entendais un hurlement, quelque chose, mais non! Mutisme lunaire de cette enflure bizarrement expressive: un visage-ventre, une lisse tête immonde, putain, ce doit être ça, que j'ai vu dans mon pire cauchemar, donc y a pas photo, c'est le cas de le dire, faut que je sorte d'ici, que j'appelle des secours, mais que leur dire? Que cette brave dame, par ailleurs ma maîtresse, est venue s'encanailler dans ce squat, rien que pour m'aider dans ma carrière de reporter clandestin sordide? Qu'elle s'est mise à gonfler, suite à l'absorption téméraire d'un certain Monsieur Lejeune, écrivain, quarante ans, de Jonquière, Québec, scorpion à ses heures et transformé, par la serveuse mexicaine de Madame, en ver de mezcal maison, spécialement conçu pour rombières suicidaires et exhibitionnistes, désireuses d'offrir un ultime reportage de choc à leur protégé? Un dixième, que dis-je, un millième de ce délire suffirait à nous faire coffrer dans un asile à perpète, ce qui serait la solution idéale pour Francesca, si jamais elle s'en sort et, sans doute, pour moi aussi, qui ne dois pas tourner bien rond non plus, sinon comment ça se fait, que je n'arrive pas à me détacher de cette folle qui a le double de mon âge? D'accord, Francesca m'a toujours passé tous mes caprices, ne m'a jamais engueulé, me fait bander dès qu'on se touche, me prend au sérieux - alors que le reste de l'humanité a l'air de se payer ma tête -, quand je n'en veux pas, elle se tire, quand j'en veux, elle accourt, quand elle a envie de pleurer, elle se cache et me revient d'aplomb, comme un sou neuf, parfaitement habillée, coiffée, maquillée, tirée aux quatre épingles...

Juste un peu blême sous son fard.

Tout ceci est bien beau, mais n'explique pas tout, notamment le fait que je me retrouve toujours enlisé dans ses délires, pour peu que j'y aventure un bout d'orteil et, là, je suis en plein dedans, jusqu'au scalp.

Plus de forces: sueurs froides, chair de poule, dents qui claquent.

Assis sur mon escabeau, j'attends l'horreur familière et inévitable.

Question de secondes.

❋❧

Coup de tonnerre.

Ça y est.

Visage-ventre de poisson-lune obstruant toutes les voies.

Une mince silhouette bariolée y appuie, de toutes ses forces.

Craquèlement, explosion de la sphère. Projections.

Rosace purulente.

Un ver géant en sort et se déroule en spirales alanguies, rampant, humant.

D'un bond, il fonce sur moi, sifflant, tête dressée.

❋❧

Aïe.

Je regarde mes mains :jointures en sang.

J'ai dû défoncer le miroir d'un coup de poing, comme le prouve la toile d'araignée qui décompose ma figure, au premier plan. À l'arrière, monstrueuse fresque rouge. Jamais je n'aurais pensé qu'une arme-bijou ferait de ces dégâts: on dirait que mon modèle a avalé une bombe.

Je me rends à l'évidence: j'ai eu tort de douter. Francesca a toujours eu de la suite dans ses idées. Je ne sais pas quand elle est passée à l'acte, profitant du fait que j'étais en pleine hallucination, avec la discrétion propre à la parfaite hôtelière qu'elle est - qu'elle était -, mais je crois pouvoir affirmer que ce fut dans la minute précédant le moment où elle avait décidé, une fois pour toutes, qu'il en serait ainsi.

La ponctualité est la courtoisie des rois.

Des reines aussi.

Tant bien que mal, je grimpe sur l'escabeau et retrouve mon viseur braqué sur ma reine disparue: intacte, sa figure surnage le massacre. Je voudrais tellement prendre une photo de cette perle sur écrin écarlate...

L'important est que tu évites de cadrer mon visage.

Dommage: jamais elle n'a été plus belle, avec ses doux traits apaisés, qu'un sourire d'infinie miséricorde rend lumineux. Mais vos désirs sont des ordres, Signora.

J'ai beaucoup de peine à focaliser là où il faut: la nuit est tombée, de nombreuses bougies se sont éteintes et une sorte de buée voile mes yeux. Tant bien que mal, je parviens à définir le temps de pose: quarante secondes, l'idéal pour les natures mortes.

J'appuie sur le déclencheur.

***

Ça ne va pas du tout.

Je suis épuisé, pour plusieurs raisons, dont l'une est que je dois avoir joui pendant mon hallucination, puisque mon slip et mon jean collent visqueusement à ma peau. Mais ce n'est rien, par rapport à la suite des événements, aussi incompréhensibles que désagréables, que j'ai dû subir et qui me mettent dans un état second, pire que tout à l'heure : là, au moins, je savais encore qui j'étais, alors que, désormais, ce n'est pas si évident.

Paul, je suis Paul, dois-je me répéter sans cesse, pour ne pas sombrer.

Bien sûr, je pourrais décider de renoncer à comprendre quoi que ce soit à cette histoire de fous, mais je sens que je perdrais pied à jamais. Alors, je préfère me repasser le film de ces choses absurdes tout en me tenant coi, pétrifié, enveloppé dans les draps infects où j'ai possédé l'éventrée d'à-côté pour la dernière fois.

Reprenons donc dans l'ordre.

Dès que j'ai appuyé sur le déclencheur, un sifflement bien connu s'est élevé: celui de la pellicule au bout du rouleau, qui se rembobine. Et pourtant, j'étais sûr de disposer d'un film vierge, de trente-six poses. J'ai ouvert l'appareil et l'impossible a été confirmé: rouleau rembobiné, prêt au développement. Je l'ai pris, mais ma main tremblait si fort que j'ai lâché le film, lequel est aller rouler va savoir où, sous le trône-bidet de ma reine morte, probablement. J'ai un peu tâtonné tout autour, pour la forme

et palpé des tas de choses qui n'avaient rien d'une pellicule, vierge ou pas, sans rien trouver.

Frissons de plus en plus forts. Mal au ventre. Au crâne.

Les bougies s'éteignaient, l'une après l'autre.

J'ai décidé d'aller m'allonger et de poursuivre mes recherches plus tard.

Entre la salle de bains et le lit, j'ai buté sur un petit objet, par terre.

Je l'ai ramassé, examiné, tripoté, sans pouvoir croire à mes yeux.

Filets dorés, ciselures. Propre comme un sou neuf, la poignée de nacre.

Le canon, juste un peu poisseux.

Paul, je suis Paul. Mais que s'est-il passé, bon Dieu?

Dans la salle de bains, la dernière bougie s'est éteinte.

***

Je me suis précipité vers la sortie, mais une silhouette bariolée était assise sur le pas de porte, mâchonnant des mots et autre chose. Quand elle m'a aperçu, elle a levé sur moi ses yeux d'encre, pleins de mépris, aussi sombres que ses lèvres, aussi luisants que ses grosses dents carrées.

Ensuite, elle a replongé dans son repas grouillant.

Mastication entrecoupée de chants incompréhensibles.

Aiguë comme une déchirure, une voix de femme, par trop familière, lui a répondu, depuis la salle de bains, d'où jaillissaient des éclats rouges, des éclairs écarlates :

> « I' vegno per menarvi a l'altra riva
> tra le tenebre etterne...»

Sur la pointe des pieds, j'ai reculé jusqu'au lit.

J'y suis et j'y reste, enfoui dans les draps empesés de moiteurs perdues.

Paul, je suis Paul, je répète, me bouchant, en vain, les oreilles.

Grondement. Hurlement. Mastication. Éclat   d'éclairs rouges.

Obstruées, toutes mes voies d'issue.

De toutes façons, je n'ai aucune raison de sortir.

***

Jamais vu pleuvoir de cordes plus épaisses.

On dirait que le ciel décharge, avec perte et fracas, sur cette ville toute en pyramides, aux marches infiniment hautes, glissantes et raides: impossible de le descendre sans s'écrabouiller quelque part, au creux d'une végétation obscure, sous le regard perçant des rapaces.

C'est au sommet de la plus haute de ces pyramides que je me trouve, recroquevillé à même la pierre, les genoux au menton, fouetté par les trombes d'eau, pleurant et riant aux éclats.

Je pense: *Finalement, elle ne s'est pas dégonflée* - et je ris.

Je pleure pour la même raison.

Je ris parce que cette garce folle m'a bien eu sur toute la ligne.

Elle est même arrivée à me faire accroire que je pouvais passer inaperçu.

Que je pourrais la remplacer avantageusement.

Alors que les gens de ma taille - un mètre dix - se font remarquer partout.

Et qu'aucun modèle ne pourra remplacer celui que je viens de perdre.

On n'a qu'une mère, après tout.

© Serena Gentilhomme

In Cauda Venenum

Philippe Pissier

Cléon d'Andran, le 22 septembre 2000

Salut Phil,

Si je racontais l'atmosphère de nos rencontres, tout le monde croirait à un récit fantastique ou à un rêve d'absinthe. Ce serait à raison et ça tombe plutôt bien.

Je n'ai qu'à songer à la façon dont l'univers a bougé en notre faveur, flairant la piste, explorant les carrefours, les croisements sorciers.

Et un beau jour, dans le train, tu engages la conversation avec un inconnu qui te parle de Colnot[27]. C'est drôle. Mes textes pour Murmures[27] te plaisent et on s'est envoyé quelques lettres pour faire connaissance. Il y a abondance de signes, comme des frottis de cornes dans la nuit.

Mais revenons au train. J'imagine que l'œil de l'inconnu se met à briller quand il évoque ma pomme. Il doit avoir le petit sourire qui me damne d'amour. Plutôt dingue ! Tu ne le sais pas encore, mais tu viens de rencontrer un garçon que j'aime, un amoureux.

Il te parle aussi d'un poète appelé Pissier, dont j'ai vanté le dernier livre. Bien sûr, tu retardes l'orgasme. Tu attends le tout dernier moment pour lui dire que Pissier, ben c'est toi !

Il ne veut pas y croire. Obligé de lui sortir ton passeport.

27-Jean-Luc Colnot est l'auteur de «L'Art Obscur», traité sur la nature profonde de l'ésotérisme, chez le même éditeur.

28- Murmures d'Irem, la publication ésotérique de l'association l'ŒIL DU SPHINX

Les petits riens qui donnent l'impression de rendez-vous. Le genre de carrefour giclant de rêves toute réalité. Et ça se répète au moindre mouvement.

Le royaume invisible ressemble à cet accord des ombres : Colnot n'y rencontre pas Pissier sans que Non-Colnot ne rencontre aussi Non-Pissier ; minimum syndical de l'univers magique. Impact corporel de l'Absence. Personne dans les organes. Yo man ! Rendez-vous de l'autre côté de nous ! Mais dans ce cas, la précision est grande et auspicieuse. L'habileté devient énorme et hallucinatoire. On se dit qu'il faut faire attention quand on bouge le petit doigt parce que ça provoque des choses tout autour, de drôles de cataclysmes. On est peut-être simplement en train de disjoncter, de tout prendre dans la gueule ! Proximités spectrales, rencontres programmées du "Je" atmosphérique, antennes cornues lisant au Livre des Signes, innocents aléas juste à rive d'Ange, désarticulation de tout !

Normal qu'il y ait de la folie, cette énergie monstrueuse et explosive de la Mort dans le corps, ce génie poétique tien. Normal, qu'il t'arrive de prévoir un mois à l'avance la tragédie de ce sous-marin russe...

Invoquer l'alibi littéraire ? C'est le problème du lecteur, pas celui du faiseur.

Le point de repère entre l'irréel et le réel est devenu bien flou ! C'est pathogène à souhait. Très dangereux tout ça. Je ne sais pas si tu peux encaisser toutes ces tortures. Je ne peux rien pour toi et n'en suis pas désolé. D'ailleurs, ça bouge ! Cela se passe "à côté", à l'ombre des êtres et des choses, invisible. Non-Toi et Non-Moi en grande conversation muette ! Sans en avoir l'air. Oui, toujours l'air de Rien.

Je suis caché tout nu dans les pages de cette revue. J'ai l'impression d'être Pan ithyphallique, guettant le passage du jeune voyageur, avec cette intention de le faire jouir ; une convergence des bêtes thaumaturgiques.

Tchao l'ami !

Jean-Luc Colnot

Pour Lilith, dive putain de noire lumière.

Coupe du Diable

La grimace provoquée par l'écarteur devient sourire de semence. Attentif à sustenter sa pute, il s'est appliqué à désosser totalement la lumière de ses couilles, inondation en dents de scie, tête convulsée du crotale cherchant la gorge. Les seins meurtris et comprimés paraphent d'excitation la douleur de la proie, les genoux en enfer ne savent plus qui - quoi prier. La pince au clitoris faxe une cruauté de corbeau à l'enfer de Netzach, ses yeux s'inondent de larmes comme les minutes s'écoulent.

La dure condition est méritée, elle le sait et son cerveau tourne comme une planète folle criblée de météores. Résumée à une béance buccale, elle n'est plus qu'accueil du maître.

L'instant de Philosophie

Suspendue par les poignets, tête encagoulée, elle se plie au va-et-vient du membre ganté de désir. Une île en cage, c'est ainsi qu'elle perçoit sa personne dont abuser est coutumier. Et nécessaire comme les rayons de la lune frappant un corps nu. Le fouet fond sur sa proie, rapace aux lanières de cuir, et la marque de son sceau impérial. Imagine-t-on plus significatif que ces stries où se résume la conjonction du plaisir et de la douleur ? Ne détrônent-elles point les images du Livre Muet ? L'Elixir de Vie n'aurait-il point quelque rapport avec celui qui bientôt éclaboussera les parois de son vase arrière ?

Langue de Révélation

Langue qui reçoit la foudre, langue sur laquelle implosent les cristaux de neige, langue aux allures d'animal héraldique.

Langue qui nettoie les bottes et lèche les monolithes de chair, ustensile grâce auquel tu peux rendre hommage. Prépare-la et sanctifie-la en prévision du Jugement Dernier de ta Bouche: quatre Anges au méat couronné dont le désir porte en avant comme en arrière vont se succéder dans le palais fleuri de salive. Leur breuvage amer sera tien. N'en perds pas une goutte de crainte que le châtiment sur toi ne s'abatte, canne de bambou ou averse de cire - regard de python soudé au spectacle de ta déchéance.

Offre ta langue à tes frères et sœurs, chasse ce spectre mensonger des siècles!

Première et seconde: vases communiquants

Première s'exécute, rampe et se roule et se tord et vient baiser la cheville de Seconde qui sur le dos la renverse. Et orne méticuleusement son avaloir d'un cercle en métal s'intégrant à une courroie de cuir: en voilà une qui ne pourra clore sa bouche d'enfer.

Seconde s'offre à l'amant de Première sous les yeux de celle-ci et joyeusement tous deux épuisent leur désir. Les corps repus gisent telles des idoles brisées, momies de perversion dont aucune égyptologie n'entravera la marche. Que Première devienne vase pour fleurs de coït, hall d'accueil pour liqueurs unies, telle est la pensée qui germe dans l'alcôve.

Seconde se lève et s'agenouille au-dessus du visage de Première. Elle écarte ses lèvres au-dessus des lèvres écartées et dépose dans le caveau buccal sa précieuse cargaison d'amour. L'humiliation de Première dévalise la banque du possible et le volcan de son cœur saigne des cercles de soufre.

Patience et langueur de temps

Sa langue percée par l'araignée de cendres s'attarde autour du gland, humecte la chair rose et y grave des suppliques. Pourra-t-elle jouir aujourd'hui ? Une semaine déjà s'est écoulée et seul le temple de sa bouche fut profané. Immobilisée pour la nuit, sans que ses doigts la puissent fouiller et satisfaire, les heures ont défilé humides de frustration. L'invisible ceinture de chasteté relâchera-t-elle son étreinte sous peu ? Et à quelles conditions ? Elle ne sait mais sent le jouir s'approcher, tigre à l'affût. Son séjour au château s'achève.

On lui bande les yeux, la fouette un peu, puis sa bouche est de nouveau investie et enfin, libre de l'entrave suprême, elle se pâme en réponse à la claire tour qui dans son ventre s'abîme.

Arbre à Peine

C'est le fracas assourdissant de l'astral surchargé de sexe, cornes de sanglier à l'assaut des méridiens d'acupuncture, totalité ayant eu raison du raisonnable. Les poids étirant les grandes lèvres vers le bas à chaque coup porté oscillent avec grâce ; leur va-et-vient s'avère eidolon de l'horloge cosmique. Le bâillon se rit de la souffrance car son code d'honneur a léché les pieds du cri - et ce dès le début du jeu.

Voici le plan horizontal: la barre d'écartement qui d'une enjambée isole chaque membre inférieur. Le plan vertical est ce corps soumis à la correction, arbre de servitude aux branches lumineuses.

Sapin de Noël anxieux.

Violé.

La seizième lettre

C'est de lave qu'on l'alimente, esclave musicale en raison des grelots qui pendent aux anneaux de ses seins. Rien n'est moins permis que rendre hommage aux autres orifices: la bouche seule doit encore et encore être offerte aux habitants des lieux comme aux mâles de passage venus chercher détente.

On s'amuse à la lier en de périlleuses positions, on veut vérifier qu'aussi complexe que soit sa posture elle sera toujours à même de remplir son office. Ainsi la tête en bas, cierge allumé honorant la vulve de sa présence menaçante. Ou victime d'une étrange machination de poids et de poulies, exigeant d'elle la parfaite maîtrise de son équilibre, sans quoi...

De temps à autre, on la dispose sous la table du repas où elle doit successivement extraire la quintessence de six ou sept mâles, laquelle elle doit recracher dans l'assiette de nourriture qu'à genoux et mains liées dans le dos elle dégustera tout à l'heure, nue et grelottante sous l'averse de propos humiliants.

Toute plaisanterie mise à part, on lui explique que la foudre a de toute éternité décidé d'élire domicile dans le pardès de son alcôve buccale.

La piste aux esclaves

Elle danse au milieu d'une piste constellée de cruels obstacles qu'elle s'ingénie à éviter, malgré les fouets contrariant ses efforts de leur vive lanière. Sait-elle qu'elle joue le rôle de la lionne dans ce cirque où d'étranges dresseurs jouent aux dés le droit d'user de ses orifices ? Peut-être pas, car le contrat qu'elle signa avec son maître ne mentionnait qu'en termes vagues les possibles ordalies du futur.

Alors qu'épuisée elle tombe à genoux, l'humaine sollicitude se manifeste et une cravache vient zébrer son dos de sa trajectoire vengeresse, lui arrachant un cri de violon qu'on éviscère. C'est une autre femme qui surgit et teste son obéissance, lui intimant tout d'abord de nettoyer ses escarpins de sa langue domestique. Elle s'exécute, noyée remontant à la surface d'une rivière de sensations confuses, puis relève la tête et aperçoit l'odieux visage de sa rivale de toujours. Celle-ci se penche alors à son oreille et lui avoue, mielleuse, qu'elle a très cher payé pour que sa bouche serve d'urinoir à tous les mâles présents.

Rictus d'un soleil de plomb

Nul doute que cette roue mordue à pleines dents par le désert soit exorcisme du confort pour la douce créature dont le corps lié à icelle se carbonise à l'idée d'une goutte d'eau. Elle n'aurait certes jamais dû rechigner à se laisser percer la langue, constat qui n'atténue en rien la grande méchanceté solaire s'acharnant à cuire cette sirène rebelle. Cela fait des heures qu'elle soliloque et les démons du sable ricanent à la vue de la suppliciée, s'amusent à bâtir des mirages aquatiques devant ses yeux incrédules.

L'hallucination se développe et bientôt le soleil lui-même devient épée ardente ou muselière phallique qui viole sa bouche et y expulse un fleuve de semence fraîche, répondant ainsi à l'appel de l'assoiffée. Elle devient dès lors la princesse voulue et songe que désormais tout elle acceptera.

La marque de la Bête

C'est aujourd'hui qu'on la marque à Ses initiales et le réchaud qui menace derrière elle lui plante des clous de peur le long de l'échine. Elle se cabre et supplie d'une voix faible, balbutie, oublie les règles élémentaires de la prononciation. Il faut dire que l'ineffaçable est à deux pas de son cul, chauffé au rouge.

Le monogramme rapidement s'imprime, la fait bloc de hurlements incendiant les conceptions ordinaires de l'espace. La voilà qui sombre, atomisée par deux rafales de ténèbres, dans un puits sans fond tandis qu'Il s'approche pour baiser ses paupières incrustées dans un visage de déesse livide.

Les conséquences d'une réponse irréfléchie

Elle est solidement entravée dans la cave, à genoux sur une règle en métal, cercle d'acier lui écarquillant la bouche. Sa longue et blonde chevelure, soumise à une atroce tension par cette cordelette que ne lâcheront point les dents de la voûte, lui permet aussi peu de mouvements que ses petites lèvres, dont les anneaux d'or sont par une chaînette devenus solidaires de ce piton ancré dans le sol. Tous lui tiennent compagnie: batraciens, scolopendres, blattes et faucheux, orvets et chauves-souris. La Nature, fière de sa cruauté intrinsèque, missionne ses sbires d'un étrange ballet à exécuter sur la chair de la pauvresse. L'aberrifique tourment la tétanise, elle que nous soupçonnions bestiolophobe. Au bord de la démence, les larmes inondent ses joues et son cerveau ne sait plus quoi répondre à l'impuissance lorsqu'elle sent une bête plus intrépide que les autres escaladant son menton, prête à explorer l'orifice impossible à clore.

On lui avait demandé si elle aimait la Nature!

Mondanités

On l'invite à une soirée et sa souffrance elle doit taire: qui devinerait que ses sous-vêtements de cuir ont été garnis d'orties et que son anus abrite un vibrant intrus ? Seul le couple qui l'entraîne dans son sillage est au fait de pareilles turpitudes et se délecte de cette douleur occultée. Il a été convenu que ce soir elle jouerait le rôle de la sotte, et elle doit agrémenter ses propos de remarques stupides - comme si son maquillage outrancier ne suffisait point à susciter les regards désapprobateurs.

Le maître de maison devine leur trouble jeu, triangle de perversité, et discrètement demande si elle est à louer. A la réponse positive succède la transaction, puis l'hôte l'emmène dans ses quartiers et commence le jeu en livrant sa bouche à ses valets.

Macération dans les marécages

C'est une virée aux ailes membraneuses, glauque comme une bâtisse en proie aux rongeurs. Le mousqueton de la laisse est fixé à la chaînette reliant les pinces à seins et on lui fait découvrir des paysages inédits, nue et mains liées dans le dos. Les ronces labourent ses mollets de leurs langues vicelardes et il faut quelquefois étirer les mamelles d'un coup sec pour lui faire presser le pas. Il l'attache dos contre un arbre et lui fouette les cuisses jusqu'au sang, zébrant sa peau d'éclairs qui sont autant de marques d'appartenance. Les gémissements étouffés qui sourdent du bâillon sont trophées sonores cajolant son érection.

Il la prend alors, brutalement, jouit presque aussitôt, recueille sa semence pour en barbouiller son visage défait. Et s'éloigne: deux heures à méditer en compagnie des moustiques et de l'odeur de sperme flattant ses narines devraient accélérer le processus alchimique en cours, celui-là même visant à obtenir, pour pierre philosophale, une parfaite catin.

À la nuit tombée

Alors que la pleine lune là-haut persiste et signe, mordant la terre de sa bonne lueur de coutelas meurtrier, nous vous confirmons par la présente qu'il la promène en laisse dans la novale: elle est nue à l'exception d'un collier canin et d'une ceinture de chasteté garnie intérieurement de pointes minuscules - et affreusement serrée comme vous vous y attendiez. Le rendez-vous fut fixé quelques lieues plus loin, au cœur de la forêt.

Lorsqu'ils arrivent, les membres de la chienne sont maculés de boue, cruellement égratignés, mais il s'agit là de détails indifférents aux dix personnages qui ont mis le prix pour abuser d'elle cette nuit. Dès qu'est effectué le reste du paiement, il se retire, s'assoit sur une souche et les observe qui entament une ronde ludique autour d'elle, loups-garous reniflant leur proie. Tous veulent sa bouche réputée experte. Et qu'elle ne s'aide surtout point de ses mains souillées!

Elle avale toujours tout, n'en perd jamais une seule goutte, songe que son Seigneur se réjouit de cette somme acquise grâce à ses talents de fellatrice. Satisfaite d'aller jusqu'au bout du jeu, même si - ou peut-être parce que - l'argent de sa prostitution servira à offrir à sa rivale la robe de soirée dont elle-même rêvait depuis longtemps déjà.

Carcérocéphale

Elle ne voit rien, n'entend rien, ne sent que l'odeur des mâles en rut qui palpent la marchandise - son corps. Le heaume de cuir, escorté de son fidèle et phallique bâillon de caoutchouc, constitue le cachot idéal pour sa tête de linotte. Ses poignets menottés à la chaîne qui descend des cieux lui interdisent tout geste insurrectionnel ; la barre d'écartement qui sépare ses membres inférieurs rend ses orifices aisément accessibles, invite à leur exploration. Le plus licite étant cadenassé, le premier visiteur place ses deux pouces de part et d'autre du sanctuaire anal avant de les écarter au maximum en invitant de force son bélier de chair en cet antre étroit et sec. Une fois maître de l'excavation, les hurlements étouffés et les soubresauts électrisent plus encore sa chair d'envahisseur.

Mais lorsque son comparse a l'idée géniale de tordre fâcheusement les deux tétins, il explose dans le cul de cette merveille en poussant des cris d'aliéné en instance de décapitation.

La malle ophite

On s'approche de la prisonnière qui luttait contre ses entraves. Une fois bâillonnée et aveuglée par le foulard de soie, elle est disposée sur le ventre dans une malle où l'attendent des couleuvres couleur d'orage - on l'a suffisamment ajourée pour lui éviter l'asphyxie. A la courroie de cuir qui relie ses chevilles est fixé un éperon phallique, conçu pour la pénétrer lorsqu'on replie ses talons contre ses fesses: la belle invention que voilà! Lorsque se referme la tombe de voyage, elle entend le silence envahir de sa tyrannie tout l'espace clos. Elle n'a de conscience que du Serpent, qu'il s'agisse de celui comblant son fourreau anal ou bien des authentiques reptiles dont le contact froid lui est odieux. Elle se sent déplacée, sait-elle qu'on la charge dans un camion ?

Imagine-t-elle que pour son plus grand déplaisir on a choisi, des routes menant au manoir, la plus accidentée ?

On mate la vipère

C'est la belle esclave à la bouche phallovore qu'on promène au moyen d'une laisse dont le mousqueton est fixé aux anneaux de son sexe. Hommes et femmes s'approchent, l'encerclent, immiscent un doigt dans son sexe ou son anus avant de lui en intimer le nettoyage consciencieux - elle a une langue, qu'elle s'en serve ou qu'on la lui perce avant de la lester de poids! On lui fait faire le tour de la salle en riant, elle est centre de l'éclat de joie qui fracture l'atmosphère, cavale en larmes tandis que la pourchasse le fouet. On lui fait lécher des bottes, adorer des pieds, humer des toisons pubiennes, on la déguise en chienne à coups de mots choisis et finalement on joue à la transmuter en monstresse lubrique, pénétrable jusqu'à l'âme, symbole de tous les conduits à obstruer de par le monde.

Elle en bave et c'est tant mieux: les sabres de folle humiliation s'enfoncent plus avant dans son être, le brûlent de mille feux noirs qui en oublient de crier.

Du bon usage de la Femme en milieu rural

Attachée en manière de suppliciée dérisoire, elle subit les mâles assauts du Soleil, debout sur sa croix au milieu du champ. Sa bouche est comble - culotte roulée en boule oblige - mais elle arbore un invraisemblable sourire, tracé au rouge à lèvres sur le sparadrap qui les soude. Affublée d'un haut de forme et d'un nez grotesque maintenu en place par un élastique, vêtue de haillons crasseux, elle n'est pas vraiment fin prête pour un défilé de mode - mais qui s'en soucierait ? Pas l'astre du jour qui darde en ricanant ses rayons estivaux sur la pauvresse, pas ceux qui abusent d'elle la nuit et la disposent ainsi le jour.

Les corbeaux seuls s'interrogent, dubitatifs face au nouvel épouvantail.

Les mésaventures d'une rêveuse asservie par les boucaniers

C'est dans ses songes qu'elle se retrouve victime de pirates aux désirs glauques et au rut exigeant, ils l'ont capturée alors qu'elle errait sur la côte et ont fait d'elle leur mascotte - et leur vide-couilles. Parée d'un torque sur lequel figure le sceau du dieu des corsaires, elle brique le pont et subit le fouet à la moindre incartade, évolue de bras en bras et les fellations succèdent aux sodomies - leur chef a lui-même percé et cadenassé l'intimité qu'il se réserve, ainsi que le nez où l'anneau d'or luit de mille éclats qui tuent. C'est le soir qu'il la prend en levrette dans sa cabine, échauffé par le rhum, après que le dernier matelot en eût fini avec elle.

Un matin, écœurée, elle a recraché la semence d'un de ses tourmenteurs qui ne se lavait guère et on la retrouve quelques minutes plus tard écartelée sur le pont où se pressent les occupants du vaisseau. Deux équipes se constituent, les paris sont ouverts, il s'agit de voir qui sera à même de la faire crier au plus inouï, chacun devant user d'une technique différente de son prédécesseur. Un ouragan de doublons est en jeu ; l'affaire est sérieuse, il y aura des pleurs et des grincements de dents! L'heureux élu et impitoyable gagnant hébergeait un machiavélique reptile au sein de son cerveau: dès qu'il eût approché de son sexe offert le crabe aux pinces alourdies de menaces, la rêveuse se cabra en hurlements perforés de folie - et se réveilla.

Mais restait l'anneau d'or à son nez, preuve qu'espace et temps sont factices. Et que le désir est cet outil de mort flinguant tous les verrous.

Minutie

Les cruelles poucettes d'acier qu'il lui fixe aux gros orteils, maintenues à bonne distance l'une de l'autre par une fine mais inflexible barre métallique, sont le gage de cet écartement qui fait craindre le pire lorsqu'on songe à tous les pillards rêvant de son anal sanctuaire. La sotte mérite une leçon qui extorque des larmes et des comètes de panique à ses yeux coquettement maquillés. Il la force ensuite à se plier en deux tête contre le plancher, à la base d'une colonne marquée des emblèmes de la torture, et l'y lie à l'aide d'une sangle de cuir passée sous ses seins. Le bâillon de métal, muni d'une manette extérieure permettant de distendre à volonté joues et mâchoires, semble interdire tout commentaire. Mais ses yeux sont au moins aussi libres que son postérieur est exposé. Et s'approchent les ongles de la terreur lorsqu'elle voit le nouveau fouet apparaître dans la main vêtue de cuir, bel engin autour des fils de cuivre duquel sont entortillés de petits morceaux de plomb: voilà qui est conçu pour permettre la manifestation à l'apparence visible d'un dieu fluide et purpurin.

Un brasier dans la bouche

Elle n'a pour tout ciel que la voûte de son cachot car sa tête est maintenue en arrière par des poids suspendus à sa longue chevelure. Bouche écarquillée par le cercle en métal, elle est agenouillée sur une règle métallique qui s'enfonce dans ses chairs et les menottes entravant ses membres supérieurs sont reliées par une chaînette aux anneaux de ses seins: pas beaucoup de marge et elle laisse donc ses mains plaquées contre sa poitrine. Aujourd'hui c'est lent, graduel, il veut la briser - on ne joue plus. Une pince au clitoris en guise de préambule. Puis viennent les caresses de la cravache et les cuisses virent sous peu au rose marbré. La cire, qui envahit le triangle de son intimité. Et, suprême conclusion avant qu'il ne la quitte pour rejoindre sa seconde esclave, cette bouche contrainte d'avaler, par trop tentante, reçoit une sidérante obole de feu: y passe tout le pot de purée de piments.

Une limite à franchir

Lorsqu'il pousse la lourde porte en chêne, la belle est là à genoux qui l'accueille en léchant ses bottes. Il fixe la laisse à son collier et l'entraîne à quatre pattes dans le salon. Puis, rituel immuable, il retire le fouet dont les lanières seules dépassent de son sexe, lui fait nettoyer le manche de sa langue avant de lui administrer vingt coups. Il exige ensuite d'elle que sa bouche devienne antre du dragon turgescent ; lorsqu'il crachera ses flammes celles-ci ne disparaîtront point de suite dans le labyrinthe intestinal. Elle n'avale pas sans qu'il l'ordonne et demeure parfois longtemps à savourer sa semence comme la salope nourrie au foutre qu'elle est.

Mais aujourd'hui la longue attente n'est point de mise et elle doit bientôt laisser la lave franchir le barrage des lèvres, perler de son menton et maculer ses seins. Il en barbouille le visage de cet automate érotique avant de lui annoncer l'heureuse innovation: il a décidé de régulièrement lui offrir une boisson tout aussi personnelle mais fille de la nécessité, non du désir. Elle l'écoute attentivement et apprend, bouche bée, qu'en cas de refus son droit de jouir serait limité à deux fois par mois. Prise au piège, elle ne sait si elle doit être triste ou fière des progrès qu'elle va accomplir, du saut qu'elle va faire. De l'abîme qui l'avale, de la mâle urine qui scellera sa soumission.

La boîte avale-foutre

C'est une étrange boîte qu'il a conçue: rectangle vertical destiné à contenir une femelle reposant debout sur ses genoux, talons écrasés contre les fesses. Le bois est ajouré au niveau de la bouche maintenue béante par un dispositif de son cru et il invite quelquefois ses amis à jouir dans cet antre paniqué, lesquels ne s'en lassent pas. Ces jours-là, il attend le crépuscule pour libérer son sac à foutre ankylosé, lequel doit le remercier par des paroles rituelles. Elle craint ce châtiment qui la réduit à l'état de pur objet, statue douloureuse - profanée par des membres anonymes. Hélas pour elle! décidé à aller de l'avant, il annonce à la belle médusée que cette claustration spermatophage deviendra sous peu hebdomadaire, et ce en raison d'arguments sonnants et trébuchants. La semaine d'après, les faits sont là: même pas pute, boîte avale-foutre qui comptabilise un nombre impressionnant d'entrées.

Un dragon enviable

La créature demeure fabuleuse mais a soudainement cessé d'arborer les couleurs du mythe: incarnée depuis peu, elle vit dans une véritable caverne creusée à même la roche du désir. Ses exigences sont toujours épines dans la chair du royaume, princesses et dames de haut rang doivent rendre hommage à son illicite ardeur. Il convient de les déposer liées devant son antre, dedans les conséquentes flaques d'urine qui en ornent le seuil. Dès que la nuit tombe, il s'empare d'icelles et c'est la foire aux outrages qui commence, ponctuée de pleurs et d'inutiles supplications. La victime doit tout d'abord danser en son honneur, au centre d'un parterre de ronces qui se délectent de la sanglante obole des mollets. Puis viennent les pénétrations synchrones: pourvu d'une virilité trine, il fouille dans le même temps et sans mercy tous les orifices de la créature en larmes, enchaînée par les soins des gnomes à son service. Immense est son désir qui ne s'épuise qu'aux premières lueurs du jour, lorsque les petites créatures sont autorisées à prendre leur comble d'amour et se battent alors pour s'agiter en riant dans le cul de la belle ou uriner sur son visage défait.

Un statagème efficace

Maintenue allongée sur le ventre par les menottes fixées aux barreaux du lit, elle est belle croix de Saint-André reposant sur sa couche de chardons. Lui s'amuse de son tourment, lui fait croire qu'il la délivrera si elle se plie à telle ou telle de ses exigences, l'interroge d'un ton inquisitorial, passe des insultes aux mamours, lui déclare qu'il faut bien qu'il la dresse, qu'il n'aime qu'Elle, joue avec ses nerfs. Il lui explique qu'il la reconnaîtra comme véritablement son esclave du jour où elle obéira aveuglément à l'autre femme qui partage sa vie, où comme dans un rêve ancien elle se prosternera à ses pieds, lui procurera autant de plaisir qu'à lui. La douleur qui tonne dans tout son corps a bientôt raison de ses réticences et elle finit par y consentir dans un râle pitoyable.

Il va alors chercher l'autre qui patientait en secret, égarée dans un songe lesbien. Elle s'approche, insolente jusqu'au bout des ongles, pose son escarpin près du visage en décomposition et affiche un sourire de stryge lorsque la langue se tend pour en nettoyer la semelle.

Contrainte d'un esprit récalcitrant

La partie supérieure de son corps repose contre la table, bien. Sur le ventre: c'est idéal puisqu'on peut ainsi fouetter son postérieur ou l'envahir. Les mains sont liées dans le dos comme le veut l'usage, les pieds fort écartés par les cordes méchamment tendues. Une innovation attire néanmoins le regard: cette boîte qui s'ouvre et se ferme comme un carcan et la rend salope acéphale. Le haut du dispositif se retire aisément et l'on découvre alors la tête escamotée, ornée du bâillon et du bandeau. Le maître des lieux insiste pour qu'une dame de l'assistance soit la première à cravacher le cul. Tandis que pleuvent les coups, il s'empare de divers bas, culottes et collants usagés, collectés pour la démonstration.

Le principe est simple. Cette esclave est pourvue d'un odorat marqué aux armes de la délicatesse, la crasse est sa phobie. Il s'est en conséquence appliqué à concevoir une boîte à odeurs qui puisse à ses narines infliger la suprême brimade. Au moment où sa respiration s'accélère (laquelle est exclusivement nasale comme s'en doute le lecteur attentif) en raison du phallus qui pénètre son cul, il dépose près de son visage les sous-vêtements puants puis referme la trappe. La torture devient totale, tous applaudissent comme le corps de la chienne se tord en vain.

Ce coup-ci, c'est foutu: il la tient et elle le sait. Une

fâcheuse maladresse, tel mot plus haut que l'autre: tout cela il faut bannir car humer l'infamie en serait la résultante.

Jamais deux sans trois

Elle n'est pas très vive de la bouche, irrécusable est ce constat. On la fait s'agenouiller face à une autre compagne d'infortune, menottée à un croc dont l'origine se perd dans la nuit du plafond. La chaînette reliant les deux étaux qui mordent ses seins est mise à profit, on la fait passer dans l'anneau dont est percé la langue de la pauvresse qui doit lever haut la tête. La correction débute et si la flagellée évite de trop se déhancher par égard pour l'organe en péril, l'autre doit accompagner de la tête les mouvements brusques bien que contenus. Chaque seconde précédant le coup met au monde une nouvelle galaxie de suspense.

L'un des hommes masqués semble s'émouvoir du spectacle et se précipite pour corser la situation de l'agenouillée, il fixe une pince à son clitoris avant de la forcer par l'arrière. Etonnante vision que celle de ces trois mouvements aux intérêts divergents: celui de cette femme qui endure des coups à dessein de plus en plus violents, de cette autre dont l'être est tout entier obsédé par la préservation de son indispensable outil fellateur, et du quidam tout de noir vêtu dont le souffle rauque prouve assez la volupté que lui procure l'anal fourreau de la prisonnière morte de peur.

Irrécupérables

Elle porte une perruque bleu cobalt et danse pour son maître, lequel s'abandonne dans le même temps aux soins d'une bouche vorace, bouche de pute au corsage gavé d'orties. Elle danse comme danse la nuit en s'imaginant le doigté rectal du jour, évolue dans la pièce comme couteau dans la plaie. Mais sa cervelle de prisonnière est avant tout obnubilée par la présence de l'autre goule aux lèvres tractives de semence, vestale s'abreuvant au phallique brasier. Quoi faire pour devenir prépondérante ?

Il apprécie le complexe de la situation, flatte la danseuse d'un sourire calculé, éclaté, puis empoigne les cheveux de l'autre cavale, imprime à sa tête une salutaire oscillation, la veut réceptacle sans âme, coupe à foutre, innommable prêtresse que frappe de mutisme l'objet du culte.

Vient l'éruption: tout en inondant le palais de l'une il fixe l'autre de ses yeux de reptile, la transperce de son orgasme, envahit tout l'espace de son crâne de sa mâle énergie et y estampe le mot servage. L'œuvre est terminée, il les enfermera ensemble dans la cave avec ordre de s'aimer et elles obéiront: nier son vouloir serait le perdre.

Diapositive futuriste

De curieux liens s'inventent qui n'ont plus de leçons à recevoir d'un cerveau au seuil de la folie. Comme ces serpents électroniques aux teintes violacées qui se contractent autour de ses poignets et de ses chevilles, l'écartèlent et la pénètrent silencieusement. Elle les sent qui gonflent en elle, qui fusionnent avec sa chair et crachent des étincelles qui s'en vont crépiter un peu partout dans l'arène de son enveloppe physique - la fumée hallucinogène saturant la pièce a fait son oeuvre. S'avance un automate au rictus de squale, conçu pour agacer la chair offerte de petits chocs électriques. Dire que la victime apprécie serait mentir - elle est néanmoins d'une beauté qui s'accroît redoutable à chaque nouvelle impulsion, c'est tout du moins ce que se disent les techniciens devisant face à l'écran de contrôle.

Nombre de chimères virevoltent dans le ciel mental de la petite laborantine devenue cobaye.

Rocker tourmenteur

Il existe un carcan où l'on emprisonne chevilles ainsi que poignets et la victime face contre terre offre alors son joli postérieur à tous les cinglants sévices, à toutes les intrusions. Lorsque les fesses découvrent la cuisante caresse des orties, il est trop tard pour refuser de poursuivre le jeu. Et, comme chaque mot de supplication entraîne un gage anal, ils sont bientôt sept qui l'enculent à la chaîne tandis que le fléau urticant vient s'égayer sur son dos. Elle a l'impression que les membres sont infinis en nombre, qu'ils se multiplient à chacun de ses gémissements, miracle étrange et pour le moins scabreux. Comme elle se tait et refoule ses doléances, elle est bientôt affranchie de ses entraves - mais son derrière incendié lui intime d'être prudente, de ne plus miser sottement, d'être attentive aux cartes.

Gouttes de feu

Elle agace les deux autres filles qui l'entravent solidement pour mieux encirer ses mamelles. Les petites et ardentes comètes venant s'écraser sur la chair délicate semblent réjouir l'assistance conviée à prendre acte de son tourment. Concédons que la cruauté de ces femmes à l'égard de l'une des leurs est plus délectable que moult stratagèmes mâles, recèle plus de diamants sataniques qui luiront de mille feux au contact de l'épiderme sans défense aucune. Les dents liquides de la chandelle maintenant visitent le sexe, le tutoient dans leur dialecte embrasé, mais c'est assaut superficiel, préambule vite écourté: il s'en trouve une pour disjoindre les petites lèvres, offrant ainsi aux traits ignés de sa complice une tendre cavité à investir. C'est comme si une légion d'archanges enflammés plongeait dans les Enfers, le cri de la suppliciée égalant à lui seul toutes les clameurs d'un univers en proie à la damnation.

Nocturnal

C'est un manoir vicieux, luxueux même. La nuit s'avance, frappant le sol de ses poings rageurs, animal de ténèbres guettant les pervers ébats du couple. Car c'est au crépuscule qu'il descend la rejoindre au cachot, la libère de ses chaînes et l'emmène jusqu'à l'alcôve. Dès ce moment, elle est choyée. Il la dispose aujourd'hui sur une couche cerclée de métal et l'y attache en croix à l'aide d'entraves qui n'attendaient qu'elle. Ses deux varans domestiques, dressés au cunnilinctus, s'approchent et ardent leur langue fourchue, s'occupent de la belle tout en griffant ses cuisses de leurs pattes malignes. Il la contemple en train de jouir, rendue folle par les machiavéliques reptiles, se gratte le menton en souriant, dodeline de la tête.

L'orage momentanément apaisé, il la délie, lui tend une coupe de champagne mêlé de son urine qu'elle déguste age-nouillée à ses pieds. La nuit, dont le museau cogne contre les vitres, les observe et ne saurait dire qui a su s'approprier l'autre. Ses yeux en amande se font soudain plus attentifs comme elle voit le maître des lieux donner de nouveaux ordres. Toujours à genoux, l'esclave étend ses bras en croix et il leste les paumes offertes d'imposants et lourds volumes dont elle doit à tout prix souffrir le poids - cependant qu'il investit sa bouche et s'y meût sans hâte, conscient que chaque seconde qui s'écoule accroît le supplice, s'ajoute docilement à ses sœurs pour lui offrir un orgasme d'outre-monde.

Expérimentation

Comme le bouquet d'orties devient glaive entre ses mains, déchirant ses seins de son tranchant de feu ! Elle hurlerait si sa bouche maintenue ouverte par l'anneau n'était muselée par l'incessant va-et-vient de l'obélisque de chair sur le point de cracher son venin, se débattrait si son corps n'était si odieuse-ment réduit à l'immobilité. La démone urticante s'attarde main-tenant à l'aine, ses feuilles viennent embraser le rose parvis de la cathédrale ; c'est le coup de grâce et cette fois ses yeux fous éjaculent des larmes. Il n'en faut pas plus pour qu'il suive le mouvement et inonde le gosier de son âpre et mâle liqueur.

On désaltère la gourgandine

La voilà stryge phallovore à genoux devant son suzerain qui la martyrise à plein temps, et lui knoute la croupe dès que se relâche l'étreinte de ses lèvres... Elle est pute féïque engou-lant sa virilité sous peine de mamelles encirées, de danse lubrique sur un tapis de verre pilé. Quelles pensées la traversent alors même qu'elle s'exécute, timescente, et boucle sa courroie buccale autour de l'irascible pieu ? Satisfaire le maître, certes, par une mécanique fellatrice qui savamment la sève évulse - don de mâle à estomac féminin rebaptisé cuve à foutre. Goûter cette lave vomie par volcan soudé à ses babines, s'en flatter le palais tout en maîtrisant le feu de son ventre qu'aujourd'hui nul n'apaisera. Car, petite débraillée, ce n'est pas pour rire qu'à ton cul le sceau qui te brûle encore il apposa.

Et donc ta glotte s'illumine comme l'amer présent la vient embraser, plein convoi de foutre te venant gaver - oie déconfite.

Tendresse des lieux inférieurs

Qu'elle aille en Enfer, y soulager la mentule du Diable en Chef! Lequel se fera une joie d'ensuite sceller son intimité et exposer son postérieur à la convoitise de foules damnées qui y trouveront la solution de cette dure folie qui leur bas-ventre harcèle! Enchaînée à la roue, face contre rayon, elle les sent se succéder en elle, maléfiques enculeurs à l'abordage de cette belle nef incapable de riposte. Ils y trouveront leur compte à force de ressac, laisseront leurs hérauts discourir dans le rectum dilaté, se féliciteront de cette voie empruntée avec virulence par leurs fermes et abondants spadassins. Et lui qui rit là-haut tandis qu'elle se tord! Combien de ricanantes créatures ont-elles déjà sacrifié à l'autel où le soleil ne brille point ? Impossible recensement car l'innombrable est frère de l'infini - et l'orifice qui de foutre déborde déjà évoque l'illimitée circonférence de Notre Dame Nuit.

Scabreux mais pragmatique

Et si l'un des membres de la sombre congrégation avait besoin de sa bouche durant la nuit, qu'il s'agisse de jouir ou d'uriner ? Il convient de l'attacher de telle sorte que soit facilitée la profanation du sanctuaire aux lèvres écarlates. Elle, debout et totalement nue, écoute leurs palabres et tergiversations sans mot dire, tête basse. Le plus âgé et le plus malicieux tranche le noeud gordien en prenant l'initiative: il s'empare d'elle, la fait asseoir sur ses talons puis lie le haut des jambes aux chevilles avant de la renverser à plat ventre, l'obligeant ainsi à étendre les cuisses dans le prolongement du corps. Les autres observent, impatients de le voir conclure. Il relie pieds et poings puis la traîne par les cheveux jusqu'à l'entrée du dortoir. Là, il redresse la pauvre esclave dont tout le poids repose désormais sur ses genoux et noue sa longue chevelure autour d'un tuyau qui court le long du mur. Impeccable, mais un écarteur buccal s'avère impératif. Et trois pinces à linge, une pour le clitoris et deux pour les fragiles pointes de ses seins. Les larmes contenues alors jaillissent et l'assistance rend hommage à pareille ingéniosité: bravos, poignées de main et accolades fraternelles.

Le plus jeune des impétrants reste coi devant l'oiselle captive - fasciné par ce bec écarquillé, garant d'extases inouïes. On l'invite alors à prendre les devants, à visiter la béance qui bouleverse les armes de son ventre. Il s'exécute et il lui semble que c'est tout son être qui explose lorsque se rompent les digues de son désir, si généreux que la jouvencelle a le plus grand mal à tout ingurgiter en dépit des encouragements - vite relayés par d'odieuses menaces.

Saynette Cynanthropique

L'étrange et étroite tunique - échancrée où c'est nécessaire! - dont on l'a affublée la fait chienne, imitant à la perfection le pelage d'un danois, blanc marqué de taches noires, et rien ne manque: ni le masque afférent ni la queue factice prolongeant le dildo fiché dans son rectum. Et donc l'idée leur vient de l'enfermer au chenil où elle doit disputer sa pitance aux autres représentants de l'espèce canine. Rude cohabitation qui voit notre belle perdre quelques kilos! Heureusement qu'une bonne âme est toujours là pour l'emmener en promenade et la sustenter de son foutre par la même occasion. Elle réussit pour finir, après maintes manœuvres, à négocier la protection d'un vieux mâle dont elle doit subir les assauts en échange d'une ration de pâtée. Estimant qu'elle s'en tire à bon compte, ils se décident à réparer l'injustice et les viennent alors rejoindre, la forcent à démontrer au roquentin ses dons de fellatrice. Le vieux beau y prend vite goût et chaque jour lui devient occasion d'irrumer sa charmante compagne, laquelle pleure en silence son humanité perdue.

Ces liens qui de noire folie nous entravent l'un à l'autre

Tu ne bouges plus, sœur fatale - c'est Moi, python, qui T'adule et T'encercle. Car à Mon centre secret es-Tu soudée de toute éternité - et l'internité Mienne flamboie en ce baiser dont j'insalive Ton clitoris, ce preux et fier empereur qui arde fort l'envie de Me faire Tien, Moi qui T'aurai contre Tout. Je Te ligote et T'envahis, Te pourchasse de siècle en siècle, folle courtisane - Tu Me ronges le cerveau pire que le regard de la Mort. Ah! que Ton âme saigne, que J'en lèche les larmes ; soyons amants foutus, détruits, en partance pour l'Ailleurs de l'Amour!

Pareillement, lorsque Nous Nous aimâmes si près du Nil, au hasard de Kom Ombo. Je T'enveloppais de bandelettes, de la tête jusqu'aux pieds, épargnant soigneusement seins et tri-angle intime: réservés qu'ils étaient à l'âpre morsure de la cire. Et Tu hurlais tandis que les gouttes se faisaient feu sur Ta chair de prêtresse, dénonçant la brûlure de Mon âme. Mais Tu ne voyais rien de tout cela, sous le Masque Fou recouvrant Ton visage Tu adressais de muettes prières à Ton Dieu: Moi, à l'Inverse de Toi, Opposé que Tu annihileras, pour ce Dire ou Crime qui Saigne de Tendresse.

© Philippe Pissier
1995-1997

Ton jus savoureux

Claude Bolduc

De maigres rayons de soleil transpercent le rideau élimé, l'un d'eux effleurant la pâleur d'un sein et celle du petit visage qui cherche à en fuir la tétine.

La tête vide, dévastée par un ouragan qui aura sévi pendant des mois, Aline laisse son regard parcourir le faisceau lumineux dont elle sent la chaleur sur sa maigre poitrine et qui plonge vers le fond de l'appartement, allumant des reflets sur les cartons, bouts de papier, boîtes de bière vides, mégots en tous genres dont le plancher est jonché. D'autres reflets illuminent les taches foncées sur le tapis. Les tuiles craquelées de l'entrée. La porte luisante de crasse du garde-manger désormais vide. Tout ça appartient à une autre vie. Celle du moment est vide. Aline n'a plus rien. Sauf la viande dans le congélateur.

Bébé pousse un petit geignement, bien vite éteint.

Un long soupir apporte son petit lot de soulagement, sans toutefois jeter de lumière dans son existence non plus que d'espoir dans ses pensées. Aline pose une main sur son entrecuisse, la retire aussitôt.

Le sexe avait été la grande révélation de sa vie. Elle s'en était tenue éloignée pendant longtemps, bien trop longtemps sans doute. L'existence avait été jusque-là une chose terriblement banale, avec ses petites misères et ses petites joies, sans émotions réellement mémorables.

Jusqu'à ce que Didier entre brusquement dans sa vie.

Glissant une main sous la fragile petite tête, Aline, délicatement, l'applique sur son sein. Bébé proteste, il veut se détourner. Son visage s'empourpre. Elle n'insiste pas, se met à le caresser.

※&

- C'est tout?

- Il semble bien que oui.

- J'aurais tellement aimé monter encore plus haut, atteindre de nouveaux sommets, ressentir, vibrer… Regarde la fille, à l'écran: les yeux lui tournent comme s'ils étaient montés sur des ressorts. Pourquoi ça ne me fait pas ça?

- Ben, on a observé la marche à suivre. L'acteur a une bite monstrueuse, c'est peut-être ça. Mais la vraie raison, c'est que nous, on a fait le tour du sujet. Tu vois comme c'est moche? Une fois qu'on en a l'habitude, on se sent comme blasé. C'est déprimant. On ne peut pas arrêter là. Vas-y: suce encore. Suce plus fort.

- Oui, j'en veux encore plus, de ton jus savoureux.

- Jamais je ne connaîtrai la joie que je lis sur ton visage quand tu me la grignotes.

- En effet, Didier. Tu n'es pas assez souple pour le faire toi-même. Oh, regarde: le ruban de la cassette est endommagé: les lignes qui remontent l'image tordent la bite de l'acteur.

- Ça va bien avec son air douloureusement ébahi. Mais peu importe: ni toi ni moi n'avons jamais pu nous payer une bonne télé. Passe-moi la vodka, ça me rendra plus réceptif à ton travail.

- Ça me fait penser: la notion de terreur peut sans doute amener des sensations inédites. Tu te souviens de *Ilsa, la louve des SS* ? Ah, nostalgie… Et si on se roulait un bon gros pétard avec ça?

- Bonne idée. Où est le sac d'herbe?

- Là-bas, près des sacs d'ordures.

- Pourquoi tu l'as foutu là-bas?

- C'est toi, cette nuit, qui l'a lancé pendant ta danse de la toupie. Tu te rappelles pas? Tes couilles sur le coin de la table...

- Ma version de Casse-Noisettes, c'est vrai. Fais attention aux tessons de verre.

- Tu m'accompagnes?

- Pour parcourir quatre mètres? Seulement si tu y vas à quatre pattes.

- Tu veux investir mes arrières?

- Le contact sexuel pendant les gestes banals du quotidien n'a pas été exploré jusqu'à maintenant.

- Bon, en route.

- Garde la pose le temps que j'installe ma bite... Voilà.

- En effet. Hop!

- Va pas trop vite!

- Disons que pour l'instant, le mouvement des chairs de ma vulve s'effectue comme sur un roulement à bille.

- Un roulement à bite, tout à fait. Tu ne me l'avais jamais malaxée comme ça.

- Voilà le sac de pot. Demi-tour?

- Reculons plutôt, au cas où on percevrait une différence.

- Nettement plus profond, pas vrai? Mais les gestes ont

quelque chose de moins naturel, et l'inconfort qui en résulte détourne une partie de l'esprit, qui ne peut plus alors se consacrer pleinement à la notion de jouissance.

- Je vais m'étendre sur toi pendant que tu recules, de façon à masser tes mamelles qui, suspendues au bout de leur poids, seront d'autant plus sensibles aux caresses.

- En effet, Didier. Elles sont devenues une espèce de prolongement nerveux de ma vulve dont tu racles quasi le fond. Toujours cette impression de profondeur... Il y a quelque chose d'intense là-dedans.

- C'est ma bite, qui est intense. Ainsi étendu, mes couilles pendent au-dessus du vide, tout comme tes mamelles.

- Et il serait tout à fait logique de croire que si je leur fais la même chose que toi en ce moment avec mes mamelles, tu éprouveras aussi ce stimulus qui me traverse comme un arc électrique.

- Tu peux reculer sur seulement trois pattes? Ah, good, good. Belle souplesse. Très bon pour le sac à couilles. Aïe! les tessons de bouteille!

- Tu saignes. Tu me laisses lécher?

- Bonne idée: quelque chose de nouveau à explorer.

- Mais voilà qu'on est rendus. Je propose le choc contre le mur.

- Pour qu'il me pousse plus loin en toi, bien entendu. Place mes couilles contre ton cul, qu'on les écrase bien fort.

***

L'expérience a été riche en enseignements, Aline ne saurait le nier. Une expérimentation de toutes les émotions possibles, de la plus subtile, la plus sensuelle, à la plus intense, la plus foudroyante. L'ouverture soudaine de l'esprit à une vérité plus grande, plus pure, oui, voilà ce que disait Didier.

Tellement grande, l'ouverture d'esprit, que toutes ces émotions ont fini par l'aveugler, la détourner d'une vie normale, la couper du reste du monde et là, quelque chose s'est détraqué.

Maudite folle!

Bébé crie, bébé pleure. Peut-être que bébé a froid. On leur a coupé le chauffage, depuis le temps que personne ne payait. Peut-être que bébé a faim, mais il continue de repousser le sein livide de sa mère.

❊

Le désir d'exploration et d'expérimentation de Didier ne connaissait plus de limites. Nous avions depuis longtemps dépassé le simple acte sexuel afin de l'enrichir d'une foule d'accessoires, de variations, d'ajouts, de ce que le hasard mettait sur la route de nos ébats, toutes choses susceptibles d'aller rejoindre des émotions inédites tapies au plus profond de nous.

Nous avions de toute façon réduit au minimum nos promenades hors de l'appartement afin de mieux nous imbiber de toutes les vibrations sexuelles qui peuplaient les lieux. Aller nous promener à l'extérieur, parmi les gens ordinaires, nous éloignait de notre but, nous replongeait dans un univers où le sexe est relégué au rôle d'exercice banal, de simple réflexe animal où l'esprit ne trouvait plus la pitance lui permettant de s'élever.

Le sang, déjà, avait apporté un élément nouveau. Peu importait que ce fût une réelle sensation physique ou uniquement le fruit que ces extases produisaient dans nos esprits exacerbés, mais le fait de s'abreuver à même les fluides vitaux de l'autre nous transportait au septième ciel, ce qui n'allait pas sans inconvénients, car toutes ces cicatrices sur nos corps devenaient non seulement difficiles à dissimuler, mais créaient aussi un inconfort lorsque tel ou tel mouvement craquelait une cicatrice en voie de guérison, et puis on ne peut pas se boire l'un l'autre indéfiniment sans risquer l'anémie, nous étions d'ailleurs de plus en plus sujets aux étourdissements, aux éva-nouissements, comme si le sang qui se retrouvait dans nos esto-macs ne pouvait en aucune façon compenser celui ayant quitté nos veines. Du sang c'est du sang, encore faut-il le mettre au bon endroit.

Un jour que je suçais une main de Didier pendant qu'il croquait mon clitoris, un spasme de jouissance me fit mordre profondément sa main, assez en tout cas pour me retrouver avec un épais morceau de corne entre les dents, que ma langue se mit aussitôt à parcourir, à en effleurer le contour irrégulier, à glisser sur sa face rugueuse puis, de l'autre côté, sur la surface plus tendre et plus humectée et peut-être même rosâtre de la chair vive. J'ai été foudroyée de bonheur, ce contact si doux sur ma langue, un rien salé, quasi-frémissant, je voyais des étoiles, ce petit morceau de Didier que je roulais contre mon palais repré-sentait plus que tout pour moi, je ne voulais plus m'en séparer, je l'ai finalement avalé.

Didier avait d'abord sursauté en sentant la peau de sa main se déchirer, mais il était resté planté là et me regardait fixement, les yeux ronds, comme s'il avait pu lire sur mon visa-ge toute l'extase qui littéralement propulsait mon esprit à l'ex-térieur de mon corps. Sur ses traits, curiosité, intérêt, puis une envie que je devinais, d'après le filet de salive au coin de sa bouche, irrésistible. Il voulait essayer, or d'après moi, se faire mordre accidentellement, ce n'était pas comme se laisser faire sciemment, mais j'ai eu l'idée, en apercevant le couteau sur le comptoir, de soulever mes cuticules pour les lui laisser arracher pendant que je lui malaxais les couilles du bout des orteils.

Ensuite, je lui ai fait une pipe royale et je crois bien que c'était encore meilleur pour moi que pour lui. Chaque fois que je mettais sa queue dans ma bouche, Didier prenait toute la mesure de mon bonheur sur mes traits et regrettait de ne pou-voir en faire autant. Cette fois-là, il m'a tout à coup repoussée et a plié son corps le plus qu'il le pouvait, jusqu'à ne plus pou-voir respirer, mais même en étirant les lèvres, il ne pouvait atteindre sa bite et son bonheur s'en est trouvé altéré. J'ai eu l'idée d'appuyer sur son dos pour qu'il plie davantage, puis de m'asseoir carrément sur lui pour l'aider à réaliser son rêve.

Il n'en récolta qu'une atroce douleur lombaire et, ce jour-là, il a dû baiser sur le dos seulement, couché dans les immondices.

✻❦

Nous avons été très surpris en entendant frapper à notre porte, mais ce n'était encore rien comparé au type, mallette à la main, à qui nous avons ouvert.

Nous étions l'un dans l'autre quand c'est arrivé, c'est-à-dire que Didier me ramonait de tout son long tandis que moi je lui arrondissait l'anus avec un concombre, tout en faisant valser dans ma bouche les rognures d'ongles que je lui avais précédemment grignotées. C'était à son tour de saigner et je me régalais d'avance, contemplant tour à tour les bouts ensanglantés de ses doigts et les taches rougeâtres qui maculaient ses fesses. Quand les quatre petits coups ont retenti à l'entrée, Didier a suggéré que ce soit moi qui aille ouvrir la porte.

Donc, le type a figé sur le seuil, surpris, peut-être, par le concombre ensanglanté que je tenais à la main ou par mon corps constellé de marques d'extase. J'ai réussi à le faire entrer pendant que le mot « assurances » mourait sur ses lèvres, puis à refermer la porte avant qu'il n'exprime son dégoût face à notre appartement. Il allait faire demi-tour quand Didier a surgi de la salle de bains pour y entraîner le type, dont la mallette s'est brusquement ouverte, libérant une pluie de formulaires qui se sont ajoutés aux cochonneries sur le plancher.

Quand je suis entrée à mon tour, il était déjà en train de frapper la tête de l'homme contre le rebord de la baignoire mais, dans un sursaut d'énergie, celui-ci a pu se dégager et se relever pour foncer hors de la salle de bains, malgré le coup de poing dans les couilles que je lui ai balancé au passage. Didier est lui aussi sorti en coup de vent, me bousculant au passage, et a sauté sur l'autre qui, sans doute étourdi par les coups de baignoire, avait eu un moment d'hésitation.

Il a traîné le type, malgré ses hurlements, à travers les ordures et les tessons de verre jusqu'au salon où il a commencé à lui marteler le visage. J'ai voulu prêter main-forte à Didier mais le type se débattait et il m'a agrippé une mamelle si fort que j'en ai vu des étoiles. Heureusement, Didier lui a rabattu le cendrier sur le côté de la tête, il a laissé ma mamelle et ses bras sont retombés sur le sol dans le linge sale et les vieux papiers. Pendant que ses yeux faisaient tilt, j'ai commencé à verser la bouteille de vodka dans sa bouche. Il en avalait, mais il en crachait aussi, il toussait et finalement on pu admirer le steak qu'il s'était offert à midi. Après la vodka, on est passé à la tequila, puis au vin. Didier a commencé à arracher le linge sur le type qui marmonnait sans arrêt. Bonne idée que j'ai pensé en sautant sur sa boucle de ceinture, soudain enflammée. En moins de deux, il était complètement à poil.

Satisfaite, je me suis traînée jusqu'aux sacs à ordures où je me suis roulé puis allumé un pétard en observant les deux hommes sur le sol. Enflammé, Didier faisait glisser sa queue partout sur l'inconnu en se branlant et en poussant des cris, pendant que l'autre tanguait comme une barque sur une mer démontée. Le contraste était frappant entre les deux, l'inconnu rose et rond, poilu, énorme, et Didier blanc et maigre comme un cadavre, couvert de cicatrices et de croûtes de sang.

Puis mon homme s'est détourné du visage empâté et s'est retrouvé face à la bite, petite et jouffue, de l'autre. Ses yeux portaient l'éclat qu'il avait quand j'engloutissais sa quincaillerie dans ma bouche. J'ai vu la convoitise transformer les traits de son visage. Didier a bondi sur la bite et commencé à tirer et à croquer et à grogner. Moi je tirais plus fort sur le pétard pour en finir pendant que mon autre main courait sur le pourtour de ma vulve. Le type, que je croyais assommé, s'est soudain remis à hurler, ce qui a poussé Didier à lui casser le cendrier sur la tête, avant de ramper jusqu'à moi, souriant et barbouillé de sang, pour achever le pétard. Il s'est vautré dans les ordures, a sursauté puis, farfouillant d'une main, a sorti une bouteille à peine entamée de vodka. Alors on a roulé un autre pétard en se pelotant et en s'envoyant de longues rasades et en admirant l'inconnu échoué dans le salon, le visage et la bite ensanglantés, ce qui nous excitait au-delà de toute mesure.

Une fois le pétard expédié, nous sommes retournés, à quatre pattes, auprès de notre visiteur. Comme Didier était devant moi, je lui ai léché les couilles et l'anus le temps de cette brève traversée de l'appartement. L'homme avait chié par terre.

J'ai pris sa bite sanglante dans ma main. Une profonde entaille, à la base du gland, était la source de cette divine coulée. Comme je caressais le membre flétri, la coulée est devenue un torrent écarlate qui s'est rapidement répandu sur le plancher du salon, m'arrachant un cri de joie. Rien à faire, toutefois, pour enfouir cette bite luisante en moi.

Mon copain avait enfoui la sienne au complet dans la bouche du visiteur et roulait des hanches, mains sur les cuisses. Mais l'autre s'est étouffé dans son sommeil et a vomi un joyeux mélange de boissons fortes sur la bite de Didier. Il n'y avait décidément rien à faire avec ce type, et c'est pourquoi Didier et moi avons finalement collé nos corps maculés l'un contre l'autre.

Mes tortillements m'ont menée sur les tessons de verre où je me suis coupé l'arrière de la cuisse. L'idée nous est venue d'utiliser des morceaux de verre pour pratiquer des entailles sur le type, de larges entailles d'où se sont bientôt écoulés des flots du merveilleux liquide.

Puis nous nous sommes étalés en travers de ce corps moelleux et glissant, et Didier m'a fourrée comme jamais il ne l'avait fait.

Dans la viande, disait Didier, se trouve une partie des émotions de l'être vivant. Il avait pris ça dans un de ces livres poussiéreux et bizarres qu'il possédait - les seuls à n'avoir pas connu la poubelle ou le feu. Il a finalement convaincu Aline grâce au vendeur d'assurances. Leurs esprits ont alors effectué un bond prodigieux.

Mais une fois conquises les sensations nouvelles, si on n'en découvre pas la suite logique, il ne peut subsister qu'un trou gigantesque le jour où, tout à coup, on se retrouve seul. C'était là l'unique vérité dans l'esprit d'Aline.

Puis, bébé est arrivé. La vie a changé. Rien n'est plus

pareil. On ne peut plus poursuivre ce que l'on appelait la croissance, et un choc terrible ne manque pas de se produire. On accède alors à un niveau dont on ne sait plus rien tellement on s'en est éloigné : la vraie vie. Le quotidien.

Tout ça est fini. Sa propre vie jusque-là lui donne la nausée. Elle a honte de ce qu'elle est devenue, de ce corps amaigri, couvert de cicatrices et d'ecchymoses, de ce sexe mutilé qui semble secréter constamment des humeurs. Combien d'êtres aussi dégénérés y a-t-il de par le monde ? Et ici, dans sa propre ville?

Aline se sent faible. Bébé aussi, et pourtant il hurle chaque fois qu'elle colle le petit visage contre son sein.

Soudain, le regard de bébé change. Il ouvre toute grande la bouche et essaie de prendre une vraie mordée dans le sein maternel avec ses petites mâchoires sans dents. Il s'agrippe de toutes ses forces. Aline sent les fragiles gencives qui pressent son mamelon. Le lait gicle.

Bébé lâche prise, se détourne, recommence à pleurer.

* * *

- C'est moche, non?

- En effet, Didier.

- Tellement moche que c'est comme s'il n'y avait plus rien à faire de ce côté-là.

- On serait porté à le croire, mais il ne faut jamais dire des choses comme ça.

- Mais il ne se passe plus rien! Je n'arrive plus à décoller, à m'élever comme il se doit!

- Tu n'aimes plus ça? Moi si.

- On a fait comme dans tous les films qu'on a vus. On a

tout essayé ce qui apporte du nouveau. On a agrémenté le sexe de douleur, de fluides corporels, de substance corporelle. On se tue à petit feu pour accéder à un niveau supérieur. On est allés à l'extrême.

- Et on vit des choses que ne connaîtront jamais le commun des mortels. Parce que tu es sublime. Et génial.

- La situation est intenable. Je piétine dans ma progression. J'ai cessé de m'élever et je ne saurais endurer ça.

- Mais on va trouver quelque chose de nouveau, qui va nous faire vibrer, qui va nous envoyer en l'air comme jamais on ne l'aurait cru possible.

- On a fait le tour du sujet. Nous ne pouvons plus rien en tirer désormais.

- Mais c'est affreux, ce que tu dis là! Dis-moi que tu ne le penses pas vraiment!

- Et en plus, tu es enceinte. Ça, c'est la fin de tout. Il n'est plus possible de rien faire après ça.

- Mais c'est la chose la plus merveilleuse qui pouvait nous arriver. Cet enfant porte nos gènes. Il porte tout le bagage d'expérience que nous avons accumulé. Il est nous.

- Non! Pas de sac à merde chez moi! Il faut que mon esprit poursuive sa croissance. Je dois continuer d'expérimenter. Je veux évoluer. Je pars. Et je te laisse toute la viande.

❋

Voilà. Il n'y a plus de couple. C'est Didier qui l'a décidé. Pour lui, la flamme était morte. Le sexe est une étape de la vie, une espèce de sous-vie dont il faut explorer chaque aspect, en ressentir la gamme complète des frissons, avant de passer à autre chose. Ses dernières paroles furent qu'il devait chercher ailleurs. Ailleurs qu'ici, ou ailleurs que dans le sexe?

Complètement assommée, j'ai décidé de me laisser mourir. La vie me paraissait dénuée de tout intérêt.

Un bon jour, bébé est arrivé. Je l'ai mis au monde toute seule dans le salon rempli d'immondices, et depuis, il se porte bien. Mais voilà qu'il ne veut plus de mon sein décharné.

Didier est un malade. Il a suffi qu'il parte pour de bon, que cessent ces expérimentations, pour que je me désintoxique, pour que je me nettoie, et pour que je puisse enfin juger cet homme dont je n'ai connu que son existence avec moi. Comment a-t-il pu me subjuguer? Le sexe, la souffrance, le sang, la viande…

Bébé est mal dans sa peau, sinon il se nourrirait, sinon il serait heureux. Deviendra-t-il comme son père, éternel insatisfait, qui a toujours besoin de quelque chose de plus?

Pfff… À quoi bon? Pourquoi essayer de fuir la vérité? Je sais parfaitement ce dont bébé a besoin. C'est inscrit dans chacun de ses pleurs.

Conçu dans un moment de folie…

On frappe à la porte. Bébé se tait brusquement, comme s'il écoutait. Il ne pleure plus. À peine renifle-t-il à deux ou trois reprises. Comme s'il flairait. Puis son petit visage se tourne vers la porte d'entrée. Ce ne sont plus des larmes qui mouillent son visage, mais la salive qui perle aux commissures de ses lèvres.

On dirait un chiot affamé, flairant un filet mignon.

© *Claude Bolduc*

NOTES

Sommaire

LES ÉDITIONS DE L'ŒIL DU SPHINX

SARL au capital de 15.245 €

R.C.S. Paris B 432 025 864 (2000 B11249)

36-42 rue de la Villette
75019 PARIS
FRANCE
Mail ods@oeildusphinx.com
http://www.œildusphinx.com
http:/boutique.œildusphinx.com
Tél 09.75.32.33.55
Fax 01.42.01.05.38

Toutes nos parutions sont sur :
http://boutique.oeildusphinx.com

www.ingramcontent.com/pod-product-compliance
Lightning Source LLC
Chambersburg PA
CBHW070444030726
47503CB00004B/880